Susann Remke
New York für Anfängerinnen

amazon publishing

Das Buch

Einfach abserviert!

Die Modebloggerin Zoe Schuhmacher hatte es sich eigentlich in ihrem Berliner Leben ganz gemütlich eingerichtet. Doch dann lässt ihr Traummann sie für eine andere sitzen.

Zeit also, dass Zoe sich neu erfindet. Kerle waren gestern, jetzt ist ihre Karriere dran. Als ihr ein Job in New York angeboten wird, zögert sie keine Sekunde und macht sich auf in die Stadt, die niemals schläft – und die sowieso ihren ganz eigenen Gesetzen folgt. Ein Glück, dass Zoe die Benimm-Fibel »New York für Anfängerinnen« zugesteckt bekommt. Mit Tipps zum (Über-)Leben im Big Apple. Nur leider steht da nicht drin, was zu tun ist, wenn man sich gleich am ersten Tag völlig aus Versehen in seinen mysteriösen Nachbarn verliebt.

Eine romantische Komödie über die Widrigkeiten des Lebens und des Liebens an der schicken Upper East Side. Aus der Sicht einer frisch in New York angekommenen Deutschen.

»There is really one city for everyone, just as there is one major love.« Dawn Powell

Die Autorin

Susann Remke wurde in Nürnberg geboren und studierte in Deutschland und den USA Anglistik, Amerikanistik, Sportwissenschaft und Journalismus. Seit mehr als zehn Jahren lebt sie mit Mann, Sohn und den beiden Katzen Freitag und Sonntag in New York und berichtet von dort aus für ein großes, deutsches Nachrichtenmagazin. New York für Anfängerinnen ist ihr erster Roman.

www.newyorkfueranfaengerinnen.de

www.susannremke.de

Susann Remke

NEW YORK FÜR ANFÄNGERINNEN

amazon publishing

Die Erstausgabe erschien 2013 unter dem Titel
»New York für Anfängerinnen« im Selbstverlag.

Veröffentlicht bei
Amazon Publishing, Amazon EU Sarl
5 Rue Plaetis, L-2338, Luxemburg
Juni, 2014

Susann Remke wird vertreten durch die copywrite Literaturagentur.

Umschlaggestaltung: bürosüd° München, www.buerosued.de
Lektorat: Verlag Lutz Garnies, Haar / München – www.vlg.de
Korrektorat: Marketa Görgen
Satz: Monika Daimer, www.buch-macher.de

Gedruckt durch
Amazon Distribution GmbH
Amazonstraße 1
04347 Leipzig, Deutschland

ISBN: 978-1-47-782470-2

www.apub.com

Für M & N

Ähnlichkeiten mit lebenden, scheintoten oder verstorbenen Personen sind nicht beabsichtigt und deshalb rein zufällig.

Gilt auch für dich, Benjamin Nikolaus Nigmann.
Du Idiot.

1

AUGUST

Karriere machen
Karriere machen
Karriere machen

So stand es mit leuchtend rotem Chanel-Lippenstift Nr. 31 auf dem Badezimmerspiegel ihrer alten Wohnung. Zoe Schuhmacher hatte sich vor dem Abflug in ihr neues Leben – wie vor allen größeren Projekten – natürlich eine To-do-Liste gemacht, aber die war dieses Mal denkbar einfach und kurz. Zoe würde für genau ein Jahr aus Deutschland weggehen und sich auf genau einen Punkt konzentrieren: Karriere machen! Nichts als Karriere. Und weil Zoe Schuhmacher wie so viele ihrer Geschlechtsgenossinnen eine Perfektionistin war, die nicht anders konnte, als neben einem Plan B auch immer einen Plan C parat zu haben, hatte sie natürlich auch noch eine Not-to-do-Liste erstellt:

- Keine feste Beziehung mit einem Mann anfangen
- Keine lockere Beziehung mit einem Mann anfangen
- Am besten gar keine Beziehung mit einem Mann anfangen – nicht einmal eine rein platonische

Zoe betrachtete im Badezimmerspiegel ihr Gesicht. Der Schriftzug »Karriere machen« lief ihr einmal quer in Rot über die Stirn und der Vorsatz »Keine feste Beziehung« übers Kinn. Ihre schulterlangen Haare hatte sie heute Morgen zur Abwechslung in der Mitte gescheitelt und mit dem Lockenstab zu unordentlichen Wellen gestylt. *Beachy* nannte sich der ungewohnte Look, aber Zoe erkannte auf den ersten Blick, dass er ihr stand. Ihre fast olivfarbene Haut verlieh ihr zu jeder Jahreszeit einen Hauch von Sommer, sodass sie sich wie immer nur die Lippen mit Chanel Nr. 31 hellrot nachzog und auf weiteres Make-up verzichtete. Den ausgefahrenen Lippenstift ließ sie demonstrativ auf der Ablage unter dem Spiegel stehen.

»Hinterlässt die Mafia nicht auch immer tote Fische und so ein Zeugs?«, murmelte sie. »Als Warnung: Leg dich nicht mit mir an, sonst versenke ich dich mit einbetonierten Füßen im nächstbesten Tümpel!«

Donna Schuhmacher warnte eben mit Nummer 31.

Sie zog ein sonnengelbes T-Shirt an, denn Gelb signalisierte, dass sie okay war. Mehr als okay. Betrogene trugen gemeinhin Schwarz, nicht wahr? Oder Grün. Die meisten grünen Autos wurden angeblich von Geschiedenen gekauft, hatte Zoe einmal in einer Studie gelesen. Zu guter Letzt setzte sie sich eine große schwarze Hornbrille auf – nur mit Fensterglas versehen, ungeschliffen, versteht sich – und musterte sich erneut. Die Mischung aus *girly* und *geeky* gefiel ihr. Diese fremde Frau da im Spiegel machte den Eindruck, als hätte sie jederzeit eine Überraschung parat: einen cleveren Spruch, ein fantastisches Geheimnis, vielleicht sogar einen dreckigen Witz.

Fertig! Sie war bereit!

»*If you can make it there, you make it anywhere*, Zoe Schuhmacher«, raunte sie ihrem Spiegelbild zu und machte einen letzten Rundgang durch ihre Wohnung. An der Wohnzimmertür hielt sie kurz inne und betrachtete zufrieden den wollweißen Mohairteppich, aus dem fröhlich ein Pfund verstreuter Kressesamen spross. Den 26-Zoll-Flachbildfernseher, den Edelstahlkühlschrank mit integrierter Eiswürfelmaschine und die neue, völlig geräuschlose Öko-Spülmaschine hatte sie von einer Umzugsspedition abholen und zu ihren Eltern bringen lassen.

»Und was ist mit dem Rest?«, hatten die Umzugsmänner leicht irritiert gefragt.

»Der bleibt hier«, hatte Zoe geantwortet.

Was konnte frau einem Mann schließlich Schlimmeres antun, als ihm die Sportschau samt Eiswürfel fürs Biofruchtsmoothie zu nehmen, ihn zum Abwaschen zu zwingen und auch noch pflegebedürftiges Grünzeug in die gemeinsame Wohnung einzuschleppen? Zoe hatte noch kurz überlegt, das Sofa mit einer Kollektion niedlicher Kuscheltiere und herziger Teddybärchen in Regenbogenfarben zu bevölkern, das Budget dafür dann aber doch lieber in ihre neue Geek-Brille investiert. Sie ließ die Wohnungstür ins Schloss fallen und hüpfte beschwingt die Treppen hinunter. Immer zwei Stufen auf einmal. Draußen vor dem Haus wartete bereits Allegra, die sie zum Flughafen bringen würde.

»Wow! Du siehst aus, als wolltest du ins Zeugenschutzprogramm des FBI eintreten«, kommentierte sie Zoes Look. »Neue Frisur, neue Brille und in weniger als zwölf Stunden auch noch einen neuen Wohnsitz. New York City, Baby!«

»New York City, in der Tat«, erwiderte Zoe und beobachtete im Rückspiegel, wie diese fremd aussehende Frau auf dem Beifahrersitz, die sie selbst sein musste, breit grinste.

»5th Avenue«, rief Allegra, als sie den Wagen anließ.

»Empire State Building«, legte Zoe nach.

»Hupende, gelbe Taxis.«

»Heulende Polizeisirenen.«

»Bagels mit Cream Cheese und Räucherlachs.«

»Die Freiheitsstatue.«

»Die Freiheit, sich neu zu erfinden.«

Zoe hielt inne. »Du hast recht, Al. Das ist vielleicht das letzte Mal in meinem Leben, dass ich die Chance bekomme, mich noch einmal komplett neu zu erfinden.«

»Du bist vierunddreißig, Darling, und nicht vierundsiebzig«, wandte Allegra ein.

»Gib Gas, meine Liebe, gib Gas. Ich muss hier raus, und zwar so schnell wie möglich, sonst fühle ich mich gleich wie vierundsiebzig.«

★★★

An der Sache mit New York war natürlich ein Mann schuld. Wie an so ziemlich allem Bedeutsamen in Zoes bisherigem Leben. Genauer genommen: ein toter Mann. Und so kauften Zoe und Allegra, noch bevor sie am Flughafen Tegel zum Check-in-Schalter gingen, an einem Kiosk eine druckfrische Ausgabe der *Berliner Morgenpost* und suchten nach den Todesanzeigen. Allegra räusperte sich respektvoll und las laut vor:

Der Herr ist mein Hirte (Psalm 23)
Völlig überraschend wurde
Benjamin Nikolaus Nigmann
(1.10.1976 – 29.7.2012)
aus unserer Mitte gerissen.
Niemand wird ihn so richtig vermissen.

Ein wohliges Gefühl der Selbstzufriedenheit durchflutete Zoes Körper. In etwa so, wie wenn man im Sample Sale das letzte Paar Louboutins in Größe 38 ergattert und für die restliche Modemeute nur noch die Hausnummern 36 und 41 übrig bleiben. Zoe grinste Allegra an, Allegra grinste Zoe an. Dann hoben beide Frauen gleichzeitig die rechte Hand und klatschten sich ab. Wie zwei Basketball-Profis.

»*Slam dunk*«, rief Zoe.

»*Slam dunk*«, rief Allegra.

Natürlich war Benjamin Nigmann nicht unter-der-Erde-von-Würmern-zerfressen-mausetot. Obwohl Zoe sich im Internet – rein prophylaktisch, versteht sich – einmal schlaugemacht hatte, ob Zyankali im Morgenespresso oder ein Stromschlag in der Badewanne ein schmerzhafteres Ableben garantierten. In einem Online-Forum für verhärmte Ex-Ehefrauen wurde ihr gar zur Entmannung geraten. Aber das war dann doch nicht ihr Stil. Benjamins Familie, Freunde und Kollegen würden sicherlich schnell herausfinden, dass der Scheißkerl noch lebte. Aber da würde Zoe bereits 6.405 Kilometer Luftlinie entfernt ihr neues Leben beginnen.

»Rache«, resümierte Zoe, »ist eine völlig unterbewertete Emotion, die man sich ruhig mal gönnen darf, findest du nicht, Al?«

»Ganz deiner Meinung«, stimmte Allegra zu. »Wurde ja nach zehn Jahren Traummann in Warteschleife auch wirklich Zeit.«

Traummann in Warteschleife. So hatte Zoe ihn immer etwas euphemistisch bezeichnet. Benjamin Nikolaus Nigmann, zärtlich Benni genannt, war rücksichtsvoll (»Ich lass mal die Rollos runter, Dunkelheit lindert deine Migräne«), einfühlsam (»Ich kann deine Misere gut nachvollziehen, meine Süße, aber zusammen schaffen wir das schon«) und stets reflektiert (»Deine Mutter ist zweifellos im Unrecht, aber sie hat natürlich ein Anrecht auf einen Standpunkt«). Er trug die richtigen Schuhe (nussbraune Desert Boots), die richtigen eng geschnittenen Jeans (Acme) und die richtigen Langarmshirts (American Vintage). Er aß Sushi, aber keins mit dem überfischten Blue Fin Tuna, und mindestens fünf Portionen Obst oder Gemüse am Tag, aber nur regional und biologisch angebautes, das der Saison entsprach. Er benutzte nicht nur Duschgel und Deo, sondern auch Tagescreme und ging regelmäßig zur Pediküre. Er guckte samstags Fußball, wie jeder anständige Kerl, verhandelte aber mit seinem Chef über mehr Urlaub statt über mehr Gehalt, wie es sich für einen Kerl der Sorte »neuer Mann« gehörte. Zudem sah er auch noch verdammt gut aus. Er war lang und dünn, aber sehnig wie ein Balletttänzer. Hohe Wangenknochen und eine angehende Grübelfalte zwischen den sorgsam gezupften Augenbrauen verliehen ihm etwas Aristokratisches. Nicht einmal sein mit Hingabe gepflegter Zweitagebart kratzte beim Küssen.

»Was hast du eigentlich an BNN so toll gefunden?«, wollte Allegra wissen, während sie Zoe in Richtung Check-in-Schalter begleitete. Allegra sprach von Benjamin Nikolaus Nigmann nur in der von ihr erfundenen Kurzform für »blasse nette Null«.

»Er ist der perfekte Mann«, antwortete Zoe. »Dachte ich zumindest.«

»Genau!«, rief Allegra. »Dachtest du! Einer, der es nicht einmal schafft, sich nach einer Stunde Bedenkzeit im Supermarkt für eine Sorte Cornflakes zu entscheiden, geschweige denn nach zehn Jahren Zusammensein für eine Frau.«

Zoe musste zugeben, dass Benni mit Entscheidungen ein grundsätzliches Problem hatte. Mit großen wie mit kleinen. Und Cornflakes waren gewissermaßen Bennis wunder Punkt, weil sie zum ersten großen Streit im Haushalt Schuhmacher-Nigmann geführt hatten. Als Zoe ihn nämlich einmal in den Supermarkt schickte, um noch schnell die vergessene Packung Cornflakes zu holen, war Benni nach einer guten Stunde völlig frustriert und mit leeren Händen wieder heimgekommen.

»Was hat denn so lange gedauert?«, hatte sie ihn damals verwundert gefragt.

»Ich stand fünfundvierzig Minuten vor dem Regal und habe von allen verfügbaren Sorten die Nährwertinformationen verglichen«, hatte er sich verteidigt, aber es hatte fast ein bisschen wie eine Anklage geklungen. »Wie soll man sich bei so großer Auswahl denn entscheiden? Normale Cornflakes schmecken lahm, Frosties haben siebenunddreißig Gramm Zucker pro hundert Gramm, Froot Loops beinhalten Brennnessel als Farbstoff und Choco Pops kaufe ich grundsätzlich nicht wegen des dämlichen Affen auf der Packung. Ich bin ja schließlich keine sechs mehr.«

Also ging Zoe fortan eben selbst in den Supermarkt und kam sich dabei ein bisschen wie Bennis Therapeutin vor, oder – noch viel schlimmer – wie seine Mutter. Denn wenn die Cornflakes oder Froot Loops erst einmal zu Hause in der Küche standen, wurden sie auf wundersame Weise doch immer weniger. Nur hatte Zoe dem lieben Benni jetzt für sein (und ihr!) restliches Leben die Qual der Entscheidung abgenommen.

Während Zoe ihr Gepäck am Check-in-Schalter aufgab und ihre Bordkarte erhielt, war sie in Gedanken immer noch bei den Frühstückscerealien.

»Dein lieber BNN gehört der Generation YEPPIES an, der Young Experimenting Perfection Seekers«, hatte Allegra nach dem Cornflakes-Gau diagnostiziert, weil sie von dem Phänomen in irgendeinem Ratgeber gelesen hatte. Demnach lebten die in der Regel nach 1975 geborenen YEPPIES grundsätzlich unter Vorbehalt und drückten sich vor jeglicher Entscheidung, weil ja immer etwas Besseres daherkommen könnte.

»Der macht es mit dir genauso wie mit den Cornflakes«, hatte sie gewarnt. »Er parkt dich einfach in einer Endlos-Warteschleife, weil er sich vor lauter Nachdenken und Reflektieren auf der Metaebene seines Lebens total verheddert hat.«

Und genau so war es auch gekommen.

BNN, der jede noch so kleine Befindlichkeit in Wort und Bild (»Hawaii-Toast! In der Kantine! Wie retro!«) auf Twitter, Pinterest, Instagram und Facebook postete, hatte über Letzteres den Kontakt zu »einer alten Schulfreundin« wiedergefunden. Zunächst wurden Messages ausgetauscht, dann Adressen – und schließlich ganz einspunktnullig Körperflüssigkeiten. Zoe wurde erst davon unterrichtet, als Benni »eine Bauchentscheidung« getroffen hatte, wie er erklärte, und sich zu seiner »ersten großen Liebe, die ich damals mit fünfzehn nie ausleben konnte« bekannte. Die Hochzeit würde noch dieses Jahr stattfinden.

»Du hast noch ein bisschen Zeit, bis das Boarding beginnt. Lass uns doch etwas trinken gehen«, riss Allegra sie aus ihren Gedanken.

Die beiden Freundinnen bogen in den Lavazza Coffee Shop ab.

»Guten Morgen, schöne Damen. Kaffee, Espresso, Cappuccino?«, startete der Barmann sein Italo-Kellner-Flirtprogramm.

»Zwei Champagner, bitte«, antwortete Allegra und ließ die Wimpern klimpern.

»Oh, là, là. Gibt's was zu feiern?«

»Und ob. Meine Freundin ist wieder solo.«

Der Kellner grinste vielsagend, bevor er hinter seinem Tresen verschwand.

Zoe stieß Allegra mit dem Ellbogen in die Rippen. »Al! Das musst du doch nicht jedem auf die Nase binden.«

»Wieso denn nicht? Man kann nie wissen. Vielleicht ist der durchaus attraktive Manuele hier ja der Sohn des Lavazza-Imperium-Eigentümers und somit eine richtig gute Partie.«

»Keine Beziehungen mit Männern! Schon vergessen?«

»Stimmt. Keine Beziehungen mit Männern. Nicht mal mit dem Barista?«

»Nicht mal mit dem Barista!«

Der durchaus attraktive Manuele brachte zwei Champagnerflöten an den Tisch. »Also, wenn die Freundin heute Abend noch nichts vorhat, wüsste ich da einen zauberhaften Italiener in Mitte«, nahm er das Gespräch mit Allegra wieder auf, als sei Zoe gar nicht anwesend.

»Meine Freundin speist heute Abend bedauerlicherweise in New York«, erwiderte Allegra trocken und zuckte in »Da kann man leider nix machen«-Manier mit den Schultern.

Manuele trottete geschlagen davon.

Zoe und Allegra hoben die Champagnerflöten, sahen sich betont tief in die Augen (der lahme Spruch aus Studentenzeiten mit den sieben Jahren schlechtem Sex war irgendwie hängen geblieben) und prosteten sich zu.

»Trotzdem hab ich Gewissensbisse«, gab Zoe nach dem ersten Schluck zu und verfolgte die aufsteigenden Kohlesäurebläschen in ihrem Champagnerglas.

»Wieso denn? Wo ist dein strotzendes Selbstbewusstsein von heute Morgen geblieben?«, fragte Allegra entrüstet. »BNN ist ein I-d-i-o-t.«

»Wieso buchstabierst du das bitte? Ich bin des Alphabets durchaus mächtig.«

»Ach, keine Ahnung. Vielleicht, weil ich so wütend auf ihn bin. Und auf dich. Du liebst ihn nämlich immer noch.«

»Quatsch! Wie kommst du denn darauf? Ich habe böswillig ein Pfund Kressesamen auf dem Designerteppich verstreut, den uns seine heiß geliebte Mutter zu Weihnachten geschenkt hat, und alles sorgfältig gewässert. Ich bin aus unserer gemeinsamen Wohnung ausgezogen, während er auf Dienstreise weilt. Herrgott, ich ziehe auf einen anderen Kontinent, ohne dass er etwas davon weiß.«

»Das ist doch alles im Affekt geschehen. Unter den gegebenen Umständen kämst du sogar mit Mord davon.«

»Meinst du wirklich?«

»Was? Das mit dem Mord oder dem Lieben?«

»Das mit dem Lieben.«

»Ja, meine ich wirklich. Du liebst dieses Weichei, diesen Warmduscher, diesen Bis-die-Anschnallzeichen-erloschen-sind-Sitzenbleiber immer noch.«

»Tue ich nicht«, widersprach Zoe trotzig.

»Tust du doch! Deshalb erkläre ich es jetzt hier noch einmal für alle Anwesenden, die schwer von Begriff sind. Dein liebes Bennilein wollte eine Beziehung, aber nur eine, die easy ist. Easy, wie ich dieses Wort mittlerweile hasse. Er wollte edle Rosen im Garten, ohne sie gießen zu müssen. Er wollte einen Labradoodle oder wie diese komischen In-Hunde heutzutage heißen, der weder frisst noch scheißt und schon gar nicht Gassi gehen muss. Er wollte Kinder, aber nicht jetzt, sondern irgendwann. Die sollten dann am besten durchschlafend, stumm und stubenrein geliefert werden und keinesfalls dauerhaft bei ihm in der Designerwohnung wohnen. Dein liebes Bennilein wollte keine Verpflichtungen, meine Liebe. Er wollte immer nur: Schauen wir mal, dann sehen wir schon. Der Typ war völlig konflikt- und risikoscheu. Eine echte Lusche von einem Mann. Kapier das doch endlich, Zoe!«

»Besser eine Lusche als so ein Kotzbrocken im dreiteiligen Anzug, dessen Handy in der Senator-Lounge der Lufthansa mit der Titelmelodie von *Der weiße Hai* klingelt.«

»Natürlich will man auch nicht so ein Achtzigerjahre-Auslaufmodell, das nur mit Mühe seine Nachkommen auseinanderhalten kann. Aber es muss doch irgendetwas zwischendrin geben? Zwischen Kuschelheini und Karrierekotzbrocken.«

»Müsste es«, antwortete Zoe nachdenklich und trank den restlichen Champagner in einem Zug aus.

»Müsste es«, wiederholte Allegra.

Dann machten sich die beiden zur Sicherheitskontrolle auf. Dort umarmte Zoe ihre Freundin und drückte sie fest an sich. »Ich werde dich vermissen, Al.«

»Ach, was. Ich komm dich bald besuchen in dem großen Apfel da drüben.«

2

In Frankfurt zwischengelandet, machte sich Zoe auf den langen Marsch zu Gate C16, wo ein Airbus A380 auf sie wartete. Schon das Einsteigen in den Supervogel erwies sich als speziell. Während über fünfhundert Economy-Passagiere durch mehrere Gates geschoben wurden, je nachdem, ob sie eher auf der linken oder der rechten Seite Plätze hatten, stapfte Zoe mit den anderen Businessclass-Passagieren die Treppe in den ersten Stock hoch. So weit, so schick. Dort oben sah alles aus wie in einer ganz normalen Businessclass. Breite Kuschelsitze, Steppdecken, großzügiger Stauraum überall. Und doch wollte bei fast hundert Mitreisenden ein besonderes – und vor allem: mit rund viertausend Euro teuer erkauftes – Feeling nicht so richtig aufkommen.

»Der Vogel ist mir einfach zu groß«, murmelte Zoe. Sie zog sich enttäuscht die dunkelblauen Lufthansa-Socken an, stellte dann aber mit großer Freude fest, dass es in der Goodie-Bag immerhin noch die Kosmetikpröbchen von Clarins gab.

Seit Zoe zur stellvertretenden Chefredakteurin von Deutschlands führendem Modemagazin *VISION* befördert worden war, gehörte sie zum sogenannten erweiterten Führungskreis bei Schönhoff Publishing. Was bedeutete, dass sie Anspruch auf einen Dienstwagen (Audi A3 oder Ähnliches), Dienstreisen in der Businessclass (allerdings nur auf Langstrecken von mehr als sechs Stunden) und auf eine halbe Sekretärin hatte – die andere Hälfte gehörte dem Textchef. Mittlerweile hatte sich Zoe eine Senator-Karte im Vielfliegerprogramm erflogen. Zur Fashion Week nach London, zur Chanel-Shop-Eröffnung mit Karl Lagerfeld nach Hongkong, Modeshootings in Kapstadt, ihr wöchentlicher Trip zu Werbekunden und Medienagenturen nach München – die Liste ging endlos weiter. In New York war Zoe allerdings noch nie gewesen. Das kannte sie nur – aber dafür ziemlich gut – aus *Sex and the City*. Zur dortigen Modewoche flog immer nur ihre Chefin, die gleichzeitig auch ihre beste Freundin war: Allegra Sollani. Bei der konnte Zoe sich also schlecht beschweren. Und privat war sie ohnehin eher ein Asien-Fan.

Weil der Platz unmittelbar neben ihr immer noch frei war, unterzog Zoe ihre Mitreisenden auf der anderen Seite des Gangs einer eingehenden Betrachtung. Zwei junge Anzugtypen mit zurückgegeltem Haar, iPhone und iPad sowie einem dieser hauchdünnen MacBooks Air mit Aufkleber »Unternehmensberatung Berg & Partner« auf dem Schoß. Schonungslos und schwer überhörbar kommentierten sie in einer Art heiterem Beruferaten jeden Passagier, der sich durch den Gang bewegte.

»Vorstandsvorsitzender bei einem Reifenhersteller«, flüsterte Berater-Boy eins.

»Nee, oberster Gewerkschafter bei VW auf Lustreise«, übertrumpfte ihn Berater-Boy zwei.

»Ex-Frontmann einer Neunzigerjahre-Boyband mit Koksproblem.«

»Frisch fettabgesaugte TV-Seriendarstellerin der C-Klasse auf letzter Shoppingtour, bevor sie ins Dschungelcamp einzieht.«

Dann verloren die beiden den Spaß an der Sache. Berater-Boy eins gähnte herzhaft und streckte seine langen Gliedmaßen von sich, während Berater-Boy zwei maulte: »Im kleinen Airbus macht das viel mehr Spaß, wenn die Holzbank-Heinis auf dem Weg zu den hinteren Plätzen ihren Spießrutenlauf durch die Businessclass machen müssen.«

Zoe schüttelte sich angewidert, drehte sich zum Fenster weg und murmelte: »Männer, Kategorie Karrierekotzbrocken, Generation 2.0.«

Nach dem Drei-Gänge-Menü, das immer angenehm lang ausfiel, wenn man nach Westen flog und Tageslicht hatte, das zurück nach Osten bei Nacht aber einfach nur nervte, schlief Zoe ein.

Rache war eben ein anstrengendes Geschäft.

Zwei Stunden vor der Landung drapierte der Stewart, heutzutage nur noch Flugbegleiter betitelt, erneut ein weißes Tuch auf dem ausgeklappten Tisch am leer gebliebenen Nebensitz, und Zoe wachte auf. Sie hatte drei Viertel des Flugs in ihr neues Leben verschlafen.

Mein neues Leben, dachte Zoe und streckte sich. Fast war sie versucht, Leben zu buchstabieren: L-e-b-e-n. Wie Allegra heute Morgen. Warum? Nun, weil das Ganze schon ein großer Schritt für sie war, einmal ganz unabhängig sein von dem untoten Benjamin Nikolaus Nigmann, der sie sicherlich irgendwann heimsuchen würde. Nach insgesamt neun Jahren Journalistenkarriere bei Frauenzeitschriften, darunter drei Jahre als stellvertretende Chefredakteurin von *VISION*, hatte sich bei Zoe in letzter Zeit ein gewisses Gefühl von *been there, done that* eingestellt. Irgendwie kamen ihr alle Themen bekannt vor: »Orgasmus: Faken oder Fakten?«, »Blutrot! Auf Lippen und auf Nägeln!«, »Angelina Jolie: Ich weiß jetzt, was ich von der Liebe will.« Neuerdings wurde sie sogar den Verdacht nicht mehr los, Schlagzeilen für den neuesten *VISION*-Titel zu fabulieren, die sie bereits vor drei bis sieben Jahren zu der exakt gleichen Geschichte getextet hatte.

Und dazu hatte sie dieses immer stärker nagende Gefühl ganz tief in sich drin verspürt, dass da noch etwas kommen müsse in ihrem Leben. Etwas, wofür sie so richtig brannte, für das sie morgens nicht nur zufrieden aus ihrem Bett aufstand, sondern noch vor dem Weckerklingeln begeistert heraussprang. Etwas Eigenes. Etwas, das Substanz hatte. Nur was? Schließlich hatte sie damals in der Abi-Zeitung ganz kühn angegeben, die Welt verändern zu wollen. Also was? Eine Yogaschule auf Ibiza aufmachen und anderen Erleuchtung bringen? Tierschützerin im afrikanischen Busch werden? Eine CO2-neutrale Eisdielenkette mit Biojoghurteis und Sorten wie Grüner Tee, Lavendel oder Schokoreispudding gründen?

Selbst Allegra war Zoes nervöse Unzufriedenheit aufgefallen. »Du brauchst einen neuen Spielplatz, meine Liebe«, hatte sie vor eineinhalb Jahren angeordnet, wollte Zoe aber nicht zu einem anderen Blatt im Hause Schönhoff weiterziehen lassen. Was ja letztendlich auch nicht geholfen hätte.

Doch dann kam Zoe die zündende Idee.

Benni, der sich nach einem abgebrochenen Studium der Literaturwissenschaft und ein paar Semestern Orient- und Asienwissenschaften immer mehr mit Softwareprogrammierung – oder Coding, wie das bei Insidern so schön hieß – beschäftigt hatte, animierte sie dazu, einen Modeblog für *VISION* zu starten. *StyleChicks by VISION* verwandelte sich schnell in eine erfolgreiche Mode- und Shoppingplattform. Der Vorstand wurde auf Zoe aufmerksam und schickte sie zuerst auf einen New-Media-Crashkurs, in dem Zoe alles über Suchmaschinenoptimierung, Keyword-Kampagnen und Monetarisierung durch Partnergeschäfte lernte. Also lauter Zeugs, mit dem kein normaler Mensch etwas anfangen konnte. Danach hospitierte sie beim französischen Ableger der *Huffington Post* in Paris, bei *Net-à-Porter* in London und in der Berliner Etsy-Dependance. Zurück im Verlag, erarbeitete Zoe schließlich ein New-Media-Konzept für alle Frauenzeitschriftentitel. Wenig später bekam sie vom Vorstand den sehr lukrativen Job mit dem sehr schlauen Titel *Senior Vice President Creative Digital Solutions* angeboten. Standort: New York.

Und sagte ab.

Und an der Sache mit der Absage war natürlich ein Mann schuld. Wie an so ziemlich allem Bedeutsamen in Zoes bisherigem Leben. Benni, dessen drittes Start-up zwar in absehbarer Zeit genauso an mangelnder Kohle scheitern würde wie Nummer eins und zwei, hatte sich mal wieder nicht entscheiden können. Berlin oder New York? Deutschland oder USA? Gift oder Pistole? Und entschied sich schließlich dafür, gar nichts zu entscheiden. Sprich: in Berlin zu bleiben. Also blieb Zoe eben auch in Berlin.

Im Nachhinein konnte frau sich jede Entscheidung zurechtrationalisieren.

»Berlin ist einfach viel lebenswerter«, erklärte sie Allegra, die nur die Augen verdrehte. »Nicht so dreckig, nicht so laut und nicht so viele ungebildete, übergewichtige Amis.«

Bis genau eine Woche später Bennis erste große Liebe ihren Auftritt auf Zoes Lebensbühne hatte.

★★★

Der Airbus A380 drosselte kaum hörbar die Triebwerke und glitt im Sinkflug über Long Island hinweg. Zoe konnte aus der Luft die breiten weißen Sandstrände und die Villen der Reichen und Schönen in den Dünen dahinter ausmachen. Die Hamptons – das Sylt der New Yorker. Wenig später schwebte der Riesenvogel über immer dichter besiedeltes Gebiet, hier und da unterbrochen von einem Golfplatz oder einer zwischen zwei Autobahnkreuze gequetschten Grünfläche, die wohl einen öffentlichen Park darstellen sollte, und setzte verblüffend geräuschlos auf der Landebahn auf. Nach dem Aussteigen folgte Zoe den anderen Mitreisenden in die Passkontrollhalle des John F. Kennedy Airports.

JFK. Wie machtvoll das klang. Und sexy. Nach Mafia und Monroe, nach Thanksgiving in Hyannis Port, fiel Zoe ein. Hätten die Münchner mal besser nachdenken sollen, bevor sie ihren Flughafen nach dem ollen FJS tauften.

Unsanft wurde sie aus ihren Gedanken gerissen.

»Amerikanische Staatsbürger und Inhaber einer Greencard nach links«, blaffte eine Art uniformierter Platzanweiser in Abständen von dreißig Sekunden und schickte echte Amis in die nicht vorhandene und Touristen in die etwa fünfhundert Mann starke Schlange. »Besucher mit ESTA oder Visum nach rechts.«

Na, das ist ja eine tolle Begrüßung, dachte sich Zoe und wartete, wartete und wartete. Endlich am Schalter eines amerikanischen Einwanderungsbeamten angelangt, legte sie ihren Pass und die Zollerklärung vor.

»Sie haben ein Arbeitsvisum?«, fragte der Einwanderungsbeamte, ohne aufzublicken.

»Jawohl«, antwortete Zoe. »Ein Journalistenvisum.«

»Rechten Daumen auf den Fingerabdruckscanner, dann die restliche Hand«, befahl er und nahm ihr die Fingerabdrücke ab. Anschließend fotografierte er sie.

Zoe kam sich vor wie ein Schwerverbrecher, wie der illegalste Einwanderer aller illegalen Einwanderer überhaupt. Dabei war niemand legaler hier als sie. Es hatte sie ungefähr eineinhalb Stunden ihres Lebens gekostet, den gut zwanzigseitigen Online-Antrag für ihr US-Visum auszufüllen. Die amerikanische Einwanderungsbehörde wusste seitdem mehr intime Details über sie als ihre Mutter, ihr Arbeitgeber und ihr Hausarzt zusammen. Ja, sie war ledig und, nein, sie hatte weder Aids noch TBC oder sonst irgendwelche ansteckenden Seuchen. Sie gehörte keiner terroristischen Vereinigung an und beabsichtigte auch nicht, irgendwelche Terroranschläge während ihres Besuches durchzuführen, war nicht vorbestraft und hatte auch noch nie gegen das Abkommen von Den Haag verstoßen und ein Kind ins Ausland entführt. Auch eine Nazi-Vergangenheit konnte sie nicht bieten. Sie würde fortan 180.000 Dollar Jahresgehalt bei Schönhoff Publishing USA Inc. verdienen und in ihrer neuen New Yorker Steuerklasse ungefähr achtunddreißig Prozent davon gleich wieder hergeben. Ihr Vater war am 5.12.1955 in Nürnberg geboren, von Beruf Arzt, wohnhaft in der Hauptstraße 7, 90599 Herpersdorf bei Ansbach. Und so war es endlos weitergegangen.

Fehlt nur noch, dass sie mich nach meiner letzten Periode fragen, hatte sich Zoe geärgert.

»Linker Daumen, dann die restliche linke Hand«, ordnete der Beamte jetzt an.

Aber mit der Online-Ausfüllerei war es noch längst nicht getan gewesen. Danach musste Zoe zum Interview in einem US-Konsulat antreten. Sie hatte sich für die Frankfurter Stelle entschieden, weil sie gehofft hatte, dass dort weniger los sein würde als in der Berliner Botschaft, und gleich den ersten Termin um 8.40 Uhr in der Früh vereinbart. Mit dem Ergebnis, dass sie an einem Julimorgen bei Nieselregen und dreizehn Grad Celsius mit etwa vierzig anderen Leuten vor dem Konsulat in einer Schlange gestanden hatte. Dreißig nasse Minuten und eine Sicherheitskontrolle (Keine Handys! Keine Schlüssel! Keine Schirme!) später hatte sie eine Nummer gezogen und mit ebendiesen vierzig Leuten, die ganz offenbar ebenfalls Zoes Termin um 8.40 Uhr mit dem einzigen anwesenden Konsularbeamten hatten, in einem Warteraum gesessen. Das Interview gute eineinhalb Stunden später hatte schließlich darin bestanden, dass sie die Unterlagen (die sie vorher bereits online eingereicht hatte) unter einer schusssicheren Glasabtrennung hindurchschob. Zoe war zwar nie in der DDR gewesen, aber irgendwie so – stellte sie sich vor – musste deren Bürokratie damals auch funktioniert haben. Und man hatte ja gesehen, wo das hinführte …

»Und was genau ist Ihre Betätigung?«, fragte der Einwanderungsbeamte nun.

»Ich bin der neue Senior Vice President Creative Digital Solutions bei Schönhoff Publishing.«

»Was soll das denn sein?«, wollte er wissen, guckte zum ersten Mal von seiner Computertastatur auf und musterte Zoe eindringlich, als hätte er gerade eine bisher unbekannte Tierart im afrikanischen Busch entdeckt.

»Ich soll die Neuen Medien nahtlos in die alten integrieren. Blogging, Social Networking, Curating.«

»Und so was nennt sich heutzutage Journalismus?«, unterbrach sie der Beamte und runzelte die Stirn.

»Allerdings!«, antwortete Zoe.

»Sie müssen es ja wissen«, sagte er kopfschüttelnd, stempelte Zoes Reisepass und winkte sie durch. »*Welcome to the United States, Miss!*«

Ja, du bist bei mir auch stets willkommen, Mister, dachte sie, lächelte aber vorsichtshalber höflich. Mit Leuten in Uniform war ja generell nicht zu spaßen. Dann lief sie so schnell wie möglich, aber gerade noch ohne zu rennen, zur Gepäckausgabe. Bevor Mister-Welcome-to-the-United-States es sich womöglich noch anders überlegte. Sie hievte ihre beiden Koffer vom Band, denen vom stundenlangen Im-Kreis-Herumfahren schon schwindelig sein musste, passierte den Zoll und ging durch eine weitere Sicherheitsschleuse in die Ankunftshalle.

Stay hungry, stay foolish, hatte der große Steve Jobs vor seinem Tod einmal so schön formuliert. Lebe jeden Tag wie deinen letzten. Und genau das plante Zoe Schuhmacher künftig zu tun. Auch wenn sich ihre persönliche Verwegenheit bisher eher in Grenzen gehalten hatte.

3

Draußen in der Ankunftshalle wartete bereits ein kleiner, schwarz beanzugter Inder mit einem Schildchen *Ms Zoe Shoemaker* in der Hand und einer Art Dienstbotenkappe auf dem Kopf. Ihr Fahrer. Er nahm ihr, ohne mit den beneidenswert langen, dichten Wimpern zu zucken, beide Koffer ab, für die sie, wenn sie in Berlin am Flughafen nicht – wichtig, wichtig! – die Senatorenkarte gezückt hätte, kräftig Übergepäck hätte zahlen müssen. Dann führte er sie nach draußen zu einer schwarzen Mercedes-Limousine. Die Limo hatte ihr noch die halbe Sekretärin zu Hause in Berlin gebucht, weil Allegra sich bei ihren regelmäßigen New-York-Besuchen standhaft weigerte, in ein gelbes Taxi zu steigen.

»Bei Regen kriegt man nasse Füße, weil die Karosserie undicht ist. Und wenn es heiß ist, bleiben die Oberschenkel an den Plastiksitzen kleben«, hatte Al sich nach ihrer ersten (und letzten) Fahrt beschwert.

Der New Yorker Himmel strahlte in verheißungsvollem Evianflaschenblau, als Zoe und ihr kleiner Inder Terminal 1 verließen. Es musste mindestens zwanzig Grad wärmer sein als in Berlin, wo es die letzten beiden Juliwochen bei spektakulären Höchsttemperaturen von sechzehn Grad beinahe dauergeregnet hatte.

Zoe freute sich über das schöne Wetter – bis die Luftfeuchtigkeit sie traf, als wäre sie frontal gegen eine Betonwand gestöckelt.

Zoe wusste gar nicht, an welcher Körperstelle sie zuerst zu schwitzen begann. Auf der Stirn, der Oberlippe, unter den Armen, sogar an der Rückseite ihrer Beine lief plötzlich der Schweiß hinunter. Wäre nicht die lange Reihe der *yellow cabs* am Taxistand direkt vor ihren Füßen gestanden, dann hätte sie vermutet, auf einer Karibikinsel kurz vor dem nachmittäglichen Gewitterschauer gelandet zu sein.

Summer in the city.

Der höfliche Inder hielt ihr die Tür zum Fond der Limo auf, die magischerweise innen eisgekühlt war. Zoe bemühte sich, möglichst schnell, aber auch möglichst elegant einzusteigen, so wie sie es bei Kate Middleton gesehen hatte. Auf der Rückbank lagen die aktuellen Ausgaben der *New York Times* und des *Wall Street Journal* bereit. In der Rücksitztasche des Beifahrersitzes, der zur ultimativen Beinfreiheit des Fahrgastes ganz nach vorn geschoben war, steckten Wasserflaschen mit und ohne Kohlensäure.

Zoe *Shoemaker* Schuhmacher fühlte sich wie ein Hollywood-Star, der seine lästigen Paparazzi erfolgreich abgeschüttelt hatte.

★★★

»Amerika ist ein sauberer Vorort von New York«, hat Ephraim Kishon einmal gesagt. Wie unrecht er doch hatte. Zoe bat ihren kleinen Inder, über die Brooklyn Bridge nach Manhattan zu fahren, so wie Al sie instruiert hatte, und nicht durch den Midtown-Tunnel. Sie wollte von ihrer Ankunft schließlich etwas mitbekommen und sich nicht wie eine Wühlmaus fühlen, die irgendwann wieder das Licht an der Erdoberfläche zu sehen bekam. Als sie schließlich vom Long Island Expressway auf den Brooklyn Queens Expressway abbogen und im Begriff waren, über eine klapprige, mit Schlaglöchern versehene Brücke zu fahren, die so ähnlich wie Kotz-Schutzki hieß – das zumindest hatte Zoe vom indischen Singsang ihres Fahrers verstanden –, tat sich am Horizont auf der anderen Seite des East Rivers die Skyline von Manhattan auf. In feinster Postkartenqualität. Die grelle Nachmittagssonne ließ die

Wolkenkratzer in einem dunstigen silbrigen Grau leuchten wie eine Mirage. Die Schuppen des Chrysler Buildings glitzerten wie Tausende von Spiegelscherben. Zwei Hubschrauber schipperten Touristen auf Sightseeing den East River entlang Richtung Downtown, wo das One World Trade Center als höchstes Gebäude der Vereinigten Staaten und der westlichen Welt die Wolken kratzt. Oder, wie Allegra es zu formulieren pflegte: »Wo das One World Trade Center wie ein ausgestreckter Mittelfinger in die Lüfte ragt und ›*Fuck you, Al-Qaida*‹ sagt.«

Im Film wird die Stadt New York oft wie ein eigenständiger Charakter behandelt, erinnerte sich Zoe. Nicht wie die Hauptperson, aber doch wie eine sehr wichtige Nebenrolle. Die des Verführers, zum Beispiel. Stylish, mächtig, sexy – und grenzenlos unangepasst. Wie George Clooney oder Lenny Kravitz.

Sie passierten die Brooklyn Bridge, fuhren durch das Gerichtsviertel in Downtown und anschließend die 6th Avenue hinauf, bis der Fahrer in die 52nd Street abbog und vor dem grün-gold gestreiften Vordach der Four Seasons Executive Residences hielt. Hier war Zoe vom Verlag für den ersten Monat untergebracht.

»Möbliert«, hatte die halbe Sekretärin betont.

»Na, das kann ja heiter werden«, hatte Zoe geantwortet und das klapprige Sofa einer Ein-Zimmer-Butze der studentischen Wohnungstauschbörse vor Augen gehabt, auf dem sie zu Anfang ihrer Unikarriere genächtigt hatte.

Und es wurde heiter.

»Willkommen zu Hause, Miss Zoe. Mein Name ist Devon«, begrüßte sie ein offenbar perfekt für ihre Ankunft gebriefter Portier, der ihr die Autotür zum Aussteigen aufhielt. »Wie geht es Ihnen heute?«

»Äh, danke. Mir geht es gut. Und Ihnen?«, flötete Zoe in ihrem besten Ameri-Kniggesisch zurück und nahm sich vor, fortan den hier üblichen Begrüßungsklimbim aus »*Hi, how are you?*« und »*Fine, how are you?*« parat zu haben.

»Bestens, bestens.«

Devon nahm ihre Gepäckstücke entgegen, nickte dem kleinen Inder eine Art »Danke, du kannst weiterfahren« unter gleichrangigen Dienstboten zu und hielt Zoe die Tür zum Foyer auf. Am anderen Ende stand der Aufzug schon geöffnet bereit.

»Nach Ihnen, Madam.«

Zoe zögerte erst etwas und sagte schließlich prophylaktisch »Danke«. Sie war unsicher, wie sie auf Höflichkeiten dieser Art reagieren sollte, schließlich hielt kaum ein Mann in Deutschland einer Frau die Tür auf. Diese Wohlerzogenheit hatte die Emanzipation in den Siebzigern abgeschafft – behaupteten zumindest die deutschen Männer frei nach der These: »Wenn die Weiber schon emanzipiert sein wollen, dann sollen sie sich ihre Türen gefälligst auch selber aufmachen«.

Der Aufzug bewegte sich völlig geräuschlos in den siebenundvierzigsten Stock hinauf, wo Devon beim Aussteigen die Führung übernahm und am Ende des Flures das Apartment 47C aufschloss.

»Es war mir eine Freude, Madam«, sagte er, bevor er sich mit einem kleinen Tippen an die Portiersmütze wieder nach unten in seine Kommandozentrale verabschiedete.

Zoe betrat zögerlich ihr neues Reich. »Der Architekt scheint eine Diele für Platzverschwendung gehalten zu haben«, kommentierte sie die offensichtliche Sachlage, als sie nach nur einem Schritt direkt im möblierten Wohnzimmer stand, das ein bisschen aussah wie ein Showroom von Calvin Klein Interiors. Die Wände waren in einem Farbton gestrichen, den Innenarchitekten vermutlich »Düne« nannten. Der Teppich kam passend dazu in der Schattierung »Treibholz« daher und das Sofa in »Kieselstein«. Das Wartezimmer eines Luxus-Psychiaters hätte nicht beruhigender sein können.

Fehlen nur noch ein plätschernder Zimmerspringbrunnen und die Statue irgendeiner buddhistischen Gottheit.

Zoe ging ein paar Schritte weiter, ließ die Finger über die Bar der eingebauten Edelstahlküche gleiten und öffnete eine Tür, die zum Schlafzimmer mit einem riesigen Kingsize-Bett und einem fast ebenso großen Flachbild-Fernseher an der Wand führte. Auf dem Bett standen sieben Kissen in unterschiedlichen Größen und Farbschattierungen in Grau-olive-lila, unter Nagellackfetischisten auch Mauve genannt, stramm. Ganz offensichtlich gekonnt drapiert durch einen exakten Handkanten-Karateschlag in die jeweilige Kissenmitte.

»Möbliert. In Boutique-Hotel-Qualität«, hatte die halbe Sekretärin zu Hause noch beteuert, aber erst jetzt glaubte es Zoe ihr auch.

Seltsam war nur, dass es in der gesamten Wohnung keinen einzigen Schrank gab. Zoe lief zwischen Wohn- und Schlafzimmer hin und her. Kein Schrank im nicht vorhandenen Eingangsbereich und definitiv keiner im Schlafzimmer. Dafür aber zwei Badezimmer. Zoe war verwirrt.

»Soll ich meine Klamotten etwa in der Badewanne unterbringen? Oder im Backofen, wie Carrie?«, fragte sie die Schlafzimmertür. Zoe Schuhmacher redete gerne mit sich selbst, wenn sie alleine war – und/oder wütend –, am liebsten aber mit Gegenständen, weil sie nicht widersprechen konnten.

Der Portier musste wieder her.

»Devon, könnten Sie bitte noch einmal heraufkommen?«, bat sie ihn wenige Sekunden später über das Haustelefon, das mit seinem digitalen Touchdisplay direkt aus dem Cockpit eines Raumschiffs hätte stammen können. Anscheinend konnte man alles damit erledigen – Besuch anmelden, Pizza bestellen, Wäsche zum Reinigen abholen lassen – vermutlich aber nur, wenn man einen Abschluss als Softwareingenieur besaß. »Ich habe ein Problem.«

»Aber selbstverständlich, Miss Zoe.«

Zwei Minuten später stand er tatsächlich wieder in ihrer Wohnungstür. »Was kann ich für Sie tun, Madam?«

»Wie Sie sehen, habe ich jede Menge Gepäck, und das wird wohl nicht alles in den Backofen passen. Ich weiß, dass die Platzverhältnisse in New Yorker Wohnungen immer sehr beengt sind, bei Carrie war das ja auch so, aber das geht nun wirklich nicht.« Die Luft über dem Atlantik musste wirklich dünn gewesen sein, denn Zoe merkte selbst, dass sie heillosen Stuss redete. Aber sie war einfach zu müde, aber doch aufgekratzt, um erst zu denken und dann zu sprechen. Devon schaute erst Zoe an, dann ihre Koffer, dann den Backofen und schließlich wieder Zoe.

»Und was genau kann ich nun für Sie tun, Madam?«

»Ich brauche einen Schrank.«

»Sie brauchen einen Schrank«, wiederholte er langsam.

»Ja, von mir aus kann die Hausverwaltung irgendein Billigmodell kaufen. Oder haben Sie ein anderes Apartment für mich? Mit Schrank und ohne zweites Badezimmer?«

»Zweites Badezimmer?« Jetzt schien Devon das berühmte Licht aufgegangen zu sein. Seine Mundwinkel zuckten verdächtig. Bemühte er sich etwa, nicht zu lachen?

»Miss Zoe, haben Sie schon einmal Ihr zweites Badezimmer angeschaut?«, fragte er freundlich und öffnete die Tür zu selbigem.

In diesem Moment wäre es Zoe mehr als recht gewesen, wenn sich ein tiefes, tiefes Loch vor ihr im Boden aufgetan hätte – siebenundvierzig Stockwerke tief bis auf die 52nd Street und am besten weiter bis nach China oder wo immer man von New York aus auf der anderen Seite des Erdballs eben herauskam. Das vermeintliche Badezimmer war der göttlichste begehbare Schrank diesseits des Atlantiks, fand Zoe zumindest, die noch nie zuvor einen begangen hatte. Er war halb so groß wie das gesamte Schlafzimmer. Ausgestattet mit diversen offenen Schuhabteilen, eingebauten Kleiderstangen für kurze und lange Sachen, ausziehbaren Fächern für Pullis und T-Shirts und sogar eine Hutablage gab es. Ein Ganzkörperspiegel mit zwei beweglichen Außenflügeln fehlte natürlich auch nicht. Und das dezente Licht der Deckenbeleuchtung machte nicht nur schlank, sondern irgendwie auch noch schön.

Zoe ließ sich auf das Kingsize-Bett in die mauvefarbenen Kissen sinken und sah zum Schlafzimmerfenster hinaus, das die gesamte Westseite des Raumes vom Boden bis zur Decke einnahm. Der Blick reichte bis zum Hudson River, der in der Nachmittagssonne glitzerte. Amerikanische Oberflächlichkeit hin oder her. Sie liebte das Land der begehbaren Schränke schon jetzt!

★★★

Am Sonntagmorgen wachte Zoe wider Erwarten völlig erschlagen in einem vollkommen zerwühlten Bett auf. Zwei Kissen und die in ein Laken eingeschlagene Decke waren zu einer unordentlichen Wurst ans Fußende gestrampelt worden. Die anderen Kissen lagen verstreut neben dem Bett auf dem Boden. Ein Schlachtfeld, das man auf zweierlei Weise interpretieren konnte: Entweder hatte hier jemand spektakulär guten Sex oder extrem schlechten Schlaf gehabt. Für Zoe traf Letzteres zu. Sie hatte nachts mehrere Programmierungskämpfe mit der Klimaanlage ausgefochten – und verloren.

Zuerst hatte sie das Ding auf dem Cockpit von fünfundsechzig Grad Fahrenheit einfach auf Verdacht auf siebzig Grad hochgedreht. Wer konnte im Kopf schon Fahrenheit in Celsius umrechnen? Irgendetwas mit minus zweiunddreißig geteilt durch eins-Komma-hab-ich-leider-vergessen. Und das auch noch nachts um zwei. Eine beknacktere mathematische Formel konnte es kaum geben. Siebzig Grad waren immer noch zu kalt, deshalb stand sie ein zweites Mal auf und programmierte fünfundsiebzig ein. Als sie trotzdem noch fror, versuchte sie das Gebläse abzustellen, das ihr stetig ins Gesicht blies, was aber nicht funktionierte, weil die niedrigste Stufe *slow* immer noch eine deutlich spürbare, unangenehme Windgeschwindigkeit erzeugte. Sie stand also ein viertes Mal auf, schaltete die Klimaanlage aus und versuchte ein Fenster zu öffnen, was ihr natürlich nicht gelang, weil sich die meisten amerikanischen Hochhausfenster nicht öffnen ließen.

Nach und nach zog sie missmutig erst ihr langärmeliges T-Shirt, dann den Schal, die Socken und schließlich die Schlafanzughose wieder aus, schob die Bettdecke so weit wie möglich von sich – und schwitzte sich in einen unruhigen Dämmerschlaf. Als es draußen hell wurde, war Zoe gleichzeitig todmüde und hellwach. Irgendeine irrsinnige Körperreaktion auf die Kombination Schlafmangel und Zeitverschiebung. Sie griff zur Fernbedienung und schaltete ihr persönliches Kino ein. Nachrichten. Der Reporter vom Lokalkanal New York 1 versuchte allen Ernstes gerade, ein Spiegelei auf dem Bürgersteig der 5th Avenue zu braten. Was ihm sogar einigermaßen gelang. Das Eiweiß gerann, wenn auch langsam, und zeigte schließlich kleine Blubberblasen.

»Die Hitzewelle wird auch heute die Stadt wieder fest im Griff haben, bis es ab dem frühen Nachmittag bei heftigen Gewittern stark abkühlt«, reportierte der adrette junge Bürgersteigkoch dramatisch, der seinem Eifer und der Sendezeit nach ein Praktikant im Hause New York 1 sein musste. »Es ist sieben Uhr früh am Sonntagmorgen vor dem Rockefeller Center und wir messen bereits einundneunzig Grad. Für heute erwarten wir Höchsttemperaturen von hundertsechs Grad.«

Dann erzählte er irgendetwas von öffentlichen klimatisierten Aufenthaltsräumen für Leute, denen es in den eigenen vier Wänden zu heiß war. Für Leute wie mich, murmelte Zoe, schaltete den Fernseher aus, drehte sich auf den Bauch und vergrub das Gesicht im verschwitzten Bettlaken. Ihr Magen fing langsam an zu knurren. Erst leise, dann drängend lauter. Diese verdammten Eier aus den Nachrichten gingen ihr nicht mehr aus dem Kopf. Spiegeleier, Rühreier, Eier im Glas. Sie wollte Eier zum Frühstück. Am besten amerikanische Eier. *Sunny side up.* Auf der Stelle, jetzt, sofort, gleich! Hatte die halbe Sekretärin sie nicht vor ihrer Abreise aufgefordert, eine Einkaufsliste für New York aufzusetzen? Das hatte Zoe zwischen dem Erwerb von einem Pfund Kressesamen und dem Aussuchen ihrer neuen Geek-Brille völlig vergessen. Missmutig quälte sie sich aus dem Bett und ging in die Küche. Sie schwitzte immer noch – oder schon wieder, das war nicht genau zu unterscheiden – und ihre Füße schmatzten bei jedem Schritt auf dem glänzenden Parkettboden.

Immerhin stand auf der Küchentheke eine Espressomaschine samt Milchaufschäumer und vieler bunter Kaffeekapseln. Was Zoes Laune immerhin minimal steigen ließ, denn ohne Kaffee am Morgen ging bei ihr gar nichts. Als sie die Doppeltüren des Kühlschranks öffnete, der mühelos die Vorräte einer achtköpfigen Familie beherbergen konnte, und nach Milch fahndete, entdeckte sie eine Flasche Champagner. *Stay hungry, stay foolish, xoxo Al,* stand auf einem Post-it geschrieben, das neben dem Veuve-Cliquot-Etikett klebte. Zoe musste lachen. Wenn Allegra jetzt hier wäre, würden sie die prickelnde Witwe sofort köpfen. Sie drehte sich vor dem angenehm Kälte verbreitenden Kühlschrank einmal um die eigene Achse, nahm die Flasche heraus und fand dahinter Eier, Speck, Butter und sogar Frühstücksbrötchen zum Aufbacken vor. So eine halbe Sekretärin war ab und an halt doch ein ganzes Dankeschön wert.

Zoe schaltete nach Packungsanweisung den Backofen korrekt auf 350 Grad ein, was irgendwie mächtig heiß klang, aber in dem verdammten Fahrenheit vermutlich richtig war. Dann suchte sie eine Pfanne für die Eier und den Speck. Sie stellte den Gasherd an, ließ ein Stückchen Butter in der Pfanne zerlaufen und schlug zwei Eier hinein. Der Speck kam hinterher. Kochen war ebenfalls eine schweißtreibende Angelegenheit. Zoe wischte sich mit einem Küchentuch die Feuchtigkeit von der Stirn. Sie kam sich vor wie in einer industriellen Großküche irgendwo in Indien. Aber alles besser als Klimaanlagenzugfrost.

Als sie sich der Espressomaschine zwecks Kaffeeauswahl zuwenden wollte, wurde sie von einem ohrenbetäubenden Geräusch jäh aus ihrem Entscheidungsfindungsprozess gerissen.

Eine kreischende Sirene! Kombiniert mit hektischem rotem Blinken! Und das direkt über ihrem Kopf.

War das weiße runde Plastikding oben an der Decke etwa ein Rauchmelder? Es musste einer sein, aber was um Himmels willen tat er über dem Herd?

»Nur Amis können auf die irre Idee kommen, einen Rauchmelder in einer Küche zu installieren«, rief Zoe, wurde aber von der kreischenden Sirene locker übertönt. »In! Einer! Küche! Wo gekocht wird! Und wie bitte soll ich das Ding jetzt ausschalten?«

Mit einem beherzten Satz sprang sie auf die Küchentheke und stand langsam aus der Hocke auf, wobei sie sich abwechselnd mit der Hand, die sie gerade nicht zum Stabilisieren brauchte, zumindest ein Ohr zuhielt. Der Lärm, den dieses kleine runde Ding von sich gab, war im wahrsten Sinne des Wortes ohrenbetäubend. Aber auch auf der Arbeitsplatte stehend fehlten Zoe noch gute eineinhalb Meter bis zur Decke.

Jetzt begann es in der Wohnküche auch noch komisch zu riechen. Irgendwie angekokelt. Verbrannt! Aus ihrer Vogelperspektive blickte Zoe entsetzt hinunter zur Pfanne auf dem Herd, die sie völlig vergessen hatte: Statt Eiern und Speck sah sie kleine schwarze Klumpen, aus denen Flämmchen züngelten.

Mist, ganz großer Mist!, war das Einzige, was ihr noch in den Kopf schoss, bevor sie mit einem Satz von der Küchentheke sprang, zur Wohnungstür hechtete, diese aufriss und hinaus in den Gang rannte. Die nächste Tür war 47A und Zoe schlug mit beiden Fäusten dagegen.

»Hallo, aufmachen. Ist da jemand? Bei mir brennt's. Ich brauche Hilfe!«

Rauchschwaden zogen bereits aus 47C auf den Flur hinaus, und der Rauchmelder quietschte immer noch höchst beeindruckend, als die Tür von 47A so rasant aufgerissen wurde, dass sie mit der Klinke innen gegen die Wand krachte und mit Sicherheit eine Delle hinterließ.

»*What the fuck*!«, schimpfte ein sehr verschlafener junger Mann, der nur mit einer dieser langen, nicht gerade unansehnlichen amerikanischen Pyjamahosen bekleidet war. Er hatte den Oberkörper eines Schwimmers, den Zoe aber leider nicht gebührend bewundern konnte. Sie hatte schließlich andere Sorgen.

Zoe gestikuliere gen Rauchzeichen. Der Nachbar schien zu verstehen und sprintete in ihr Apartment. Zoe hörte, wie er die heiße Pfanne in die Spüle donnerte und Wasser darauf laufen ließ, dass es nur so zischte. Sie blieb währenddessen in sicherem Abstand auf dem Gang hinter einem Mauervorsprung, der zum Aufzug führte. Mit Feuer war schließlich nicht zu spaßen. Bis ihr auffiel, dass sie nur Höschen und BH trug. Und die passten nicht mal zusammen. Dunkelblaue Baumwollbuchsen unbekannter Herkunft und dazu ein gelb-geblümter Calvin-Klein-Spitzen-BH. Dabei hatte ihre Oma ihr immer eingebläut: »Zieh ordentliche Unterwäsche an, Kind! Es kann immer passieren, dass du unvorhergesehen ins Krankenhaus kommst. »

Krankenhaus waberte als letzter Gedanke noch in Zoes Gehirn, wie der Nachklang eines eben zu Ende gegangenen Songs auf dem iPod, als der Nachbar ein bisschen zu selbstzufrieden für ihren Geschmack wieder auf den Gang herausspaziert kam. Irgendwie erinnerte er an Patrick Dempsey aus *Grey's Anatomy*. Nur größer. Unordentliche Wuschelhaare wie frisch aus dem Bett, wo er ja ganz offensichtlich auch hergekommen war. Und die angeborene Selbstsicherheit von TV-Neurochirurg Dr. Derek Shepherd, der völlig zu Recht den Spitznamen McDreamy trug und jede OP mit dem göttlichen Satz begann: »Auf geht's, Leute. Heute ist ein großartiger Tag, um Menschenleben zu retten.«

»Hi, ich bin Tom«, sagte McNachbar, immer noch nur in Schlafanzughose, völlig nonchalant und streckte Zoe die Hand hin.

»Danke. Äh, hi. Zoe«, stammelte Zoe, immer noch in nicht zusammenpassender Unterwäsche und zutiefst peinlich berührt. Nur mit Mühe konnte sie ihren Fluchtreflex unterdrücken, den ein XY-Chromosomenträger wie ihr Gegenüber sicherlich als Undankbarkeit auslegen würde. Und nicht als blanke weibliche Panik angesichts der Tatsache, dass sie erstens ungeduscht, zweitens ungeschminkt und drittens quasi unbekleidet war.

»Da ich sowieso schon wach bin und Ihnen das Leben gerettet habe, dürfen Sie mich zum Frühstück einladen, Zoe«, sagte McNachbar grinsend und musterte sie unverhohlen von oben bis unten.

»Okay«, war alles, was Zoe herausbrachte.

»Sie dürfen sich auch gerne was überziehen. Natürlich nur, wenn Sie unbedingt wollen.«

Zoe öffnete bereits den Mund für ein weiteres, nicht wirklich von ihrem Gehirn veranlasstes Okay, verkniff es sich aber gerade noch.

»Und schalten Sie verdammt noch mal die Klimaanlage ein. Sonst geht der Feueralarm gleich wieder los.«

★★★

In ihrem Apartment roch es zum Glück nicht allzu penetrant nach Ruß. Das Wasser lief noch immer über die Bratpfanne im Spülbecken. Lediglich ein Küchenhandtuch war in Mitleidenschaft geraten. McNachbar hatte es wohl als Topflappen benutzt, um die flambierte Pfanne anzufassen. Zoe schaltete gehorsam die anarchische Klimaanlage wieder ein.

Und was war jetzt der Schlachtplan? Duschen, rein prophylaktisch Spitzenunterwäsche anziehen und Allegra eine SMS schreiben. Falls McNachbar sich als Kettensägenmassakermörder entpuppte und das FBI Zoes letzte Lebensminuten rekonstruieren musste. Sie machte ihr iPhone an, das mit einem melodischen Plopp-Plopp-Plopp eine neue SMS nach der anderen ankündigte.

Benni Nigmann
Wo bist du, Zoe? Wir müssen unbedingt reden!
Benni Nigmann
Zoe, jetzt lass uns doch vernünftig sein. Es hilft ja nichts
Benni Nigmann
Wo ist eigentlich der Kühlschrank? Und der Fernseher? Und
Benni Nigmann
Bist du total verrückt geworden? Was hast du mit dem Teppich
Benni Nigmann
Sag mal, spinnst du? TODESANZEIGE? Meine Eltern waren völlig
Benni Nigmann
WO BIST DU VERDAMMT NOCH MAL?

Benni Nigmann. Wie weit weg die nette blasse Null plötzlich war. Wie in einem anderen Leben. Sie würde ihm nie verzeihen, dass er sie für eine andere verlassen hatte. Genau genommen für einen digitalen Avatar, schließlich hatte das Ganze ja im Internet begonnen. Zoe machte sich nicht die Mühe, die eben angekommenen SMS ganz zu lesen, sondern ließ sie direkt in den Papierkorb wandern. BNN war schließlich *history*. Stattdessen simste sie Allegra genüsslich: *Frühstücke mit 47A. Lecker!*

Nach dem Duschen band Zoe die noch feuchten Haare zu einem lockeren Knoten am Hinterkopf zusammen und schlüpfte in ein himbeerfarbenes Leinenkleidchen. Dann klopfte es schon an ihrer Tür. McNachbar stand, zur Abwechslung züchtig in Jeans und weißem T-Shirt, mit einer Papiertüte und der telefonbuchdicken Sonntagsausgabe der *New York Times* unterm Arm im Türrahmen. Bagels, Cream Cheese, Orangensaft und sogar Obstsalat hatte er mitgebracht.

»Der Mann ist Heiratsmaterial«, rutschte es Zoe auf Deutsch heraus.

»*Excuse me?*«, fragte McNachbar und grinste dieses sensationelle schiefe Lächeln von vorher. Seine Haare standen immer noch geordnet ungeordnet in alle Richtungen ab. *Bed hair* nannten das die Amis. Wie frisch aus dem Bett.

»Ach, nichts«, murmelte Zoe und bat ihn herein.

Sie frühstückten und Zoe geriet in Erzählmodus. McNachbar lächelte erneut entzückend schief, als Zoe ihm erzählte, dass sie ihre beiden Katzen Carrie und Mr Big schon jetzt vermisste, aber erst nachholen konnte, wenn sie eine Wohnung gefunden hatte. Er beugte sich interessiert zu ihr herüber, als sie gestand, unbedingt nach SoHo ziehen zu wollen, am liebsten in die Mott Street, weil dort das supercoole Café Gitane war, wo man am Samstagmorgen so toll Leute gucken konnte, bevor die ganzen Touris mit ihren schlechten Turnschuhen und Sicherheitsbauchtäschchen vorbeischlappten. McNachbar konnte ganz eindeutig zuhören und lachte an den richtigen Stellen. Das motivierte. Als horoskoptechnisch gesehen dreifacher Zwilling liebte Zoe dankbares Publikum, weil sie sehr gerne sehr amüsante Lach- und Sachgeschichten aus ihrem Leben preisgab. Zwilling, Merkur, Planet der Kommunikation. Zoe Schuhmacher war darin quasi ein Naturtalent.

Weil es laut ihrer inneren Uhr bereits Nachmittag war und sie zu Hause in Berlin mit Allegra längst auf Promillehaltigeres als

O-Saft umgestiegen wäre, killten McNachbar und Zoe als Nächstes den Willkommensschampus.

»Nenn mir fünf völlig unzusammenhängende Tatsachen über dich«, sagte Zoe, und ihre Augen blitzten ihn auffordernd an.

»Wenn ich unter Laternen durchlaufe, geht oft das Licht aus.«

»Wie mysteriös. Kannst du etwa auch zaubern?«

»Wer weiß?«

»Weiter!«

»Ich bin gestern aus England angekommen.«

»Ich aus Deutschland.«

»Dachte ich mir schon. Du energiesparende Klimaanlagenhasserin mit charmantem Akzent.«

»Du findest meinen deutschen Akzent charmant, du Heuchler? So wie ich sprechen bei euch Amis doch nur Nazis in Kinofilmen.«

Tom lachte. »Christoph Waltz war extrem charmant in Inglourious Basterds.«

»Und endete mit einem auf der Stirn eingeritzten Hakenkreuz.«

Tom lachte erneut. Ich scheine ihn zu amüsieren, dachte Zoe und war auf einmal unheimlich zufrieden mit sich selbst.

»Du bist um eine Antwort nie verlegen, meine Liebe. Oder?«, fragte Tom.

»Und du, mein Lieber, schuldest mir noch drei Tatsachen.«

»Lass mich nachdenken. Ich trage grundsätzlich keine Krawatten.«

»Und ich besitze hundertneunundzwanzig Paar Schuhe.«

»Das ist sehr …«

»… durchgeknallt?«

»Weiblich wollte ich sagen.«

»Danke für das Verständnis, mein Herr.«

Während McNachbar die Champagnergläser wieder auffüllte, genehmigte sich Zoe einen verstohlenen Musterungsblick. Toms wasserblaue Augen, die hohen Wangenknochen und die beneidenswert langen Wimpern bescherten ihm den einfühlsamen Grübel-Look eines Bohemiens. McNachbar saß so selbstverständlich auf ihrem Küchenstuhl, dass man den Eindruck gewinnen konnte, er sei gar nicht zu Gast hier, sondern die Wohnung, nein, das ganze Gebäude gehöre ihm. Dieser Mann strahlte die beneidenswerte Selbstsicherheit derjenigen aus, die ganz genau wussten, dass sie immer auf der Gewinnerseite des Lebens stehen würden. Die ein fast schon seismografisches Gespür dafür hatten, wann sie eine Party, einen Job oder eine Frau verlassen mussten, bevor die Stimmung kippte. Eine Selbstsicherheit, die man sich durch gute Erziehung, exzellente Bildung oder mit viel Geld nicht aneignen konnte. Man wurde schlichtweg mit ihr geboren.

»Mein Mittelname ist übrigens Prescott«, nahm Tom ihr Gespräch wieder auf.

»Nobel, nobel. Und du bist der erste Mann, der meinen Namen auf Anhieb richtig ausgesprochen hat. So-i, wie in: So ist das. Und nicht Zo-i, wie in: Zoo.«

»Ich bin sicherlich auch der erste Mann, der dir das Leben gerettet hat.«

»Jetzt wollen wir mal nicht übertreiben, Prinz Charming. Oder hast du draußen vor der Tür deinen Schimmel geparkt?«

»Wer weiß das schon, Prinzessin?«

McNachbar schaute sie nachdenklich an. Er hob langsam seine Hand, beugte sich zu ihr hinüber und strich ihr eine Haarsträhne aus dem Gesicht. Dann küsste er sie.

Einfach so.

Erst ein bisschen vorsichtig, als würde er tatsächlich mit körperlicher Gegenwehr rechnen. Dann leidenschaftlich – und vor allem: richtig talentiert. In null Komma nichts fanden sich beide wieder im Bekleidungszustand ihrer Erstbekanntschaft vor, und Zoe saß auf McNachbars Schoß, die Beine hinter seinem Rücken verschränkt. Es war acht Uhr morgens.

Danke, liebes Universum, für die weise Eingebung, Spitzenunterwäsche anzuziehen, fiel Zoe gerade noch ein.

★★★

Über die weiteren Begebenheiten verzeichnete Zoe Schuhmacher später gewisse Ausfallerscheinungen. Was damit zusammenhängen mochte, dass sie eine halbe Flasche Champagner intus hatte. Dass McNachbars Zunge unglaubliche Akrobatik-Akte auf nackter Haut vollführen konnte. Dass er roch wie Meerwasser, wie frisch gemähtes Gras und Sandelholz. Dass ihm die neue Zoe Sachen ins Ohr flüsterte, für die Amerikaner aus dem Mittleren Westen vermutlich Strafanzeige bei der Polizei stellen würden. Und dass Zoe nach ihrem One-Morning-Stand einfach einnickte, bevor sie McNachbar überhaupt fragen konnte, wer er eigentlich war, woher er kam, was er machte, warum er gerade sie … – und was Journalisten sonst noch so für W-Fragen stellten, wenn sie nicht gerade völlig verstrahlten Sonntagvormittagssex mit einem Fremden hatten.

Kurz bevor Zoe in einen tiefen, traumlosen Schlaf fiel, musste sie noch an Carrie Bradshaw aus »Sex and the City« denken. Die hatte einmal gesagt: »In New York City dreht sich alles um Sex. Um Leute, die gerade Sex haben, um Leute, die unbedingt welchen haben möchten, und um Leute, die einfach keinen kriegen. Kein Wunder, dass die Stadt niemals schläft. Sie ist zu sehr damit beschäftigt, flachgelegt zu werden.«

Als Zoe wieder aufwachte, lag sie sorgfältig zugedeckt auf ihrem Bett und McNachbar war verschwunden. Ihr Handy piepte.

Sitz 47A? Aus dem Flugzeug etwa?, hatte Al zurückgeschrieben.

Nein. Mein Nachbar. Apartment 47A.

WIE lecker ist er?

WAR er, ist wohl korrekter formuliert.

Sag bloß, du hast …

… McDreamy-lecker.

No way! You go, girl! Das nenne ich die neue Zoe!

Tja, wer hätte das gedacht?!

Aber … was ist mit deinen guten Vorsätzen? Karriere machen und keine Männergeschichten und so?

Ein Mädchen wird ja wohl noch seine Meinung ändern dürfen?! Außerdem will ich ihn ja nicht heiraten.

Friends with benefits also?

Freunde mit was?

Al war immer so verdammt gut informiert über diese coolen denglischen Wortspielchen, die man beim Cocktailabend oder auf einer Dinnerparty ganz lässig mal eben so von sich gab. Alle Beteiligten taten dann, als würden sie verstehen, worum es ging, und wären nicht im Geringsten beeindruckt, dabei waren sie natürlich super beeindruckt und rannten anschließend sofort aufs Klo, um per Handy zu googeln, was »oversexed and underfucked« denn nun bedeutete, was »early adopters« waren oder was »bromance« hieß.

Friends with benefits sind Freunde mit Beischlafbonus. So nennt man das, wenn man mit seinem besten Freund regelmäßig ins Bett geht, ohne Ansprüche auf irgendwas zu haben.

Außer auf guten Sex?

Außer auf guten Sex!

Geniales Konzept! Und völlig badezimmerspiegelregelkonform!

4

Manche Menschen buchen eine Rundfahrt in einem Doppeldeckerbus mit dreisprachigem Fremdenführer, um eine neue Stadt zu erkunden. Manche kaufen ein Ticket für ein albernes gelbes Amphibienfahrzeug, das irgendetwas mit *duck* heißt und zu Wasser und zu Land eine Stadt erobert. Andere beginnen am höchsten Punkt eines unbekannten Ortes, auf dem Eiffelturm etwa, um sich erst einmal eine Übersicht aus der Luft zu verschaffen.

Zoe Schuhmacher hatte eine ganz eigene Art, dem Wesen einer Stadt näherzukommen: Sie suchte sich die längste Straße aus, die quer durch die zu erkundende Metropole ging, fuhr, lief oder radelte sie entlang und sah sich dabei die Menschen an. Sie war der Meinung, dass die Menschen und ihre (modischen) Marotten den Grundton einer Stadt ausmachten. Die geföhnten und solargebräunten Bussi-Bussi-Society-Ladies in München zum Beispiel, die dauerunterkühlten, in Barbourjacken gewandeten Hamburgerinnen, die eine Vorstufe der traditionellen Londonerin darstellten, oder die moderesistenten Urberliner, die gefühlt immer noch in einer von einer Mauer eingeschlossenen Frontstadt lebten, nur dass der Feind nicht mehr der Russe war, sondern der sich in Mitte einnistende Hipster-Besserwessi.

In ihrem letzten Blogeintrag für die *StyleChicks*-Kolumne hatte Zoe geschrieben: *Bye-bye Berlin. Here I come, New York. StyleChicks zieht über den großen Teich, liebe Leserinnen. Am Sonntag werde ich live über meinen ersten Tag in Manhattan bloggen. See you then!*

Sonntag war jetzt, und wenn Zoe zwar nicht über den ziemlich erfreulichen Beginn ihres ersten Tages bloggen wollte, dann zumindest über den Rest. Die Straßenwahl für ihren kleinen Stadthalbmarathon fiel nicht schwer, denn die älteste und mit mehr als fünfundzwanzig Kilometern längste Nord-Süd-Durchquerung der Stadt war der legendäre Broadway, der ganz unten an der Spitze beim Bowling Green begann, oben in Harlem weiter nach Westchester auslief und irgendwann zu einer Bundesstraße bis in die Bundeshauptstadt Albany wurde. So war sie sie zumindest mit dem Finger auf Google Maps entlanggefahren. Charmanterweise war der Broadway auch die einzige Straße, die schräg durch das sonst streng im Rechteckgitter angelegte Manhattan verlief. Querulanten gefielen Zoe neuerdings. Schließlich zählte sie sich seit ihrem glänzenden Abgang aus Berlin selbst zu den Unangepassten.

Ist schon verrückt, dachte Zoe, als sie ihr Apartment verließ, wie ein untoter Mann ein Leben komplett auf den Kopf stellen konnte. Ohne BNN hätte sie nie ihren ganzen Mut zusammengerafft, wäre nicht nach New York gezogen, würde nicht Visitenkärtchen mit dem schlauen Titel Senior Vice President bekommen – und hätte nicht gleich an ihrem ersten Morgen einen entzückenden One-Morning-Stand mit einem noch entzückenderen Fremden gehabt.

»Eigentlich müsste ich mich bei Benni bedanken«, murmelte sie und sah gefühlt zum siebenhundertneunundachtzigsten Mal vor sich, wie er diesen Avatar, den sie sich insgeheim gehässig mit kobaltblauer Haut und spitzer Nase vorstellte wie im gleichnamigen Kinofilm, küsste. Sie schüttelte sich. »Nein. Eigentlich hätte ich ihn erwürgen müssen.«

Ihr Blick fiel auf die Wohnungstür von McNachbar, was ihre Laune schlagartig wieder ausglich. Sie hielt inne. »Was würdest du tun, wenn du keine Angst hättest?«, war Allegras neuester Lieblingsspruch, der angeblich in der Facebook-Zentrale in Kalifornien an den Wänden hing und Als Leitmotiv geworden war.

Zoe dachte kurz nach. »Wenn ich keine Angst hätte, würde ich jetzt klopfen«, beantwortete sie ihre eigene Frage. Sie hob beherzt die zur Faust geballte Hand, setzte zum Klopfen an – und ließ die Hand doch wieder sinken. Wenn sie ehrlich war, hatte sie ganz tief in sich drin schon ein bisschen Bammel. Nicht nur vor dem Klopfen, sondern überhaupt. Vor dieser ganzen neuen Courage dieser ganzen neuen Zoe.

»Frauen und ihre Selbstzweifel. Kein Mann würde seinem Gehirn erlauben, ständig destruktiven Schrott zu denken«, würde Al sie jetzt schimpfen, wenn sie denn hier wäre. Zoe seufzte. Leider war Al nicht hier. Sie machte kehrt und ging zum Aufzug.

Unten angekommen, wurde Zoe von Devon, dem *doorman* in seiner schicken dunkelblauen Uniform mit den glänzend polierten Goldknöpfen, begrüßt. »Hatten Sie einen guten ersten Morgen, Miss Zoe?«, fragte er.

Zoe war sich nicht ganz sicher, ob das eine reine Ami-Höflichkeitsfrage war oder eine »Ich weiß alles, bin ja schließlich hier der Portier«-Frage. Sie machte ein bemüht neutrales Gesicht, sprich, sie setzte alles daran, das sich anbahnende Grinsen in ihrem Gesicht zu unterdrücken, und antwortete: »Wunderbar, ganz wunderbar. Danke der Nachfrage.«

★★★

Als Zoe schließlich aus den Four Seasons Executive Residences auf die 52nd Street trat, verdunsteten gerade große Regenpfützen auf dem warmen Asphalt und es war merklich kühler geworden. Die Luft wirkte so klar, als wäre sie mit Fensterputzmittel blitzblank gereinigt worden, und es wehte ein frischer Wind. Zoe hatte die vom Fernsehpraktikanten für Sonntagmittag angesagten heftigen Gewitter samt Temperatursturz ganz offenbar verschlafen.

Die HopStop-App auf ihrem Smartphone empfahl, für ihre Broadway-Expedition in die U-Bahn-Linie Nummer eins – *1 train* – zu steigen und bis zur Endhaltestelle South Ferry Terminal zu fahren. Als Zoe die ausgetretenen Treppen zur U-Bahn-Station hinunterstieg, kam sie auf halber Höhe an einer Art Einbuchtung in der Wand vorbei, die sich auf den zweiten Blick als Ein-Raum-Friseur-Schuhputzer-Laden entpuppte. *Haircut & shoe shine* konnten *gentlemans* (sic!) hier für *$16 + $2* gleichzeitig erledigen lassen. Frauen waren in dem Geschäftsmodell offenbar nicht vorgesehen, was sicherlich clever war, denn frau würde eher sterben, als sich freiwillig auf einem der drei speckigen Frisierstühle in Sichtweite Tausender Passanten niederzulassen. Davon war Zoe überzeugt. Nichtsdestotrotz hatte dieses *hole in the wall* optisch einen sehr maroden Charme. Wie die Schwarz-Weiß-Fotos der Holzachterbahnen auf Coney Island, die sie kürzlich im Magazin der *Süddeutschen Zeitung* gesehen hatte. Zoe blieb stehen, stellte die Linse ihrer Kamera auf Schwarz-Weiß, machte ein Foto für ihren Blog und öffnete die Ladentür.

»Hi! Nicht gerade viel los heute, oder?«, sagte sie zu dem einsamen Ladenbesitzer, der in einem Friseurstuhl saß, die Füße auf der Ablage unter dem Spiegel deponiert, und gelangweilt von der *New York Post* zu ihr hochschaute.

»Wir schneiden keine Frauen«, antwortete er, auch wenn es grammatikalisch nicht viel Sinn ergab.

Großartige Bildunterschrift, freute sich Zoe, stellte das Foto auf ihren Blog und tippte darunter:

Wir schneiden keine Frauen.

Kurz darauf zog sie eine Metrocard aus dem Fahrkartenautomaten und betrat den Bahnsteig, der an diesem Sonntagnachmittag voller Touristen war. Unzählige Menschen, die allesamt Nikon-Kameras um den Hals hängen und Jeansjacken um die Hüften gebunden hatten und damit kämpften, ihre ausfaltbaren Stadtpläne wieder in den transportfreundlichen Ursprungszustand zu bringen.

Im *1 train* drängten sich bereits die Fahrgäste, als er in der Station anhielt, doch kaum dass sie eingestiegen war, stand ein Mann freundlich lächelnd auf und bot Zoe seinen Sitzplatz an.

»Bitteschön.«

Zoe war sich nicht ganz sicher, wie sie die Geste interpretieren sollte. Würde der Typ sie jetzt anquatschen? Sie setzte sich zögerlich hin. »Danke.«

»Ich steige ohnehin an der nächsten Station aus«, sagte der Mann, als wäre das freiwillige Herausrücken eines Sitzplatzes die normalste Geste der Welt. Vielleicht in einem Land, wo sich die Urlauber nicht um sechs Uhr früh die Wecker stellten, um die besten Liegen am Pool mit Handtüchern zu reservieren, dachte Zoe.

Als der Gong zum Türenschließen bereits ertönt war, kam noch eine Frau den Bahnsteig entlanggerannt, die die U-Bahn unbedingt erwischen wollte. *»Hold the door, hold the door«*, schrie sie. Der Mann, der Zoe gerade seinen Sitzplatz überlassen hatte, griff beherzt zwischen die sich schließenden Türen, stemmte eine wieder ganz auf und ließ die Frau an Bord schlüpfen.

»Das gibt Ärger«, murmelte Zoe und malte sich schon die Kommentare der maulenden Mitfahrenden aus.

»Das Aufhalten der Türen ist verboten! Wissen Sie das nicht?«

»Wegen Ihnen hat der Zug jetzt Verspätung.«

»Da hätte die Dame halt zwei Minuten früher aus dem Haus gehen müssen.«

Doch nichts dergleichen passierte. Der allgemeine Konsens im New Yorker U-Bahn-Waggon schien irgendwo zwischen »Ist mir doch egal« und freundlicher »Da haben wir alle dem System mal wieder ein Schnippchen geschlagen«-Zustimmung zu liegen.

Die Endhaltestelle South Ferry Terminal sah neu aus, roch neu und war wohl auch neu. Jedenfalls gab es hier einwandfrei funktionierende Rolltreppen und unbeschmierte großflächige Mosaike an den Wänden, die in Weiß, Silber und Gold die verschiedenen Phasen Manhattans zeigten. Oben am Ausgang warteten die verschiedenartigsten fliegenden Händler auf ihre touristischen Opfer:

»Tickets für Stadtrundfahrten. Ein- und Ausstieg jederzeit möglich!«

»Hotdogs! Brezeln! Wasser!«

»Souvenirs! Souvenirs! Souvenirs!«

Ihre Kakofonie wurde nur noch übertönt von einer Ambulanz, die mit jaulender Sirene und Affengeschwindigkeit in die Water Street einbog.

Für Zoe Schuhmacher war dieses New York zuallererst ein akustisches Phänomen. Schon die U-Bahn, mit der sie bis an die Südspitze Manhattans gefahren war, hatte gescheppert, gequietscht und geächzt, manchmal im Wechsel, meist aber alles gleichzeitig. Die Lautsprecheransagen der nächsten Haltestellen waren ein unverständliches Gemisch aus statischem Pfeifen und einer dröhnenden, männlichen Stimme gewesen, das in den Ohren wehtat. Für Zoe war dieses New York zunächst einmal ein ganz großer Krach – für die völlig ungerührten Mitbürger um sie herum anscheinend aber nur die ganz normale Geräuschkulisse einer Großstadt.

Zoe ließ das Terminal der Staten Island Ferry links liegen und ging am Historic Battery Park entlang Richtung Norden, wo sich auf einer Seitenfläche des Parks zu ihrem Erstaunen umzäunte Beete der Battery Urban Farm befanden, auf denen Biogemüse angebaut wurde. Wer wollte, konnte hier, mitten im Finanzviertel Manhattans, Abonnent werden und sich regelmäßig eine saisonale Auswahl an Öko-Grünzeug an die Apartmenttür liefern lassen. Das erfuhr Zoe von einer Frau, die mit grauen Strähnen in den lockigen Haaren, einem Strohhut auf dem Kopf und Gesundheitssandalen an den Füßen an einem windschiefen hölzernen Infotischchen saß und Flyer verteilte.

»Möchten Sie unserem Biogemüseverein beitreten?«, fragte sie lächelnd.

»Sorry, ich bin hier nur zu Besuch«, schwindelte Zoe, weil sie die nette Dame nicht enttäuschen wollte. »Aber darf ich ein Foto von Ihnen machen?«

»Klar«, antwortete die Frau, arrangierte den Korb mit grünen und gelben Zucchini vor sich neu und setzte sich in Pose.

Biogemüse mitten aus Manhattan.

Am Bowling Green begann dann offiziell der Broadway mit der Hausnummer One Broadway. Auf einer von einem Polizeiauto samt zwei Polizisten bewachten Verkehrsinsel schräg gegenüber hielt der berühmte Wall-Street-Bulle aus Bronze auf ewig den Kopf zum Angriff gesenkt. Besucher, überwiegend mit Regenschirmen gegen die Sonne gewappnete Asiaten, standen brav Schlange, um ihn berühren und fotografieren zu dürfen. Zoe zoomte den Bullen scharf heran und gestaltete die Regenschirm-Asiaten leicht verschwommen als bunten Hintergrund. Wie sagte der Fotochef von *VISION* immer: »Vordergrund macht Bild gesund.«

Wenig später ließ sie sich gegen den Strom der Passanten treiben und überquerte fast jede Ampel bei Rot, weil das hier alle so machten – selbst wenn ein Polizist an der Ecke stand. New Yorker schienen generell ein eher individuelles Verhältnis zu Regeln zu haben und deren Gültigkeit nach Bedarf auszudehnen. Und New Yorker Cops hatten offenbar Besseres zu tun, als Ampelrotgänger mit Strafzetteln und Punkten in irgendeiner Autofahrerkartei zu beehren, obwohl sie gar nicht am Steuer gesessen waren. Wahrscheinlich Drogendealer jagen, oder Mörder.

Ein paar Meter weiter kam Zoe an einer Reihe von ausrangierten Barber-Shop-Stühlen aus den Fünfzigerjahren vorbei, die entlang des Zauns der Trinity Church auf dem Bürgersteig aufgestellt waren und Schuhputzern, die ebenfalls den Fünfzigern entsprungen schienen, als Arbeitsstelle dienten. Eine Szene wie in Havanna, befand Zoe und entschied sich für eine Weitwinkel-Aufnahme.

Einmal shoe shine für fünf Dollar.

Sie schlenderte am City Hall Park entlang, vorbei an ein paar Marktständen mit Lavendel, frisch gebackenen Früchte-Pies, Honig und Marmeladen, die von Farmen aus seltsam klingenden Orten wie Ponoma oder Cutchogue stammten. Die kommerzielle Zivilisation des Broadways kündigte sich erst nördlich der Canal Street mit einem futuristischen Geschäft des Jeanslabels G-Star Raw an. Hier prägten bemüht gestylte Touristen auf Einkaufstour das Bild.

Shopping am Sonntag – was für ein Luxus, dachte Zoe, die in Deutschland unzählige Sonntage mit Schaufensterbummeln verbracht hatte. Die Idee, an geschlossenen Geschäften vorbeizugehen, sich die Nase platt zu drücken, aber nichts kaufen zu dürfen, erschien ihr in diesem Moment auf einmal zutiefst unfreiheitlich.

Es war mittlerweile Spätnachmittag geworden, und Zoe hatte bereits Abendessenhunger. Sie bog in die Prince Street ab, um das Café Gitane zu suchen, von dem ihr Al nach jedem New-York-Besuch regelmäßig die Ohren vollschwärmte. Kaum hatte Zoe den Broadway verlassen, schien ein ungeschriebenes Gesetz festzulegen, dass hier an der Grenze von SoHo und Little Italy keiner über fünfunddreißig sein durfte und jeder Fahrrad fahren musste. Auch eine Hutpflicht schien es zu geben. Man trug Fedoras, Beanies oder irgendwelche kunstvoll um den Kopf drapierten Schals. Zoe knipste und knipste. Bei Pinkyotto standen keine generischen Schaufensterpuppen mehr in der Auslage, wie noch bei den Kettenläden am Broadway, sondern richtige Passformoberkörper aus Stoff wie in Maßschneidereien, aber aus Gag mit Teddybärköpfen obendrauf. Auf dem Auslagentisch vor McNally's Bookstore, einem der wenigen noch unabhängigen Buchhändler der Stadt, lag ein Stapel kleinformatiger Bücher mit einer von einem Modedesigner skizzierten Frau auf dem Cover: *The Manhattan of Fashion Insiders. A Private & Friendly Guide*. Eine Schauspielerin, die Zoe aus irgendeiner romantischen Komödie kannte – Emily Blunt? Claire Danes? – blätterte vertieft darin. Zoe erinnerte sich, dass die Fibel *der* Talk der letzten Berliner Fashion Week gewesen war. Sie stellte sich hinter dem Inkognito-Hollywood-Star in die Schlange, machte ein heimliches Foto aus dem Handgelenk und kaufte ein Exemplar.

Anschließend betrat sie das Café Gitane und wurde an den hintersten Tisch unter die Elgin-Bahnhofsuhr gesetzt, deren roter Sekundenzeiger unbeirrt weiterpreschte wie das Leben. Sie bestellte bei einer stupsnasigen Bedienung mit Audrey-Tatou-Kurzhaarschnitt einen eisgekühlten Hibiskustee und ein Yellowfin Tuna Ceviche und ließ sich mit einem tiefen Seufzer auf den Stuhl sinken. Auf den restlichen Broadway hatte Zoe Schuhmacher zumindest an diesem Tag keine Lust mehr. Hier und jetzt fühlte sie sich in New York angekommen.

Sie scrollte durch ihre Blogeinträge. Dann tippte sie einfach drauflos:

> *Nach New York kommt, wer sich verändern will. Alle New Yorker kommen von irgendwoher. Kaum einer stammt von hier. Wahrscheinlich ist es deshalb so einfach, sich hier zu Hause zu fühlen, weil niemand hier zu Hause ist. Weil die Stadt Platz zu haben scheint für alle und alles. Für Arm und Reich, für hip und für hoffnungslos. New York ist ein Versprechen für die Zukunft.*

Sie klickte auf *post* und stellte den Beitrag online. Fast zeitgleich kamen die ersten Kommentare.

Wunderschön gesagt, schrieb eine Stylebitch2000.

Viel Glück auch Dir! xoxo!, schrieb eine Miriam P.

There is really one city for everyone, just as there is one major love, schrieb eine Al.

Zoe wollte es zuerst gar nicht glauben. Typisch Allegra. Verfolgte natürlich den ersten Tag ihrer besten Freundin in New York auf dem Liveblog. Sie antwortete ihr:

Und ich, liebe Al, bin in diesem Moment ganz fest davon überzeugt, dass New York meine Stadt ist.

5

Das Chrysler Building, der dritthöchste Wolkenkratzer der Stadt, stand an der edlen Lexington Avenue, nicht weit von der Grand Central Station entfernt. Zoe legte den Kopf in den Nacken so weit es ging und blickte bis zur Spitze hinauf. Wasserspeier aus rostfreiem Stahl, die der Form von Radkappen, Kotflügeln und Kühlerfiguren nachempfunden waren, schmückten die Fassade. Auch die in der Sonne silbern glitzernde, schuppenartige Kuppel des Gebäudes war aus nicht rostendem Stahl. Nachts musste sie glänzen wie eine Weihnachtsbaumspitze. Das Chrysler Building war für Zoe Schuhmacher eindeutig der schönste Wolkenkratzer der ganzen Stadt.

Tagelang hatte sie in Gedanken ihr Erster-Tag-im-neuen-Büro-Outfit zusammengestellt: den in Berlin gerade schwer angesagten Boyfriend-Look aus schlabberigen Rag&Bone-Jeans, engem T-Shirt unter Männer-Blazer sowie zitronengelben Sigerson & Morrison-Pumps. Die meisten Männer würden sich vermutlich keine Pikosekunde darüber Gedanken machen, was ihre neuen Kollegen im Job tragen, und danach ihre eigenen Klamotten aussuchen, dachte Zoe belustigt, als sie in den Aufzug gestiegen war und die Etagenzahlen auf dem Fahrstuhldisplay vor ihren Augen vorbeihuschten.

Als sie im neunundzwanzigsten Stock in ihrem neuen Büro ankam, wurde sie erst einmal von einem Hinterteil begrüßt. Direkt hinter der Eingangstür und vor einem Ganzkörperspiegel hatte sich ein Wesen in hochgeschlitztem Bleistiftrock nach vorn gebeugt, um kopfüber seine wallende blonde Mähne aufzuplustern. Zoe stand reichlich konsterniert auf der Türschwelle und starrte auf zwei pralle Pobacken, die ein männlicher Besucher sicherlich mehr goutiert hätte.

»Hi, ich bin Madison«, sagte die Vornübergebeugte, die tatsächlich auch aufrecht stehen konnte. Etwas zu aufrecht für Zoes Geschmack. Nicht vorhandenen Bauch rein, durchaus vorhandene Brust raus.

Hallo! Gesetze der Statik, wo ist der Körperschwerpunkt dieser Frau?

Dann winkte sie Zoe ins Großraumbüro. »Ihr Lieben, das muss Zoe Schuhmacher sein, die neue … ja, was eigentlich? … Digital-Dings. Seid nett zu ihr.«

Digital-Dings?! Seid nett zu ihr?! Es gab Menschen auf der Welt, die man gleich nach dem ersten Satz erwürgen könnte.

Zoe schaute sich um. Es war Anfang August. Sommerferienzeit. Die meisten Plätze waren leer. Die wenigen anwesenden neuen Kolleginnen zwischen den albernen amerikanischen Papptrennwänden sahen aber auch nicht viel anders aus als die alten in Berlin. Die meisten von ihnen waren, für Zoes Geschmack, ein klein wenig unterernährt oder hatten die beneidenswerte Größe 0, waren bergdorf-blond und hatten ein London Face. Will heißen: Sie ließen sich die Haare im Salon des Luxuskaufhauses Bergdorf-Goodman bleichen, weil angeblich nur dieser die gewünschte Blondschattierung der Upper East Side herbeizuzaubern vermochte. Und: Sie waren scheinbar ungeschminkt, bis auf die sorgfältig in Feuerwehrrot angemalten Lippen.

Ein London Face in New York – willkommen in der uniform globalisierten Welt.

»Hallo«, grüßte Zoe in die Großraumrunde. »Ich bin der neue Senior Vice President Creative Digital Solutions.«

»Sag ich doch«, meinte das blonde Gift und deutete mit dem Finger quer durch den Raum. »Du kriegst das Eckbüro da drüben. Komm, ich zeige es dir.«

Ganz offensichtlich war Zoe karrieretechnisch vom Gemeinschaftszelt der Indianer ins Solo-Tipi eines Unterhäuptlings gewechselt. Mit Zweisitzersofagarnitur und Topfpflanze, wie es sicherlich irgendwelche Betriebsbürogrundausstattungsvorschriften besagten. Auf dem Schreibtisch stand schon eine Pappbox mit ihren neuen Visitenkarten. Blondie setzte sich uneingeladen mit einer Pobacke auf Zoes Schreibtisch, das eine Bein auf dem Boden, das andere lasziv über ersteres drapiert.

»Jetzt erzähl mal, wie DU dir DIESEN Top-Job geangelt hast«, raunte sie in einem süßlich-vertraulichen Ton, als würde sie Zoe schon mindestens aus Barbiepuppenzeiten kennen. »Du kannst mit dem Vorstand SEHR gut, stimmt's?«

Die Frage war entweder ziemlich dreist oder ziemlich dämlich. »Wir schätzen uns gegenseitig«, antwortete Zoe deshalb bemüht neutral. Sollte die blonde Zicke doch denken, was sie wollte. Würde sie ja ohnehin tun.

»Na, das kann ja wohl nicht alles sein.«

»Abgesehen davon, bin ich verdammt gut in dem, was ich tue«, schoss Zoe zurück.

»Ach so«, erwiderte Madison. Über diese Variante hatte sie offenbar noch gar nicht nachgedacht. »Und was genau tust du jetzt hier eigentlich so?«

»Als Erstes werde ich ein bisschen scouten«, erklärte Zoe geduldig. »Andere Medienunternehmen besuchen, mehr über deren digitale Strategie herausfinden und wie sie gedenken, damit Geld zu verdienen. Heute Nachmittag bin ich zum Beispiel bei der *New York Times*. Nebenher schreibe ich noch meine Kolumne auf *Style-Chicks*. Und dann wollen wir demnächst online auch noch neue Channels einführen. Kunst, zum Beispiel. Und Partnerschaft.«

»Channels?«

»Das sind so was wie Themenfelder.«

»Ja, ja, die schöne neue Welt«, zwitscherte Madison, der das offenbar zu viele zu verarbeitende Informationen auf einmal waren. Sie hob ihre Pobacke von Zoes Schreibtisch und entschwand durch die Bürotür.

Zoe blickte ihr kurz hinterher und machte sich eine mentale Notiz: nicht über den Weg trauen. Dann schaltete sie den Computer an. Die irrationale Hoffnung, eine Mail von McNachbar im Postfach zu haben, überkam sie. Was natürlich völlig unmöglich war, weil er ihre E-Mail-Adresse gar nicht kannte. Gestern Abend, nach ihrer Broadway-Expedition, hatte sie geglaubt, Geräusche aus Apartment 47A zu hören. Musik und so etwas wie Tellerklappern beim Tischdecken oder dem Einräumen der Spülmaschine. Sie hatte, das Ohr an ihre Wohnungstür gepresst, ganz still dagestanden und sogar den Atem angehalten – bis ihr schwindelig wurde und sie sich ziemlich albern vorkam. Wie eine Zwölfjährige, die zum ersten Mal verliebt war. Dennoch konnte sie es nicht lassen, an diesem Morgen zweimal zum Spion zu flitzen, um zu gucken, wer auf dem Flur unterwegs war, als sie erneut Geräusche vernahm. Es liefen aber nur ein durchs Fischauge grotesk verzerrter Hausmeister sowie eine Frau in Yogaklamotten, die breiter schien als hoch, durchs Bild.

Zoe fragte sich, was wohl die geheimen Grundregeln einer *Friends-with-benefits*-Beziehung waren? Beziehungsweise, ob man solche in bilateralen Gesprächen festlegte oder ob diese sich einfach ergaben? Schließlich war sie nach zehn Jahren mit der blassen, netten Nigmann-Null völlig außer Übung. Und überhaupt: Wie waren wohl die Dating-Gewohnheiten amerikanischer Großstädter?

★★★

Der in der Medienbranche fast schon legendäre Living Room der *New York Times* befand sich im achtundzwanzigsten Stock des neuen Verlagsgebäudes an der 8th Avenue. Ihr erster Termin im neuen Job! Am Empfang musste Zoe sich ausweisen und wurde für ihren Besucherpass fotografiert. Sie durfte nicht allein mit dem Aufzug in die Research- und Development-Abteilung fahren, sondern musste warten, bis ihr Gesprächspartner Alex Sontheim mit dem schicken Titel Chief Technology Strategist sie abholen kam. Zoe schaute sich die Menschen genau an, die unablässig aus den acht Aufzügen strömten. Ein paar versteifte Anzugträger, die nach Rechtsabteilung aussahen. Ein Verknitterter in ungebügeltem Hemd, mit tiefen Stirnfalten und einer wirren Moppfrisur. Vermutlich eine Edelfeder. Und ein Kid mit Jeans, Kapuzenpulli sowie weiß bestrumpften Füßen in Adiletten, das unter anderen Umständen als Zeitungsjunge durchgegangen wäre.

»Hi, Alex!« Zoe ging mit ausgestreckter Hand auf ihn zu.

»Und du musst Zoe sein«, antwortete der etwas zögerlich und grübelte sichtlich, woher sie ihn wohl kannte.

»Wir kennen uns nicht. Du siehst einfach aus wie jemand, der bei R&D arbeitet«, erlöste Zoe ihn.

Alex lachte. Dann steckte er ein Kärtchen in den Aufzugschlitz und der Fahrstuhl brachte sie direkt und ohne Zwischenstopps in den achtundzwanzigsten Stock. An den Wänden des Flurs waren Bildschirme installiert, die aufzeigten, wie sich Nachrichten über die Länder dieser Erde verbreiteten.

»Willkommen im Wohnzimmer der *New York Times*«, sagte Alex, nachdem sie die Sicherheitsschleuse am Ende des Flurs passiert hatten. Und tatsächlich sah die R&D-Abteilung fast aus wie ein Apartment. Abgesehen von ein paar Schreibtischen gab es Ledersofas, eine Art Badezimmer, eine Wohnküche, diverse Flachbildschirme an den Wänden und jede Menge Tische und Kommoden, auf denen alle möglichen Gadgets gestapelt waren. Laptops, Kindles, Nooks, Nexus Tablets und iPads verschiedener Generationen. Es sah ein bisschen so aus, als wäre Mark Zuckerberg in die Ausstellungsräume von Möbel-Walther eingezogen.

Zoe und Alex machten an einem Küchentisch halt, dessen Tischplatte in Wirklichkeit ein riesiger Flachbildschirm war. Die klassischen Nachrichtenspalten wurden auf dem Display durch virtuelle Häufchen symbolisiert. Ein großer Stapel Politik, daneben ein kleinerer Kultur. Und ein Riesenhaufen aus verschiedenen sozialen Netzwerken. Als hätte jemand die Interessen seines Lebens nach Themen geordnet.

Alex erklärte die Idee der sogenannten Informationsschatten, die jeden Menschen, der im Internet aktiv war, umgaben. »Wir glauben, dass es die eigenständige Kategorie Information gar nicht mehr gibt. Die Menschen konsumieren Nachrichten nicht mehr in einem dafür vorgesehenen Zeitfenster, etwa morgens in der U-Bahn oder abends vor dem Fernseher. Nachrichten sind heute überall. Sie kommen jederzeit. Über Twitter, über Facebook, über NYTimes.com. Deshalb wollen sie auch anders konsumiert werden.«

»Und Leser sind nicht mehr nur bloße Empfänger, sie generieren selbst auch Nachrichten«, fügte Zoe hinzu.

»Genau. Ein Frühstückstisch ist der klassischste Ort für Kommunikation, nur dass sie in Zukunft multimedial stattfindet.«

Dann führte Alex sie weiter ins Badezimmer und vor einen Spiegel, in dem Zoe sich vom Kopf bis zur Taille sehen konnte. Alex betätigte einen Schalter und der Spiegel leuchtete auf wie ein Fernseher. Zoe erblickte links im Spiegel die verkleinerte Version des Küchentisches samt seiner Inhalte und rechts einen Miniaturkleiderschrank, der auf Sprachbefehl Klamotten an virtuellen Kleiderstangen nach vorn fuhr.

»Geblümte Bluse«, kommandierte Alex. Drei Blusen in unterschiedlichen Farben wurden ausgefahren. Alex tippte auf die mittlere, die schließlich fast das gesamte Spiegelbild einnahm und sich dann exakt über Zoes Oberkörper positionierte.

»Genial«, entfuhr es Zoe. »Ich kann also Klamotten anprobieren, ohne sie aus meinem Schrank holen zu müssen, und gleichzeitig dabei Nachrichten lesen.«

»Oder E-Mails diktieren oder das Wetter checken.«

»Ist das alles nicht ein bisschen sehr *The Jetsons*? Und warum interessiert sich die *New York Times* eigentlich für meinen Kleiderschrank?«

»Weil wir uns dafür interessieren, wie du in Zukunft leben wirst und wie die *New York Times* in dieses Leben hineinpasst.«

Zwei Stunden später verließ Zoe das Gebäude der *New York Times* durch den Ausgang auf die 41st Street Richtung Times Square. Sie war tief beeindruckt, wie kühn und weiträumig die Strategen der

Times, die ironischerweise den Spitznamen *Old Gray Lady* hatte, denken durften.

Zoe bog am Times Square rechts ab und musste immer wieder um Touristengrüppchen herum Slalom laufen, die einfach im Weg standen und die Leuchtreklamen bewunderten. Zoe suchte einen ganz bestimmten kleinen roten Food-Truck. Es war zwar erst vier Uhr nachmittags, aber ihr Magen tickte immer noch halb in deutscher Zeit und signalisierte schon wieder Hunger. Eine lange Schlange geduldig Wartender zeigte ihr endlich den Weg zur Rickshaw Dumpling Bar, wo es laut Allegra die besten asiatischen Klößchen westlich von China gab. Sie sahen aus wie ganz zarte Ravioli. Zoe studierte die handgemalte Speisekarte an der kleinen Imbissbude auf Rädern mit dem großen Schild *Nice Dumplings, Nice Dumplings*: Schweinefleisch-Dumplings mit chinesischem Lauch, Hühnchen-Dumplings mit Thai-Basilikum oder Edamame-Dumplings mit Zitronen-Sansho-Dip. Dazu gab es Sesam-Nudelsalat mit Chili. Am liebsten einmal alles, dachte sie, entschied sich dann aber für die vegetarische Variante.

Vor ihr in der Schlange standen zwei entzückend gekleidete Mädchen. Die eine trug eine XL-College-Baseballjacke zu fuchsiafarbenen Bundfaltenhosen. Die andere ein längs gestreiftes hellblaues Herrenhemd und eine ebenfalls längs gestreifte, hochgekrempelte hellblaue Seersucker-Hose mit neongelben Keilabsatzschuhen. Zoe zückte ihr iPhone. Sie musste heute Abend noch eine neue *StyleChicks*-Kolumne online stellen.

»Hey, ihr zwei seht einfach klasse aus«, sprach sie die Mädchen an. »Darf ich euch für meinen Blog fotografieren?«

»Na klar doch«, antwortete die eine erfreut und schmiss sich in Pose.

»Wie heißt der Blog denn?«, wollte die andere wissen.

»*StyleChicks*«, erklärte Zoe und machte ein paar Aufnahmen. »Wir sind die erfolgreichste deutsche Modeplattform. Wie heißt ihr, woher kommt ihr, was macht ihr und was tragt ihr?«

Zoe hielt den Mädchen ihr Handy als Aufnahmegerät entgegen. »Ich heiße Hanneli, wohne in Brooklyn, studiere am FIT und trage ein Männerhemd von Pink und Hosen vom Flohmarkt«, sagte das Streifenmädchen.

»Und ich heiße Valentina, wohne an der Lower East Side, studiere auch am FIT und trage eine Lacoste-Jacke mit einer J.-Crew-Hose und auf dem Kopf ein Jil-Sander-Beanie.«

»Ach ja, meine Schuhe sind übrigens Marc Jacobs«, warf Hanneli noch schnell hinterher. »Marc by Marc Jacobs.«

Dann bestellten sie alle drei Edamame-Dumplings.

★★★

Wieder zurück in den Four Seasons Residences, blieb Zoe im Flur zwischen 47A und 47C stehen. Kein Laut kam aus 47A. Vielleicht ist McNachbar ausgezogen, schoss ihr das Worst-Case-Szenario durch den Kopf. Schließlich waren das hier alles temporäre Business-Apartments. Sie überlegte erneut, ob sie klopfen sollte, konnte sich aber nicht dazu durchringen. Irgendwie erschien es ihr nicht richtig, einem Typen, der sie ganz offensichtlich die letzten sechsunddreißig Stunden ignoriert hatte, hinterherzulaufen. Andererseits hatte sie sich ja vorgenommen, *foolish* zu sein, und bereits am Sonntagmorgen schon einmal gekniffen. Sie wagte also einen Schritt über die imaginäre Demarkationslinie, die ihre Seite des Flurs von der des werten McNachbarn trennte, als sie hörte, wie die Aufzugtüren mit einem leisen hydraulischen Pfeifen aufgingen. Zoe sprintete in ihr Apartment und schloss blitzschnell die Tür hinter sich. Weil sie sich nicht traute, durch den Spion zu gucken, schließlich könnte man das von außen ja vielleicht sehen – ein grotesk verzerrtes menschliches Auge etwa –, versuchte sie am Geräusch des Öffnens der Türen zu erkennen, ob es tatsächlich McNachbar war. Ihrer akustischen Berechnung zufolge musste es aber jemand am anderen Ende des Ganges gewesen sein.

»Du bist echt albern, Süße«, sagte sie laut zu sich selbst und setzte sich an den Schreibtisch. Aber dieser verdammte Nachbar ging ihr einfach nicht mehr aus dem Kopf.

Sie warf den Laptop an und checkte gleichzeitig die Fotos für den *StyleChicks*-Blog auf ihrem Handy. Dabei fiel ihr Blick auf die SMS-Box. Drei neue Nachrichten.

Benni Nigmann
Ich weiß mittlerweile, wo du bist. Wollen wir reden?
Benni Nigmann
Zoe, sei doch bitte vernünftig!
Benni Nigmann
Können wir jemals Freunde sein?

Dieses Mal antwortete Zoe.

Zoe Schuhmacher
Nein, nein – und nein.

Zoe fand es geradezu empörend, dass BNN mit ihr befreundet bleiben wollte. Wozu denn das bitte? Damit sie seine Hochzeit mit dem blauen Avatar live verfolgen konnte. Und wie die beiden kleine (womöglich hellblaue?) Babys bekamen. Wie BNN einer dieser dauergestressten, aber sensationell glücklichen neuen Väter wurde, dem der Baby-Björn am Bauch festgewachsen war und der vor Erschöpfung abends noch vor der Tagesschau ins Bett fiel? Beziehungsweise aufs Sofa, weil das kleine hellblaue Baby ja mit der Gattin das Ehebett bevölkerte. NEIN! DANKE!

Nachdem sich Zoe wieder beruhigt hatte, bloggte sie das Streifenmädchen und ihre Freundin. Dann googelte sie *New York rental apartments*. Spätestens am Ende des Monats musste sie eine neue Bleibe gefunden haben. Auf der Immobilienwebseite des zuoberst empfohlenen Maklers, Corcoran, gab sie ihre Kriterien in die Suchmaske ein: 1BR (was in den USA eine Zweizimmerwohnung war), Manhattan, Stadtteil SoHo, *outdoor space* (Ein Balkon wäre schön, oder? Schließlich verdiente sie ja auch satte 180.000 Dollar im Jahr!). Sie erhielt lediglich ein Resultat: ein *1 bedroom* in der geliebten Mott Street ohne Balkon oder Terrasse, dafür aber für gepfefferte 5.500 Dollar.

Das muss ein Versehen sein, dachte Zoe. Wahrscheinlich war Corcoran der Immobilienmakler der Stars und nur für Nobelklienten zuständig.

Sie klickte auf den zweitbesten Makler. Dort erhielt sie drei Resultate für ihre Suche. Ein ganz in Weiß gehaltenes Zweizimmer-Loft in der Mercer Street für 11.000 Dollar Monatsmiete, eine Wohnung in der Greenwich Street für 5.595 Dollar sowie ein dunkles Loch zweifelhafter Natur in der Broome Street für 3.500 Dollar.

»Na, das kann ja heiter werden«, sagte sie und seufzte. Das hatte sie sich bei ihrer Dollargehaltsverhandlung irgendwie anders vorgestellt. Klar waren Wohnungen in New York teuer. Aber SO teuer?

Dann bleibt mir wohl nur noch eine WG in Brooklyn.

6

SEPTEMBER

Der New Yorker Kalender hatte für seine Jahreszeiten eine ganz eigene Zeitrechnung. Das hatte Zoe mittlerweile von ihren Kollegen gelernt. Der Sommer begann am langen Memorial Day Weekend, dem Wochenende vor dem letzten Montag im Mai. Er endete am langen Labor Day Weekend, dem Wochenende vor dem ersten Montag im September. Passend also zum Zeitraum der *summer rentals* in den Hamptons, wo diese Saison eine Drei-Schlafzimmer-Bruchbude für 25.000 Dollar zu mieten war. Oder wo irgendeine russische Oligarchentochter, ohne Daddys Blutdruck auch nur im Geringsten in die Höhe zu treiben, 750.000 Dollar Miete für ein Anwesen in Bridgehampton hinblätterte. Alles schön in den Klatschspalten der *New York Post* dokumentiert. Aber zurück zum Kalender. Am heutigen ersten Dienstag im September fing also laut New Yorker Zeitrechnung nicht nur der Herbst an, sondern auch das richtige Arbeitsleben, das im Juli und August mit *summer hours* (von acht Uhr morgens bis drei Uhr nachmittags) und *summer casual* (nackte Beine, keine Krawatten) als solches nicht richtig ernst genommen wurde.

Zoe trug heute nicht Herbst/Winter, was erstens daran lag, dass sie noch niemand in diese spezielle Geheimregelung (wie noch viele andere ungeschriebene Gesetze der New Yorker Gesellschaft) eingeweiht hatte, und zweitens, dass es draußen mindestens sechsundzwanzig Grad warm war. Morgens um sieben wohlgemerkt. Außerdem hatte Zoe es noch nicht geschafft, ihre Koffer vollständig auszupacken. Den restlichen August hatte sie mit fleißigem Shopping verbracht, sodass ihr göttlicher begehbarer Kleiderschrank allmählich weniger begehbar geworden war und ihr neuer, ganz normaler Schrank nicht genug Platz für ihre gesammelten Fummel hatte. Denn Zoe war umgezogen. In ein *one bedroom apartment*. Unterm Dach. Monatsmiete 2.850 Dollar. In Brooklyn.

Als sie am Freitag vor dem langen Labor Day Weekend beim Auszug aus den Four Seasons Executive Residences zum letzten Mal die Tür zu 47C zugezogen hatte, hatte sie ihren ganzen Zoe-Mut zusammengenommen und ein Zettelchen unter der Tür von 47A durchgeschoben. Vom Portier Devon wusste sie, dass McNachbar noch bis Ende November dort eingebucht war, obwohl sie selbst ihn weder wieder getroffen noch irgendetwas von ihm gehört hatte. *Hey Stranger, würde dich gerne wiedersehen!*, stand auf dem Zettel. Sowie ihre Handynummer. Kaum war der Zettel auch für die schlanksten Finger unerreichbar weit hineingeschoben, überkam Zoe ein tiefes »Das wirst du noch bereuen«-Gefühl.

Jetzt, in Brooklyn, betrachtete Zoe ihre immer wieder von blinden Stellen unterbrochene Erscheinung in einem Ganzkörperspiegel mit abblätterndem Goldrand, den die Vormieterin gütigerweise zurückgelassen hatte, und befand sich bereit für den großen Tag. Sie trug ein zitronengelbes Etuikleid von Theory, dazu Riemchen-Sandalen in *nude* von Michael Kors. Die Verlegerin konnte kommen. Franziska Gräfin von Schönhoff hatte sich heute in der New Yorker Dependance von Schönhoff Publishing angekündigt, um mehrere Personalien offiziell zu verkünden. Sie wollte Zoe vorstellen, die neue Digital-Queen, sowie den neuen Amerika-Chef. Ein Ami sollte er sein, hieß es im Flurfunk. Ein Freund ihres verschollenen Sohnes. Justus Theo von Schönhoff hätte eigentlich irgendwann den Laden der Frau Mama übernehmen sollen. In seinem

Abschlussjahr an der Uni war er dann aber in den Semesterferien zur Vipassana-Meditation ins nordindische Sravasti gefahren statt in die Karibik nach St. Barts – und nie mehr zurückgekommen.

Zoe stöckelte die Treppe ihrer neuen Behausung herunter. Das Townhaus aus rotbraunem Sandstein lag an der President Street in einem beschaulichen Stadtteil Brooklyns, der Carroll Gardens hieß und laut ihres Büroboten Michelangelo, der in der Gegend aufgewachsen war, völlig sicher war. »Außer, du willst *ristorante* aufmachen, *cara mia*«, hatte er gesagt. Dann würde sie Schutzgeld zahlen müssen. Zoe Schuhmacher mietete sich also guten Mutes in das angestammte Jagdgebiet der New Yorker Cosa Nostra ein.

Sie lief die von großen alten Bäumen gesäumte President Street entlang und versuchte sich zu erinnern, wo die U-Bahn-Station war. Irgendwas mit 2nd Place. Dort hatte vor Kurzem offenbar eine Art Bäckerei-Eisdiele-Confiserie mit dem unmöglichen Namen Momofuku Milk Bar aufgemacht, was ihre neue Vermieterin ihr mindestens schon drei Mal stolz berichtet hatte. Angeblich gab es dort Eissorten, die per Copyright geschützt waren, weil sie so gut schmeckten. Zum Beispiel *cornflakes milk*, die nach der Restmilch in der Schüssel schmeckte, wenn man eine Portion Frosties vertilgt hatte. Zoe fand diese Geschmacksidee geradezu phänomenal, da sie die ganzen bisherigen vierunddreißig Jahre ihres Lebens schon der Auffassung gewesen war, dass man Frosties nicht der Frosties wegen aß, sondern der Restmilch wegen, die es anschließend aus der Schüssel zu schlürfen galt. Sie fand den 2nd Place, die Momofuku Milk Bar und somit die U-Bahn-Station, aber das Eis musste bis zum Abend warten – quasi als Belohnung für einen sicherlich spektakulären Tag.

★★★

Der Konferenzsaal mit Blick auf den East River war rappelvoll. Nur Redakteure durften am großen Tisch sitzen, Praktikantinnen und Assistentinnen nahmen auf den Fensterbänken Platz oder lehnten an den Wänden. Zoe wählte einen Stuhl ganz hinten links am

Oval. Möglichst weit weg vom Feind, wie schon damals im Lateinunterricht. Es gab Kaffee und Fiji-Wasser in diesen lustigen, tropisch bedruckten Flaschen, die tatsächlich von den Fidschi-Inseln eingeflogen wurden, außerdem Blaubeer-Muffins. Zoe schnappte sich sofort einen, schließlich waren eindeutig zu wenige für alle da. Als sie sich gerade ein extragroßes, leckeres Stück davon in den Mund schob, kam Verlegerin von Schönhoff zur Tür hereingeschwebt. Die Dame war vierundsechzig, trug eins dieser zeltähnlichen A-Line-Kleider von Marni, die diese Saison in waren, und ihr eisgraues Haar zu einem kunstvollen Chignon am Hinterkopf verschlungen. In den Siebzigerjahren hatte sie ein Imperium von Modemagazinen und parallel dazu einen Versandhandel aufgebaut – zweimal jährlich erschien der legendäre Schönhoff-Katalog telefonbuchdick in einer Gesamtauflage von fünfundzwanzig Millionen Exemplaren. Unheimlich clever war, dass in *Schöne Frau – schöne Woche* zu Ostern der rosafarbene Häschen-Eierkocher (»Gelingt garantiert«) angepriesen wurde, der im Katalog für 12,99 Euro zu haben war. Synergie-Effekt hieß das vierzig Jahre später auf Berater-Boy-Deutsch.

Im Schlepptau hatte die Schönhoff heute den Mann, auf dessen Tischkarte *Thomas Prescott Fiorino* stand, *President Schönhoff Publishing Inc.*

Er lächelte ein unglaublich charmantes, schiefes Lächeln.

Blaue Augen.

Bed hair.

McNachbar.

Zoe blieb das Stück Blaubeer-Muffin im Halse stecken. Nicht nur sprichwörtlich, sondern ganz real. Der Mann, dem sie am Sonntag vor vier Wochen Dinge ins Ohr geflüstert hatte, die strafrechtlich in gewissen amerikanischen Bundesstaaten von Relevanz sein könnten, war ihr neuer Chef.

Sie hustete, kriegte keine Luft mehr, gestikulierte wild mit den Armen. Doch die Kollegen glotzten nur konsterniert. Keiner tat etwas.

»Ich ersticke, Leute!«, wollte Zoe rufen, was aber nicht gelang, da sie ja gerade dabei war zu ersticken.

Endlich sprang ein junger Mann auf, den sie trotz akutem Sauerstoffmangel in Lunge und Gehirn als Modeassistent Eros Mittermayer identifizieren konnte, und brüllte: »Weiß jemand, wie das Heimlich-Manöver geht?«

Stille. Niemand meldete sich.

Verdammt, hatte denn keiner damals in der elften Klasse einen Erste-Hilfe-Kurs gemacht?

Eros schlang seine beiden fleischigen Arme von hinten um Zoes Brustkorb, hob sie mit einem schnellen Ruck aus ihrem Stuhl und ließ sie wieder zurückplumpsen. Der mittlerweile gut eingespeichelte Brocken in ihrem Hals lockerte sich, schoss heraus und landete in hohem Bogen – und mit einem feuchten *Plop*! – exakt in der Mitte des Konferenztisches.

Frau von Schönhoff starrte ihn angewidert an. Thomas Prescott Fiorino starrte ihn amüsiert an. Der Rest starrte ihn einfach nur an.

Stille.

Das war zu viel für Zoe. Sie stürzte zur Tür hinaus.

★★★

Zoe Schuhmacher war wirklich kein großer Freund von öffentlichen Toiletten in Amerika, weil sie, nun ja, so öffentlich waren. Die Trennwände zwischen den Einzelkabinen hatten einen Spalt vom Boden bis zum Knie, sodass man den Sitznachbarn locker an seinem Schuhwerk identifizieren konnte. Auch vertikal ließ die US-Handwerkerzunft gern daumenbreite Zwischenräume.

Warum das so war, hatte ihr bisher niemand erklären können. Aber den amerikanischen Moralaposteln war zuzutrauen, dass sie damit Sex auf dem Klo oder irgendwelche sonstigen Unanständigkeiten verhindern wollten. Insbesondere Mitglieder der Republikanischen Partei, die massiv gegen Schwule wetterten, wurden immer mal wieder auf Bahnhofstoiletten mit einem Jüngling der horizontalen Beschäftigungssparte von der Polizei erwischt.

Die Tür zum Klo ging auf. Ein Paar Männer-Loafers mit nackten, behaarten Füßen drin schluppte herein.

»Männer haben hier nichts zu suchen, das ist das Damenklo«, rief Zoe.

»Ich bin asexuell, meine Süße«, antwortete Eros Mittermayer, der etwas dickliche (»untergroß«, nach seiner eigenen Interpretation) achtundzwanzigjährige Modeassistent, der ein Faible für bunte Fliegen und passende Einstecktücher zu seinen makellosen Anzügen hatte, deren Hosenbeine in feinster Thom-Browne-Manier oberhalb der Knöchel endeten. »Nimm's nicht so schwer. Einen solch erinnerungswürdigen Erstauftritt hatte hier noch keine.«

»Danke, sehr tröstlich. Und wie lief's noch?«

»Der ganzkörpergebügelte Fiorino hat eine aalglatte Antrittsrede gehalten und von Synergien gefaselt, von Kooperationen und davon, dass die Silo-Strukturen des Hauses aufgebrochen werden müssen.«

»Er sieht ein bisschen aus wie McDreamy, findest du nicht?«

»McSchleimi passt besser, finde ich.«

Zoe zwang sich aus ihrem Versteck, um eine Schadenbestandsaufnahme vor dem Spiegel zu machen. Ihre vom Heulen verschmierte Wimperntusche ließ sie wie ein kleiner Waschbär aussehen, mit großflächig schwarz umrandeten Augen.

»Schicker Look, Zoelein«, versuchte Eros, den Zoe immer sympathischer fand, sie zu trösten. »Kate Moss war mit ihrem Heroin-Chic einst auch sehr erfolgreich.«

»Kate Moss war – und ist – zehn Kilo leichter als ich.«

»Gräm dich nicht, Zoe. Ich habe etwas für dich.«

Er hielt ihr ein kleines Büchlein entgegen. Es war ziemlich abgegriffen, hatte Eselsohren an den Ecken und einen Tintenfleck auf dem Cover.

New York für Anfängerinnen
Eine Fibel für kulturgerechtes Verhalten unter Amerikanern
kuratiert von New York Girl

»Was soll das denn sein?«

»Das ist deine neue Bibel«, verkündete Eros feierlich.

Zoe hatte es nicht so mit Religion. Sie sah sich als eine Art U-Boot-Christin, die immer nur an Ostern und Weihnachten in der Kirche auftauchte. Außerdem bestellte Zoe ganz gerne beim Universum. Freie Parkplätze zum Beispiel und andere sehr weltlich-schnöde Dinge dieser Art. Daher begutachtete sie Eros' »Bibel« erst einmal etwas misstrauisch.

»Da steht alles drin«, erklärte Eros, »was du über die Spezies der Amerikaner wissen solltest. Du musst mir dein Indianerehrenwort geben, dieses Buch gut zu behandeln und absolut niemals nie zu verlieren. Es ist mindestens zehn Paar Manolo Blahniks wert.«

»Ist ja schon gut. Ich hab's kapiert.«

Sie drehte und wendete das Ding, konnte aber Eros' Ehrfurcht vor dem Werk nicht ganz nachvollziehen. Ganz offensichtlich war die Fibel selbst gemacht und in einem billigen Copyshop laminiert worden.

»Hast du das etwa geschrieben und selbst verlegt?«

»Dazu wäre ich gar nicht fähig. Ein solch brillanter Beobachter der amerikanischen Gesellschaft bin ich leider nicht.«

»Wer ist dann bitte schön dieses New York Girl?«

»Das war die erste Deutsche, die hier im Büro vor Jahren angefangen hat. Sie fand, man könne in New York nur überleben, wenn man sich mit diesen ganzen ungeschriebenen Regeln der hiesigen Gesellschaft auskennt. Das Buch ist schon durch sehr viele Hände gewandert und wurde ständig aktualisiert. Wir geben es nur an besonders nette Neuankömmlinge weiter, Zoe. Fühl dich also geehrt. Du bist jetzt eine von uns.«

Unter den mitleidigen Blicken der Kolleginnen, doch gewappnet mit der Heiligen Schrift schlich sich Zoe in ihr Eckbüro zurück. Dort simste sie erst mal Allegra von den ungeheuren Vorkommnissen des Vormittages.

Habe mit dem neuen Chef geschlafen. Und auf den Konferenztisch gekotzt.

Sex im Büro? Zoelein, du bist ja nicht wiederzuerkennen! Aber: War's denn so übel?

McNachbar ist der neue Chef!

RUF! MICH! SOFORT! AN!

»Jetzt sag endlich was, Zoe«, rief Allegra und guckte sie mit erwartungsvollen Augen aus dem Bildschirm an. Doch Zoe, die an ihrem Schreibtisch saß und den Kopf auf den vor ihr verschränkten Armen liegen hatte, schwieg.

»Ist dir etwa schlecht? Stehst du unter Schock?«, bohrte Allegra in einem Ton weiter, der durchaus amüsiert klang.

»Das! Ist! Nicht! Witzig!«, brach es aus Zoe heraus und sie hob endlich den Kopf.

»Na, irgendwie schon. Du gehst nach New York, um Karriere zu machen, nichts als Karriere, und als Erstes schläfst du mit dem neuen Chef. Du hast echt ein Händchen für Männer, meine Liebe.«

Jetzt hatte Zoe genug. »Das musst gerade DU sagen!«, giftete sie zurück.

Allegra war nicht unbedingt die moralische Instanz, mit der frau sich über Männer unterhalten sollte. Zoe kannte sie zwar, seitdem sie beide Praktikantinnen im Schönhoff Verlag gewesen waren, und hatte sie immer insgeheim für ihr Teflon-Selbstbewusstsein bewundert, an dem Kritik jeglicher Art einfach abperlte. Aber Allegra hatte das angeborene Talent, sich immer den falschen Mann auszusuchen. Fanden zumindest alle, die sie kannten. Ihr selbst war das herrlich egal, weil – selbstbewusster O-Ton Al: »ich von jeder noch so schlechten Beziehung profitiert habe«.

Mit achtzehn war Al zum Beispiel in ihren Biologielehrer verknallt gewesen. Offiziell gelaufen sei aber erst etwas, beteuerte sie noch heute, nachdem die Abiprüfung im Bio-Leistungskurs geschrieben – und benotet – war. Mit 1,2 übrigens. Danach kam ein französischer Skilehrer, in dessen Apartment sie eine »traumhafte« Wintersaison in Les Arcs verbrachte. Sein erster und einziger Besuch in der Zivilisation Hamburgs verlief dann zwar eher »albtraumhaft«, aber Al konnte nun immerhin göttlich Ski fahren. Der Nächste war dann ein verheirateter stellvertretender Chefredakteur, dessen Frau gerade das erste Kind erwartete. Was ihn letztendlich nicht nur die Familie, sondern auch die Karriere kostete. Er wurde als Korrespondent nach Polen dauerversetzt – aber erst nachdem er Allegra zur Ressortleiterin befördert hatte. Dass sie fortan mit dem Ruf eines Verlagsluders gebrandmarkt war, störte sie wenig.

Kurz: Über Allegra und ihre Männer hätte RTL2 eine quotenstarke Reality-Doku drehen können. Betitelt mit: Luder, Laster und die wahre Liebe, oder so ähnlich.

»Allegra«, begann Zoe, »ich bin nicht du. Ich will nicht, dass der Verdacht aufkommt, ich sei erfolgreich im Job, weil ich mit dem Chef schlafe. Ich will es alleine schaffen. Ohne Mann. Dazu bin ich hier. Und jetzt habe ich alles gleich von Anfang an vermasselt.«

»Zoelein, deine moralischen Befindlichkeiten in allen Ehren«, wiegelte Allegra ab. »Einzig und allein das Resultat zählt. Merk dir das! Frau muss Männer mit ihren eigenen Waffen schlagen. Spiel ein bisschen mit ihm. Mach Kontakte über ihn, die du sonst nie bekommen würdest. Und zum Schluss sägst du ihn genüsslich ab.«

Zoe ließ den Kopf wieder auf die Arme sinken. »Verstehst du mich nicht oder willst du mich nicht verstehen?«

»Ich will dir nur helfen, mein Schätzchen.«

Dann begann die transatlantische Telefonseelsorgerin ihre Klientin Zoe mit Arbeit zuzuschütten. Arbeit lenkt ab, meinte Al. Wer arbeitete, konnte nicht noch mehr Dummheiten anstellen. Auch wenn es Allegras Ansicht nach eindeutig Definitionssache war, was als Dummheit zu bezeichnen sei.

»Wenn ich mir die Nachrichtenlage so anschaue, Tiger Woods, Jörg Kachelmann, Arnold Schwarzenegger und jetzt auch noch dieser deutsche Tennisspieler – und die siebenundzwanzig bis zweiunddreißig Geliebten zwischen den Vieren –, möchte ich, dass du so schnell wie möglich den Channel Partnerschaft einrichtest. Wie wäre es, wenn du mit einem großen Aufmacher über das Phänomen der Geliebten startest?«

»Hm«, murmelte Zoe lustlos.

»Die Amis nennen sie *The Other Woman* «, fuhr Allegra unbeirrt fort. »Ich will wissen, wie es wirklich ist. Hinter der glitzernden Fassade von Schäferstündchen in Luxushotels, von Überraschungspäckchen mit Agent-Provocateur-Wäsche drin und von Diamantohrringen von Tiffany zum Geburtstag. Wie fühlt sich das an, Weihnachten ganz allein zu Hause zu sitzen? Wie ist das, keine Langzeitperspektive zu haben auf eine echte Partnerschaft, auf Kinder. Darauf, zusammen alt zu werden?«

»Okay. *Whatever*«, antworte Zoe lahm. »Ich kann ja auch noch 'ne Bildergalerie mit berühmten Geliebten dazustellen. Das jagt die Klicks in die Höhe.«

Nachdem sie aufgelegt hatte, versuchte Zoe folgsam, mit sich selbst über den Typus der Geliebten zu brainstormen. Einsame Angelegenheit. Halterlose Strümpfe? Verheulte Flughafenabschiede? Aufgehängte Telefonate? Sie machte sich ein paar Notizen.

Was für eine sinnfreie Assoziiererei!

Tief in ihrem Inneren brodelte etwas, das sie aber nicht genau definieren konnte. Es hatte natürlich mit McSchleimi zu tun. Der Idiot Nummer zwei in ihrer Sammlung hatte also mit ihr geschlafen, obwohl er genau wusste, wer sie war. Obwohl er genau wusste, dass er ihr oberster Vorgesetzter werden würde. Schließlich hatte sie im sonntagmorgendlichen Champagnerrausch ihr halbes Leben vor ihm auf dem Küchentisch ausgebreitet. Er wusste, dass sie schon als Teenager Journalistin werden wollte und schließlich bei Schönhoff Publishing ein Volontariat bekommen hatte. Er wusste, dass sie sich bei *VISION* den Ruf als verdammt talentierte Schreiberin ertippt hatte. Diese Ratte war also ganz genau darüber informiert, wen er da flachlegte – und hatte es trotzdem getan.

Er Chef, sie Weisungsbefugte. Zoes Kopf war plötzlich ganz leer. Wie konnte er nur? Wer machte so was? »Sex, Lügen, Arroganz. Warum sich mächtige Männer oft wie Schweine benehmen«, hatte *TIME* einmal getitelt, und Zoe war damals so von der forschen Schlagzeile des Magazins fasziniert gewesen, dass sie sich eine Kopie des Titelblattes in ihrem Berliner Büro an die Wand gehängt hatte.

»Und ich war mit so einem im Bett«, murmelte Zoe. »Außerdem habe ich diesem Egomanen auch noch einen Zettel unter der Tür durchgeschoben wie ein verknalltes kleines Mädchen.« Sie hätte sich ohrfeigen können.

Ein Plan musste her. Ein Racheplan. Kressesamen auf dem Teppich. Todesanzeigen in der Zeitung. Anfängerpipifax, befand Zoe Schuhmacher. Alpha-Männchen musste man da treffen, wo es ihnen am meisten wehtat. Und wo hatten Titanen ihren heimlichen Schwachpunkt? Beim Ego natürlich! McSchleimi würde mit Ignorieren gefoltert werden, beschloss Zoe. Denn Alpha-Männchen wollten schließlich immer nur das, was sie nicht kriegen konnten. Und zwar am besten vorgestern.

»Und deine amerikanischen Pyjamahosen schauen ohnehin total bescheuert aus, McSchleimi«, giftete sie ihre Topfpflanze an. »Wie aus der Klapse vom Bellevue Hospital. Jawohl!«

Die Topfpflanze blieb stumm.

Trotzdem fühlte sich Zoe schlagartig besser. Hoch erhobenen Hauptes stöckelte sie aus ihrem Eckbüro gen Aufzug. »Guten Abend allerseits.«

Sie stieg in den Fahrstuhl. Bevor sich die Türen ganz schließen konnten, schob sich eine weitere Person hinein.

»Geht's wieder besser?«, fragte McSchleimi. Er lehnte lässig an der Rückwand des Liftes und schaute sie so erwartungsvoll an, wie Männer eine Torte auf einem Junggesellenabend ansehen, aus der gleich ein hoffentlich sehr attraktives, sehr nacktes Mädchen springen wird.

Eigentlich müsste sie ihm jetzt so richtig den Kopf waschen, schoss es Zoe durchs Gehirn. Ihn fragen, was er sich bei diesem One-Morning-Stand verdammt noch mal gedacht hatte?

Was aber, wenn er sich überhaupt nichts dabei gedacht hatte? Zoe fühlte sich ein bisschen wie eine Ehefrau, die zwar vermutete, dass ihr Mann eine Affäre hatte, aber lieber nicht sein Handy und seine Mails ausspionieren wollte, weil dann womöglich ihr Verdacht bestätigt würde. Nein, sie wollte es lieber nicht wissen.

Der Aufzug setzte sich ruckartig in Bewegung. Es war eng in der Kabine. Zoe wusste nicht, wo sie ihre Hände lassen oder wohin sie schauen sollte. McSchleimi roch zudem exakt nach McNachbar, was für ihre Befindlichkeit nicht unbedingt förderlich war. Sie überlegte kurz, ob es hilfreich wäre, den Notschalter zu drücken, um so schnell wie möglich hier rauszukommen. Im Kino allerdings blieben die Aufzüge dann immer zwischen zwei Stockwerken stecken und die Mitfahrenden hatten, bis endlich Hilfe auftauchte, im Zweifelsfall Sex miteinander – was nicht wirklich eine Option war.

»Und wie war Ihr Tag heute, Mr Fiorino?«, riss sich Zoe also zusammen, versuchte bemüht, gelangweilt zu erscheinen, und vor allem, seinen Blick zu meiden. Aus dem Augenwinkel sah sie, wie ein amüsiertes Lächeln über seine Lippen huschte.

»Danke, bestens. Ich war heute weder in Gefahr, an einem Blaubeer-Muffin zu ersticken noch habe ich deswegen den Besuch der Verlegerin verpasst«, antwortete McSchleimi.

Zoe starrte intensiv auf die rot leuchtenden Etagenangaben, deren Countdown in gefühlter Zeitlupe ablief. Leider war es nicht möglich, den Aufzug durch schiere Willenskraft zu beschleunigen.

Dann ruckelte es noch einmal, und sie waren endlich unten. Die Fahrstuhltüren öffneten sich im Parterre und Zoe stürmte hinaus.

»Spiel nicht wieder mit dem Feuer, Zoe«, rief Tom ihr noch hinterher. Ohne sich umzudrehen und ihn anzuschauen, erkannte sie an seiner Stimme, dass er sich köstlich amüsierte. Dann war sie endlich draußen auf der Lexington Avenue angelangt. Ein hupender gelber Schulbus und ein kreischendes Feuerwehrauto donnerten an ihr vorbei. Über Zoes Wangen liefen Wuttränen.

7

Es war nicht leicht, nach so einer Demütigung am nächsten Morgen aufzustehen, an den Ort des Geschehens zurückzukehren und den gleichen Menschen ins Gesicht zu schauen. Zoe überlegte ernsthaft, sich die Decke über den Kopf zu ziehen und einfach nie mehr ihr Bett zu verlassen.

Vielleicht war die Sache mit dem Lebenumkrempeln, dem *Foolish*-Sein, nichts als eine fürchterlich naive Idee. Verwegenheit und Spontaneität gehörten wohl nicht zu ihren Stärken. Eher war sie eine Art Serientäterin. Eine Serien-Monogamistin. Seit sie begonnen hatte, sich für Jungs zu interessieren, hatte sie immer eine feste Beziehung gehabt. Eine nach der anderen. Eigentlich war sie nie lange solo gewesen. Ein paar Wochen vielleicht, dann kam der nächste. Sie hatte sich immer in jede Beziehung voll hineingeschmissen und sich über den jeweiligen Mann definiert.

Mit dem Outdoor-Freak ging sie mountainbiken und machte zwei Mal Zelturlaub in Kanada, obwohl ihr schon beim ersten Mal nach der allerersten Nacht auf der Isomatte der Rücken wehtat und sie zwar Milliarden von Stechmücken, aber keinen einzigen Schwarzbären antrafen. Der Clubber nahm sie mit auf Raves nach Ibiza, wo sie gemeinsam die Nächte durchtanzten und Dinge rauchten, von denen Zoe lieber nicht wissen wollte, was sie waren.

Im Grunde interessierten Drogen sie nicht, nur schien ihr Konsum in manchen Kreisen dazuzugehören.

Und Benni? Mit dem konnte man einfach so gut reden. Er las Bücher, hatte im passenden Moment immer einen Hegel oder Kant parat und träumte davon, einen literarischen Salon zu eröffnen. Wie im Berlin der Gründerzeit. Benni war einfach so wahnsinnig zivilisiert und gebildet für einen Mann.

Jetzt war Zoe also zum ersten Mal so richtig solo. Und vielleicht auch ein bisschen allein. Und hatte wieder einmal Bammel vor der eigenen Courage.

Ihr Blick fiel auf das abgegriffene Büchlein, das neben ihr auf dem Schlafzimmerboden lag. Vielleicht sorgte Eros' heilige Schrift ja für Erleuchtung im Zoe-Leben, dessen Zukunftsaussichten momentan eher nebulös waren? Die Seiten hatten Eselsohren und waren ein bisschen speckig. Wie vielen Neuamerikanerinnen sie wohl schon geholfen hatten, sich einzuleben? Zoe blätterte ziellos darin herum, blieb dann aber an einer verknitterten Seite an dem Stichwort Kostenstelle hängen.

Oberstes Gebot: Never kiss the Kostenstelle

Geh nie mit jemandem aus der gleichen Abteilung ins Bett – und schon gar nicht nach der Weihnachtsfeier oder dem Betriebsfest –, denn am nächsten Tag und am Tag danach und am Tag danach und so lange, bis du kündigst und nach Neuseeland auswanderst, triffst du den Typen im Büro immer wieder. Gilt weltweit.

Für die USA speziell gilt: Jede office romance kann eine Klage wegen sexueller Belästigung nach sich ziehen. Siehe auch: Enthüllung. Kinofilm mit Michael Douglas und Demi Moore, 1994.

Na, bravo, dachte Zoe, drehte sich im Bett auf den Rücken und starrte an die Decke. Volltreffer! Doch dann hatte sie plötzlich einen Gedanken, der direkt aus Allegras Gehirn hätte kommen können: Hatten Chefs nicht ihre eigenen Kostenstellen?

★★★

Kurze Zeit später betrat Zoe das Großraumbüro im neunundzwanzigsten Stock mit ihrem iPhone am Ohr und schien schwer in ein wichtiges Telefongespräch vertieft zu sein. Tatsächlich hatte sie nicht mal eine Nummer gewählt. Sie tat nur so, um möglichst schnell und ohne irgendwas zu irgendjemandem sagen zu müssen, in ihr Büro zu kommen. Dort zwang sie sich, sofort ihre Notizen zum Thema Geliebte durchzugehen. Arbeit lenkt ab, war schließlich Allegras Theorie. Wer arbeitet, hat keine Zeit zum Grübeln.

Jeder zweite Mensch, der in einer festen Beziehung lebt, geht irgendwann fremd, hatte Zoe recherchiert. Anfangs fühlt sich die Geliebte der Ehefrau überlegen. Dem Muttchen, das nichts weiß, nichts merkt. Mit der in der Kiste schon längst nichts mehr läuft, außer vielleicht Blümchensex. Die Geliebte ist unabhängig, frei – und damit attraktiv für einen (Ehe-)Mann, der nur eins will: keinen Stress (und jede Menge Sex natürlich). Bis er seine Geliebte langsam und vielleicht sogar völlig unbewusst in die Abhängigkeit zwingt. Und sie zum neuen Muttchen mutiert, das er dann irgendwann mit einer Anderen betrügt.

Trostloses Thema, dachte sich Zoe und fing an, ihren Artikel zu schreiben. Den Webdesigner hatte sie über den neu einzurichtenden Partnerschafts-Channel, der Sex & Love heißen sollte, schon informiert. Er codete hoffentlich bereits fleißig vor sich hin. Zoe schrieb den ersten Satz ihrer Geschichte und löschte ihn sofort wieder. Sie schrieb einen zweiten ersten Satz, aber auch der gefiel ihr nicht. Erste Sätze waren eine Kunst für sich. Sie schrieb einen dritten ersten Satz – und löschte auch diesen wieder. Alles Schrott. Schreiben war manchmal einfach nur Qual. Der Grund war, dass sie absolut und überhaupt keine Idee hatte, was sie schreiben wollte. Eigentlich wollte sie gar nicht schreiben, sondern lieber schmollen und sich noch ein bisschen selbst bemitleiden. Es war schließlich nicht fair, dass ausgerechnet ihr solch ein Chef-Desaster passieren musste. Kaum hatte sie sich aus ihrer *comfort zone* hinausgewagt, ging alles schief.

Gott, dem Universum oder wem auch immer war zu danken, dass gerade in diesem Moment Eros Mittermayer den Kopf zur Tür hereinstreckte. »Willst du mit mir und meiner Freundin Mimi zum Lunch gehen? Ich habe um eins einen Tisch im Pastis.«

Stars & Sternchen oder: Wie man Promis richtig ignoriert

Egal ob Robert De Niro am Nebentisch sitzt oder Jay-Z und Beyonce mit ihrer Tochter Bleu auf demselben Spielplatz schaukeln, Stars und Sternchen werden grundsätzlich ignoriert. Kein »Oh, guck mal, das ist …«, kein Mit-dem-Finger-Deuten und absolut überhaupt kein Foto oder die Frage nach einem Autogramm. Kreischen und in Ohnmacht fallen werden ausschließlich den Touristen überlassen.

Echte New Yorker nehmen die Anwesenheit von Stars einfach hin – wie die Existenz des Empire State Buildings. Man kann schließlich nicht jedes Mal, wenn man daran vorbeigeht, stehen bleiben und mit offenem Mund nach oben gucken.

(New York für Anfängerinnen, S. 69)

»Der New Yorker Meatpacking District war einmal genau das, was sein Name besagt: das Schlachthofviertel«, dozierte Eros, als er mit Zoe im Taxi Richtung 14th Street fuhr. »Schweinehälften, Kalbsfüße, Hackfleischberge – und dazwischen jede Menge menschliches Frischfleisch der horizontalen Variante.«

»Das klingt aber ziemlich abgeschmackt«, erwiderte Zoe.

»Gar nicht! Vor ein paar Jahren sind dann die Yuppies dort eingezogen und haben ihre Boutiquen und Restaurants aufgemacht: Stella McCartney, Diane von Furstenberg und Theory. Das SoHo House New York mit seinem Swimmingpool auf dem Dach ist auch gleich um die Ecke.«

Zoe und Eros ließen sich einen Tisch vor dem Pastis zuweisen und setzten sich in die warme Septembersonne. Einen Tisch weiter hatte sich Uma Thurman mit einer riesigen schwarzen Sonnenbrille auf der Nase niedergelassen, eine Tatsache, die die beiden gnadenlos ignorierten. Wer war schon Uma Thurman? Wen kümmerte es schon, dass sie in einem der besten Filme aller Zeiten mitgespielt – und vor allem mitgetanzt – hatte? Auf den Straßen New Yorks wurde ständig irgendein Film gedreht oder irgendeine Modekampagne fotografiert. Nur Anfänger blieben stehen, belästigten die Stars und machten Fotos mit ihren Handykameras, die sie dann sofort auf Facebook stellten.

»Wie bist du eigentlich zu deinem spektakulären Vornamen gekommen?«, fragte Zoe ihren Kollegen Eros, der zu seinem akkurat zurechtgestutzten Hipster-Vollbart eine Aviator-Sonnenbrille trug.

»Ich bin im niederbayerischen Straubing aufgewachsen, und da hat Eros Ramazotti 1988 ein Konzert gegeben …«

Zoe gluckste schon jetzt vor Lachen.

»… und den Lieblingsschmachtfetzen meiner Mama gesungen: Musica è.«

Eros Mittermayer verzog das Gesicht, als hätte er Pepsi Zero statt der bestellten Diet Coke serviert bekommen. »Und deshalb hat sie mich, ihren Erstgeborenen, nach Eros Ramazotti benannt. Das hab ich ihr nie verziehen.«

»Sehr kosmopolitisch«, bekam Zoe noch heraus, ehe sie so lachen musste, dass sie fast über den Tisch gespuckt hätte.

»Zoe ist auch nicht viel besser für ein Landei wie dich.«

»Mein Vater ist Dorfarzt und meine Mutter Grundschullehrerin. Sie waren Missionare in Afrika, bevor ich auf die Welt kam. Ich bin immerhin nach der preisgekrönten südafrikanischen

Schriftstellerin und Dichterin Zoe Wicomb benannt – und nicht nach irgendeinem Italo-Schnulzensänger.«

»Das geht jetzt echt unter die Gürtellinie«, jammerte Eros »Musica è« Mittermayer theatralisch und streckte die sorgfältig manikürten Hände gen Himmel. »Du triffst mich mitten ins Herz.«

»Wo hast du denn dein Herz?«

Plötzlich wurde es für einen Moment ruhig vor dem französischen Bistro an der 9th Avenue, als würde eine unsichtbare Macht die Aufmerksamkeit aller Anwesenden an sich reißen. Wie in einem dieser Haarspray-Werbespots schritt ein langbeiniges, fast schon überirdisch schönes Wesen in Zeitlupe auf das Pastis zu. Ihre auf den schmalen Hüften hängenden Jeansshorts waren kaum breiter als der massive Ledergürtel, den sie schräg darüber trug. Dazu schwarze Bikerboots, ein enges weißes Männer-Rippenunterhemd und um den Hals ein Lederband, an dem ein mit Diamanten besetzter Haifischzahn bei jedem Schritt zwischen ihren Brüsten hüpfte. Die blonde Lockenmähne wehte im Drei-Wetter-Taft-Wind.

Das Wesen kam an ihren Tisch, nahm die weißen iPod-Stöpsel aus den Ohren, sagte »Hi, ich bin Mimi« und ließ sich einfach auf einen freien Stuhl fallen. Entweder hatte sie von ihrer eigenen Show nicht das Geringste mitbekommen oder sie war so daran gewöhnt, dass es nichts Besonderes mehr war.

»Mimi, Süße, das ist meine neue Kollegin Zoe«, flötete Eros und hauchte der Mindestens-eins-achtzig-Frau, die Zoe hinreichend einschüchternd fand, lässig zwei Küsschen über den Tisch.

»Zoe, das ist Morgan Buckley Mellon, genannt Mimi. Ihr gehört die Mimi Mellon Gallery for Contemporary Art an der 26th Street«, sagte Eros und fügte ehrfurchtsvoll an: »Sie ist eine *socialite* – und ein Model.«

»Eros, du Schleimer«, sagte Mimi grinsend. »Für die Kohle meiner Großeltern kann ich nichts. Und das mit dem Modeln war mal in einem früheren Leben. Mein Verfallsdatum ist längst abgelaufen. Ich bin sozusagen angeschimmelt.« Und zeigte auf die Krähenfüße, die sich um ihre Augen bildeten, wenn sie lachte. »Da hilft nur noch eine operative Runderneuerung. Aber ich will ja nicht enden wie Meg Ryan.«

Die Frau begann Zoe zu gefallen.

Sie tranken Eistee und Mimi wollte alles über Zoe wissen. Woher sie kam, was sie machte, und vor allem, was sie hier in New York tat. Und Zoe erfuhr nebenbei, dass Mimi und Eros sich bei einem Fashion Shoot in Mimis Galerie kennen und (rein platonisch natürlich) lieben gelernt hatten. Und dass Mimi mit ihren nicht erkennbaren vierzig Jahren einfach keinen Kerl fand.

»Männer meiner Altersklasse sind entweder Umtauschware, schwul oder sie stehen auf Minderjährige«, klagte sie. »Und wie ist deine aktuelle Männerlage?«

Zoe wurde rot. Feuer-Tomaten-Paprikarot mit vereinzelten Himbeerflecken hier und da, um es genau zu sagen.

»Davon weiß ich ja gar nichts«, empörte sich Eros, der sofort begriffen hatte, dass es sich lohnte, bei diesem Thema nachzubohren. »Dabei bin ich dein bester Klo-Freund!«

»Wer ist der Typ?«, wollte Mimi wissen.

Zoe zögerte. Sie konnte unmöglich die Wahrheit sagen. »Mein Nachbar.«

»Und wie sieht der aus?«

»Ein bisschen wie McDreamy«, sprudelte es aus ihr heraus, und sie hätte sich die Zunge abbeißen können, denn die sensiblen Antennen von Eros hatten das natürlich sofort registriert.

»McDreamy?«, fragte er scheinheilig, während sein Gehirn ganz offensichtlich Puzzleteilchen ihrer Klo-Konversation miteinander kombinierte.

Zoe mied seinen Blick und versuchte desinteressiert auf die Straße zu gucken.

»Du meinst nicht etwa Mc-Schlei-mi?«, wiederholte Eros und betonte jede einzelne Silbe wie ein Deutsch-als-Fremdsprache-Lehrer.

Zoe spürte, wie sie noch eine Schattierung Dunkelrot zulegte und einfach nichts dagegen tun konnte. Sie zog es vor, bockig zu schweigen, was ihr natürlich nicht im Geringsten weiterhalf.

Mimi war verwirrt. »McDreamy? McSchleimi? Wer denn nun?«

»McDreamy ist McSchleimi«, erklärte Eros. »Und McGirlie hier hat offenbar was mit ihm. Er ist außerdem der neue Chef. Thomas Prescott Fiorino.«

Es dauerte ein bisschen, bis Mimi die diversen Macs geistig sortiert hatte. »Tom ist doch erst seit vier Wochen wieder in der Stadt. Wann hast du den denn klargemacht?«, fragte sie verwundert.

»Am Sonntag vor vier Wochen.«

Mimi lachte. »Guter Fang!«

»Wieso? Kennt ihr euch?«

»Sag bloß, du weißt nicht, mit wem du da gerade anbandelst?«

»Nicht wirklich. Und wir haben auch nur ein Mal …«

»Thomas Prescott Fiorino – hmmmmm«, unterbrach sie Zoe, und ihr Blick wurde ein wenig nostalgisch. »Mit dem hab ich mal geknutscht, als ich fünfzehn war oder so, bis seine ganzkörpergebügelte Mutter uns erwischt, einen Riesenaufstand gemacht und nicht nur Toms Eltern, sondern auch den Direktor davon unterrichtet hat. Wir waren damals auf der gleichen Privatschule. The Dalton School. Upper East Side. Vierzigtausend Flocken pro Schuljahr. Teurer als Harvard. Tom kommt aus einer der mächtigsten – und reichsten – Familien der Ostküste. Seine Mutter ist eine Whitney.«

Zoe starrte Mimi nur mit untertassengroßen »Ich bin aus Herpersdorf bei Ansbach«-Augen an.

»Hallooooo! Erde an Zoe! Cornelius Vanderbilt Whitney war einer der berühmtesten Investoren der USA. Er hat die Fluglinie Pan Am mitgegründet und Hollywood-Streifen wie *Vom Winde verweht* finanziert. Seine Mutter, Fiorinos Urgroßmutter, hat das Whitney-Museum bauen lassen!«

Zoe schwirrte der Kopf.

»Tom hält den Rekord der gebrochenen Herzen. Es gibt wohl keine New Yorkerin meiner Generation und eines gewissen gesellschaftlichen Status, mit der er noch nichts hatte. Vor ein paar Jahren ist er dann nach England verschwunden.« Mimi machte eine nachdenkliche Pause, als leide sie kurzzeitig unter Amnesie, weil sie nichts über seine Zeit bei den Briten zu berichten wusste. Dann fuhr sie fort: »Irgendwie war er von der Bildfläche verschwunden. Aber früher, da habe ich ihn ständig beim Ausgehen getroffen – nur immer mit neuem *arm candy*. Du weißt doch, was *arm candy* ist, du kleine Europäerin, oder?«

Zoe schüttelte den Kopf.

»Weibliche Deko zum Ausgehen und Gesehenwerden. Vorzugsweise bergdorf-blond mit Kleidergröße 0.«

Zoes Landei-Gehirn brauchte etwas Zeit, um die Masse dieser Upperclass-Anekdötchen zu verarbeiten.

»Komm übermorgen zur Vernissage in meine Galerie, da zeig ich dir die feine New Yorker Gesellschaft«, schlug Mimi vor, aber es hörte sich eher an wie ein Befehl. Dann schüttelte sie den Kopf: »Unter welchem Felsbrocken hast du denn bisher gelebt?«

Vielleicht hatte Zoe Schuhmacher tatsächlich bisher unter einem Felsbrocken gelebt – einem namens Herpersdorf bei Ansbach. Dort, wo sie herkam, aus dem ländlichen Mittelklasse-Deutschland, gab es einfach keine reichen Leute. Jedenfalls kannte sie keine. Viel Geld hatte in den Siebziger- und Achtzigerjahren jemand, der einen Mercedes fuhr und keinen Opel. Der mit seiner Familie in den Urlaub flog, statt mit dem Auto nach Österreich oder Italien zu fahren. Über die wurde im Dorf natürlich gerne geredet. Aber als reich galt eigentlich nur einer: der Apotheker aus Ansbach. Dem gehörten alle drei Apotheken in der Stadt und er lebte mit seiner Familie in einem Bungalow, was Zoes Mutter beneidenswert modern fand, weil die Apothekerfrau »nie mehr Treppen steigen« musste. Die Apothekertochter bekam ein eigenes Pferd zum fünfzehnten Geburtstag, was in Zoes damaliger Welt wirklich den Gipfel des Irrsinns bedeutete. Zoe durfte nicht mal Reitstunden auf dem Pferdehof nehmen. Damit fangen wir gar nicht erst an, hatte ihre Mutter entschieden, so was sei ein »Hobby für Besserbegüterte«.

Zugegeben, später in München beobachtete Zoe dann immer mal wieder von fern die Baby-Schimmerlos-Schickeria. Dort liefen ihr auch die ersten »vons« über den Weg – von Mutius, von Berlebach –, die fünf bis sieben Vornamen hatten und sich nostalgisch an ihre Sommer als Teenager mit Picknicken auf Gutshöfen erinnerten, auf denen es irgendwie immer frische Erdbeeren mit Schlagsahne gab.

Aber leibhaftiger Rockefeller-Reichtum oder – wie in Zoes speziellem Fall – Mimi-und-Whitney-Reichtum, der gehörte nicht zu ihrer Welt. Für Zoe Schuhmacher war das Stoff aus Hollywood-Filmen.

Reiche und Superreiche oder: Wer sind eigentlich die legendären 0,1 Prozent?

»Bis ich zwölf Jahre alt war, dachte ich, dass jeder Mensch ein Haus an der 5th Avenue, eine Villa in Newport und einen eigenen Eisenbahnzug besaß.« Cornelius Vanderbilt, Jr.

Heutzutage muss ein Haushalt in den USA mehr als 380.000 Dollar pro Jahr verdienen, um zu dem einen Prozent der Reichen des Landes zu gehören. Im Durchschnitt. In New York reicht das natürlich noch lange nicht. Dort bringt das die obere Mittelklasse nach Hause. In New York müssen es schon mehr als 609.000 Dollar im Jahr sein. Und vor den Stadtgrenzen, im benachbarten Greenwich, Connecticut, sind gar 908.000 Dollar nötig.

Superreiche hingegen – das oberste eine Prozent des einen Prozents – rechnen ausschließlich in Milliarden. Siehe auch: Hedgefonds-Manager.

(New York für Anfängerinnen, S. 87)

8

Zoe lief die 26th Street entlang, an der sich eine Galerie an die andere reihte: Andrea Meislin, Lehman Maupin, BravinLee und natürlich Mimi Mellon. Platzhirsch Gagosian war gleich um die Ecke. Als sie Mimis Ausstellungsräume an diesem Spätnachmittag betrat, klingelte ein kleines Glöckchen, aber sonst war niemand zu sehen. Zoe schaute sich um und wunderte sich sofort, welche Art von bewusstseinserweiternden Drogen sie wohl versehentlich zum Lunch eingenommen hatte. Die Wände der ganz in Weiß gehaltenen ehemaligen Fabriketage waren mit monumentalen Gemälden des amerikanischen Kunstpunks Astarot Frist gepflastert. Exakt gleich große Quadrate in psychedelischen Bonbonfarben wiederholten sich schier endlos in exakt gleich großen Abständen auf weißen Leinwänden. Die Serie hieß *The Square Paintings*, stand auf einem Infoblatt, das hinter Plexiglas an die Wand geschraubt war, und machte auf den ersten Eindruck einfach nur happy.

Je länger Zoes Blick von einem der quietschbunten Vierecke zum nächsten wechselte und sie versuchte, irgendeinen Rhythmus, irgendein Muster ausfindig zu machen, desto unruhiger wurde sie.

»Das geht nicht nur dir so.« Mimi legte ihr zur Begrüßung beruhigend eine Hand auf die Schulter. »Keines der über fünfhundert Quadrate auf der jeweiligen Leinwand hat den exakt gleichen

Farbton wie ein anderes. Das sorgt gezielt für unterschwellige Unruhe.«

Mimi trug heute eine eigenwillige Pelzweste mit Zottelbommeln über einer cremefarbenen Seidenbluse zu schwarzen Lederleggings. Die Haare waren zu einem unschuldigen, asymmetrischen Schulmädchenzopf geflochten. Auf der Nase balancierte sie eine riesige schwarze Hornbrille. Downtown-Chic.

»Das Bild sieht irgendwie aus wie ein unsortiertes Periodensystem.« Zoe erinnerte sich dunkel daran, in der elften Klasse einmal das Fach Chemie belegt zu haben.

»Daher kam wohl auch Frists Idee. Jedes Werk hat den Namen eines chemischen Elements. Du stehst übrigens gerade vor Ac – Actinium. Achtung! Radioaktiv!«

»Und das hängen sich die Leute wirklich ins Wohnzimmer?«, fragte Zoe und überlegte kurz, ob sie vielleicht die Zunft wechseln und einfach viele bunte Dreiecke malen sollte. Oder Kreise.

»Nicht nur ins Wohnzimmer, du Kulturbanause.« Mimi lachte. »La – Lanthan hängt sogar im MoMA.«

»Was kostet denn so ein Spaß?«

»Bis zu drei Millionen.«

Zoe schaute sich in Mimis Galerie um und überschlug schnell. »Dann hast du also um die einundzwanzig Millionen Dollar hier an der Wand hängen?«

»Mindestens.« Mimi grinste. »Im Lager sind noch mehr.«

»Wie viele hat der liebe Frist denn davon gemalt?«

»Du meinst selber?«

»Wie – selber? Kann man auch unselber malen?«

»Frist lässt malen. Von seinen Assistenten. Insgesamt gibt es so an die achthundert *Square Paintings*. Er selbst hat vielleicht fünfundzwanzig davon fabriziert.«

»Und Kunstsammler zahlen tatsächlich Millionen für Bilder, die nicht mal vom Künstler selbst gemacht worden sind?«

»Da kannst du deine Louboutins drauf wetten. Hast du noch nie was von Andy Warhols Factory gehört?«

★★★

Kunst, hatte Zoe am Vorabend gelernt, als sie sich mit Mimi im Sant Ambroeus zum Dinner – samt einer kleinen Nachhilfestunde – traf, war spätestens seit 2006 zum Investmentobjekt geworden. Damals hatte der Kosmetik-Tycoon Ron Lauder spektakuläre 135 Millionen Dollar für das Gemälde Adele Bloch-Bauer I von Gustav Klimt hingeblättert – den höchsten Preis, der bis dahin jemals für ein Kunstwerk bezahlt worden war. Das hatte all diejenigen auf den Plan gerufen, die ebenfalls (zu) viel Geld herumliegen hatten: die Hedgefonds-Manager.

»Seit die Hedgefonds-Manager in den Kunstmarkt eingefallen sind, ähneln die Auktionen bei Christie's und Sotheby's einem ›Wer hat den größten … ähm … Geldbeutel‹«, hatte Mimi ihr erzählt. »Die Preistreiber, die neuen Reichen, kaufen dabei gezielt nur Namen.«

»Kein Wunder«, hatte Zoe mit gespieltem Verständnis eingeworfen. »Wer Chanel am Körper trägt, will halt auch Gerhard Richter im Foyer hängen haben.«

»Es geht beim Kunstsammeln längst nicht mehr darum, ein ästhetisch schönes Werk zu erstehen oder seine Sammlung zu vervollständigen, sondern wie bei der Jagd, den größten Vierundzwanzigender zu erlegen«, war Mimi fortgefahren.

In Mimis Galerie fand heute also die Pressekonferenz für die neue Frist-Ausstellung *The Square Paintings* statt. Zoe beschloss, das Ganze als Recherche für ihr zukünftiges Kunst-Vertical zu betrachten. Der Künstler werde anwesend sein, hatte Mimi angekündigt, was ein Spektakel als solches versprach. Frist war dafür bekannt, nun ja, sagen wir mal, ungewöhnliche Dinge in der Öffentlichkeit zu tun. Bei einer Ausstellung in London sollte er sich einmal für die Pressefotografen vor einem seiner Werke positionieren, tat das auch, zog aber während des gesamten Blitzlichtgewitters mit zwei Fingern seine Nasenlöcher nach oben – sodass er aussah wie ein menschliches Schweinchen.

Aber auch das war vermutlich Kunst, oder? Und hatte eine Aussage, oder?

Zum Auftakt der Veranstaltung kam Frist auf einem Skateboard in die Galerie gefahren, was Zoe persönlich ein bisschen albern fand, und Mimi ganz offensichtlich richtig blöd, weil das Skateboard schwarze Gummispuren auf dem frisch eingelassenen Boden hinterließ. Der achtunddreißigjährige Brooklynite trug einen groben schwarzen Strickpullover, Adidas- Retro-Turnschuhe und war mit Bling-Schmuck behängt, wie ein Hip-Hopper der alten Schule.

»Wir freuen uns, Astarot Frist heute persönlich anwesend zu haben, um die Retrospektive *The Square Paintings 1997 bis 2012* zu eröffnen«, zuckerwattete Mimi ins Mikrofon und begann, wie im Pressematerial angekündigt, ein kleines Künstlerinterview. Frists Körper stand neben ihr, er schaute in die Luft, pfiff leise vor sich hin, aber Frist selbst schien heute irgendwie nicht zu Hause zu sein.

»Woher kam deine ursprüngliche Inspiration für die *Square Paintings*, Astarot?«, fragte Mimi und schenkte ihm ein strahlendes Lächeln von bester Modelqualität, für das alle anwesenden Männer einen Mord begangen hätten.

Frists Kopf senkte sich wie in Zeitlupe, der Mund hörte auf zu pfeifen und die Augen schauten geradeaus durch die Journalisten und die nun auch langsam eintreffenden Sammler hindurch, wie durch einen Tunnel ins dahinterliegende Nichts.

»Astarot?«, versuchte ihn Mimi auf die Erde zurückzuholen. Keine Reaktion. »Astarot?«

Zoe hätte Mimi zu gern geholfen und den ollen Frist mal ordentlich in die Seite geboxt – schließlich wurde die ganze »Ich bin ein durchgeknallter Künstler«-Nummer jetzt irgendwie langweilig –, traute sich aber nicht.

»Okay«, gab Mimi völlig unerschüttert bekannt. »Die Pressekonferenz ist hiermit beendet.« Und lieferte damit Stoff für unzählige Geschichten, die den Mythos Frist nur noch interessanter machen würden. Schlechte Presse war gute Presse, nicht wahr?

Zoe allerdings befiel der leise Verdacht, dass Astarot und Mimi das kleine Schauspiel vorhin im Hinterzimmer kichernd miteinander abgesprochen hatten.

Die Galerie war inzwischen voll wie ein Nachtklub am Samstagabend. Vor der Tür parkten schwarze Towncars in zweiter und dritter Reihe und spuckten immer neue Besucher aus. Zoe holte sich ein Glas Champagner von der Bar und schob sich durch die Menge. Zwischen den Beanzugten von der Upper East Side und den lässigen Downtownern ganz in Schwarz standen immer wieder Grüppchen von hippen Collegekids, die unmöglich das Geld für einen Wandschmuck der hier feilgebotenen Art haben konnten, außer sie bastelten in ihrem Studentenwohnheim gerade am Nachfolger von Facebook.

»Die kommen nur wegen der kostenlosen Häppchen«, erklärte Mimi. »Und weil wir beim Alkoholausschenken nicht wie jede normale Bar die Ausweise kontrollieren.«

»Wirklich? Und warum schmeißt du sie dann nicht raus?«

»Solange sie hübsch sind und sich ordentlich benehmen, passen sie gut in die Mischung. Sie senken schließlich den Altersdurchschnitt um gute zwanzig Jahre«, erklärte sie und prostete Zoe so übermütig zu, dass diese Angst bekam, eins der beiden Champagnergläser könnte es nicht überleben.

»Hast du schon einen Bubbly zu viel, Mimi? Die Galeristin sollte nicht betrunken sein, bevor sie alle Werke an den Mann gebracht hat, oder?«

»Schon geschehen«, antwortete Mimi.

»Was? Dass du betrunken bist oder alle Frists verscherbelt hast.«

»Dominik Gunn hat sie alle gekauft. A-l-l-e!«

★★★

Gute hundert Kilometer lagen zwischen New York und dem Städtchen Greenwich im angrenzenden Bundesstaat Connecticut. Wenn man diese Entfernung allerdings in einer mit Champagner und

Chauffeur ausgestatteten schwarzen Stretchlimousine zurücklegte, kam es einem nur halb so weit vor. Gewöhnungsbedürftig war lediglich, dass man in einer solchen Stretchlimo seitlich zur Fahrtrichtung saß, und an der Decke die Beleuchtung ständig von Silber auf Gold und Silberrotgold wechselte, wie bei einer Discoorgel.

Zoe hatte den Kopf an Mimis Schulter gelehnt und sah durch die verdunkelten Scheiben schemenhaft die Piers des Hudson River vorbeischwirren. Sie fuhren den West Side Highway hinauf Richtung Norden. In der Limo herrschte eine Stimmung wie nach der rauschenden Party anlässlich eines Fußballweltmeisterschaftssiegs. Das üppig ausgeschüttete Adrenalin war abgefeiert, und eine zutiefst zufriedene, schwerelose Stille lag über den Passagieren.

Dominik Gunn tätschelte träge den makellosen Oberschenkel seiner Angetrauten, den Zoe nicht weiter zu betrachten wagte, weil sie ziemlich sicher war, dass diese unter ihrem knappen Chiffonkleidchen keine Unterwäsche trug. Durch den dünnen Stoff war jedenfalls nichts auch nur ansatzweise zu sehen.

»Hast du Oscar verständigt, Darling, dass er uns und unseren Gästen ein Mitternachtsdinner zaubert?«

»Das Personal ist selbstverständlich darauf eingerichtet«, hauchte Darling ihrem Dominik ins Ohr.

»Dominik Gunn ist einundvierzig, neun Milliarden Dollar schwer und rangiert damit auf Platz fünfunddreißig der reichsten Männer Amerikas«, hatte Mimi Zoe beim Einsteigen in die Limo zugeflüstert. »Er verwaltet einen Hedgefonds und wettet auf allerlei Ereignisse, wie den Niedergang des Euros, die Pleite Griechenlands oder den Einbruch der Goldpreise – vermutlich auf alle drei gleichzeitig. Er ist einer der aggressivsten Kunstsammler des neuen Jahrtausends und kauft ausschließlich Trophäen-Kunst.«

Und dann noch eine Spur leiser: »Angeblich verdient er eine Milliarde Dollar im Jahr.«

Der Chauffeur verließ den Highway Ninety-Five und bog auf eine unbeleuchtete Landstraße ab. Die hohen Bäume am Straßenrand warfen schwarze Schatten auf die Fahrbahn. Es war Vollmond. Wenig später stoppte der Fahrer an der heruntergelassenen Schranke eines Wachhäuschens. Der Wachhabende winkte höflich ins Innere, obwohl er wegen der verdunkelten Scheiben gar nicht ausmachen konnte, ob da wirklich jemand drinsaß. Man kannte sich eben. Die Anfahrt zum Haus dauerte noch einmal geschätzte vierhundert Kalorien – so viel würde man etwa verbrennen, wenn man die Strecke joggen müsste.

Als Zoe aus dem Fond der Limo stieg, war sie schlagartig wieder wach. Wie für einen Hollywood-Dreh beleuchtet, prunkte vor ihr ein schlossähnliches Gebäude mit eindrucksvollen Seitenflügeln. Sie kam sich vor, als wäre sie wahrhaftig vor dem Buckingham Palace gelandet. Das uniformierte Personal stand adrett vor den Säulen bereit und wartete darauf, den Gästen die Garderobe abzunehmen. Für jedes Kleidungsstück ein Hausmädchen.

»Wir verzichten heute auf die Hausführung, meine Lieben«, kündigte Gunn an, als sich alle in der Bibliothek eingefunden hatten, die es locker mit einem Lesesaal der New York Public Library aufnehmen konnte.

»Gott sei Dank«, murmelte Mimi und nahm sich einen Drink vom Tablett, das ihr ein Butler wortlos präsentierte. »Das letzte Mal bin ich fast verhungert, als Dominik mir seinen Golfplatz, die Basketballhalle und seine nach Normen des internationalen Eishockeyverbandes errichtete überdachte Eislauffläche gezeigt hat.«

»Der Mann spielt Golf, Basketball und läuft Schlittschuh?«, staunte Zoe. Gunn war höchstens eins fünfundsiebzig groß und hatte sich einen kugelrunden Bauch wie eine Schwangere im achten Monat angefressen. Darling hingegen verfügte über kein absaugenswertes Fettpölsterchen an ihrem makellosen Körper, dafür aber über eine Körbchengröße, besser: Korbgröße von mindestens Doppel-D. Die beiden passten so exakt zusammen wie das Symbol von Yin und Yang.

»Ach was«, meinte Mimi. »Sein Nachbar zur Linken hat im Garten ein antikes französisches Karussell, importiert aus Paris. Der zur Rechten einen Pool in Olympiagröße samt Wellenbadanlage und freistehender Eisdiele. Das galt es wohl zu toppen.«

Auf dem Weg ins Esszimmer, das mit seinen goldgetäfelten Wänden eher einem der Speisesäle von Versailles glich, wie Walt Disney sie in einem seiner Vergnügungsparks nachbauen würde, kamen sie an einem Lichtenberg, einem Gursky und einem Hirst vorbei. Zoe konnte sich nicht auf die Kunstobjekte konzentrieren. Ihr Magen knurrte. Sie hatte Hunger. Im Esszimmer hingen direkt hinter dem Tischherrn am Kopfende zwei weitere Werke, zu denen ihr aber nicht einmal Mimi etwas Schlaues ins Ohr flüstern konnte. Eins war einfach nur eine weiße Leinwand, das andere von exakt der gleichen Größe wirkte auf Zoe etwa so wie Kinderwachsmalkreide-Schmierereien in Weiß, Schwarz und Grau. Ein früher Jackson Pollock vielleicht?

Das Galerieschild rechts unten löste das Rätsel: *Krieg der Pfeffer- und Salzkörner*, hieß es darauf. Von Dominik Charles Gunn Jr, drei Jahre.

»Der Sohnemann ist ja ein kleiner Künstler«, hob Zoe an, um Darling, die sich zu ihr gesellt hatte, ein Kompliment zu machen. Keiner der Gäste hatte es bisher gewagt, sich zu setzen. Offenbar stand erst das gebührende Bewundern der Kunstsammlung auf dem Programm.

»Ja, ein Riesentalent«, antwortete Darling, verzog dabei aber das Gesicht, als bekäme sie beim Anschauen der kindlichen Salz-Pfeffer-Komposition Schmerzen.

»Na, komm, Darling«, warf Gunn ein. »Die Geschichte ist zu gut, die müssen wir unbedingt zum Besten geben.«

»Wenn's denn sein muss«, erlaubte Darling, sichtlich verschnupft.

»Sehen Sie das linke Werk, meine Liebe?«, fragte Gunn und deutete auf die weiße Leinwand mit nichts drauf.

»Ja«, antwortete Zoe etwas zögerlich.

»Das ist *Eintausend Stunden Angestarrt* von Francis Freeman. 2007 bis 2012«, erklärte Gunn.

»Ich verstehe nicht richtig.« Das Bild schaute aus wie ein Rothko ohne Farbe. Wie eine leere Leinwand vom Künstlerbedarfversand.

»Der Maler hat die Leinwand tausend Stunden lang angestarrt«, wiederholte Gunn.

Angestarrt? Tausend Stunden? Ich meine, wirklich?, dachte Zoe.

»Konzeptuelle Abwesenheit nennt sich das, meine Liebe«, erklärte Gunn geduldig wie in einer Erstvorlesung über Grundlagen der Kunstgeschichte. Offenbar hatte er erkannt, dass Zoe keinen blassen Schimmer von irgendwas hier besaß.

»Und was ist, wenn er das nur so gesagt hat?«, entfuhr es ihr, und sie wurde sofort knallrot, weil ihre Frage zwar grundehrlich, aber vielleicht auch grunddoof war. Nur konnte sie das momentan leider nicht selbst beurteilen.

»Aber genau darum geht es doch. Hat er es angestarrt? Hat er es nicht angestarrt? Wäre das Werk dasselbe, wenn er es nicht getan hätte?«

»Ach so«, flüsterte sie kleinlaut und sah immer noch lediglich eine weiße Leinwand vor sich.

Was so ein Werk wohl kostete? 500.000 Dollar? Eine Million? Oder gar mehr?

»Aber das ist nicht die Geschichte, die du erzählen wolltest, Schatz«, meldete sich Darling zu Wort.

»Ja.« Gunn lachte und zeigte erst auf den Freeman, dann auf das Kinderbild. »Das hier links ist nicht das Original. Wir haben es noch einmal anfertigen lassen, nachdem unsere unwissende Nanny unseren Dreijährigen auf dem Original mit Wachsmalfarben herumkritzeln gelassen hatte. Das Original hat Freeman von 1992 bis 1997 angestarrt, bevor mein Sohn es dann 2007 übermalt hat. Wir haben den armen Freeman als Entschädigung dann dafür bezahlt, dass er sich noch einmal tausend Stunden vor eine Leinwand setzte. Verrückt, nicht wahr?«

★★★

»Das ist also die verrückte Welt der Reichen und Schönen New Yorks«, murmelte Zoe, als Mimi und sie gegen zwei Uhr nachts wieder in der Stretchlimo saßen und gen Manhattan zurückchauffiert wurden.

»Da hast du ein ausgesprochen amüsantes Beispiel erleben dürfen.« Mimi grinste in die Dunkelheit des Limousinenfonds. Der Chauffeur hatte die Trennwand hochgefahren und gütigerweise die Lichtorgel ausgeschaltet, sodass die beiden in entspannter Gemütlichkeit nach Hause fuhren.

Und McNachbar, der eigentlich Thomas Prescott Fiorino heißt, dachte Zoe, ist also auch so einer. Einer von den 0,1 Prozent, die sich Wellenbäder in den Garten stellten, angestarrte Bilder an die Wände hängten und ihre Ehegattinnen Darling nannten statt beim Vornamen. Was den Wechsel von Nummer zwei auf drei auf vier sicher deutlich erleichterte. Eigentlich hatte Zoe sich ja fest vorgenommen, McNachbar strikt aus ihren Gedanken zu verbannen. Aber irgendwie passte das alles hier gerade nicht zusammen. Irgendwie hatte sie einen ganz anderen Mann kennengelernt. Zumindest an diesem verflixten Sonntagmorgen.

»Ist das wirklich die Welt von Fiorino?«, fragte sie Mimi, die es schließlich wissen musste, und täuschte ein herzhaftes Gähnen vor, damit Mimi nicht dachte, dass sie dieses scheinbar belanglose Thema tatsächlich zutiefst interessierte.

»Nicht wirklich.« Sie schüttelte den Kopf. »Das heute Abend war neues Geld, meine Süße.«

»Und?«

»Toms Welt ist altes Geld«, schob Mimi nach. »*Total different ballgame.*«

Und das klang, wenn Zoe genau darüber nachdachte, wie eine Drohung.

Fashion Week oder: Wo bitte geht's hier zu den Zelten?

Der New Yorker Kalender hat nicht nur eine ganz eigene Sommer-Zeitrechnung, zwei Monate haben zudem noch eine ganz besondere Bedeutung: Februar und

September – die Monate der New York Fashion Week. Bei dieser werden auf dem Gelände der Metropolitan Opera in den Zelten am Lincoln Center die Frühjahr/Sommer- und die Herbst/Winter-Kollektionen gezeigt. Natürlich nicht jedem Normalsterblichen, der gerade mal Lust verspürt, ein paar lebende Kleiderständer über den Laufsteg stöckeln zu sehen. Sondern nur ausgewähltem Publikum: Einkäufern großer Modehäuser, Journalisten, Bloggern, steinreichen Kundinnen und, quasi zur Dekoration, ein paar Hollywood-Schauspielern.

Abends finden exklusive Dinner und Afterpartys mit noch exklusiverem Publikum statt, um deren Einladungen es bei den Designern und ihren PR-Agenten gesondert zu betteln gilt.

(New York für Anfängerinnen, S. 63)

9

Zoe hatte sich zwar selbst für den *StyleChicks*-Blog bei den Schauen akkreditiert, konnte dann aber Allegras Einladungen benutzen, weil die an einer Führungskräftetagung teilnehmen musste und nicht persönlich kommen konnte. Das war richtig nett, da Allegra als Modepäpstin nämlich immer in der ersten Reihe saß, wo auch die Hollywood-Stars Platz nahmen und die hübschen *Goodie-Bags,* gefüllt mit Kosmetik und anderem Klimbim, auf den Stühlen lagen. Normalsterbliche Redakteure bevölkerten hingegen gemeinhin die blanken Ränge 5 bis Stehplatz. Da saß man so weit weg vom Geschehen, dass man gerade mal die Oberteile erkennen konnte. *Nosebleed seats* nannten die Kolleginnen im Büro diese Plätze, angelehnt an die Sitze, die im Madison Square Garden so hießen, weil sie ganz weit hinten, ganz weit oben waren – und man wegen der dünnen Luft dort in der Höhe Nasenbluten bekommen konnte.

Sekretärin Madison, von allen im Büro nur »das blonde Gift« genannt, trug heute ein geschmacklich eher zweifelhaftes Juicy-Couture-Stretchkleid in Miss-Piggy-Pink, in dem schon eine Zwölfjährige ausgesehen hätte wie eine Prostituierte.

»Ich soll dich von Tom fragen, ob du heute bei ihm im Towncar mit zu den Schauen fahren möchtest?«, flötete Madison und platzierte wieder ungefragt eine Pobacke auf Zoes Schreibtisch.

Ganz offensichtlich duzt »das blonde Gift« den neuen Chef, fiel Zoe sofort auf. Sie selbst hatte McSchleimi seit ihrer Begegnung im Aufzug nicht mehr gesehen. Nicht dass Zoe darüber besonders unglücklich gewesen wäre. Schließlich war sie immer noch richtig sauer auf ihn.

»Danke, Madison. Du kannst Herrn Fiorino ausrichten, dass ich die U-Bahn nehme«, antwortete Zoe. Alpha-Männchen musste man schließlich da treffen, wo es ihnen am meisten wehtat. Nicht wahr? Also am Ego. Deshalb gab Zoe Schuhmacher demonstrativ den öffentlichen Verkehrsmitteln den Vorzug!

Madison guckte wegen dieser Entscheidung zwar etwas verstört, was Zoe aber darauf zurückführte, dass wenige Gehirnzellen wohl einfach stärker schwingen mussten, um den Leerraum im Gehirn zu überbrücken. Als Zoe jedoch wenig später den U-Bahn-Plan der Stadt New York genauer studierte, wurde ihr klar, dass es nicht wirklich eine U-Bahn-Linie vom Chrysler Building zum Lincoln Center gab. Also lief sie, bis sie endlich an der 6th Avenue ein gelbes Taxi ergatterte, zu Fuß. In ihren acht Zentimeter hohen Louboutin-Hacken.

Vor dem Eingang der Zelte lauerten bereits Paparazzi auf Stars und Sternchen, und Zoe fühlte sich ungemein wichtig, als sie in ihrem Victoria-Beckham-Kleid über den roten Teppich schritt. Dazu trug sie eine Hobo-Tasche von Chloe aus der vorvorletzten Saison, die sie auf einem Sample Sale ergattert hatte. Die PR-Frau von Ralph Lauren musterte Zoe erst kühl, als hätte sie ihr Handtaschenmodell gescannt und herausgefunden, dass es nicht aus der aktuellen Kollektion stammte. Sobald sie aber den Namen Allegra Sollani auf der Einladung sah, führte sie Zoe zuckersüß – wegweisendes Händchen federleicht ihren Ellbogen berührend – in das große Zelt, einfallsreich *The Tent* genannt. Erste Reihe. Den Namensschildern links und rechts entnahm Zoe, dass sie zwischen It-Girl Alexa Chung und McSchleimi saß.

»Den Spaziergang genossen?«, fragte McSchleimi, bevor er sich neben ihr niederließ.

Er trug Zweitagebart, einen körpernah geschnittenen dunklen Anzug, irgendwelche sicher von illegalen tamilischen Kinderarbeitern handgefertigten Schuhe von der Savile Row in London – und sein entzückend schiefes Lächeln. Seine Haare standen wie gehabt geordnet ungeordnet in alle Richtungen ab.

Besaß der Mann eigentlich keinen Kamm?

Zoe nickte nur gnädig und bemühte sich redlich, ihn die restliche Show über mit Ignoranz zu strafen. Männer sind Nebendarsteller in meinem Leben, Männer sind Nebendarsteller in meinem Leben, Männer sind Nebendarsteller in meinem Leben, wiederholte sie in Gedanken ihr neues Mantra.

Das Licht ging aus, der DJ ließ die Bässe donnern, Lenny Kravitz sang »*Are You Gonna Go My Way*«. Es fühlte sich seltsam an, im Dunkeln so dicht neben McSchleimi zu sitzen. Irgendwie schwer illegal. Er roch nach McNachbar und Issey Miyake. Sein Arm berührte den ihren ganz leicht. Doch dann entriss das erste Model Zoe dem magnetischen McDreamy-Spannungsfeld. Karlie Kloss trug ein bodenlanges, hochgeschlitztes Abendkleid aus rauchigem, taupefarbenem Chiffon, der um ihren Größe-0-Körper herumzufließen schien. Dazu riesige silberne Ohrringe. Kurz bevor sie am Ende der Runway ihre Drehung machte und den Rückweg startete, klickten die Blitzlichter der Fotografen wie Dauerfeuer aus Maschinengewehren.

Zoes heutiges Showpensum war im Grunde wahnwitzig:

10 Uhr Ralph Lauren
11 Uhr Rachel Zoe
12 Uhr Calvin Klein
13 Uhr Elizabeth & James
14 Uhr Patricia Field
15 Uhr Marchesa
16 Uhr Anna Sui
17 Uhr Reed Krakoff
18 Uhr Betsey Johnson
19 Uhr Proenza Schouler
20 Uhr Marc Jacobs

Im Stundentakt wurde gestöckelt, gelächelt oder wahlweise geschmollt und natürlich geblitzt. Im großen Tent, dann nebenan im kleineren Atelier, zurück ins Tent, auf einen Espresso und ein Glas Champagner in die Presse-Lounge, dann wieder zurück ins Tent. Der Höhepunkt des Tages war aber die Marc-Jacobs-Show, die *off-site* im 69th Regiment Armory an der Lexington Avenue zwischen 25th und 26th Street stattfand. Weit weg von Uptown. McSchleimi und Zoe hatten den ganzen Tag über kein Wort miteinander gewechselt.

»Willst du bei mir im Auto zu Marc Jacobs mitfahren?«, fragte er, als beide am Ausgang fast zusammenprallten.

»Danke, Mr Fiorino, aber ich nehme lieber ein Taxi.«

»Du weißt, dass Marc notorisch verspätet anfängt, dass es eiskalt sein wird in der Armory und es in meinem Towncar viel bequemer wäre?«

»Nur über meine Leiche«, erwiderte Zoe kühl und stürmte davon.

Natürlich war es unmöglich, abends um kurz vor acht, wenn die letzte Show am Lincoln Center zu Ende war, ein Taxi zu bekommen. »Insider wissen das, Zoe natürlich nicht«, murmelte Zoe genervt und trottete einmal wieder Richtung U-Bahn-Station davon. Als sie abgehetzt und in Dauerpanik, Schweißflecken in ihr Kleid zu transpirieren, endlich um zwanzig nach acht in der undefinierbaren Gegend (Murray Hill? Gramercy?) bei der Armory ankam, standen vor deren Toren ungefähr zweihundert Menschen Schlange. Die einen wedelten wild mit Einladungskarten, die anderen behaupteten mit schriller Stimme, auf der Gästeliste zu stehen. Schwarz beanzugte Türsteher im Footballspielerformat und mit Knöpfen im Ohr wie beim Secret Service hielten stoisch die Stellung. Um 20.45 Uhr, also eine Dreiviertelstunde zu spät, war Zoe endlich drin. Der riesige Armory-Saal mit seinen Säulen und Stuckdecken war noch halb leer. Zoe nahm auf einer kalten Metallbank in der ersten Reihe Platz. Von Hollywood-Promis wie Sofia Coppola und Modemogulen wie Anna Wintour keine Spur. Und keine Show begann, bevor Anna da war. Das war Gesetz.

McSchleimi saß wahrscheinlich noch im Fond seines vom Chauffeur gesteuerten warmen Wagens, trank gemütlich einen Americano und las Zeitung.

Es war verdammt kalt in diesem ehemaligen Hauptquartier des 69. Regiments, das die Größe eines Flugzeug-Hangars hatte. 1851 hatte man noch keine Zentralheizungen eingebaut. Und Zoe hatte Hunger. Hunger war ein schlechtes Zeichen im Hause Schuhmacher. Eigentlich war Zoe der Meinung, dass sie in ihrem Frausein eine sehr pflegeleichte Subspezies dieser Art darstellte. Kam ja nicht so oft vor. Aber wehe, wenn sie Hunger hatte. Dann wurde sie ungemütlich.

Es war mittlerweile fünf nach neun. Die Show hätte vor über einer Stunde starten sollen. Das Publikum wurde unruhig. Aber Anna war immer noch nicht da. McSchleimi auch nicht. Zoes Magen knurrte gefährlich. Sie überlegte, einfach zu gehen. Das Ganze war echt eine Zumutung. Glaubte man den Gerüchten, war die Schuhlieferung für Marc Jacobs am Flughafen beim Zoll hängen geblieben und würde erst in ein paar Minuten hier eintreffen. Sollen die Models doch barfuß latschen, dachte Zoe. Ihr war kalt, sie hatte einen Mordshunger und überhaupt fühlte sie sich als Angehörige der Modekritiker-Zunft völlig missachtet. Plötzlich tat sich etwas. 21.37 Uhr. Das Licht wurde gedämmt, ein paar Gestalten huschten noch schnell zu ihren Plätzen. Zoe konnte Anna erkennen, die sogar im Dunkeln ihre Sonnenbrille trug, Beyonce Knowles und Winona Ryder. Auch McSchleimi glitt lautlos auf seinen Platz neben Zoe. Er ließ einen Papierbeutel in ihren Schoß plumpsen, der sensationell gut nach Avocado und gegrilltem Hühnchen roch.

»Ein Sandwich. Falls du Hunger bekommst.«

Zoe hätte ihm um den Hals fallen können … und sagte einfach nur sehr erleichtert: »Danke.«

Die Marc-Jacobs-Show war spektakulär, die Kollektion im Achtzigerjahre-Prom-Dress-Stil gehalten. *Pretty in Pink* traf auf *Breakfast Club.* Jacobs erlaubte sich den Luxus, für jeden seiner fünfundfünfzig Looks ein eigenes Model zu haben. Keines von ihnen musste sich umziehen und noch mal raus. Als das Defilee vorbei war und Marc kurz und ein wenig scheu auf den Laufsteg kam, applaudierten alle. Auch die gnädige Anna. Dann nahm McSchleimi ungebeten Zoes Hand und zog sie durch die Menge gen Hinterausgang.

»Mein Fahrer bringt uns zur Afterparty.«

Zoe nickte nur willenlos.

Die Marc-Jacobs-Afterparty fand im Gramercy Park Hotel statt, wo Allegra gern abstieg und die regulären Zimmer sechshundert Dollar pro Nacht kosteten. Zoe guckte sich neugierig um. Das Design der Lobby sah aus wie ein Mix aus MoMa, mittelalterlichem Ritterschloss und französischem Boudoir. Die Rose Bar, rechts ab, war für normale Hotelgäste ganz offensichtlich geschlossen und wurde von einem Türsteherfleischberg sowie einem weiblichen Wesen, das dem Körpergewicht nach eine Elfe sein musste, gesichert. Aber McSchleimi, der zweifellos in die exklusive Rose-Bar-Gästeliste eingemeißelt war, zog Zoe ohnehin nur fest an der Hand hinter sich her, weg von der Bar und hin zu den Aufzügen.

Auf die Dachterrasse mit ihren Rattansofas und den Großmutter-Geranien kam nur, wer im erlesenen Besitz einer schwarzen Aufzugkarte war, wusste Zoe von Al. McSchleimi zückte genau diese, steckte sie in den Schlitz und die beiden glitten geräuschlos nach oben zum Penthouse. Der Blick auf das glitzernde Empire State Building bei Nacht, das zum Greifen nah schien, verschlug Zoe kurz den Atem.

»Ich zeig dir schnell etwas«, versprach McSchleimi und zog Zoe weiter in ein Nebenzimmer, das wohl als Raum für private Dinnerpartys gedacht war. An der Wand hing ein riesiges Apothekerregal, gefüllt mit Medikamentendöschen und -schächtelchen. Tylenol, Aspirin, Motrin. »Damien Hirsts *Pharmacy*. Ein Original.«

McSchleimi hielt immer noch ihre Hand. Ihre Schultern berührten sich und Zoe konnte in dem herunterklimatisierten Raum seine Körperwärme spüren.

Er lächelte sein unglaublich charmantes, schiefes Lächeln.

Blaue Augen.

Bed hair.

McNachbar.

Zoe überkam der dringende Wunsch, ihn jetzt einfach zu küssen. Ihre andere Hand an seinen Hinterkopf zu legen und sein Gesicht zu sich herunterziehen. Stockholm-Syndrom nannte man das, wenn sich Geiseln in ihre Entführer verliebten, hatte sie irgendwo gelesen. Doch dann fiel ihr ein, dass sie ja eigentlich sauer auf ihn war. Ziemlich sauer sogar. Und die Magie des Moments war vorüber, wie bei einem plötzlichen Temperatursturz nach einem heftigen Gewitter.

McSchleimi ließ ihre Hand los, als hätte auch er es instinktiv gespürt. Sie verließen das Apothekenzimmer und gingen an den Aufzügen vorbei Richtung Dachterrasse, als sich eine Fahrstuhltür öffnete und ein sehr großer, sehr schöner Mann heraustrat.

»Tom!«, rief er und strahlte McSchleimi an.

»Tom!«, rief McSchleimi und schlug dem anderen Tom kumpelhaft auf die Schulter.

»Ich habe schon gehört, dass du wieder aus London zurück bist«, sagte der andere Tom, machte eine kurze Pause, in der er Zoe mit einem Blick streifte, und fügte etwas kryptisch an: »Wie ist die Stimmung da drüben?«

McSchleimi schien über seine Antwort erst einmal kurz nachdenken zu müssen, so als müsste er London eben im Kopf googeln. »Regnerisch-trüb«, antwortete er dann und wechselte schnell das Thema. »Darf ich dir die neue Digital-Queen von Schönhoff Publishing vorstellen?«

Er legte jovial den Arm um Zoes Schultern, schob sie etwas näher zum unbekannten Tom und sagte: »Zoe Schuhmacher, das ist Tom Ford. Tom Ford, das ist Zoe Schuhmacher. Sie ist ein ganz großes Talent und für die neue Multiplattformstrategie des Hauses verantwortlich.«

Nach einer Runde *Nice-to-meet-yous* setzte McSchleimi noch hinzu: »Zoe würde sich sicher freuen, ein exklusives Interview mit dir für ihre neue Modeplattform zu bekommen.«

Zoe konnte nur zustimmend nicken.

»Aber natürlich, Zoe«, stimmte Tom Ford zu. »Ich kann es kaum abwarten, mit dir zu sprechen, Darling. Ruf mich einfach an. Tom hat meine Nummer. Wir müssen uns unbedingt zum Lunch treffen.«

Zoe und McSchleimi, der anscheinend wieder einmal den McNachbar mimte, setzten sich auf die Südostseite der Terrasse mit Blick auf die Wolkenkratzer von Midtown – und in die benachbarten, hell erleuchteten Wohn- und Schlafzimmer. New York war wirklich die Welthauptstadt der Voyeure.

»Wodka Tonic«, bestellte McSchleimi für sich. »Und für dich, meine Liebe? Ein Cucumber Saketini?«

Zoe nickte nur. Ihre innere Vernunft ließ alle Alarmglocken schrill bimmeln: »Denk an deine guten Vorsätze! Vorsätze sind dazu da, um eingehalten zu werden. Alles andere endet im Chaos!« Aber ihr Gehirn wurde gerade von einer Lawine aus hunderttausend verschiedenen Eindrücken überrollt, und sie wusste nicht, ob sie darin verschüttgehen oder einen Weg hinaus finden würde. Schwimmbewegungen machen, hatte sie einmal beim Skifahren im Tiefschneekurs gelernt. So erarbeitete man sich einen Hohlraum mit Sauerstoff zum Atmen. Manhattan. Dachterrasse bei Nacht. McSchleimi, der nach McNachbar roch und so tat, als wäre er ein anständiger Mensch, Anna, Rachel, Calvin, Ralph, Marc und natürlich Tom Ford, all die Wichtigen dieses Tages – und Zoe Schuhmacher aus Herpersdorf bei Ansbach schwamm mittendrin und rang nach Luft. Da half eigentlich nur Alkohol. Oder vielleicht eine Therapiestunde bei Woody Allens Psychiater.

»Cheers«, prostete sie der Personalunion aus McSchleimi und McNachbar zu.

»Cheers«, prostete die Personalunion aus McSchleimi und McNachbar zurück.

»Warum hast du das gemacht?«, wollte Zoe anschließend wissen.

»Was gemacht?«

»Mir ein Interview mit Tom Ford besorgt?«

»Erstens, weil ich es kann. Und zweitens, weil Tom und ich Freunde und langjährige Geschäftspartner sind. Ich habe seinen Kinofilm koproduziert.«

»Du hättest es aber nicht tun müssen.«

»Ich wollte es aber tun.«

»Hast du es getan, weil du ein schlechtes Gewissen hast oder weil du rein prophylaktisch schon mal ein Zimmer hier im Hotel hast reservieren lassen und jetzt für gute Stimmung sorgen musst?«

»Was denkst du von mir, Zoe?« Er lachte.

»Das weiß ich gerade auch nicht genau«, antwortete Zoe. »Es schwankt zwischen Vollidiot und Prinz Charming.«

»Bist du immer so europäisch ehrlich?«

»Es wäre durchaus begrüßenswert, wenn auch du etwas ehrlicher wärst.«

Endlich redeten sie – nur über das, was wirklich wichtig gewesen wäre, redeten sie nicht: die Chef-Sache. Dabei stand dieser weiße Elefant die ganze Zeit im Zimmer herum. Oder in ihrem speziellen Fall auf der Dachterrasse. *The white elephant in the room* nannten es die Amerikaner, wenn alle um den heißen Brei herumredeten. Jeder sah den Elefanten, schließlich stand er mitten im Zimmer. Weiß war er noch dazu, doch alle taten so, als würde er nicht existieren.

»Also gut. Es tut mir leid«, lenkte Tom schließlich ein.

»Das reicht mir nicht.«

›Es tut mir leid‹ war nicht genug für Zoe. Es tut mir leid, dass ich deine Lieblingskaffeetasse runtergeschmissen und zerdonnert habe. Geschenkt. Es tut mir leid, dass ich eine Delle in dein Auto gefahren habe. Akzeptiert. Es tut mir leid, dass ich die letzte Portion Häagen-Dazs-Eiscreme deiner Lieblingssorte Chocolate Chip Cookie Dough aufgegessen habe. Wird verziehen. Aber nur, wenn du zur Tankstelle fährst und sofort eine neue holst. Es tut mir leid, dass ich dich belogen und auf lauwarm habe köcheln lassen – nee, da musste er sich schon etwas Besseres einfallen lassen.

»Ich habe mich völlig inakzeptabel und verantwortungslos verhalten.«

Schon besser.

Bevor Tom weiterreden konnte, brachte der Ober neue Drinks. Einen Moment lang herrschte Schweigen, das Zoe überspielte, indem sie ihre Cocktailserviette zu immer kleiner werdenden Dreiecken faltete.

Dann sagte Tom leise, aber bestimmt: »Ich hätte nie mit dir schlafen sollen, nachdem ich wusste, dass du für mich arbeiten würdest.«

Er blickte auf, als würde er erwarten, eine geknallt zu kriegen. Und tatsächlich überlegte Zoe, aufzustehen und zu gehen.

»Aber ich wollte einfach, und du wolltest auch, und der Champagner war nicht gerade förderlich, um klar zu denken. Ich dachte, irgendwie kriegen wir das dann schon hin. Tut mir wirklich leid!«

Zoe war sprachlos. Spielte er mit ihr oder meinte er es tatsächlich ernst? Hatten XY-Chromosomenträger überhaupt die intellektuelle Fähigkeit, ernsthaft solche Sätze zu formulieren? Oder hatte hier jemand lediglich ein Drehbuch auswendig gelernt? Sie schaute ihn nachdenklich an.

Thomas Fiorino. Plötzlich kam er ihr gar nicht mehr so egoman vor. Plötzlich schien er ein Gewissen zu haben. Ein schlechtes noch dazu, was in diesem Fall ja richtig gut war. Außerdem hatte er ihr gerade mal eben so ein Interview mit Tom Ford organisiert. Ganz selbstlos, wie er vorgab, oder um aufzuschneiden? In diesem Zweifelsfall beschloss Zoe, sich für Tom – und selbstlos – zu entscheiden. Der Mann war einfach zu gut aussehend und einnehmend, ohne dabei affektiert oder gelackt zu wirken. Er hatte etwas Echtes an sich. Er konnte mit irritierender Aufmerksamkeit zuhören und war charmant wie Cary Grant in den alten Schwarz-Weiß-Filmen. Eigentlich konnte es ein solches Exemplar Mann gar nicht geben.

Im Stillen beschloss Zoe, künftig den Begriff McSchleimi einzumotten und wieder zu McNachbar überzugehen. Oder gar zu McDreamy. Und außerdem war es vielleicht doch nicht so naiv, sich verändern zu wollen. Fortan verwegener zu sein und spontaner. Du kannst das, Zoe Schuhmacher, feuerte sie sich selbst an. Du brauchst keinen Plan B und C. Du brauchst nicht einmal einen

Plan A. Du lässt dein Leben zur Abwechslung einfach mal laufen. Denn wenn sie ehrlich war, gefiel ihr dieser Tom ziemlich gut. Und wenn sie ganz ehrlich war, sogar so verdammt gut, dass sie in diesem Moment ernsthaft darüber nachdachte, die Badezimmerspiegelregeln eins bis drei einfach auszusetzen, zumindest *friends with benefits* anzustreben und abzuwarten, ob nicht vielleicht mehr daraus werden würde. Du planst schon wieder voraus, Zoe Schuhmacher, ermahnte sie sich. Nun lass es doch einfach laufen.

Tom sah sie mit durchdringendem Blick an und beugte sich zu ihr herüber. Jetzt würde er sie küssen. Sie schloss erwartungsvoll die Augen. »Es wird nicht wieder vorkommen, Zoe. Das verspreche ich dir«, sagte er leise, aber bestimmt. »Lass uns Freunde sein.«

Retail therapy oder: Warum Shoppen tatsächlich glücklich macht

Retail therapy wird laut Urban Dictionary als »Ventil für Frustrationen« und »Gegenmittel zu Stress« definiert. Stress – ob im Job oder in der Liebe oder im Job und der Liebe – lässt sich demnach prima verkaufen. Im Austausch gegen das hundertdreißigste Paar Schuhe zum Beispiel. Durch zielloses Einkaufen seine Laune zu heben funktioniert tatsächlich, besagt zudem eine Studie der ehrwürdigen Carnegie Mellon University.

(New York für Anfängerinnen, S. 117)

10

OKTOBER

Zoe, Eros und Mimi bogen erwartungsvoll in die 17th Street ein, wo heute der legendäre Barneys New York Warehouse Sale stattfinden sollte. Vor den verschlossenen Türen drängelte schon ungeduldig eine Meute Modehungriger. Nirgendwo anders auf der Welt gab es wohl eine größere Dichte weiblicher Kleiderständer, die Prada und Miu Miu trugen, ziemlich unterernährt waren, aber dafür umso aufgeregter, vermutete Zoe.

Solche Sales haben immer etwas latent Aggressives – wie einmal Bürgerkriegszone und zurück, nur dass sich Armeen von *fashion victims* gegenseitig an die mit viel Bling dekorierten, noch faltenfreien Gurgeln gehen.

Es war kurz vor drei Uhr und Barneys war von der Feuerwehr wegen Überfüllung und Verstoß gegen die maximale Besucherzahl vorübergehend geschlossen worden.

»Was ist denn das für ein Quatsch? Kommt, lasst uns noch was trinken gehen«, sagte Zoe entnervt. Es war ja nicht so, als würden hier gerade die ersten Bananen in einer DDR-Kaufhalle verkauft werden.

»Kommt gar nicht infrage«, echauffierte sich Eros. »Da müssen wir durch. Für Schönheit muss man leiden.« Seine Augen leuchteten wild entschlossen. »Drinnen ist alles um fünfzig bis siebzig Prozent reduziert, Zoelein. Dolce & Gabbana, Dirk Bikkembergs und Versace. Und alles aus der aktuellen Kollektion.«

Plötzlich ging die Tür wieder auf. Zwanzig mit Tüten bepackte selige Kundinnen wurden herausgescheucht, sodass zwanzig erwartungsfrohe hineindurften. Die Meute drängelte stolpernd an den weinroten Absperrkordeln und den beiden schwarzen Türstehern mit Knöpfen in den Ohren vorbei.

»Die Schuhe! Zuerst zu den Schuhen!«, hörte Zoe noch Mimi befehligen, bevor sie zwischen den Kleiderständern verloren ging.

Die Schuhabteilung beim Barneys Sale konnte man getrost als Ground Zero bezeichnen. In der Militärsprache war das die Explosionsstelle einer Atombombe. In den sorgfältig nach Schuhgrößen sortierten Regalen befand sich so gut wie keine Ware mehr. Stattdessen lagen Ballerinas, Pumps, Kitten Heels, Mary Janes, Stilettos und alle erdenklichen Arten von Stiefeln auf mehr oder weniger großen Haufen verteilt auf dem Boden herum. Dazwischen saßen völlig verstrahlte Frauen und probierten Fußbekleidung edelster Art an. Chanel, Lanvin, Miu Miu oder Comme des Garçons – *you name it*.

Zoe erspähte ein sündhaft teures Paar Prada-Riemchensandalen in Zitrus, das sie vor zwei Wochen bei Saks zwar mal anprobiert, aber wieder zurückgestellt hatte. Der Preis betrug damals umgerechnet ein Viertel ihrer Monatsmiete. Als sie sich diese schnappen wollte, schlug ihr plötzlich eine Bergdorf-Blondine wütend mit dem Schaft eines Paars Louboutins auf die Hände.

»Autsch!«, rief Zoe.

»Das sind meine, *bitch*! Lass bloß die Finger davon!«

Dann schob sie sich mit einem demonstrativen Siegerlächeln die Fersenriemchen von fünf Paar Sandalen über die knochigen Unterarme, stapelte drei Paar Ballerinas in Kaugummifarben, zwei Paar schwarze Pumps, irgendwelche Designer-Flipflops und waldgrüne Hunter Boots in die linke Ellbogenbeuge und balancierte ihre Angriffswaffe, die Krokodilleder-Louboutins, noch obendrauf.

Mit einem gezischten »Viel Glück noch, *bitch*« ließ sie Zoe stehen. Hier herrschte purer Sozialdarwinismus. Natürliche Auslese. Die Stärkere gewinnt, dachte Zoe.

Sie war so eingeschüchtert, dass sie sich in die Damenoberbekleidungsabteilung verzog. Eine bei genauerer Betrachtung wunderbare deutsche Wortschöpfung – Damen-ober-bekleidungs-abteilung –, die aber der hier feilgebotenen Ware nicht ganz gerecht wurde. Beim ersten Griff in den wild zusammengehängten Kleiderständer der Größe vier stieß Zoe auf einen grob gestrickten *chunky sweater* in Eisgrau von Theory, einen Maxirock aus Denim von Marc by Marc Jacobs sowie eine knallenge schokoladenbraune Reiterhose mit schwarzem Ledereinsatz an den Beininnenseiten von Ralph Lauren.

»Wo bitte sind hier die Umkleidekabinen?«

Zoes Mitstreiterin zur Rechten schaute sie nur völlig entgeistert an. Als hätte Zoe sie gebeten, eben mal den aktuellen Stand der Freiheitsbewegungen des arabischen Frühlings in drei Sätzen und nach Fortschritt in den jeweiligen Ländern sortiert zusammenzufassen. Dann deutete sie wortlos auf eine Art Vorhang. Am Ende der Damenoberbekleidungsabteilung war so etwas wie ein gigantisches Bettlaken, das man getrost auch für eine Theaterproduktion hätte verwenden können, einmal quer durch den Raum gespannt worden. Davor stand eine Schlange von mindestens zwanzig Frauen, die scheinbar wahllos aufgetürmte Berge von zerknüllten Klamotten balancierten, sodass man fast meinen konnte, sie hätten einen Altkleidercontainer ausgeraubt. Einen sehr noblen, zugegeben.

Hinter dem Vorhang, durfte Zoe dann gute fünfundzwanzig Minuten später feststellen, drängelten sich mindestens doppelt so viele unterschiedlich be- und entkleidete weibliche Wesen vor einer riesigen Spiegelwand. Dünne und sehr dünne Mädchen und dann noch solche, bei denen die Schlüsselbeinknochen so gefährlich hervorstanden, dass man sich bei einem in diesem Gedränge fast unvermeidlichen Zusammenprall gut blaue Flecken hätte holen können – und die gegnerische Partei vielleicht sogar einen Schlüsselbeinbruch.

Dieses kollektive Umkleiden gefiel Zoe gar nicht. Sie gehörte schon unter Normalumständen zu jener Sorte Frau, die grundsätzlich nie eine Umkleidekabine verlassen würde, um ihrer Freundin oder gar der Verkäuferin die Passform eines neuen Fummels zu zeigen. Nicht, weil sie sich mit ihrer Figur nicht wohlgefühlt hätte (mal abgesehen von den üblichen Beschwerden über gewisse alters- und faulheitsbedingte Oberschenkel- und Oberarmhinterhaut-Elastizität). Sondern weil sie die Musterung Dritter einfach nicht leiden konnte, solange sie sich nicht völlig sicher war, dass das Teil, das sie trug, auch wie für sie gemacht war. Läden ohne Spiegel in den Umkleidekabinen boykottierte sie deshalb generell.

Zoe merkte, wie Unbehagen in ihr aufstieg. Eine Welle von Mini-Schweißausbrüchen, die in den überaus hygienisch-orientierten USA natürlich völlig inakzeptabel waren. Zudem war sie heute Morgen zu faul gewesen, sich die Beine zu rasieren. Was in wenigen Minuten, sobald sie ihre Jeans ausgezogen hatte, wohl ihre sofortige Deportation nach Deutschland zur Folge haben würde. Aber was tat frau nicht alles für einen Maxirock von Marc Jacobs, der noch dazu den Vorteil hatte, dass er die Stoppelwüste an ihren Schienbeinen perfekt kaschierte?

Zoe zog also in Fast-forward-Geschwindigkeit den bodenlangen Rock über ihre Jeans, schälte sich unter selbigem aus derselben hinaus, schlüpfte unter selbigem in die Ralph-Lauren-Reiterhosen, streifte den *chunky sweater* über den Kopf und eilte vor den Spiegel.

»Du siehst aus wie eine Obdachlose«, amüsierte sich Mimi, die seelenruhig ihr Narciso-Rodriguez-Kleid aufknöpfte und dann nur noch in rauchfarbener Agent-Provocateur-Wäsche dastand, die ihrem Namen wirklich alle Ehre machte – ein provozierender Hauch von durchsichtiger Spitze mit scheinbar unschuldigen Schleifchenapplikationen, die aber auf den zweiten Blick dann doch eher an Miniaturfesseln erinnerten. »Aber wie eine von der Upper East Side.«

Daten oder: The Three Date Rule

Daten findet in den USA strikt in drei Akten statt. Beim ersten Date gehen Mann und Frau einen Kaffee trinken oder zum Lunch. Für den Mann fühlt es sich in etwa an wie ein Vorstellungsgespräch für einen neuen Job. Mann zahlt. Eine Pause von mindestens drei Tagen folgt. Ein Anruf oder gar ein weiteres Date gleich am nächsten Tag wirkt völlig verzweifelt! Also: Finger weg vom Telefon. Er ruft an. Nach exakt drei Tagen. Beim zweiten Date gehen Mann und Frau dann auf Drinks aus. Mann zahlt. Beim dritten Date gehen Mann und Frau erst zum Dinner – und danach miteinander ins Bett. Mann zahlt (fürs Essen, nicht für den Sex!).

Unter keinen Umständen zahlt jemals die Frau ein Essen o. Ä.; auch das Teilen der Rechnung (going Dutch) ist völlig inakzeptabel.

(New York für Anfängerinnen, S. 19)

Nach einem Nachmittag, der Geduld und Kreditkarten erschöpft hatte, bestellten sich Mimi, Eros und Zoe abends in der Bar des Empire Hotels eine Runde Champagner und begutachteten zufrieden ihre Ausbeute. Zoe hatte sich nach ihrem Schreckenserlebnis in der Schuhabteilung doch noch von Mimi zu einem Paar schwarzer Overknee-Stiefel von Prada und zu stahlgrauen Kitten Heels von Sigerson Morrison überreden lassen. Mimi selbst hatte es zu sechs Paar Schuhen sowie drei Handtaschen und einem Burberry-Trenchcoat gebracht. Und Eros war von Kopf bis Fuß neu und farbenfreudig mit Dolce & Gabbana und Versace ausgestattet. Jetzt war Zoe klar, warum viele New Yorkerinnen (und schwule New Yorker) wie Carrie ihre Küchen in Zweitkleiderschränke umwandelten. Umwandeln mussten! Dann aßen sie fortan eben nur noch, was der Lieferservice brachte.

»Ich finde das Empire Hotel wirklich bourgeois«, beschwerte sich Mimi und musterte angewidert eine Horde Männer, die in ihren zu kurz und zu weit geratenen amerikanischen Anzügen wie eine Gruppe Versicherungsvertreter auf Tagung aussahen. Was sie wahrscheinlich auch waren. »Wir hätten lieber in den Boom Boom Room gehen sollen.«

»Und warum sind wir dann hier?«, wollte Zoe wissen und bemerkte, wie Eros nervös auf seinem Stuhl hin und her rutschte.

»Weil hier *Gossip Girl* gedreht wurde«, prustete Mimi los und freute sich ganz offensichtlich über die Gelegenheit, ein peinliches Geheimnis ausplaudern zu können. »Das ist Eros' Lieblings-TV-Serie. New Yorker High-Society-Gören shoppen, rauchen, saufen und na ja, du weißt schon, was die schwarze Amex-Karte hergibt. Er hofft inbrünstig, Chad Crawford hier über den Weg zu laufen.«

Zoe lachte. »Kunst imitiert eben das Leben.«

»Oder das Leben die Kunst«, erwiderte Mimi.

»Jetzt ist's aber genug«, rief Eros, der Spaß auf seine Kosten anscheinend nicht sonderlich goutierte. »Cheers, ihr gemeinen Hühner. Ich mache mich ja auch nicht über eure *crushs* lustig!«

Das wiederum schien Mimi auf eine neue Idee zu bringen. Bevor sie Zoe zuprostete, fragte sie bedeutungsvoll: »Und?«

»Und was?«

»Hast du eigentlich was mit Fiorino oder nicht?«

»Natürlich nicht. Was denkst du denn?«, antwortete Zoe entrüstet.

»Ich denke, dass er dir gefällt, sonst würdest du dich jetzt nicht gerade so wunderbar aufregen.«

»Ich rege mich überhaupt nicht auf«, rief Zoe lauter als geplant.

»Genau«, meinte Mimi grinsend.

Zoe seufzte. »Ich verstehe nur nicht, warum das mit den Männern immer so kompliziert sein muss.«

»Aber Süße«, schaltete sich Eros ein. »Das mit den Männern ist doch ganz einfach.«

»Ach ja? Dann erklär mal, du Experte.«

»Männer denken einfach nicht mit ihren Gehirnen.«

»Dann sollte es weltweit verboten werden, dass sie Präsidenten werden oder Verteidigungsminister oder Chefs von Weltbanken. Schließlich müssen sie da den ganzen Tag lang lebenswichtige Entscheidungen treffen. Und das doch bitteschön mit ihren Gehirnen.«

»Ja, ja. Blabla«, wiegelte Eros ab. »Wenn Lehman Brothers ›Lehman Brothers and Sisters‹ gewesen wäre, hätte es keine weltweite Wirtschaftskrise gegeben.«

»Genau! Wir Frauen sind eben die besseren Männer!«

»Ach was. Du hast es einfach falsch angefangen«, schlaumeierte Eros weiter. »Männer sind Jäger. Sie wollen ihr Wild erlegen. Hier in den USA gelten *The Rules*, meine Liebe. Genaue Regeln, was das Daten betrifft.«

»*The Rules*?«

»Erstes Date: Kaffee oder Lunch. Zweites Date: Drinks nach der Arbeit. Spätestens hier ist der Abflug angesagt, wenn frau den Typen nicht gut findet. Denn das dritte Date heißt Dinner, und da hat der Typ bereits die Zahnbürste im Jackett stecken, weil's danach ab in die Kiste geht. Garantiert.«

»Und?«

»Und du, meine liebe Zoe, hast McSchleimi gleich in den ersten dreißig Minuten zum All-you-can-eat-Büfett geführt. Das konnte ja nichts werden.«

»Danke, mein guter Freund, dass ich mich jetzt wie eine Schlampe fühle. Wer solche Freunde hat, braucht keine Feinde.«

Eros und Zoe starrten sich verbissen an und Mimi schaute belustigt zu. Zoe hasste Diskussionen, in deren Verlauf sie den Verdacht bekam, dass ihr Gegenüber ein Fünkchen von Recht haben könnte.

»Kinder, nun kabbelt euch mal nicht«, versuchte Mimi zu schlichten, während Eros sich beleidigt abwandte.

»Wie auch immer«, lenkte Zoe schließlich ein. »Wir haben beschlossen, einfach nur Freunde zu sein.«

»Freunde oder *friends with benefits*?«, hakte Eros nach.

»Freunde«, antwortete Zoe, obwohl sie die Hoffnung nicht aufgegeben hatte, dass daraus vielleicht doch mehr werden würde. Sie würde sich aber eher die Zunge abbeißen, als das vor den beiden zuzugeben.

»Freunde?« Mimi verschluckte sich fast an ihrem Drink. »Männer und Frauen können keine Freunde sein!«

»Wieso denn nicht?«

»Aber das wissen wir doch schon seit *Harry und Sally*. Weil Männer letztendlich immer nur an Sex denken.«

»Harry und Sally haben sich zum Schluss aber bekommen!«

»Freundschaft ist biologisch gesehen einfach nicht nötig, meine liebe Zoe«, dozierte Eros.

»Ach, in Evolutionslehre mal aufgepasst, oder was?« Angriff, befand Zoe, war noch immer die beste Verteidigung. Eros grinste allerdings nur. »Aber Sex ist doch gerade der Kick bei einer platonischen Freundschaft«, versuchte Zoe zu erklären. »Sex ist der Unterton, der immer mitschwingt. Er darf nur nicht zu laut werden.«

»Je lauter, desto besser«, konterte Mimi. »Wieso sollten wir Frauen es anders halten als die Männer?«

»Und überhaupt«, wandte Eros ein. »Hat dir schon mal jemand ins Gesicht gesagt: ›Ach, lass uns Freunde sein‹? Das heißt übersetzt: ›Du lässt mich so kalt, ich könnte mit dir bei Vollmond auf Bora Bora mit sanftem Wellenrauschen im Hintergrund nackt baden gehen – und es würde nix passieren.‹«

FWB oder: Drei goldene Regeln für Freundschaften mit Beischlafbonus

Friends with benefits (FWB) – Freundschaften mit Beischlafbonus – sind ein immer beliebter werdendes Arrangement. Sogar ein (leider ziemlich mittelmäßiger) Film mit Justin Timberlake ist darüber schon gedreht worden. Damit dein nächstes FWB nicht ebenso mittelmäßig endet, sollten folgende Regeln strengstens beachtet werden:

- *Verliebe dich nie in deinen FWB.*
- *Stelle deinen FWB nie Freunden oder der Familie vor.*
- *Bleib nie über Nacht bis zum Frühstück.*

(New York für Anfängerinnen, S. 37)

11

Am nächsten Morgen flog Zoe Schuhmacher mit »Lass uns Freunde sein«-Tom zwar nicht nach Bora Bora, dafür aber nach Miami, um an einer Konferenz mit dem sinnigen Namen *Bits & Bites* teilzunehmen. So einer Art weltweitem Treffen von *brainiacs* aus den alten und Neuen Medien. Nacktbaden stand dort definitiv nicht auf dem Programm, so viel war sicher. Während Tom an einer Paneldiskussion mit dem Thema »The Big Picture: Die Zukunft der Medien« teilnehmen würde, sollte Zoe dem Vorstand ein Dossier über das Event samt den neuesten Trends zusammenstellen.

Zoe ärgerte sich immer noch über den vorigen Abend mit Eros und Mimi. Waren Freunde nicht dazu da, loyal zu lügen, wenn es nötig war? Hätten Eros und Mimi nicht wenigstens so tun können, als wäre eine unkomplizierte Freundschaft mit Tom die beste Idee seit geschnitten Brot? Der Gedanke an die geradezu entsetzte Reaktion der beiden ließ Zoe einfach nicht los. Warum wollte Tom nur eine platonische Freundschaft? Warum wollte er nicht mehr von ihr? Was war plötzlich so unattraktiv an ihr? Zoes Gedanken fuhren Achterbahn und eine kleine, fiese Nörgelstimme in ihrem Kopf meldete sich zu Wort: »Vielleicht bist du Dorfpomeranze einfach nicht Upper Class genug für ihn? Oder zu deutsch?« Aber standen die Amis nicht auf alles, was aus Deutschland kam? Auf Audi Coupés, Nutella und Miele-Waschmaschinen zum Beispiel?

Zoe nahm ihren Koffer und ging entnervt hinunter auf die Straße. Sie wartete nun schon eine Viertelstunde auf die Limo, die sie zum Flughafen bringen sollte. In ihrem iPhone suchte sie nach einer Reservierungsbestätigung, die Madison versprochen hatte ihr zu schicken. Nichts.

Wo ist meine Limo?, tippte Zoe eine SMS an die Sekretärin. Keine Antwort. »Mist«, rief sie laut. »Wahrscheinlich föhnt sie sich gerade die letzten Gehirnzellen aus dem Kopf, statt an ihr Handy zu gehen.«

Schlecht gelaunt wartete Zoe also an der Ecke President und Clinton Street auf ein Taxi. Einer dieser unglaublich hässlichen Großkartons auf Rädern – das neueste, von Bürgermeister Bloomberg abgesegnete Design der eigentlich ikonischen gelben New Yorker Cabs – hielt an.

»LaGuardia. American Airlines Terminal«, instruierte Zoe den Fahrer.

»Da müssen Sie bar zahlen«, antwortete der. »Meine Kreditkartenmaschine funktioniert nicht.«

Zoe war natürlich vollkommen klar, dass der Taxifahrer einfach keine Lust auf Flughafen hatte und versuchte, sie wieder aus seinem Gefährt herauszubekommen. Deshalb verkündete sie trotzig: »Dann zahl ich eben bar.« Eine Zoe Schuhmacher ließ sich schließlich nicht an der Nase herumführen. Schon gar nicht von einem New Yorker Taxifahrer. Was zur Folge hatte, dass sie den restlichen Weg zunehmend nervöser auf die Zeituhr starrte, weil sie gerade mal achtunddreißig Dollar und dreiundsiebzig Cent im Portemonnaie hatte.

In der Schlange vor dem Check-in-Schalter, der nicht einmal mehr durch menschliche Wesen besetzt war, sondern nur noch aus Maschinen bestand, klingelte dann auch noch ihr Handy. Zoe schaute auf das Display.

»Al. Wie geht's dir? Ist gerade schlecht. Ich steh am Flughafen. Kann ich dich zurück …?«

»Bei mir ist es noch viel schlechter«, unterbrach Allegra sie. »Wieso ist der Partnerschafts-Channel noch nicht fertig?«

Zoe war ein bisschen überrascht über den aggressiven Ton. »Aber du weißt doch, dass mir der Programmierer abgesprungen ist und ich auf Teufel komm raus keinen neuen finde. Sogar Kids, die frisch von der Uni kommen, fordern vertraglich festgelegte Vergünstigungen wie veganen Bio-Lunch in der Kantine, Wasch- und Bügelservice für ihre Klamotten und dass sie ihre Hunde ins Büro mitbringen dürfen. Wie bei Google.«

»Zoe, das ist mir leider alles wurscht. Dieser verdammte Channel muss fertig werden. Und der für Kultur dazu. Und dann brauche ich noch ein paar Ideen für weitere.«

»Was hast du es denn plötzlich so eilig? Ich gebe mein Bestes. Das weißt du doch.«

»Das scheint momentan nicht zu reichen. Auf der gestrigen Vorstandssitzung kam es zum Eklat, weil die Digitalisierung zu schleichend vorangeht. Die Herren wollen Ergebnisse sehen. Am besten vorvorgestern.«

»Dann sollen mir die Herren einen Programmierer aus Deutschland einfliegen. Am besten noch heute. Ich kann mir schließlich keinen backen«, rief Zoe entrüstet. Doch Al hatte bereits aufgelegt. Obwohl Zoe wusste, dass ihre Freundin unter Druck gern hitzig reagierte, fand sie Als Ton dennoch alles andere als okay.

Dienstreisen waren ja eigentlich eine fantastische Einrichtung, vor allem, wenn es an einen Ort mit Palmen ging. Doch in diesem speziellen Fall hätte die Sicherheitskontrolle am Flughafen Zoe Schuhmacher vielleicht erst gar nicht an Bord lassen dürfen. Das blonde Gift hatte für Zoe zwar keine Limo zum Flughafen, dafür aber einen Mittelplatz auf dem restlos ausgebuchten Morgenflug nach Miami reserviert – und Zoe war mittlerweile so geladen, dass sie vor Wut hätte explodieren können. Links neben ihr am Fenster saß eine Frau, die schon vor dem Start eingeschlafen war und so rhythmisch vor sich hin schnarchröchelte, dass selbst ein überzeugter Pazifist auf sehr blutige Gedanken gekommen wäre. Rechts neben Zoe, am Gang, saß ein Zwei-Zentner-Mann, der nur in seinen Sitz passte, weil er seine Armlehne, die auch Zoes war, nach oben gestellt hatte, sodass Teile seiner *muffin tops* – der Speckrolle, die über seinen Hosengürtel quoll – nun fast in Zoes Schoß fielen. Außerdem schwitzte er, was die immer größer werdenden feuchten Flecken unter seinen an den Körper gedrückten Armen deutlich belegten. Dass man die Sitze in der letzten Reihe nicht ganz nach hinten stellen konnte, weil sich dort die Toilettenwand befand, darüber wollte Zoe erst gar nicht weiter nachdenken.

Das Entwürdigendste aber war, dass Zoe auf dem Weg zu ihrer ganz persönlichen Holzklassenvorhölle an Thomas Prescott Fiorino hatte vorbeigehen müssen. Dem hatte eine Stewardess vorn in der First bereits lächelnd das Tom-Ford-Jackett abgenommen, um es sorgfältig auf einen Bügel zu hängen. Während Zoe ein »Guten Morgen, Tom« herauspresste, strahlte er sie gut gelaunt an – »Guten Morgen, meine Liebe« – und vertiefte sich anschließend in sein *Wall Street Journal.*

★★★

In Miami angekommen, wartete Tom geduldig an der Flugzeugtür, bis Zoe sich endlich aus der allerletzten Reihe gequält und den Hindernisparcours über zerknüllte Decken, zerfledderte Ausgaben der *New York Post* und Fast-Food-Papiertüten mit lauwarmen Essensresten zum vorderen Teil der Maschine zurückgelegt hatte.

»Wie hast du es bloß geschafft, als Vorletzte aus dem Flugzeug zu steigen?«, fragte er.

»Sehr witzig. Das blonde Gift hat mir diesen verdammten Flug gebucht.«

Tom lachte. »Ja, Madison kann grausam sein. Aber so unglaublich effektiv.«

»Haha.« Zoe fand nicht, dass jetzt Witze auf ihre Kosten angesagt waren.

Zur Versöhnung nahm Tom ihr das Handgepäck ab. »Darf ich, Madam?«

»Sie dürfen«, akzeptierte Zoe gnädig.

Der Chauffeur ihres Wagens fuhr an Coconut Grove vorbei, durch Downtown Miami und nahm den McArthur Causeway über Star Palm Island und Hibiscus Island Richtung Strand. Das Wasser der Biscayne Bay funkelte türkisgrün, als sie die verschiedenen Brücken passierten, und aus dem Hafen lief gerade mit lautem Getute ein monströses Kreuzfahrtschiff aus. Wie so oft fragte sich Zoe, warum sie eigentlich freiwillig auf einem Breitengrad dieser Erde lebte, auf dem es im Winter regelmäßig bis zu minus zwanzig Grad kalt wurde und im April dauerregnete? Andererseits fand sie dienstliche Veranstaltungen, die in tropischen Gefilden stattfanden, bei genauerer Überlegung ja doch etwas seltsam, weil man sich dann plötzlich nur mit Bikini bekleidet mit einem Kunden oder Vorgesetzten im Pool wiederfand und die Männer abends an den peinlichen Tiki-Bars meist soffen, als hätten sie kein Zuhause.

Das Perry South Beach Miami Hotel an der Collins Avenue war ein Blendamed-weißer Kasten, der auch tagsüber von einem Türsteher bewacht wurde. Die gesamte Längsseite der Lobby nahm ein Haifisch-Aquarium ein. So weit, so hip. Tom checkte als Erster ein.

»Herzlich willkommen«, begrüßte sie strahlend ein sehr ansehnliches weibliches Wesen hinter dem Tresen, das die Hotelleitung aus einem Modelagenturkatalog ausgesucht haben musste. »Wir haben eine Suite auf der Penthouse-Etage für Sie und Ihre Begleitung reserviert, Mr Fiorino. Oder bevorzugen Sie eine Cabana-Suite im Garten?«

»Penthouse ist wunderbar«, antwortete Tom. »Aber Miss Schuhmacher hier hat eine Reservierung für ein eigenes Zimmer.«

»Oh«, sagte das Modelagenturkatalogmodel und arrangierte in Gedanken ganz offensichtlich die Beziehungsverhältnisse ihrer beiden Gäste neu.

Doch dann änderte Tom seine Meinung. »Könnten wir Miss Schuhmacher vielleicht auf die Penthouse-Etage upgraden?«

Das Model nickte. »Das dürfte kein Problem sein, Sir.«

Zoe versuchte, sich ihr Erstaunen nicht anmerken zu lassen, und betrachtete betont blasiert die Haifische im Aquarium.

Ihre neue Juniorsuite kam eher minimalistisch daher – in Größe wie in der Auswahl der Farben, die sich auf Weiß mit ein klein wenig Türkis beschränkte. Dafür hatte sie einen Balkon mit fabelhaftem Blick auf den von Palmen und gelb-weiß gestreiften Cabanas gesäumten Pool und den in der Mittagssonne glitzernden Atlantik. Heute Nacht würde sie mit dem Rauschen der Wellen einschlafen. Sie machte die Balkontür auf und trat hinaus.

»Hey, Nachbar!«, rief Zoe, als sie Tom auf dem Nebenbalkon stehen sah. Er hatte sich bereits umgezogen und trug Leinenhosen, die ihm auf den Hüften hingen, sowie ein schlichtes weißes T-Shirt. »Wollen wir am Strand entlang zum Ocean Drive spazieren?«

Der Sand fühlte sich angenehm warm an unter Zoes Füßen. Tom hatte seine Hosenbeine hochgekrempelt und lief im flachen Wasser. Ab und an schwappte auch eine Welle bis zu Zoe hoch. Sie hatte eine Weile gebraucht, den richtigen Bikini und ein passendes Strandkleidchen für die gemeinsame Exkursion auszuwählen. Mindestens genauso lange wie für ihr Erster-Tag-im-Büro-Outfit.

»Also, Miss Schuhmacher, jetzt erzählen Sie mir doch mal, was Sie nach Amerika verschlagen hat?«

»Aber das wissen Sie doch am besten, Mister Fiorino. Ich bin hier, um Karriere zu machen, nichts als Karriere.«

»Als neue Digital-Queen.«

»Ja, wer hätte das gedacht, dass ich noch mal zu den Nerds überlaufe«, erwiderte Zoe lachend.

»Wieso? Was wolltest du denn eigentlich machen?«

»Du meinst ganz früher? Bevor ich in den Journalismus gegangen bin?«

»Ja.«

Zoe überlegte. »Die Welt retten?«

»Die Welt retten.«

»Ich weiß, das klingt total naiv. Aber während du mit vierzehn oder fünfzehn auf eine edle Privatschule gegangen bist, zweimal die Woche Polotraining hattest und beim Flaschendrehen Koks aus Hundert-Dollar-Scheinen ins Hirn geschnupft hast, habe ich mich um die Zukunft des Planeten Erde gesorgt.«

»Weiter«, sagte Tom amüsiert. »Es ist interessant, meine Parallelvergangenheit aus deinem Mund zu hören.«

»Als ich Teenager war, ließen Phosphate in den Waschmitteln die Flüsse schäumen, der Regen wurde sauer, und ich war der festen Überzeugung, dass der Wald sterben würde, noch bevor ich den einundzwanzigsten Geburtstag erreicht hätte. Falls ihr imperialistischen Amis mit eurem sinnlosen atomaren Wettrüsten nicht vorher den gesamten Globus in Schutt und Asche legen würdet. Mehrfach.«

»Und da hat das Fräulein Schuhmacher beherzt eingegriffen.«

»Natürlich. Über meinem Bett hing ein selbstgemaltes Plakat mit der Weisheit eines Cree-Indianerhäuptlings: *Erst wenn der letzte Baum gerodet, der letzte Fluss vergiftet, der letzte Fisch gefangen ist, werdet ihr feststellen, dass man Geld nicht essen kann.*«

»Der deutsche Wald steht aber meines Wissens noch.«

»Jaaaa.« Zoe atmete tief durch. »Das mit dem sauren Regen stellte sich als totaler Fake heraus. Einer, der mich schlaflose Nächte gekostet hatte. Aber die Sache mit den schäumenden Flüssen habe ich immerhin höchstpersönlich verhindert, indem ich ein Jahr lang die Wäsche meiner Mutter boykottiert und meine eigene nur mit Kernseife gewaschen habe.«

»Wirklich?« Tom hatte sich mittlerweile umgedreht und lief rückwärts, damit er Zoe ins Gesicht sehen konnte.

»Wirklich!«

»Und jetzt spazierst du mit einem imperialistischen Ami, der seine Hemden in die chemische Reinigung bringen lässt, den Strand entlang.«

»Zoe Schuhmacher aus Herpersdorf bei Ansbach ist eben völlig prinzipienlos.«

»Wo soll das denn sein? Herpersdorf bei Ansbach?«

»Geografie haben sie dir an deiner noblen Privatschule nicht beigebracht? War wohl keine Zeit dafür neben den vielen Kursen in ›Wie lege ich heimlich eine Steueroase auf den Caymans an‹? Also, für einen offensichtlich geografisch minderbemittelten Amerikaner wie dich: Ansbach ist der Regierungssitz von Mittelfranken. Mittelfranken liegt in Bayern. Und das liegt in Süddeutschland.«

»Wie hat es dann jemand aus diesem charmanten Örtchen nach Berlin zu Schönhoff geschafft?«

»Ich habe mit fünfzehn den Schülerzeitungswettbewerb mit dem Thema ›Kein Trauerspiel – Alltag eines Totengräbers‹ gewonnen. Da war mir klar, dass ich Journalistin werden wollte. Christiane Amanpour von CNN mit Helm auf dem Kopf und kugelsicherer Weste am Leib war mein großes Vorbild. Ich wollte die Krisengebiete dieser Welt bereisen und pulitzerpreisverdächtige Reportagen schreiben.«

Tom schien sich das Lachen zu verkneifen, streckte die Arme aus, um Zoes Hände zu nehmen, korrigierte sein Vorhaben aber in letzter Sekunde wieder und parkte seine Hände lieber in neutralem Gebiet, sprich: tief in seinen Hosentaschen. Er verhielt sich zum Verrücktwerden freundschaftlich, fand Zoe.

»Aber was um Himmels willen machst du dann jetzt bei Schönhoff Publishing? Solltest du nicht Sprecherin von Amnesty International sein oder so was?«, fragte er dann.

»Ich hatte mich um ein Volontariat beim Greenpeace Magazin beworben, es aber nicht bekommen. Stattdessen wurde ich auf der Schönhoff Journalistenschule angenommen.«

Tom runzelte die Stirn. »Du hast also einfach so deine Weltrettungspläne an den Nagel gehängt und bist zum kommerziellen Feind übergelaufen?«

»Anfangs, weil ich keine andere Jobperspektive hatte. Dann habe ich aber schnell festgestellt, dass es gar nicht so übel ist, über die schönen Dinge des Lebens zu schreiben statt über ethnische Säuberungen und Legehennenbatterien. Wesentlich weniger deprimierend übrigens.«

»Und mit viel besseren *perks* verbunden. Einladungen zu Pressedinnern, Reisen, Premieren …«

»Nicht zu vergessen die vielen kostenlosen Kosmetikpröbchen, die täglich in einer Frauenzeitschriftenredaktion ankommen. Garantiert nicht tierversuchsfrei«, ergänzte Zoe, die ihren neu entdeckten Sarkasmus charmant fand – weil Tom ihn charmant zu finden schien.

»Du hast also deine Seele verkauft«, meinte Tom lachend, als wäre er ernsthaft darüber froh, dass Zoe sich noch im letzten Moment aus den Klauen irgendeiner düsteren Psycho-Sekte hatte befreien können. »Du prinzipienloser Müslimensch.«

★★★

Als Zoe abends mit einem Sonnenbrand auf der Nase und einem bodenlangen papageienfarbenen Chiffonkleid am Körper den Ballsaal zum Welcome-Dinner betrat, fühlte sie sich wie Alice im Wunderland. Der ganze Raum war wie ein Palast aus *Tausend und einer Nacht* dekoriert, samt purpurfarbenen Beduinenzelten, in denen sich die Bars befanden, und Ober mit Ballonhosen und safrangelben Turbanen. Der Boden war mit Sand bestreut, und auf den Tischen standen üppige Blumenbouquets, die betörend nach Lilien dufteten.

Fehlt nur noch ein lebendiger Elefant. Oder zwei, dachte Zoe.

Sie fand ihr Platzkärtchen ganz hinten rechts an einer Art Katzentisch, inmitten von Start-up-Fuzzis, von denen sie noch nie gehört hatte, während Tom am Ehrentisch vorn in der Mitte stand und Sheryl Sandberg von Facebook freundschaftlich die Hand auf die Schulter legte. Nach dem Vorspeisensalat, einer etwas müden Mischung aus Grünzeug, das schon lange kein Treibhaus mehr von innen gesehen hatte, und Kichererbsenpüree zum Dippen, würdigte ein kurzer Film die Karriere Sandbergs. Einflussreichste Frau der New Economy. Prominente Verfechterin der Gleichberechtigung. Und so weiter und so fort. Nach dem Hauptgang, der aus Edel-Couscous mit argentinischen Rindersteakstreifen an Karottengemüse mit Chermoulagewürz bestand und den die Start-up-Fuzzis an Zoes Tisch mit der Gabel in der rechten Hand in sich hineinschaufelten, als wären sie Gefängnisinsassen, denen man die Messer vorenthalten hatte, betrat Tom souverän die Bühne.

Zoe verlor grundsätzlich allein ein Kilo Körpergewicht an Angstschweiß, wenn sie vor einer Ansammlung von mehr als drei Menschen frei sprechen sollte. Was vielleicht daran lag, dass man an deutschen Schulen bis einschließlich der zehnten Klasse nichts zu sagen hatte und ab der elften dann plötzlich flüssige Referate vor Mitschülern und Lehrern halten sollte, als habe man sein ganzes Leben nichts anderes getan. Bei den Amis war das anscheinend genau andersherum. Der vierjährige Sohn einer Kollegin von Zoe hatte bereits in der Vorschule angefangen, Vorträge zu halten. Beim sogenannten *sharing* brachte jede Woche ein anderes Kind ein Lieblingsspielzeug, ein Foto oder einen Gegenstand mit, setzte sich auf einen Stuhl in der Mitte des Morgenkreises und erzählte seinen Mitschülern, was es mit dem mitgebrachten Dings so auf sich hatte. Die Kids konnten es gar nicht abwarten, erneut beim »Mitteilen« dran zu sein, hatte die Kollegin erzählt.

So war es also kein Wunder, dass Tom jetzt völlig relaxed am Mikro stand, sein charmant-schiefes Lächeln aufsetzte und lässig die achthundert wichtigsten Medienmacher der Welt begrüßte, als würde er im Kindergarten seinen neuen Stoffteddy vorstellen. Er sah fantastisch aus in seinem schwarzen Tuxedo und hielt eine ebenso fantastische Laudatio auf Sheryl Sandberg. Ein Fotograf schoss währenddessen Bilder von ihm. *Picture perfect*, dachte Zoe, und dabei fiel ihr ein, dass sie ihn eigentlich noch nie anders gesehen hatte. Der Mann war nicht nur fotogen, er schien auch zu jeder Tages- und Nachtzeit präsentabel auszusehen. Bestimmt hatte er noch niemals in seinem Leben auch nur ein einziges Foto von sich zerrissen. Im Gegensatz zu Zoe, die die Erfindung der Digitalkamera zutiefst begrüßte, weil sie dann nicht mehr mit einem Packen von Abzügen im Fotoladen stehen musste, von denen sie erst einmal ein Drittel peinlich berührt aussortierte.

Als Tom sich nach tosendem Applaus fast ein bisschen verlegen mit der Hand durch die ordentlich unordentlichen Wuschelhaare fuhr und von der Bühne wieder an seinen Tisch zurückkehrte, trafen sich ihre Blicke. Zoe wurde warm, sie lächelte und hob die

Hand zu einem Winken. Er winkte zurück und gestikulierte ein »Ich hab meine Pflicht erfüllt, wir treffen uns gleich draußen«.

Der Mond warf einen silbrigen Streifen bis zum Horizont auf den Atlantik, der an diesem Abend glatt wie ein Spiegel war. Zoe hatte ihre Riemchensandalen ausgezogen und es sich auf einer der Doppel-Strandliegen bequem gemacht, die mit Matratze und Dekokissen eher an Betten erinnerten. Als sie Schritte hörte, drehte sie sich um und sah, wie Tom mit zwei Cocktails in den Händen, die sogar mit Schirmchen dekoriert waren, auf sie zukam.

»Das ist jetzt aber kein Sex on the Beach?«, versuchte Zoe einen Witz zu machen, und schämte sich in der Sekunde, als er ihren Mund verlassen hatte, für seine Plattheit.

»Er hat irgendeinen anderen grausamen Namen«, kommentierte Tom die Alkoholmixtur in Sonnenuntergangsschattierungen. »Am Strand im Süden muss man so einen Quatsch einfach trinken.«

»Aber nur einen, Freunde haben nämlich keinen Sex am *beach*«, versuchte Zoe zu retten, was nicht mehr zu retten war. Verdammt, dachte sie. Ich plappere blödes Zeug daher wie ein nervöses Schulmädchen.

Tom schien es nicht bemerkt zu haben. »Auf die Freundschaft!«

»Auf die Freundschaft!«

Beide tranken aus ihren bauchigen Gläsern, und beide schüttelte es gleichzeitig, weil die Drinks nicht nur fürchterlich bunt, sondern mindestens ebenso süß waren. Tom legte den Arm um Zoes Schultern, zog sie nah an sich und Zoe deponierte ihren Kopf in seiner Halskuhle. Sie schauten schweigend aufs Meer. Die einzigen Geräusche, die sie hörten, waren Stimmen und Musik vom Hotelpool, weit hinter ihnen.

Freunde. Plötzlich musste Zoe an Eros denken und an Bora Bora: *Du lässt mich so kalt, ich könnte mit dir bei Vollmond auf Bora Bora mit sanftem Wellenrauschen im Hintergrund nackt baden gehen – und es würde nichts passieren.* Vielleicht fand Tom sie ja wirklich nicht übermäßig attraktiv? Vielleicht hatte es gerade für einen One-Morning-Stand gereicht, aber nicht für mehr? Schließlich war sie eine seltsame Europäerin, die ihre Meinung sagte, gern auch ihr eigenes Essen zahlte und schon die bloße Existenz von *The Rules* einfach nur lächerlich fand.

»Tom?«

»Zoe?«

»Jetzt mal ganz hypothetisch und ohne, dass ich es wirklich wollte. Wenn wir jetzt nackt baden gingen, würde dann etwas passieren? Zwischen uns, meine ich?«

Tom nahm den Arm von ihren Schultern und sah sie stirnrunzelnd an. »Wie kommst du denn darauf?«

»Einfach so.«

Er stand abrupt auf. »Du solltest dich von mir fernhalten, Zoe. Ich bin nicht gut für dich.« Dann verschwand er in der Dunkelheit.

★★★

Als Zoe zwei Tage später in Miami am Flughafen ankam, war sie immer noch etwas verstört. Tom war ihr während der restlichen Konferenz aus dem Weg gegangen. Sie hatten zwei Tage lang kein einziges Wort mehr miteinander gewechselt.

Dieser Mann macht einfach keinen Sinn, dachte sie. Überhaupt keinen Sinn.

Wenn Allegra am Telefon nicht so fürchterlich *bossy* gewesen wäre, würde sie sie jetzt anrufen, um die unübersichtliche Gemengelage mit ihrer besten Freundin in Sekundenabschnitten zu analysieren. Aber selbst das ging nicht. Al sollte sich erst mal etwas abkühlen, bevor sie wieder etwas von ihr hörte. Also beschloss Zoe, Tom, der auf den gleichen Rückflug gebucht war, zu ignorieren. Zur Strafe. Weil er sie ignoriert hatte. Etwas Besseres fiel ihr nicht ein – und ihr fiel durchaus auf, dass das jetzt zickige Mädchenlogik war. Aber so war es nun mal.

Zoe checkte an einem Ticketautomaten ein und die Maschine ratterte eine Bordkarte mit dem Sitzplatz 4A heraus. First Class. Zoe kontrollierte den Namen auf der Bordkarte – Zoe Schuhmacher – und das Flugziel – New York LaGuardia – und noch einmal den Sitzplatz – 4A. Kein Zweifel, sie flog in der First. Die Fluggesellschaft musste ihr ein Upgrade gegeben haben, dabei hatte sie nicht mal ein Meilenkonto bei American Airlines.

Nice!

Auf dem Weg zum Gate musterte sie insgeheim alle Männer über dreißig, die einigermaßen Toms Statur hatten, damit sie gut vorbereitet hochmütig an ihm vorbeigehen konnte, wenn sie ihn traf. Sie traf ihn aber nicht.

Ob der feige Kerl umgebucht hatte?

Zoe lief am *food court* vorbei, wo es nach fettigen Pommes, Pizza mit lauwarmem Käse und Hotdogs roch und wo die aus ihrer neuen Perspektive plötzlich bemitleidenswerten Holzklasse-Passagiere ihre Nahrungsmittelration für die Reise einkaufen mussten. Sie freute sich schon jetzt auf ihr Drei-Gänge-Menü, serviert auf weißen Stofftischdeckchen, und ging gut gelaunt als eine der Ersten an Bord. Von McSchleimi keine Spur.

Der Platz neben Zoe in der Maschine nach New York blieb leer – bis die Flugbegleiterin schon den Griff zum Verriegeln der Kabine in der Hand hatte und ein Mann noch seelenruhig an Bord schlenderte. Als wäre es das Selbstverständlichste der Welt, ließ sich Tom neben Zoe auf Sitz 4B nieder.

»Das kann jetzt kein Zufall sein!«, rief Zoe.

»Und wenn es doch einer ist?«, antwortete Tom grinsend.

»Es ist aber keiner!«

»Vielleicht ist es dann Schicksal?«

»Und wie hast du dieses Schicksal bestochen?«

»Mit 35.000 Meilen.«

Zoe verdrehte die Augen und schaute an die Decke. »Thomas Prescott Fiorino. Kann es sein, dass du ein psychisches Problem hast?«

»Nicht dass ich wüsste«, erwiderte der amüsiert.

»Du bist nicht zufällig schizophren?«

»*Nope.*«

»Oder bipolar?«

»Nein. Wieso?«

»Das fragst du noch? Erst schläfst du mit mir, obwohl du weißt, dass du mein oberster Vorgesetzter sein wirst. Dann entschuldigst du dich, und wir beschließen, Freunde zu sein. Vor zwei Tagen faselst du etwas von Fernhalten und lässt mich am Strand einfach sitzen. Du redest nicht mehr mit mir. Und heute Morgen spendierst du mir ein Upgrade, damit ich neben dir sitze. Wenn das nicht klinisch auffällig ist, dann weiß ich auch nicht.«

»Eine Frau wie du sollte nicht Economy fliegen müssen …«

Noch bevor Zoe »ekelhafter Schleimer« rufen konnte, wurde Tom von der Flugbegleiterin angesprochen. Sie bat »Mister Fiorino« – die Frau wusste tatsächlich seinen Namen – ein bisschen zu devot für Zoes Geschmack, doch bitte sein Handy, das er auf die Mittelkonsole gelegt hatte, auszuschalten. Was er auch umgehend mit einem kooperativen Lächeln tat. Die Flugbegleiterin schaute ihn zwei, drei Sekunden lang entzückt an, als hätte gerade zum ersten Mal in ihrer Karriere ein Passagier ihre Aufforderung befolgt. Wahrscheinlich würde sie »Mister Fiorino« nach dem Start mit einem goldenen Sternchen belohnen – oder noch ganz anderen Dingen, die Stewardessen in zehntausend Metern Höhe ja gerüchtemäßig für ganz spezielle Gäste in der First so parat hatten.

Dieser Mann hatte eine Wirkung auf Frauen, die grenzwertig kriminell war.

Die Maschine rollte zur Startbahn und der Pilot feuerte die Triebwerke an. Wenige Minuten später schwebten sie über die Boutiquehotels von Miami Beach hinweg gen Norden. Tom holte eine *New York Times* heraus und faltete sie der Länge nach genau in zwei Hälften, wie es nur echte New Yorker taten, die sich mit der Subway-Etikette auskannten.

»Das ist alles?«, fragte Zoe verblüfft. »Findest du nicht auch, dass du mir eine Erklärung schuldest?«

»Nicht wirklich«, antwortete Tom. »Es ist alles gesagt. Du solltest dich von mir fernhalten, Zoe.«

»Das werde ich ja wohl bitte selbst entscheiden dürfen«, rief Zoe entrüstet.

»Ich bin nicht gut für dich.«

»Und warum, bitteschön?«

»Ich habe ein echtes Talent dafür, Frauen unglücklich zu machen. Beziehungen enden bei mir immer im Chaos. Und das hast du nicht verdient.«

Jetzt musste Zoe lachen. »Wer spricht denn hier von einer Beziehung?«

»Was hattest du dir denn vorgestellt?«

Zoe Schuhmacher dachte einen Moment lang nach und hatte das Gefühl, dass es jetzt wieder einmal an der Zeit war, *foolish* zu sein. Sie stellte sich in Gedanken Allegras Standardfrage: »Was würdest du tun, wenn du keine Angst hättest?« Dann nahm sie ihren ganzen Zoe-Mut zusammen.

»Wie wäre es mit *friends with benefits*?«, antwortete sie in der Hoffnung, extrem mondän und lässig zu klingen.

Tom lachte nur. »Zoe Schuhmacher, du machst mir nicht den Eindruck, als wärst du eine Freunde-mit-Beischlafbonus-Frau.«

»Ist das jetzt eine Beleidigung?«

»Eher ein Kompliment.«

In dieser Nacht träumte Zoe Schuhmacher zum ersten Mal von Thomas Prescott Fiorino.

Gerichtsurteile oder: Kann hier wirklich jeder jeden verklagen?

Im Land der unbegrenzten Möglichkeiten kann jeder jeden aus welchem Grund auch immer vor Gericht zerren. Du kannst also deinen Arbeitgeber wegen irgendeiner gefühlten Diskriminierung (Alter, Geschlecht, Hautfarbe, Religion, Haltungsschäden verursachender Schreibtisch, Kopfschmerzen erzeugender Bürobrühkaffee usw.) verklagen. Oder den Hersteller der Nussnugatcreme, die du dir morgens zentimeterdick auf den Toast schmierst. Weil diese entgegen der Angaben auf der Packung keine »gesunde Mahlzeit« darstellt, sondern mehrheitlich aus Zucker und Fett besteht.

Ob du allerdings Recht bekommst und große Kasse machst, steht in den Sternen.

Ein Mann, der eine große Brauerei wegen irreführender Werbung verklagte, bekam jedenfalls kein Recht. Er hatte beanstandet, trotz erheblichen Bierkonsums keinen Erfolg bei den Frauen zu haben – obwohl das in den TV-Spots der Brauerei immer ganz anders endete.

(New York für Anfängerinnen, S. 123)

12

In eben dieser Nacht wurde Zoe Schuhmacher aber auch unsanft von einem Telefonklingeln geweckt. Sie wollte an ihrem Traum von McDreamy noch festhalten. Verzweifelt befahl sie sich, die Einzelheiten nicht zu vergessen, doch sie schwammen bei jedem Klingeln des Telefons immer weiter weg, bis nur noch dieses wohlige Gefühl übrig blieb, einen unglaublich guten Traum gehabt zu haben, ohne richtig zu wissen, was er genau beinhaltet hatte.

Zoe griff zum Telefon. »Hmmmm?«

»Zoe, du kannst dir nicht vorstellen, was diese *bitch* getan hat«, heulte es am anderen Ende. »Sie hat mich gefeuert, die Alte.«

Ehe Zoes schlaftrunkene Gehirnsynapsen das soeben Mitgeteilte verarbeiten konnten, sprudelte es am anderen Ende weiter. »Aber es kommt noch viel besser. Sie hat Aaron Papst eingestellt, den Fürst der Finsternis.«

Zoe schaute auf ihren Nachttischwecker. Es war 4.47 Uhr in New York.

»Allegra, bist du das?«

So langsam begann Zoes Gehirn zu verstehen. Verlegerin von Schönhoff hatte Allegra gefeuert.

Ihre beste Freundin Allegra. Die brillante Chefredakteurin von *VISION*. Okay, die Zeitschrift hatte in letzter Zeit etwas an Auflage verloren. Ein paar zehntausend Leser. Und es hatte Zoff bei der letzten Vorstandssitzung wegen der langsamen Digitalisierung gegeben, woran Zoe zumindest gefühlt mit schuld war. Aber konnte es wirklich sein, dass Aaron Papst jetzt ihr neuer Chef war? Ein Zweiunddreißigjähriger? Ein Mann, der seit seinem dreizehnten Lebensjahr nur Schwarz trug und so verhasst in den Redaktionsräumen der Republik war, dass alle ihn hinter seinem kerzengeraden Rücken nur Lord Voldemort nannten, den Fürst der Finsternis.

»Na, bravo, Zoe!«, sagte Zoe zum Nachttischwecker und merkte erst dann, dass sie Al ja noch am anderen Ende der Leitung hatte. »Allegra, das tut mir echt fürchterlich leid für dich.« Einen kohärenteren Gedanken vermochte sie so früh morgens nicht zu formulieren.

★ ★ ★

Wir freuen uns, Aaron Papst als neuen Chefredakteur von Deutschlands erfolgreichstem Lifestylemagazin VISION begrüßen zu dürfen, hieß es in der offiziellen Pressemitteilung, die bereits im Büro auslag, als Zoe dort ankam. *Den jüngsten Chefredakteur aller Zeiten, der VISION ins digitale Multiplattformzeitalter führen wird.*

Aaron Papst hatte bereits 2005 den Modeblog *The Fashionist* gegründet – als Blogger noch gemeinhin für Menschen gehalten wurden, die ganztägig mit Schlafanzug bekleidet im Keller ihrer Eltern hockten und wirres Zeug in den Computer hackten, weil sie es nicht auf die Reihe bekamen, irgendwo eine ordentliche Festanstellung zu kriegen. Mit dreißig wurde ihm dann die Chefredaktion des Magazins *Mademoiselle* anvertraut.

Auf der offiziellen Pressemitteilung war erstaunlicherweise nicht das übliche Porträtfoto von ihm abgedruckt, sondern ein eher ungewöhnliches Ganzkörperbild. Es zeigte einen strammen jungen Mann mit exakt ausrasiertem, raspelkurzem aschblondem Haar in kniehohen schwarzen Biker-Stiefeln und langem schwarzem Ledermantel. In der Hand hielt er ein schwarzes iPhone, in das ein massiver schwarzer Telefonhörer aus den Sechzigerjahren gestöpselt war. Im besten Fall sah Aaron Papst wie ein bemühter Verschnitt von Lenny Kravitz aus, im schlechtesten wie ein Hitlerjunge 2.0.

Nachdem die ganze Mannschaft im Büro erst einmal sprachlos war vor Schock, hatte plötzlich jeder eine Anekdote über den Fürst der Finsternis zu erzählen.

»Wusstet ihr, dass der Papst zwergenklein ist? Höchstens eins siebzig. Auf Zehenspitzen«, rief eine Fotoredakteurin.

»Vor solchen Männern sollte man sich in Acht nehmen«, warnte das blonde Gift. »Untergroße Männer sind nämlich gemeinhin gefährlich.«

»Was ihnen an Körpergröße fehlt, kompensieren sie durch umso größere Egos, hab ich mal gelesen«, wusste die Fotoredakteurin zu berichten.

»Kein Wunder, dass die zu kurz Geratenen einen Napoleon-Komplex davontragen«, warf das blonde Gift ein. »Die neigen zu Hinterhältigkeit und Starrsinn.« Dann fügte sie an: »Ich kenne seine ehemalige Chefsekretärin gut. Genauer gesagt, die dritte. Mit dem Papst hält es nämlich niemand länger als drei Monate aus.«

Das blonde Gift machte eine bedeutungsschwangere Pause.

»Nun rück schon raus«, forderte Eros.

»Lord Voldemort trinkt seinen Espresso ausschließlich mit Evian-Wasser gebrüht und einer exakt geviertelten Süßstofftablette versehen. Er schickt Praktikanten nach Hause, die ihm zu hässlich sind. Und wegen der völligen Abwesenheit eines Namensgedächtnisses kommandiert er Redakteure einfach mit dem Ressortnamen herum: Kultur, ab ins Layout!«

Eros guckte ungläubig.

»Bei *Mademoiselle* hatte er sogar eine Waage in seinem Büro stehen«, fügte Madison flüsternd hinzu, »für das tägliche Weight-Watchers-Wiegen seiner Untertanen.«

Eros strich sich geistesabwesend über den leicht gewölbten Bauch wie eine Schwangere.

»Als der Betriebsrat sich darüber beim Vorstand beschwerte, log er eiskalt, die Waage sei ausschließlich dazu da, sein Gepäck für seine vielen Reisen zu wiegen. Als würde man es in der First mit Höchstgrenzen so genau nehmen.«

★★★

»Und was machen wir jetzt?«, fragte Eros Zoe, die mit ihm und Mimi in der Mittagspause zum Yoga ging.

Eine solche Idee wäre Zoe in Deutschland nie in den Sinn gekommen: Auf die Kalorien des Mittagessens zu verzichten UND gleichzeitig auch noch Kalorien zu verbrennen. So etwas konnten sich nur die Gesundheitsapostel des Landes der unbegrenzten Hinterteile ausdenken.

»Ich dachte, wir gehen zu Jivamukti? Um gemeinsam mit Sting und Christy Turlington den Hund zum Sonnenaufgang zu machen, oder wie das in Yoga-Sprech heißt.«

Eros verdrehte die Augen. »Ich meine mit dem Papst. Sollen wir kündigen? Rein prophylaktisch, meine ich.«

»Vielleicht sollten wir einen Betriebsrat gründen«, sekundierte Zoe. »Der Typ klingt echt gefährlich.«

Mimi blieb abrupt stehen. »Spinnt ihr zwei? Ich kündige euch gleich die Freundschaft, ihr Weicheier. Wie schlimm kann es schon werden?«

»So schlimm, dass ich jetzt schon nervöses Augenzucken habe«, entgegnete Eros indigniert.

»Dann verklagt ihr ihn eben nach drei Monaten auf eine Million Schmerzensgeld wegen Zufügung emotionalen Leides und zieht nach Hawaii«, schlug Mimi gut gelaunt vor.

»Glaubst du, das geht?«, fragte Zoe.

»Vor amerikanischen Gerichten ist nichts unmöglich. Da kriegst du sogar Schmerzensgeld, wenn du dich bei McDonald's an einem Becher heißen Kaffees verbrühst, weil du nicht vorgewarnt wurdest, dass der Kaffee heiß ist.«

Eros verdrehte die Augen, als hätte er noch nie etwas Dümmeres gehört. »Das Verfahren ist in zweiter Instanz eingestellt worden, du Schlaubergerin. Die verbrühte Kaffeetrinkerin hat nie auch nur einen Dollar gesehen.«

★★★

Die Tatsache, dass Aaron Papst ein Frühaufsteher war, stellte sich nur als eine der vielen sonderbaren Eigenschaften dieser ganz speziellen Spezies Chef heraus. Papst betrat morgens um sechs sein Büro, setzte die wöchentliche Konferenz für mittwochs um elf an, ging täglich um achtzehn Uhr zu einem Geschäftsessen und verließ pünktlich um einundzwanzig Uhr den Verlag. Was den Mitarbeitern in Berlin gelinde gesagt missfiel (sie hatten im Gegensatz zu ihrem neuen Chef noch ein Privatleben), denen in New York, die mittwochs nun immer per Videoschaltung live dabei zu sein hatten, aber die Sprache verschlug.

»Elf Uhr in Berlin ist fünf Uhr in der Früh bei uns in New York«, beschwerte sich Eros, als er sich einigermaßen wieder gefasst hatte. »Ist der Papst wahnsinnig geworden?«

»Kann man wahnsinnig werden, wenn man schon wahnsinnig ist?«, entgegnete Zoe lakonisch.

Tatsächlich hatte Aaron Papst den Außenmitarbeitern rund um den Globus großzügigerweise freigestellt, ob sie an der Videokonferenz teilnehmen wollten (»Ich kann Sie schließlich nicht dazu zwingen, wenn es in Ihrer Zeitzone gerade unpassend ist«, hatte er vermeintlich verständnisvoll verkündet). Aber Zoe war natürlich klar, dass sie nie mehr ein Thema unterbringen würde, wenn sie beim wichtigsten Event der Woche fehlte.

Und so fanden sich Eros und Zoe am nächsten Morgen kurz vor fünf Uhr, jeweils mit einen doppelten Espresso bewaffnet, im Büro wieder.

»Guten Morgen, meine Liebe«, ätzte Eros. »Oder ist es vielleicht noch Nacht?« Dann beugte er sich röchelnd vornüber und tat, als müsse er brechen. »Konferenz mit Du-weißt-schon-wem.«

»Seit heute hasse ich Mittwoche«, sagte Zoe. »Könnte man sie nicht einfach aus der Woche rausschmeißen, so wie Pluto aus dem Sonnensystem?«

Eros zog einen Flunsch. »Ich fürchte nicht.«

Aaron Papst betrat im Stechschritt das Blickfeld des Bildschirms und Zoe und Eros hörten auf der Stelle mit dem Lästern auf. Die Kamera zoomte auf Papsts satt gebräuntes Gesicht. Der neue Chefredakteur hielt einen kleinen Monolog, in dem er seine neue Vision für *VISION* verkündete. Er beabsichtigte, die Modebibel in »DAS Magazin für die moderne Frau« umzupositionieren. »Emotionen« wollte er wecken, »Begeisterung« hervorrufen und »journalistische Höhepunkte« setzen. Zoe konnte sich schon ausmalen, was das heißen sollte: Je nach emotionaler Schieflage des Chefs würde die Redaktion künftig abwechselnd Schicksale (»So grausam kann ein Vater sein«), Investigativgeschichten (»Die Wahrheit über Weight-Watchers«) oder »die großen Interviews« machen.

»Und jetzt die Themen!«, kommandierte der Papst nach Abschluss seiner Zur-Lage-der-Nation-Ansprache. »New York, Sie sitzen gerade so schön geistesabwesend herum.«

»Ich …«

Zoe wollte ihre tatsächlich etwas lahme Liste an Vorschlägen herunterleiern, als der Fürst der Finsternis ihr rüde ins Wort fiel. Die wöchentliche Redaktionskonferenz fühlte sich neuerdings an wie Lateinvokabeln-Abfragen vor der ganzen Klasse, fand Zoe. Jeder duckte seinen Kopf, wollte sich unsichtbar machen und hoffte – natürlich vergebens – darauf, nicht aufgerufen und öffentlich gedemütigt zu werden.

»Ich will ein großes Interview von Ihnen, New York. Michelle Obama, Hillary Clinton oder Maria Shriver, die tut's zur Not auch. Aber dann den Kennedy-Fluch rauf und runter abfragen«, diktierte der Papst in die Videokonferenzkamera, die seinen Schädel mit dem streng frisierten Haupthaar heute rechteckig verzerrt darstellte, was auf Zoes Seite des Atlantiks zumindest für ein bisschen Heiterkeit sorgte. »Oder, wenn ich's mir recht überlege, alle drei zusammen. Für ein Streitgespräch am runden Tisch.«

»Na klar«, murmelte Zoe und hätte am liebsten in die Kante eines ebensolchen gebissen. »Das Weiße Haus, das Außenministerium und die Kennedy-Familie warten nur darauf, über die globale Bedeutung des Trends zu schwarzen Lederleggings zu philosophieren.« Dann räusperte sie sich und schaute in die Kamera. »Ich werde es natürlich versuchen, Herr Papst. Aber das wird nicht einfach werden. Als deutsches Frauenmagazin samt Modeplattform stehen wir ganz unten …«

»Langweilen Sie mich nicht mit Ihren Befindlichkeiten, tun Sie was für Ihr Geld. Ich will Michelle, Hillary und Maria. Und zwar am besten gestern. Sagen Sie denen, dass Sie von der deutschen *VISION* sind. Dann springen die schon. Die amerikanische *Vogue* kriegt die Damen ja schließlich auch. Und tauchen Sie ja nicht ohne eine Zusage in der nächsten Konferenz auf!«

Zoe spürte förmlich, wie ihr unangenehm heiß wurde und sie zu schwitzen anfing. In Deutschland mochte das funktionieren, wenn man »von der deutschen *VISION*« war. Bei irgendwelchen Promifriseuren gab es dann Haare waschen, schneiden und legen für lau. Beim Weißen Haus in Washington fing man sich damit bestenfalls ein höfliches »*Who* … (Pause mit gedanklich eingesetztem »*the fuck*«) … *is VISION*?« ein sowie das übliche »*I put you on the list*«. Bestenfalls bekam man Wochen später eine einzeilige Standardabsage, schlimmstenfalls wartete man bis zum Pensionsalter auf einen Rückruf. Zoes Herz begann zu rasen, und sie bekam rote Hektikflecken im Gesicht. Für Aaron Papst zu arbeiten war definitiv ungesund.

WASPs oder: Die spinnen, die Amis

Akronym für weiße angelsächsische Protestanten, die in den USA auf der gesellschaftlichen Leiter ganz oben angesiedelt sind. Noch vor den ihnen folgenden deutschen und skandinavischen Einwanderern, den katholischen Iren, Polen und Italienern und weit vor allen Afro- und Lateinamerikanern.

Verbreitungsgebiet: u. a. New York City/Upper East Side, Martha's Vineyard/Nantucket oder Southampton/Long Island (Sommer) und Palm Beach/Florida (Winter).

Kleidungsstil: Preppy. Ralph Lauren, J. Crew, Brooks Brothers. Merke: Nur unwissende Möchtegern-Preppys tragen Abercrombie & Fitch!

Namensgebung altes Geld: Charles (Chuck, Chip), Theodore (Ted), Trip (wie in Der Dritte); Barbara (Binky), Theodora (Tattie), Louise/Louisa (Weezie).

Namensgebung neues Geld: Carter, Cole, Hunter, Justin, Leo, Milo; Ava, Chloe, Ella, Olivia, Violet.

Schulen: Dalton (New York, die Kinder von Rupert Murdoch), Chapin (New York, Lilly Pulitzer, Ivana Trump), Sidwell Friends (Washington DC, Chelsea Clinton, die Obama Girls).

(New York für Anfängerinnen, S. 89)

13

Als Zoe am nächsten Morgen ihren Computer im Büro anmachte, blinkte bereits eine Instant Message auf ihrem Bildschirm.

Habe gerade meinen goldenen Fallschirm bekommen und beschlossen, um die Welt zu reisen. Fahre Julia Roberts nach.

Könntest du dich bitte weniger kryptisch ausdrücken, Al?

Ich habe mich mit Schönhoff auf eine nicht unerhebliche Abfindung geeinigt und werde neun Monate um die Welt reisen – nach Italien, Indien und Bali. Wie in Elizabeth Gilberts Bestseller Eat, Pray, Love.

Der mit Julia Roberts verfilmt wurde?

Genau der! Essen in Italien, meditieren in Indien, lieben auf Bali.

Ist es nicht ein bisschen unoriginell, den Selbstfindungstrip einer anderen nachzuahmen?

Was für Pretty Woman gut genug war, ist für Allegra goldrichtig!

Glücklich gefeuert also?

Ein Job wie meiner kommt mit eingebautem Schleudersitz, Schätzchen. Sonst hätte ich ja gleich bei der Apothekenrundschau arbeiten können.

Du hast es echt gut, Al. Der Papst ist ein Vollirrer.

Vollirre können sehr kreativ sein.

Deinen Optimismus möchte ich haben. Was ist, wenn Voldemort mich rausschmeißt, weil ich bis kommende Woche nicht das gewünschte Interview mit Michelle Obama an Land gezogen habe?

Dann kommst du eben mit nach Italien!

Zoe war erleichtert, dass Allegra okay war, mehr als okay, glücklich geradezu. Aber ein bisschen neidisch war sie auch, wie locker ihre Freundin mit krassen Wendungen im Leben umgehen konnte – und immer das Beste daraus machte.

Sie kannten sich jetzt seit mehr als zehn Jahren. Al hatte die Grazie einer langstieligen Blume. Gerade lange Beine, gerader langer Oberkörper, und das alles getoppt von einem exquisiten Kopf, den ein italienischer Bildhauer nicht perfekter hinbekommen hätte. Sie war nicht nur schön im eigentlichen Sinn, sondern im Besonderen. Wie etwa Cate Blanchett.

Vor allem aber war sie dickköpfig, wie es sich für einen solchen Marmorschädel eben gehörte. Allegra war die einzige Volontärin des gemeinsamen Jahrgangs gewesen, die nach Abschluss der Journalistenschule ihr Jungredakteurinnengehalt verhandelt hatte, anstatt dankbar das anzunehmen, was im Arbeitsvertrag angeboten wurde. Und sie verhandelte es nicht nur ein, sondern ganze drei Mal. Bis der Betrag einigermaßen ihren Vorstellungen entsprach. Al hob auch in jeder Konferenz die Hand und sagte jedem – bis zum Chefredakteur – ihre Meinung. Vor allem aber heulte sie nie der Vergangenheit oder irgendwelchen Fehlern nach. Neuer Tag, neues Glück – hieß ihre beneidenswerte Einstellung. Um Allegra »Julia Roberts« Sollani brauchte man sich wirklich keine Sorgen zu machen.

★★★

Zoe Schuhmacher stellte brav eine Interviewanfrage beim Weißen Haus, die erwartungsgemäß mit einem stoischen »*I put you on the list*« abgebügelt wurde. Sie wusste nicht, ob sie sich darüber ärgern sollte. Durfte man Energie dazu aufwenden, sich über etwas zu ärgern, was völlig absehbar gewesen war? Allegra würde jetzt Nein sagen. Durfte man nicht.

Zoe beschloss also kühn, den Papst Papst sein zu lassen, auch wenn sie jetzt schon Bauchgrummeln vor der nächsten Konferenz hatte, und sich stattdessen den wirklich wichtigen Dingen des Lebens zu widmen. Nämlich der Tatsache, dass sie ein Bett brauchte.

Und einen Tisch. Und ein Sofa. Abgesehen von dem halb blinden Spiegel an der Wand und einer Matratze auf dem Boden, die ihr die Vermieterin geliehen hatte, gab es nämlich nichts in ihrer neuen Bude in Brooklyn.

Aber Zoe Schuhmacher hatte einen Plan! Sie brauchte Möbel – und sie brauchte einen Mann, um diese zu schleppen und zusammenzubauen. Sie hoffte insgeheim, dass ihr Vorwand nicht allzu durchsichtig war.

Zoe verließ das Großraumbüro im neunundzwanzigsten Stock und ging zum Treppenhaus, um in die Management-Etage in den dreißigsten Stock zu laufen. Doch die Tür zum Treppenhaus war verriegelt.

Das blonde Gift kam um die Ecke. »Falsche Tür, meine Liebe, unser Büro ist dort vorne.«

»Das weiß ich selbst. Ich will ins Treppenhaus«, antwortete Zoe und verkniff sich ein »Ich bin ja nicht blöd«.

»Was willst du denn im Treppenhaus?«

»Wie wäre es mit Treppensteigen? In den dreißigsten Stock. Soll gesund sein. Gut gegen Bluthochdruck.«

»Sag bloß, DU hast Bluthochdruck?«

Zoe atmete einmal tief durch. »Madison, ich will einfach nur in den dreißigsten Stock.«

»Und warum nimmst du dann nicht den Aufzug?«

Das blonde Gift war wirklich zum Wahnsinnigwerden. »Weil ich laufen will.«

Jetzt schienen sich auch bei Madison ein paar Gehirnsynapsen richtig miteinander verbunden zu haben. »Oh«, rief sie. »Laufen. Das geht aber nicht. Treppensteigen tun wir hier nur, wenn es brennt. Ansonsten sind die Fluchtwege verschlossen. Damit sie offen sind für den Fall, dass es brennt. Verstehst du?«

Zoe hatte verstanden. Amis fuhren Aufzug. Auch wenns nur ein Stockwerk war.

Die Tür zu Toms Büro stand offen, und von seiner Assistentin war weit und breit nichts zu sehen, sodass Zoe einfach eintrat. Tom hatte passend zu seinem Rang die Präsidenten-Büroausstattung: Mies-van-der-Rohe-Stühle und einen Rothko an der Wand.

»Hi, Stranger, welch' Überraschung!«, rief Tom, stand auf und machte die Tür zu. »*Long time, no see.* Was bringt dich zu den Erbsenzählern hoch?«

»Ich wollte dich um einen Gefallen bitten. Einen Freundschaftsdienst sozusagen.«

Tom verzog das Gesicht. »Freundschaftsdienste beinhalten normalerweise, dass man vier Wochen lang einen aggressiven Papagei hüten muss, wenn Herrchen im Urlaub ist. Oder jeden Tag quer durch die Stadt hetzen, um irgendwelche blöden Blumen zu gießen. Hast du keine anderen Freunde?«

Zoe lachte. »Ich brauche einen richtigen Mann. Deshalb fällt Mimi schon mal weg und Eros in diesem Fall auch.«

»Na, das hört sich schon viel spannender an. Brauchst du etwa Expertenberatung beim Dessouskauf?«

Männer bringen selbst die plattesten Witze mit bewundernswertem Selbstvertrauen herüber, dachte Zoe.

»Ich brauche jemanden, der mit mir zu IKEA geht«, sagte sie dann. Zoe sprach IKEA aus, wie man IKEA eben ausspricht: I-KE-A.

»Was ist denn das? Tut das weh?«

»Sag bloß, du kennst IKEA nicht? Das schwedische Möbelhaus?«

»Oh. EI-KI-A.«

»IKEA, EIKIA, *whatever*. Kommst du mit? Am Samstag?«

»Und was wollen wir da?«

»Na, Möbel für meine neue Wohnung kaufen, was denn sonst? Oder hast du etwa noch nie im Leben Möbel gekauft, Upper-East-Side-Boy?«

»Nicht wirklich. Das macht eigentlich immer der Interior Designer.«

»Dann, mein Lieber, wird es Zeit, dass du mal einen Ausflug in die reale Welt des Prekariats unternimmst. Rein zu Bildungszwecken, versteht sich.«

★★★

Für Samstagmorgen verabredeten sich Zoe und Tom also bei IKEA in Red Hook, und Zoe musste zugeben, dass sie sich darauf freute, einen ganzen Tag allein mit Tom zu verbringen. Auch wenn ihre Zweisamkeit zwischen Billy-Regalen und Frosta-Stühlen stattfinden würde. Auf Google Maps sah der Weg von ihrer Wohnung bis zur Red Hook Waterfront am äußersten Ende von Brooklyn nach einem netten Spaziergang aus, der rund zwanzig Minuten dauern sollte. Zoe lief die charmante Court Street mit all ihren Shops und Cafés entlang, bis sich vor ihr plötzlich eine monströse Stadtautobahn auf Stelzen aufbaute. Der Gowanus Expressway. Wer baut eine solche Scheußlichkeit mitten in ein gutbürgerliches Wohnviertel, in dem ein (total renovierungsbedürftiges) Townhaus Minimum zwei Millionen Dollar kostet?, fragte sich Zoe. Sie lief unter den Stelzen hindurch wie durch einen kleinen Tunnel. Es roch nach Pisse. Vom Regen verklumpter Müll zweifelhafter Herkunft klebte an ihren Schuhen.

Großartige Idee, das mit dem Spaziergang, Zoe Schuhmacher.

Zoe war immer wieder verblüfft, wie schnell sich in New York eine Gegend von schick zu schmuddelig verändern konnte. Ein Häuserblock oder zwei – und schon war man in einer Parallelwelt. Die Parallelwelt, in der sie sich jetzt befand, hieß Red Hook Houses, eine Sozialwohnungssiedlung aus Betonhochhäusern mit Menschen vor den Eingangstüren, die anscheinend zu viel Zeit in ihrem Leben hatten und die weiße Frau, die als Einzige weit und breit zu Fuß ging, interessiert beobachteten. Zoe schaute bemüht nur geradeaus und machte Tempo. Sie lief an überquellenden Müllcontainern vorbei, an einer Ladenzeile, in der ein Geschäft nach dem anderen aufgegeben hatte und Türen und Fenster mit krude angenagelten Brettern verbarrikadiert waren.

Hinter der Siedlung tat sich plötzlich eine grüne Oase auf, ein riesiger Park mit Fußball- und Baseballfeldern, auf denen an diesem Samstagmorgen Kinder in niedlichen Mannschaftsuniformen trainierten. Am Spielfeldrand standen ausnahmslos weiße Eltern mit Starbucks-Kaffeebechern in der Hand und feuerten ihre Sprösslinge an. Eine Ecke weiter, direkt am Hafenbecken mit unverbautem Ausblick auf die Freiheitsstatue, erhob sich der IKEA-Bau. Als Zoe dort ankam, stieg Tom gerade aus seinem Towncar und winkte den Fahrer davon.

»Ich bin bereit«, rief er, als freute er sich auf ein ganz besonderes Abenteuer. Elefantenjagen im afrikanischen Busch oder so.

Sie umarmten sich zur Begrüßung.

»Weißt du denn überhaupt, wie IKEA funktioniert?«, fragte Zoe.

»Was gibt es über das Einkaufen in einem Möbelhaus zu wissen?«

Zoe lachte. Der Mann hatte tatsächlich keine Ahnung. »Als Erstes nimmt man sich einen der vorgedruckten Einkaufszettel und einen Bleistift.«

»Die geben einem hier Bleistifte? Gratis?«, wunderte sich Tom über das Geschäftsmodell.

»Ja, mit denen notiert man sich, welche Möbel man kaufen will und wo sie im Lager stehen.«

»Wozu muss ich das wissen?«

»Na, weil man sie dort selbst abholt, mit nach Hause nimmt und zusammenbaut. Aber vorher isst man noch Köttbullar.«

»Moment, Moment! Ich habe dich schon bei Selbstabholen verloren. Wie gedenkst du die Möbel nach Hause zu schaffen? Willst du sie etwa tragen?«

»Wir mieten einen Kleinlaster.«

»Im Ernst?«

»Im Ernst!

»Und wer fährt den?«

»Na, du. Du bist doch der Mann. Und damit du für dieses Abenteuer gestärkt bist, essen wir im IKEA-Restaurant vorher noch eine Portion schwedische Fleischbällchen für eins neunundneunzig.«

»Zoe, nichts gegen Fleischbällchen, die billiger sind als Hundefutter. Aber kannst du nicht einfach bei bo concept oder, wenns denn sein muss, bei Pottery Barn deine Sachen bestellen und liefern lassen? Wie es normale Menschen tun?«

»Normale Menschen, die nicht viel Geld ausgeben wollen, weil sie, zum Beispiel wie ich, gar nicht wissen, wie lange sie überhaupt in dieser Stadt leben werden, gehen zu IKEA. Upper-East–Side-Boys, die irgendwelche Familienantiquitäten in fünfter Generation vererbt bekommen, falls es diese vorher nicht ins Metropolitan Museum schaffen, verstehen das nicht.«

Tom gab sich geschlagen und zwischen einem SPONTAN-Zeitungsständer, Probesitzen auf verschiedenen KLIPPAN-Sofas und einem Berg Köttbullar wurde es ein richtig lustiger Samstagvormittag.

»Ich kann immer noch nicht fassen, dass wir diesen ganzen Kram tatsächlich in deine Wohnung bekommen und aufgebaut haben«, sagte McDreamy abends und streckte sich auf Zoes neuem 199-Dollar-Bett aus. Neben ihm lagen noch ein Häufchen Schrauben und ein paar Holzdübel, die trotz Zoes Beteuerung, dass alles abgezählt sei und definitiv beim Zusammenbau verwendet werden müsse, übrig geblieben waren. Die Lektüre von Gebrauchsanweisungen werde völlig überschätzt, hatte Tom nur befunden. »Lass uns was essen gehen. Etwas Anständiges zur Abwechslung. Kein Hundefutter.«

Zoe knuffte ihn in die Seite. »Du elender Snob.«

»Komm schon, Miss IKEA, wir gehen zu Frankies. Das ist gleich um die Ecke.«

»Seit wann kennst du dich denn in Brooklyn aus?«

»Das ist offen gestanden der einzige Laden, den ich in ganz Brooklyn kenne.«

»Wie das?«

»Die Besitzer Frank und Frank haben in den Neunzigern das Moomba in Manhattan geführt und sind – zumindest gastronomisch gesehen – mit Frankies Spuntino 457 erwachsen geworden. Wer keine Lust auf die Manhattan-Szene hat, kommt hierher. Leonardo di Caprio, Kate Hudson, Michelle Williams.«

»Und natürlich Tom Fiorino.«

Tom grinste. »Und natürlich Tom Fiorino – mit Zoe Schuhmacher im Schlepptau.«

Sie deponierten die restlichen Schrauben in einer Küchenschublade – man wusste ja nie – und gingen nach unten. Als sie von der President Street in die Court Street einbogen, fing Tom auf einmal an zu joggen. »Wer als Letzter ankommt, muss das Dinner zahlen.«

»Das ist unfair«, rief Zoe. »Ich habe Schuhe mit hohen Absätzen an.« Doch Tom war schon fast einen Block weiter. »Außerdem ist es unamerikanisch! Es verstößt gegen die verdammten Regeln!« Zoe zog ihre neuen Reed Krakoffs aus, so schnell sie konnte, und sprintete barfuß hinterher.

Hinter der schmalen, dunklen Mahagoni-Bar von Frankies stand ein Barkeeper, der mit seinem Vollbart und der dunklen Hornbrille dem Handbuch für Hipster hätte entsprungen sein können. Auf der Speisekarte gab es simple Pasta, Crostini und eine beeindruckende Auswahl an europäischem Käse. Tom und Zoe, die immer noch ihre Schuhe an den Fersenriemchen in der Hand hielt, setzten sich ganz hinten in den Garten unter Weinreben und ein paar Lichterketten und tranken Sancerre. Ihre Hände berührten sich leicht, als sie gleichzeitig zur Wasserflasche griffen, was Zoe alles andere als unangenehm war.

»Bevor hier kurz nach dem elften September die jungen Szeneleute mit ihren Babys eingefallen sind, war Carroll Gardens eine eingeschworene uritalienische Gegend. In den Vorgärten der Mazzones, Caputos und Gambinos stehen heute noch die Madonnenstatuen«, erzählte Tom über die Cosa-Nostra-Vergangenheit des Viertels. »Weiter drüben, im Gowanus-Kanal, der Carroll Gardens vom Industriegebiet trennt, soll die Mafia früher ihre Feinde versenkt haben. An dessen Ufer werden demnächst Luxuswohnungen gebaut, eine Art Klein-Venedig soll hier entstehen. Ich bin mal gespannt, wie viele Skelette mit Beton an den Füßen die Bauarbeiter beim Ablassen und Säubern des Kanals finden werden.«

»Danke, Herr Reiseführer, für die informative Einlage. Aber jetzt möchte ich etwas über dich wissen«, sagte Zoe. »Ich weiß alles, was ich wissen muss, über Carroll Gardens – aber nichts über dich.«

»Du weißt, dass ich morgens Kaffee mit Milch und einem Stück Zucker trinke. Reicht das nicht?«

»Nein, das reicht nicht. Erzähl mir etwas über dich. Wer bist du? Isst du lieber Schoko- oder Vanilleeis? Liest du die *New York Times* oder die *Washington Post*? Im Bett oder am Küchentisch? Liegst du lieber am Strand oder am Pool? Magst du Fußball oder Football? Geha-Füller oder Pelikan? Ach, vergiss die letzte Frage, du bist ja Ami.«

»Ich hatte natürlich einen Pelikan-Füller«, erklärte Tom und freute sich offenkundig darüber, wie überrascht Zoe guckte, »bevor mir mein Vater einen Waterman zum Geburtstag schenkte. Ich bin mit vierzehn von der Dalton School auf ein Schweizer Internat gewechselt. Geha war doch nur für Loser, oder?«

Dann wurde er ernst und zeichnete mit seinem Zeigefinger unsichtbare Muster auf Zoes Hand. »Wer als Fiorino geboren wird, erbt mit dem Nachnamen nicht nur eine wohlsituierte Kindheit, sondern ein ganzes Assoziationsfeld. Wie bei den Kennedys, die für charismatische Männer, den Camelot-Mythos und tragische Schicksale stehen.«

»Und die Fiorinos für *bed hair*?«, versuchte Zoe zu scherzen, was ihr gründlich misslang.

»Und bei den Fiorinos denken alle zuerst an Kunst, Kultur und Wohltätigkeit. Meine Mutter leitet die Kinderkrebsstiftung des New York Presbyterian Hospitals. Sie ist Gastgeberin des jährlichen Snowflake Ball, des wichtigsten gesellschaftlichen Ereignisses der Ostküsten-Society.«

»Und dein Vater?«

»Mein Vater ist Professor an der Columbia Med School und leitender Chefarzt der Kinderklinik am NYPS.«

»Du bist also quasi amerikanischer Hochadel?«

»Es gibt gewisse Erwartungen an mich.«

»Und die beinhalten einen Harvard-Abschluss und die Hochzeit mit der Prinzessin von Saba?«

»Nicht ganz. Schweizer Elite-Internat, MBA an der Columbia, Verlagsleitung bei der Plachette Group in London. Mein kleiner Bruder hat den Part des Mediziners in der Familie übernommen. Er ist Herzchirurg.«

»Dann bist du also das schwarze Schaf der Familie? Wie romantisch!«

»Im Gegenteil. Mein Vater hat es mir immer hoch angerechnet, dass ich meinen eigenen Weg gegangen bin.«

»Und was sagt dein Bruder dazu?«

Tom zögerte erst etwas, dann wurde sein Gesichtsausdruck maskenhaft. »Wir verstehen uns zurzeit nicht so gut«, gab er so offensichtlich bemüht neutral von sich, dass Zoe sich nicht traute, weiterzufragen.

Sie wechselte lieber das Thema. »Und deine Mutter?«

»Die ist dauerbeschäftigt, die farblich passenden Stoffservietten zum jährlich wechselnden Ball-Motto zu finden. Da es immer eine Variante von Weiß sein muss, ist das etwas kniffelig.«

»Vielleicht sollte sie sich einen Eskimo als Berater engagieren. Die haben mindestens fünfzig verschiedene Wörter für Schnee.«

Tom schmunzelte nur.

»Dann kennst du Justus von Schönhoff also aus deiner Kindheit?«

»Wir waren zusammen auf dem Internat und haben fast alle Sommerferien miteinander verbracht. Entweder auf Sylt oder in der Villa der Schönhoffs an der Côte d'Azur. Er war mein bester Freund und Franziska ist wie eine Mutter für mich.«

Zoe war zugegebenermaßen ein bisschen überwältigt. Eigentlich fühlte sie sich in der globalen High Society durchaus zu Hause. Schließlich war sie eifrige Leserin von *BUNTE*, *People*, *OK!* und *Star* und daher bestens informiert über die Qualen der Erstgeborenen. Wie etwa die von Prinz William von England, der Daddy Charles unglücklicherweise zunehmend ähnlichsah und gut daran getan hatte, endlich seine hübsch-unverdorbene Kate Middleton zu heiraten, damit er nicht mit einer Schrulle wie Camilla Parker Bowles endete. Dass es aber solchen Society-Firlefanz außerhalb von Königshäusern (und vielleicht der sehr bürgerlichen und mittlerweile ziemlich weitverzweigten Sippe eines Boris Becker) gab, war Zoe nicht wirklich geläufig.

So demokratisch die amerikanische Gesellschaft auch erscheinen mochte, wenn man diese Vom-Tellerwäscher-zum-Millionär-Geschichten hörte – sie war es nicht. Das hatte Zoe inzwischen mitbekommen. Sie glich eher dem indischen Kastensystem. Die wichtigste *Who's Who*-Voraussetzung im Land der unbegrenzten Bankkonten und McMansion-Villen war die Mayflower, dieses Segelschiff, mit dem die sogenannten Pilgerväter 1620 von England nach Amerika geschippert waren. Wer von einem der hundertzwei Mitfahrenden abstammte, war jemand in der US-Society. So einfach war das.

Heutzutage galten zumindest in New York noch ein paar zusätzliche Kriterien: Wohnen Sie auf der Upper East (hocherfreut!) oder auf der Upper West Side (naja)? Dass es in New York insgesamt fünf Stadtteile gab, war der Elite des Big Apple ohnehin völlig schnuppe. Nur Manhattan zählte. Alles andere war gesellschaftliches Sibirien. Sogar das hippe Brooklyn. Liegt Ihr Sommeranwesen in den Hamptons südlich des Highways, sprich am Wasser (hocherfreut!), oder nördlich im Wald (bäh!)? Wohnen Sie in Southampton (altes Geld) oder in Westhampton (neues Geld), auch »Worst Hampton« genannt? Haben Sie eine HYP-Universität besucht? Harvard, Yale oder Princeton, wie der Vater, der Großvater und der Urgroßvater? Ganz zur Not zählte auch noch eine der anderen Ivy-Leagues wie Brown oder Columbia.

So viel hatte Zoe sich selbst zusammengereimt.

Dabei fiel ihr der *Der Große Gatsby* ein, mit dem sie auf dem Gymnasium im Englisch-Leistungskurs gequält worden war: Der wollte auch unbedingt dazugehören und durfte nicht. Sehnsüchtig hatte er immer tolle Partys gegeben und auf die andere Seite der Bucht von Long Island gestarrt – hinüber zum grünen Licht. Bis er dann erschossen im Swimmingpool gelegen hatte und keiner seiner feinen Freunde zur Beerdigung aufgetaucht war. In der Abiprüfung war Zoe gefragt worden, was denn das grüne Licht zu bedeuten habe. Hmmm – die Hoffnung auf eine bessere Zukunft vielleicht? Bingo!

»Jetzt weißt du alles über mich«, holte Tom sie aus ihren Gedanken nach Brooklyn zurück und strich ihr mit einem Finger ganz langsam den Oberarm hinunter. Zoe bekam eine angenehme Gänsehaut.

»Ich weiß nicht annähernd genug.«

»Willst du noch auf einen Absacker in meinen ganz persönlichen IKEA-Showroom mit hinaufkommen?«, fragte Zoe, als sie später wieder an ihrem Gartenzaun in der President Street angelangt waren.

»Weißt du, wie Absacker eigentlich heißen sollten?«, antwortete Tom mit einer Gegenfrage.

»Nein, wie?«

»Abschlepper.«

Zoe stöhnte. »Ich will Sie nicht verführen, Mr Fiorino. Ich will Ihnen lediglich noch ein letztes Glas Wein gönnen. Aus nagelneuen Limogläsern mit dem schicken Namen GODIS, was übersetzt so viel heißt wie Göttin.«

»Du kannst Schwedisch?«

»Nein. Freie Interpretation. Also, was ist jetzt?«

Tom überlegte, als müsse er eine der schwierigsten Entscheidungen seines Lebens treffen. Jaguar oder Austin Martin? Die Villa auf St. Barts oder das Anwesen auf Nantucket? Zoe hatte langsam genug von seinem ständigen Geziere. Er benahm sich in ihren Augen wie ein pubertierendes Mädchen.

»Und überhaupt«, fragte sie, »wäre es denn so schlimm?« Die Karaffe Sancerre bei Frankies hatte sie mutig gemacht. Oder übermütig.

»Was?«

»Wenn es noch mal passieren würde?«

»Nein, natürlich nicht. Das heißt, ja, natürlich schon.«

Zoe sah sich bestätigt. »Du hast die Logik einer Dreizehnjährigen, mein Lieber. Dieses eine Mal ist also dermaßen grausam gewesen, dass es nicht wiederholt werden sollte?«, fragte sie provozierend.

Jetzt – endlich, für Zoes Geschmack – platzte Tom der sauber abgesteppte Kragen seines blassrosa Hemdes. »Zoe Schuhmacher, mach es mir nicht noch schwerer, als es ohnehin schon ist!«

»Ich weiß überhaupt nicht, was dein Problem ist«, blaffte Zoe zurück. »Befindest du dich nach zwanzig Jahren Absackern mit jedem Upper-East-Side-Girl, das bei drei nicht auf ihrer Penthouseterrasse war, plötzlich in deiner viktorianischen Phase? Ich kann dich beruhigen. Selbst Mr Darcy und Elizabeth haben ein Happy End bekommen. Oder ist dir mein Stammbaum einfach nicht gut genug?«

»Zoe, dein Sarkasmus in allen Ehren. Ich versuche, ein Mal in meinem Leben das Richtige zu tun.« Tom atmete tief durch und stützte sich auf den schmiedeeisernen Gartenzaun. »Du hast verdammt viel Talent für deinen Job. Du willst dich ganz auf deine Karriere konzentrieren. Dann sollst du dich auch ganz darauf konzentrieren. Und nicht auf mich. Ich bringe nur alles durcheinander.«

Zoe hätte vor Wut am liebsten wie ein kleines Mädchen mit dem Fuß aufgestampft. »Erstens: Darf ich bitte selbst entscheiden, was gut für mich ist? Und zweitens: Sei doch endlich ehrlich und sag mir ins Gesicht, dass es eben nicht für mehr reicht als den einen One-Morning-Stand.« Tränen schossen ihr in die Augen, und sie drehte sich von ihm weg, damit er es nicht sah.

Tom legte ihr den Arm um die Schultern und zog sie trotz Gartenzauns ganz nah an sich. »Ich fand dich großartig. Von der ersten Minute an«, gab er leise zu. »In deiner zusammengewürfelten Unterwäsche auf dem Flur. Die Nachwuchs-Weltkrisenreporterin, die jetzt die Schlachtfelder der Zickenkriege beackert und beim Spiegeleierbraten fast ihre Wohnung abgefackelt hätte.«

»Du stehst also auf dämliche, schlecht gekleidete, hilflose Hühner, die ihren Lebenstraum nicht umsetzen können und aus Versehen Selbstmord begehen?«, schniefte Zoe.

»So war das nicht gemeint, und das weißt du auch.« Er machte eine kurze Pause, schob die Finger unter Zoes Kinn und hob es an, sodass sie ihm direkt ins Gesicht sah. »Und jetzt fahre ich heim. Mit der U-Bahn übrigens. Victor hat heute Abend nämlich frei.«

Chelsea Hotel oder: Der Geist des Rebellen-Mekkas von New York

Ein legendärer, aber ziemlich in die Jahre gekommener Kasten an der 23rd Street. Wer dort absteigt, wohnt Zeitgeschichte. The Greatful Dead haben hier schon auf dem Dach gespielt, Sid Vicious von den Sex Pistols ziemlich wahrscheinlich seine Nancy erstochen und Arthur Miller, frisch getrennt von Marilyn Monroe, an »Nach dem Sündenfall« geschrieben.

Während der seit Jahren andauernden Renovierungsarbeiten dürfen nur Dauergäste dort wohnen. Schnöden Besuchern bleibt es also verwehrt, Zimmer 100 zu reservieren, wo der Geist von Sid Vicious spuken soll.

(New York für Anfängerinnen, S. 19)

14

NOVEMBER

Zoe stürzte sich in die Arbeit, damit sie endlich aufhörte, diese peinliche, weinduselige Szene am Gartenzaun in Dauerschleife vor Augen zu haben. *Needy* nannte Mimi solche Frauen wie Gartenzaun-Zoe abfällig. Frauen, die quengelig waren und ständig irgendwelche emotionalen Dinge von Männern forderten, auf die diese mangels emotionaler Synapsen in ihren Gehirnen gemeinhin keine Lust hatten. Und so eine wollte Zoe Schuhmacher absolut überhaupt nicht sein.

Sie hatte mittlerweile einen Programmierer gefunden, der weder Veganer war noch einen Hund besaß. Leider! Denn das hieß, dass sie endlich mit ihrem Artikel über »Die Geliebte« fertig werden musste und ihr keine Zeit mehr blieb, über den Stand ihrer Nicht-Beziehung mit Tom dauerzugrübeln. Es war kurz vor halb fünf Uhr nachmittags, Zoe hatte einen Venti Skinny Vanilla Latte – das war der in Putzeimergröße – und ein Dokument mit sagenhaften zwei von benötigten dreihundert Zeilen vor sich auf dem Schreibtisch. Am nächsten Morgen um neun Uhr deutscher Zeit war Abgabe für den Channel Sex & Partnerschaft samt ihrem Aufmacherartikel. Das roch verdammt nach Nachtschicht. Wenn sie »Die Geliebte« – ihr erstes Stück für den neuen Chefredakteur –

versemmelte, würde Lord Voldemort sie vermutlich vierteilen, ihre sterblichen Überreste auf offenem Feuer grillen und *medium rare* seinen Praktikantinnen zum Lunch vorwerfen. So viel stand fest!

Überhaupt war Zoe überrascht, dass der neue Chef ein Projekt, das die alte Chefin angestoßen hatte, noch wollte. Genauso, dass der neue Chef eine Digital Queen, die die alte Chefin eingestellt hatte, noch wollte. Aber woher sollte man schon wissen, was in den düsteren Gehirnwindungen eines Menschen vorging, der seit seinem dreizehnten Geburtstag nur Schwarz trug?

Zoe spürte, wie Panik in ihr aufstieg. Ihr Herz raste, ihre Hände wurden schwitzig, und es fühlte sich an, als würde sie langsam von einer dunklen Wolke voller noch dunklerer Gedanken eingehüllt. Was passierte, wenn ihr nichts einfiel und sie morgen früh immer noch mit zwei Zeilen dasaß?

Es wurde suppig-warm in Büro. Draußen herrschten fast dreißig Grad und drinnen im Chrysler Building hatte die Hausverwaltung die Klimaanlage einfach abgedreht. Man sollte meinen, dass man in einem Erste-Welt-Land selbst bestimmen durfte, wann man schwitzen oder frieren wollte. Etwa in Form eines Zimmerthermostates. Das war in vielen amerikanischen Gebäuden aber nicht vorgesehen. Im Sommer machten die Kolleginnen sogar oft sperrangelweit die Fenster im Büro auf, weil die zentralkommunistisch gesteuerte Klimaanlage so saukalt dauerpustete. Und zu Büroschluss, pünktlich um achtzehn Uhr, wurde sie dann einfach abgestellt.

Diverse panische innere Monologe und quälende Stunden später sammelten sich zum Glück immer mehr Buchstaben und Sätze auf Zoes Bildschirm an – und irgendwann war sie endlich fertig.

Zoe Schuhmacher war halt doch ein Profi.

Es war nach Mitternacht. Sie hatte ihren Text so oft durchgelesen, dass sie gar nicht mehr beurteilen konnte, ob er jetzt genial war oder einfach nur abgrundtief bescheuert.

Egal, Zoe ergab sich mutig ihrem Schicksal und drückte auf »E-Mail senden«. Weg war »Die Geliebte« – und ihre Karriere vielleicht ebenfalls. Sie packte ihre Sachen, ging zur Tür, die sich plötzlich von ganz allein öffnete. Ein Mann stand vor ihr.

»Ahhhh«, quietschte Zoe erschrocken.

»Ahhhh«, quietschte der Mann erschrocken.

»Eros, was machst du hier mitten in der Nacht?«

»Zoe, was machst du hier mitten in der Nacht? Ich habe das Licht in deinem Büro gesehen.«

»Ich habe mir die ›Die Geliebte‹ für Lord Voldemort aus den Fingern gesogen, du Nase.«

»Und ich komme gerade vom Fotoshooting mit Cara Delevingne zurück und wollte schnell den ganzen Leihschmuck in den Safe werfen. Ich spaziere ungern nachts um eins mit Diamantencolliers im Wert von ein paar hunderttausend Dollar durch die Gegend.« Eros machte eine vorsichtige Pause: »Bist du fertig geworden?«

»Ja, fertig schon, aber ich habe panische Angst, dass Voldemort es mir transatlantisch um die Ohren hauen wird. Meinst du, der Schluss ist okay so?«

Sie las vor.

Natürlich wird er sich nie von seiner Frau trennen.
Warum sollte er auch? Er hat doch alles, was er will.
Und die Geliebte? Sie wird weiterhin auf ihn warten.

»Mach dir keine Sorgen, Süße«, versuchte Eros sie zu beruhigen, aber seine Augenlider flatterten nervös. »Dein Schluss ist zwar ziemlich trostlos, aber er gefällt ihm bestimmt. Er wird sich in deinem Stück wiederfinden. Schließlich leidet er ja selber darunter, ein Geliebter zu sein.«

In diesem Moment begann die Erdkugel sich langsamer zu drehen, um dann ganz stehen zu bleiben. Die gelben Taxis unten vor der Tür hielten an. Flugzeuge am nächtlichen Himmel von Manhattan blieben einfach am Horizont kleben. Wie in Zeitlupe schlug Zoe eine Hand an die Stirn. Ihr Gehirn konnte diese klitzekleine, vermeintlich völlig unwichtige Information schneller verarbeiten und an ihre Gliedmaßen senden, als eine Antwort an ihre Zunge zu funken.

»Aaron Papst ist WAS?«

»Na, ein Geliebter! Wusstest du das nicht? Das gibt es heutzutage auch bei Männern. Der Papst ist seit ein paar Jahren der andere Mann der Hamburger Reederei-Erbin Gravenbroicht. Er soll ihr sogar schon einen Heiratsantrag gemacht haben. Aber vergeblich, sie trennt sich einfach nicht von ihrem Gatten.«

»WARUM HAT MIR DAS KEINER GESAGT?«, brüllte Zoe und wollte gar nicht an die Einzelheiten denken, die sie schonungslos über die betrübliche Spezies der Geliebten zum Besten gegeben hatte.

»Na, weil es doch jeder weiß.«

»ABER ICH NICHT!«

Jetzt ging Eros ein Licht im Baustellenscheinwerferformat auf. »Oh, Mist. Mist. Mist. Was machen wir denn nun? Kannst du die E-Mail nicht noch mal zurückholen?«

»Was ist denn das für eine doofe Frage? Bin ich Steve Jobs oder was? Hab ich Apple-Mail erfunden?« Zoe merkte, wie sie langsam hysterisch wurde.

»Da hilft nur eins«, sagte Eros bestimmt. »Lass uns einen trinken gehen.«

»Ich brauche keinen Drink, Eros. Ich brauche eine ganze Bar«, jammerte Zoe. »Meine Karriere ist am Ende.«

»Ich weiß den perfekten Ort«, erklärte »Musica è«, lachte verheißungsvoll, schob Zoe aus dem Büro und in den Aufzug, unten in ein gelbes Taxi und befahl dem Fahrer: »Meatpacking District. 13th Ecke Washington Street, zu Hogs & Heifers.«

»Was is'n das?«

»Das ist die legendärste Biker-Bar südlich des Nordpols.«

Das Hogs & Heifers stach wie ein Relikt aus alten Meatpacking-District-Zeiten aus der neuen Sauberkeit heraus. Vor der Tür parkten chromblitzende Harley Davidsons auf dem holprigen Kopfsteinpflaster, flankiert von im wahrsten Sinne des Wortes schweren Jungs in Ganzkörperleder. Innen drin war es zappenduster und es roch wie in einer Seemannskneipe nach abgestandenem

Zigarettenqualm und noch älterem Bier. Der Boden quietschte bei jedem Schritt. Fehlten nur noch die Sägespäne wie im Western-Saloon. Hipster, Wall Streeter und Rocker gaben ein krude gemischtes, aber friedliches Publikum ab. Jon Bon Jovi donnerte aus den Lautsprechern.

»Das ist genau der richtige Ort für die letzte flüssige Mahlzeit vor der Exekution einer Unwissenden«, stellte Zoe anerkennend fest.

Eros bestellte Bier und Tequila. Zoe hasste Bier und Tequila. Sie tranken Bier und Tequila. Erst eine Runde, dann zwei, dann drei. Dann hörte Zoe auf zu zählen. Irgendjemand legte *Brown Sugar* von den Rolling Stones auf; vielleicht kam der Song auch nur aus der Jukebox. Zoe wusste es nicht. Ein Mädchen sprang auf den Tresen, hinter dem ein riesiges Elchgeweih an der Wand angebracht war. Davon konnte man allerdings kaum etwas sehen, weil Hunderte von BHs an ihm hingen. Schwarze, weiße, pinkfarbene. Mit Blümchen oder Spitzen verzierte oder in Lackleder. Die Menge johlte erwartungsvoll, als das Mädchen lasziv die Hüften kreisen ließ. Sie hielt eine Flasche Bud light in der Hand, die sie im nächsten Moment einem der Johler zuwarf, um beide Hände frei zu haben. In Zeitlupe schob sie sich die Rechte unters T-Shirt und fummelte den Verschluss ihres BHs auf. Die Meute grölte, geriet fast außer sich. Geschickt zog das Mädchen einen trägerlosen himbeerfarbenen Push-up aus dem linken T-Shirt-Ärmel und schwang ihn triumphierend wie ein Lasso über ihrem Kopf. Wie zu erwarten, landete er in der nächsten Sekunde auf dem Elchgeweih. Tosender Applaus. Das Mädchen tanzte glücklich wippend weiter.

»Dafür könnte man in anderen US-Bundesstaaten verhaftet werden«, brüllte Zoe Eros zu.

Der grinste nur.

»Das will ich auch versuchen.«

»Zoe, NEIN!«

Schon stand sie auf der Theke.

★ ★ ★

Am nächsten Morgen weckte Zoe der schrille Standard-Alarm ihres Handys. Jedes normale Klingeln war besser als irgendwelche pseudoindividuellen Hitparaden-Klingeltöne. Zoe weigerte sich strikt, Lady Gaga oder Katy Perry auf ihr Handy zu laden. Sie war schließlich keine fünfzehn mehr und hatte es nicht nötig, ihren Mitmenschen via Musikgeschmack zu beweisen, wie cool sie war.

Es musste noch früh am Morgen sein, denn draußen dämmerte es gerade. Zoe lag auf einem unbekannten Sofa in einer unbekannten Wohnung, die hoffentlich nicht auch noch einem Unbekannten gehörte. Sie hatte nämlich nicht die geringste Ahnung, wie – und vor allem mit wem – sie hierhergekommen war.

Das Display ihres Handys zeigte: ein verpasster Anruf CHEFREDAKTION.

»Mist, Mist, Mist«, fluchte sie und drückte auf Wiederwahl. Dabei fiel ihr auf, dass es Samstagmorgen 5.21 Uhr war.

»Chefredaktion *VISION*«, flötete eine Sekretärin ins Telefon. Obwohl *VISION* ein Monatsmagazin war, machten die Kollegen in Berlin anscheinend auf Tageszeitung. Wochenendausgabe genauer gesagt.

»Zoe Schuhmacher hier. Aus New York. Sie hatten eben angerufen, als ich noch geschlafen habe. Es ist halb sechs morgens hier.«

»Och, das tut mir aber leid«, sagte die Sekretärin ohne den geringsten Anflug von Leidtun in der Stimme. »Das mit der Zeitverschiebung hatte ich mal wieder ganz übersehen. Aber da Sie eh schon wach sind, stelle ich Sie zu Herrn Papst durch.«

Aufzugmusik. Zoes Magen zog sich zusammen. Bier, Tequila und der Papst waren eine tödliche Mischung für nervöse Magenschleimhäute.

»Papst.«

»Guten Tag, Herr Papst, hier ist Zoe …«

»Ich weiß«, unterbrach er sie rüde.

Jetzt würde er sie rausschmeißen. Kündigung per Telefon. Das hatte ja fast noch Stil. Joe von den Jonas Brothers hatte mit Demi Lovato schließlich per SMS Schluss gemacht. Und die Lovato fand sich dann mit ihren ganzen achtzehn Jahren in der Betty-Ford-Entzugsklinik wieder. Um mit persönlichen Problemen, wie es offiziell so schön hieß, psychologisch fertig zu werden.

»Ihr Stück ist nicht schlecht«, holte Voldemort sie aus ihrem gedanklichen Albtraum zurück. »Hätte ich Ihnen gar nicht zugetraut, dass Sie tatsächlich ein bisschen schreiben können. Und der neue Channel ist auch nicht so übel. Sie dürfen weiterhin von New York aus für mich arbeiten. Auch wenn ich eigentlich vorhatte, Sie rauszuschmeißen.«

Tut, tut, tut.

Eingehängt.

Einfach so.

»Danke fürs Gespräch auch«, sagte Zoe noch. Sie wusste nicht, ob sie lachen sollte oder heulen. Voldemort mochte ihr Stück und hatte sie nicht gefeuert. Der drohende Wechsel zur *Apothekenrundschau* war zumindest verschoben.

»Sie dürfen weiterhin für mich arbeiten«, äffte sie Voldemort nach. »Auch wenn ich eigentlich geplant hatte, Sie rauszuschmeißen.« Das muss man sich mal auf der Zunge zergehen lassen, bevor einem speiübel wird, dachte Zoe. »Ein ›Auf Wiederhören‹ hätte das ungehobelte Männchen zumindest noch anfügen können.«

Zoe schaute sich um. Wenn Voldemort ihr nicht den Appetit vermasselt hätte, wäre jetzt ein Frühstück angebracht. Stattdessen musste sie erst einmal erkunden, in wessen Butze sie hier überhaupt gelandet war. Und vor allem, warum? Sie schlich also auf Zehenspitzen dem rasselnden Schnarchgeräusch nach, das vermutlich aus einem Schlafzimmer kam. Es standen eindeutig Männerschuhe davor, andererseits war eher unmännlich eine Lichterkette mit gelben Tweetie-Figuren über dem Rahmen drapiert. Die Tür stand einen Spaltbreit offen und gab den Blick auf einen sehr nackten, sehr voluminösen und vor allem sehr behaarten Hintern preis.

»Igittttt.« Zoe schüttelte es. Die Rückseite von Eros »Musica è« Mittermayer, der es offenbar bevorzugte, unbekleidet zu nächtigen. Eros wälzte sich auf die andere Seite, und seine Vorderansicht, die nicht ganz das hielt, was sein Vorname versprach, geriet ins Blickfeld. Zoe flüchtete zurück ins Wohnzimmer und zog sich die Decke über den Kopf.

Es rumpelte. Jemand stand auf.

»Hey, Süße, bist du wach?«, fragte eine verschlafene Stimme, deren Besitzer vom Gefühl her etwa drei Meter von ihr entfernt stehen musste.

»Zieh dir um Himmels willen was an«, antwortete Zoe und hielt sich verbissen mit beiden Händen unter der Decke die Augen zu. Es gab Situationen, in denen man einfach niemanden und nichts sehen wollte. Etwa die Verlegerin in der Sauna. Oder einen gewissen nackten Niederbayer nach durchzechter Nacht.

»Wo sind wir hier?«, wollte Zoe wissen, als Eros barfuß, aber in einen Morgenmantel geschlungen hereintappte.

»Na, bei mir zu Hause im Chelsea Hotel«, antwortete Eros, als wäre es das Natürlichste der Welt, in einem der legendärsten Hotels des Planeten dauerzuwohnen.

»Du wohnst im Chelsea Hotel? Das ist ja sensationell!«

»Und du bist beim Tanzen sturzbetrunken von der Theke gefallen. Das war auch sensationell.«

»Mit oder ohne BH?«

»Ohne.«

»Hab ich wenigstens eine gute Figur dabei abgegeben?«

»Wie Marylin Manson beim Stagediving.«

»Na, herzlichen Dank. Wieso habe ich eigentlich auf deinem Sofa geschlafen?«

»Ich konnte dich nicht heimbringen, weil du mir deine New Yorker Adresse nicht verraten wolltest. Du hast darauf bestanden, in der Husemannstraße am Prenzlberg zu wohnen. Das war mir dann doch zu weit weg.«

»So schlimm?«

»So schlimm! Wer war das eigentlich vorhin am Telefon?«

»Das war der Papst. Er hat mir freundlicherweise mitgeteilt, dass er mich doch nicht wie beabsichtigt rausschmeißen wird.«

»Er wollte dich feuern?«

»Und wahrscheinlich irgendeinen seiner Buddys, der gerade versorgt werden muss, nach New York schicken. Tut er jetzt aber doch nicht.«

»Weil er dein Geliebten-Stück gut findet.«

»Ich glaube, das Wort ›gut‹ existiert in seinem Wortschatz nicht. Er fand es ›nicht schlecht‹.«

Eros schmunzelte. »Der Kerl kann seine Gefühle halt nicht so richtig ausdrücken.« Dann fiel ihm ein: »Hast du eigentlich dieses verdammte Interview bekommen?«

Höflichkeit oder: Warum man auf die Frage »How are you?« nie den aktuellen Gesundheitszustand erläutern sollte

Amerikaner meinen – ähnlich wie Frauen – nicht immer, was sie sagen. Sie meinen es eigentlich so gut wie nie. Wenn ein Ami also das übliche »Hi, how are you?« fragt, will er eigentlich nur »Fine, how are you?« als Antwort hören, und es ist ihm völlig egal, ob gerade das Haus verpfändet oder der Hund überfahren wurde. Amerikaner sind geradezu verblüfft, wenn der Deutsche erfreut ausholt und detailliert seinen Gesundheitszustand erklärt. Zum Beispiel, dass er wegen seines schleimigen Hustens vergangene Nacht nicht richtig schlafen konnte.

Sehr knifflig ist auch die Sache mit dem Nein. Das Wort Nein kommt im Allgemeinen im amerikanischen Wortschatz nicht vor. Kritik wird ins vermeintlich Positive verdreht. Wenn man also einen Amerikaner fragt, wie ihm der Kinofilm »Battlefield Earth« nach dem gleichnamigen Roman von Scientology-Gründer L. Ron Hubbard gefallen hat, wird er sagen: »It was really interesting.« Was so viel heißt wie: Der Streifen war grottenschlecht.

(New York für Anfängerinnen, S. 107)

15

Zoe Schuhmacher hatte natürlich auf die Schnelle kein verdammtes Interview bekommen. Weder mit Michelle Obama. Noch mit Hillary Clinton. Und ebenfalls keins mit Maria Shriver. Ihr graute es vor der nächsten Konferenz. Ein zweites Mal würde sie nicht so viel Gnade finden bei dem werten Herrn Papst. Doch dann hatte sie eine Idee. Eine geradezu fabelhafte Idee. Hatte der legendäre Tom Ford ihr nicht ein Interview zugesagt? Ein exklusives noch dazu? Nach dem unkomplizierten Kennenlernen im Gramercy Hotel hatte er doch auf der Stelle sofort gleich zu einem informellen Lunch mit ihr eingewilligt.

»*We HAVE to meet for lunch. I'd LOVE to continue our amazing conversation, my dear Zoe.*

My dear Zoe war gerettet! Kurz bevor Voldemort mangels Politikerinnen-Interview vielleicht doch noch ihr Arbeitsverhältnis aufkündigen würde, könnte sie ganz lässig das Gespräch mit Tom Ford zücken. Das war zwar wie Äpfel mit Birnen zu vergleichen – oder in ihrem Fall Politikerinnen mit Haute-Couture-Designern –, aber was soll's. Mit diesem Ablenkungsmanöver würde sie vielleicht durchkommen.

Sie suchte nach der E-Mail, in der ihr der eine Tom die Nummer des anderen Toms übermittelt hatte. Das Tolle an Amerikanern, freute sich Zoe bestgelaunt über ihren grandiosen Einfall, war ja, wie unglaublich zugänglich selbst die Wichtigsten auf höchster Flughöhe waren. Und so wählte *my dear Zoe* erwartungsvoll die Nummer.

Das wird mir ein goldenes Fleißsternchen bei Voldemort einbringen.

»Büro Tom Ford«, tönte es am anderen Ende der Leitung.

»Hier ist Zoe Schuhmacher von der deutschen Modeplattform *StyleChicks*. Könnte ich bitte Mister Ford sprechen?«

»Um was geht es?« Die Stimme klang so frostig-unterkühlt, dass Zoe automatisch ein schlechtes Gewissen bekam. Vermutlich hatte sie die Telefonistin bei einem Arbeitsvorgang unterbrochen, von dem das Überleben der gesamten Menschheit abhing.

»Wir haben uns über einen gemeinsamen Freund, Tom Fiorino, kennengelernt und wollten uns bei Gelegenheit zum Lunch treffen.«

»Ich hinterlasse eine Nachricht.«

Dann legte das Wesen einfach auf. Zoe hielt den Telefonhörer noch ein paar Sekunden in der Hand, weil sie die irrationale Erwartung hatte, dass da noch etwas kommen müsste. Tat es aber nicht. Was war das denn jetzt? Verwundert schüttelte sie den Kopf. So eine Assistentin würde bei Schönhoff Publishing keine drei Tage überleben.

Tom Ford rief den restlichen Vormittag nicht mehr zurück und am Nachmittag ebenfalls nicht. Zoe probierte es am nächsten Tag also erneut. Wahrscheinlich war die Nachricht dieser Aushilfsassistentin verloren gegangen. Oder die Aushilfsassistentin war samt der Nachricht mittlerweile rausgeflogen.

»Büro Tom Ford«, meldete sich dieselbe Stimme am anderen Ende der Leitung wieder.

»Hier ist Zoe Schuhmacher von *StyleChicks*. Könnte ich bitte Mister Ford sprechen?«, bemühte sie sich mit herablassender Direktheit zu sagen, was ihr hoffentlich so etwas wie Autorität verlieh.

»Um was geht es?«, bellte die andere Seite.

»Ich habe bereits eine Nachricht hinterlassen. Tom und ich haben uns über Tom Fiorino kennengelernt und wollten uns einmal zum Mittagessen treffen.«

»Ich hinterlasse eine Nachricht.« Und dann legte sie einfach wieder auf.

Das gibt's doch nicht?! Spinnt die?!

Dann schreibe ich eben eine E-Mail, dachte sich Zoe. So leicht ist Zoe Schuhmacher nicht kleinzukriegen.

Lieber Tom,
es hat mich sehr gefreut, Sie über unseren gemeinsamen Freund Tom Fiorino kennengelernt zu haben. Ich würde mich noch mehr darüber freuen, wenn wir unsere spannende Konversation bei einem Lunch fortsetzen könnten.
Mit besten Grüßen
Zoe Schuhmacher

★★★

»Und er hat immer noch nicht geantwortet«, echauffierte Zoe sich Mimi gegenüber, als sich beide an diesem Abend zur *Girls Night Out* bei Dashing Diva die Fußnägel lackieren ließen. In Marine metallic. Mimi und Zoe versanken nebeneinander in den Miss-Piggy-farbenen Plüschhochsitzen, hatten jeweils einen Cosmo in der Hand, die Füße ins warme Wasserbecken getaucht und diskutierten über die mangelnde Etikette von Tom Fords Assistentin.

»Wie kann man nur so unhöflich sein?«, ärgerte sich Zoe.

»Was ist denn daran unhöflich?«, fragte Mimi verwundert.

»Entschuldige mal, Mimi. ER kam doch auf die Idee, dass wir uns UNBEDINGT zum Lunch treffen müssen, also könnte ER doch auch höflicherweise meine mittlerweile drei Anrufe und zwei E-Mails beantworten, oder?«

»Aber das hat er doch nicht so gemeint.«

»Was hat er nicht so gemeint?«

»Das mit dem Lunch.«

»Wie kann man es bitte nicht so meinen, wenn man sagt: ›*We HAVE to meet for lunch. I'd LOVE to continue our amazing conversation, my dear Zoe.*‹«

»Aber, Schätzchen, das heißt übersetzt so viel wie: ›Ich bin jetzt gerade mal höflich zu dieser Tussi, die mir da gegenübersteht, damit ich endlich unsere Unterhaltung beenden kann.‹«

»Wie bitte? Das ist doch genau das Gegenteil von dem, was er zu mir gesagt hat.«

»Genau. Aber so ist das nun mal mit uns Amerikanern.«

Und daraufhin betrieb Zoe mit Mimis Hilfe ein bisschen amerikanisch-deutsche Sprachwissenschaft. Um endlich – und für immer – alle transatlantischen Missverständnisse auszuräumen.

Was der Ami sagt / Was der Deutsche hört / Was der Ami meint

We'll do our best / Super, das klappt! / Daraus wird nichts

I hear what you say / Wir sind einer Meinung / Ich sehe das völlig anders

Very interesting / Sehr interessant / Das ist sterbenslangweilig

I'm sure it's my fault / Wieso glaubt er jetzt, dass er schuld ist? / Das ist nun wirklich deine Schuld

You must come for dinner / Toll, ich bin gerade zu ihm nach Hause zum Abendessen eingeladen worden / Ich bin nur höflich und habe nicht die geringste Absicht, dich abends zu bekochen

★ ★ ★

Zoe und Eros wurden immer wieder einmal gefragt, ob es in einer Frauenredaktion tatsächlich so zugehe wie in *Der Teufel trägt Prada*. Bis vor Kurzem hatten sie dann immer gelacht und abgewunken. Nee, alles ganz easy. Doch seit Lord Voldemort bei *VISION* das Ruder übernommen hatte, flog nicht nur der ein oder andere Papierkorb durch die Luft, wenn etwa eine Legeseite nicht seinem Tagesgeschmack entsprach, sondern eben auch die ein oder andere Mitarbeiterin raus. Drei Stück in den ersten drei Tagen. Behauptete zumindest der Flurfunk.

Als Zoe also um kurz vor fünf Uhr an diesem Mittwochmorgen den Konferenzraum betrat, saß Eros schon vor dem Videokonferenzmonitor, hatte den Kopf auf seinen auf dem Tisch verschränkten Armen deponiert und schielte mit einem halb geöffneten Auge auf den Bildschirm, der bisher nur flimmerte.

»Wenn die verdammte Schalte heute nicht zustande kommt und ich umsonst aufgestanden bin, beiße ich in den Tisch«, maulte er.

»An uns kann es nicht liegen«, sagte Zoe und überprüfte die Computereinstellung noch einmal. Wir sind online.«

Sie warteten.

Plötzlich flackerte es. Eine zaghafte Kollegin aus dem stets belächelten Gesundheitsressort tauchte im Bild auf.

»Die haben schon ohne uns angefangen«, nörgelte Eros.

»Was ist eigentlich mit meiner investigativen Geschichte über die illegalen Hormonzusätze in der Anti-Faltencreme, die insbesondere Schwangeren schaden?«, fragte die Gesundheitsfrau. »Geht die diesen Monat mit? Ich habe dafür sechs Wochen lang recherchiert und mich sogar als Fließbandarbeiterin in die Fabrik eingeschmuggelt. Allein das Honorar für die Beweisfotos des Fotografen hat uns zehntausend Euro gekostet. Und wir haben für online sogar Videos gedreht.«

»Das ist doch ein alter Hut«, wiegelte der Papst ab, der die Geschichte ursprünglich »am besten gestern noch« persönlich bestellt hatte. »Hab ich schon tausend Mal gelesen.«

»Das kann nicht sein. Sie haben gestern erst mein Manuskript bekommen. Wir haben die Geschichte weltexklusiv aufgedeckt. Über den Skandal hat noch niemand geschrieben.«

»Interessiert mich nicht. Überhaupt ist das Ganze so fürchterlich unappetitlich, findet ihr nicht auch, Kinners? Verstümmelte Embryos und so. Da fällt mir ja mein Magermilchjoghurt beim Frühstück aus der Hand.«

Dann realisierte der liebe Herr Papst ganz offensichtlich, dass die Außenredaktionen inzwischen auch zugeschaltet waren. Zoe war mit einem Mal hellwach.

»Ach, New York hat sich auch zur Konferenz bequemt«, begann er.

Zoe, die das nervtötende Warten auf ihre potenzielle Enthauptung abkürzen wollte, unterbrach ihn einfach und sagte: »Und gleich vorneweg zu Ihrer Info, Herr Papst. Das mit den Interviews hat nicht geklappt.«

»Welche Interviews?«

Zoe wusste gar nicht, was sie antworten sollte. Hörte der Papst schlecht? »Na, mit Michelle Obama, Hillary Clinton und Maria Shriver.«

»Ach so«, winkte der Papst lässig ab. »Das hat Zeit.« Dann wandte er sich dem Moderessort zu.

Zoe sah Eros an. Eros sah Zoe an. Beide griffen gleichzeitig nach dem Tonregler der Anlage, um ihn auf stumm zu stellen.

»Entweder befindet sich Voldemort im Anfangsstadium einer Alzheimererkrankung oder es ist seine Masche, jede Woche einen neuen Redakteur durchs Dorf zu jagen«, meinte Zoe.

»Ich vermute mal Letzteres«, sagte Eros, stand auf und legte sich auf das Besuchersofa neben dem Konferenztisch. »Weck mich um neun.«

★★★

Zoe war zu wach, um jetzt noch ein paar Stündchen zu schlafen. Stattdessen räumte sie ihren Schreibtisch auf. Sie war zwar eine Verfechterin der Theorie, dass nur Anfänger Ordnung brauchten, Genies hingegen das Chaos beherrschten. Aber auch Chaos hatte seine Grenzen. Gegen neun Uhr flipfloppte das blonde Gift geräuschvoll in Zoes Büro, musterte den sauberen Schreibtisch und flötete: »Na, du warst aber heute schon früh fleißig.«

»Sehr witzig, Madison. Was gibt's?«

»Tom möchte heute mit dir Mittagessen gehen.«

»Tom Ford«, rief Zoe überrascht und sprang auf.

Madison schaute sie verständnislos an, wie es Papageien tun, wenn seltsame Menschen vor ihren Käfigen herumhampeln und versuchen, ihnen in quietschigen Sopranstimmen das Sprechen beizubringen.

»Tom Fiorino.«

»Nicht Tom Ford?«

»Nein, n-i-ch-t T-o-m F-o-r-d. Willst du es schriftlich?«

Zoe sank enttäuscht auf ihren Stuhl zurück. »Ich kann ohnehin nicht. Ich habe einen Termin im Showroom von Jason Wu und lunche anschließend mit seinem Pressesprecher.«

Zoe schämte sich insgeheim immer noch für die Sache am Gartenzaun. Wenn sie nur an Frauen dachte, die *needy* waren, gruselte es sie schon. Jedes Mal, wenn Zoe vergangene Woche hier im Büro auf den Aufzug gewartet hatte, hatte sie deshalb inständig das Universum angefleht, Tom möge nicht im Fahrstuhl stehen. Und wie immer waren ihre Bestellungen erhört worden. Zoe Schuhmacher hatte eigentlich nicht geplant, Thomas Prescott Fiorino in diesem Jahrtausend noch einmal unter die Augen zu treten.

Madison flipfloppte fast ein bisschen persönlich beleidigt wieder zur Tür hinaus. Ihr Gesichtsausdruck war eindeutig. Er sagte: Wer ist bitte so bescheuert, nicht mit seinem total attraktiven Chef essen gehen zu wollen? Sogar das Schmatzen ihrer Schritte klang leicht eingeschnappt.

Zwei Minuten später stand sie erneut vor Zoes Schreibtisch, plusterte sich dieses Mal aber wie ein Vogelmännchen in Drohhaltung auf. »Tom lässt dir ausrichten, Folgendes sei eine dienstliche Anweisung: um 12.30 Uhr im Michael's.« Und stolzierte hinaus, ehe Zoe protestieren konnte.

Zoe sah ihr stirnrunzelnd hinterher. »Jetzt macht der Chef also auf Chef und gibt dienstliche Anweisungen? Was bildete der sich eigentlich ein?«

Was wollte er jetzt von ihr, wenn er nichts von ihr wollte?

Mittags bei Michael's – das war ungefähr wie Käfer in München und Borchardt in Berlin zusammen. Nur auf Speed. Das *Who's Who* der Medien- und Entertainmentbranche traf sich hier in Midtown. Ständig stand jemand auf, um jemand anderem ein paar Tische weiter Hallo zu sagen.

»Hi, how are you?«

»Fine, how are you?«

Hier wurden Karrieren gemacht – und vernichtet.

Die dauerlächelnde Hostess am Eingang führte Zoe zum Ecktisch gleich vorn am Fenster, an S. I. Newhouse, Graydon Carter und Johnny Depp vorbei. Tom war schon da. Heute trug er irgendetwas Nadelgestreiftes und wie immer keine Krawatte. Als sich ihre Blicke trafen, lächelte er sein charmant-schiefes Lächeln, das indiziert gehörte.

»Es freut mich, dass du kommen konntest«, sagte er.

»Es freut mich, dass du mich dazu gezwungen hast«, antwortete sie betont pikiert. Angriff schien mal wieder die beste Verhaltensoption im Repertoire Zoe Schuhmachers zu sein. Sie musste das Angiften dann allerdings kurz unterbrechen, weil der Ober körperlich unbeschadet die Bestellung aufnehmen wollte.

»Wir müssen reden«, verkündete McSchleimi schließlich. »Ich habe nachgedacht.«

»Jetzt bin ich aber gespannt.« Zoe versuchte, so viel Sarkasmus in diesen kurzen Satz zu pressen, wie sie nur konnte. Würde er ihr jetzt endgültig erklären, dass er nichts mehr mit ihr zu tun haben wollte? Dass es vernünftiger für sie beide wäre, wenn sie sich privat nicht mehr sehen würden? In Zoes Magen stieg ein flaues Gefühl auf und sie begann unangenehm zu schwitzen. Wie wenn man im Auto auf der Rückbank Zeitung las und einem im stockenden Verkehr sehr plötzlich sehr schnell sehr schlecht wurde.

Bevor sie weitersprechen konnten, brachte der Ober schon die Salate. Wasserkresse mit Schimmelkäse für Tom. Geröstete Rote Bete mit Pinienkernen und Ziegenkäse für Zoe. Sie aßen schweigend. Genauer gesagt: Tom aß schweigend; Zoe stocherte schweigend.

»Ich habe versucht, dich in Ruhe zu lassen. Aber ich will einfach nicht mehr«, gab McDreamy nach einer kleinen Ewigkeit leise zu und lächelte dieses schiefe, unwiderstehliche Lächeln. Blaue Augen. Strahlend. Scharfsinnig. »Jemanden wie dich darf man nicht ziehen lassen.«

Zoe starrte ihn nur sprachlos an und war fast versucht zu sagen: »Könnte ich das bitte noch einmal hören und anschließend schriftlich bekommen?«

»Wir sollten miteinander essen gehen, Zoe«, sagte Tom dann.

»Das … das tun wir doch gerade«, stammelte Zoe.

»Ein Date, kein Business-Lunch.«

Zoe dachte nach. »Ja, das sollten wir«, sagte eine Stimme, die wohl ihr gehören musste, aber im Moment nicht von ihr gesteuert wurde.

»Wie wäre es mit Samstagabend?«

»Samstagabend ist gut«, antwortete die Stimme.

»Passt auch Freitagabend?«

»Freitagabend geht auch.«

»Oder wollen wir lieber gleich Freitagfrüh für ein langes Wochenende in die Hamptons fahren?«

Sex: die amerikanischen Grundregeln

Seit Bill »Ich hatte keinen Sex mit Monica Lewinsky« Clinton gilt ein Blowjob in den USA nicht mehr als Sex. So ist das Praktizieren »technischer Jungfräulichkeit« seit den Neunzigern äußerst beliebt unter amerikanischen Teenagern geworden. Das nennen wir gelungene Sexualerziehung!

Amerikanischer Sex findet – siehe Dating – strikt in drei Akten statt, deren Bezeichnungen zur leichteren Orientierung der männlichen Beteiligten an die Sportart Baseball angelehnt sind:

First Base bedeutet Küssen. Second Base, auch »making out« genannt, beinhaltet das Berühren primärer und sekundärer Geschlechtsorgane, wobei die Beteiligten allerdings noch bekleidet sind. Bei Third Base kommt es zu Petting samt Orgasmus (hoffentlich!). Geschlechtsverkehr wird schließlich Homerun genannt.

Strikt untersagt: Sex vor dem dritten Date.

(New York für Anfängerinnen, S.72)

16

Tom und Zoe kamen Freitagmittag auf dem Anwesen seiner Eltern an. Sie hatten im Fond seines schwarzen Towncar nicht wirklich miteinander reden können, weil Tom seinen kompletten Arbeitstag in die drei Stunden Autofahrt gepresst und vom Handy aus geregelt hatte. Das Landgut der Fiorinos lag an Southamptons Meadow Lane, der Park Avenue der Hamptons, wie Zoe unterdessen gegoogelt hatte. Die Auffahrt schlängelte sich über einen Kilometer lang an sorgfältig manikürten Buchsbaumhecken entlang – wohl um die Distanz zwischen der Familie und dem gemeinen Volk zu symbolisieren. Wie alle Landsitze des amerikanischen Hochadels hatte auch dieser einen Namen. Nicht etwa Serendipity oder Sweet Dreams. So hießen wahrscheinlich Motorjachten von Mein-Haus-mein-Auto-mein-Boot-Emporkömmlingen, vermutete Zoe. Das Anwesen der Fiorinos hieß schlicht Old Trees.

Zoe hatte längst begriffen, dass für WASPs nichts wichtiger war als totales Understatement. Es manifestierte sich in diesem speziellen Fall in zehn Schlafzimmern, zwölf Badezimmern, Pool samt Poolhaus, Tennis- und Basketballplatz, Bedienstetenquartieren sowie einer Garage für sechs Autos. Über Old Trees war innerhalb von drei Jahren bereits zwei Mal ausführlich in *Hamptons Cottages & Gardens* berichtet worden, hatte Zoes Recherche ergeben. Natürlich hatte Toms Mutter zwischendrin neu gestalten und dekorieren lassen. Vermutlich für jeweils den Gegenwert eines Reihenhauses.

Quasi vom Betreten der Eingangshalle an wurde Zoe durch gerahmte Plaketten, Urkunden auf Pergamentrollen und schier unendliche Bildergalerien über die Familienhistorie ihrer Gastgeber informiert – ähnlich wie das American Museum of Natural History die Entwicklungsgeschichte der Menschheit chronologisch in aufeinanderfolgenden Ausstellungsräumen nachvollzog. Zu guter Letzt hing ein Foto von Toms Mutter an der Wand, das sie beim Tennisspiel auf einem Rasenplatz zeigte. Daneben Bilder von Toms Vater auf einem Polopferd sowie von Tom und seinem Bruder Nate in farblich abgestimmten Schwimmshorts im Madrasmuster, grinsend und den Arm jeweils fest um die Schultern des anderen geschlungen. Wie zwölf Jahre alte Jungs es eben tun, wenn sie sich jung und unsterblich fühlen.

In der Küche blieb Zoe stehen. Diese war zwar riesig, aber immerhin traf man hier auf bekanntes Standardinventar – Kühlschrank, Gasherd, Spülmaschine –, sodass sie sich nicht ganz so vorkam, als würde sie gerade das Museumsanwesen eines Eisenbahn-Tycoons aus dem frühen neunzehnten Jahrhundert besichtigen.

Tom legte ihr die Hände auf die Schultern und spielte mit ihrem Haar. »Gefällt es dir?«

»Geht schon«, antwortete Zoe betont blasiert. »Ich hatte es mir irgendwie größer vorgestellt.«

»Ach ja?«, erwiderte der lachend.

»Zehn Schlafzimmer und zwölf Badezimmer hat doch heute jeder Sparkassenberater.«

Tom wickelte eine ihrer Haarsträhnen nachdenklich um seinen Zeigefinger. »Weißt du eigentlich, dass ich gestern Nacht einen spektakulären Traum hatte, der exakt in diesem Haus hier gespielt hat?«

»Raus damit!«

»Ich bin im Traum schlafgewandelt und habe mich in das Zimmer dieser Frau verirrt.«

»Dieser überirdisch schönen Frau, wolltest du sagen.«

»Genau.«

»Und überaus intelligent war sie sicherlich auch noch.«

»Aber natürlich.«

»Und – was hast du dann gemacht? Mit dieser Frau? Im Traum, versteht sich?«

Tom hob Zoe auf die Küchentheke, schob ihre Beine auseinander, stellte sich dazwischen und küsste sie auf den Mund. Und irgendwie fühlte es sich an, als würde er es zum ersten Mal tun.

»Das, was ich jetzt fortsetzen werde«, murmelte er nahe ihrem Ohrläppchen.

Zoe spürte die kalte Marmorplatte unter sich und Toms warme Hände auf ihrer Haut. »In der Küche? Hast du eine Allergie gegen Betten?«

»Nein.« Tom schob seine Hände unter ihren Pulli. »Nur keine Zeit, dich in ein solches zu schaffen.« Dann küsste er sie wieder.

»Hmm, hmmm!«, ertönte ein Räuspern. »Wo hätten Sie gerne den Lunch serviert, Sir?«

»Lucia! Guten Tag!«, rief Tom, zog schnell die Hände unter Zoes Pulli hervor und drehte sich so geschickt zur Küchentür um, dass die knallrot angelaufene Zoe voll von ihm verdeckt wurde. »Auf der Terrasse, bitte.«

Zoe winkte seitlich hinter ihrer Tom-Mauer hervor und rief: »Hallo auch.«

Lucia sagte: »Sehr wohl« und verschwand Richtung Terrasse. Zoe und Tom kicherten wie zwei Teenager, die beim Knutschen im Geräteraum der Turnhalle ertappt worden waren.

»Hätte auch meine Mutter sein können.«

»Die das unsittliche Geplänkel auf ihrer Küchentheke sicherlich nicht goutiert hätte. Wie lautet hier eigentlich die Hausordnung? Werden unverheiratete Besucherinnen ins hinterste Gästezimmer verbannt?«

Tom lachte nur und konzentrierte sich wieder auf ihr Ohrläppchen. »Mal sehen.« Dann küsste er sie wieder – bis Lucia erneut im

Türrahmen stand und unverkennbar die Küche in Beschlag nehmen wollte.

»Lass uns zum Strand gehen, bis der Lunch fertig ist«, schlug Zoe ein wenig entnervt vor. »Du hast das Personal ganz offensichtlich nicht im Griff.«

Die Terrasse der Fiorinos grenzte an einen Rasen, auf dem man mühelos einen Neun-Loch-Golfplatz hätte einrichten können. Und dort, wo er endete, führte ein von der Witterung ergrauter Holzsteg an wässrig-blau blühenden Hortensienbüschen und hohen Pampasgräsern vorbei über die Dünen zum Atlantik. Der breite Strand war menschenleer.

»Das architektonische Ungetüm nebenan ist Calvin Kleins Sommerresidenz«, erklärte Tom und deutete auf einen lang gezogenen, gläsernen Kasten, der Zoe an die neuen Abgeordnetengebäude in Berlin erinnerte. »Er hat ihn für fünfundsiebzig Millionen Dollar bauen lassen, inklusive Tiefgarage und Designersanddünen, weil ihm die Form der natürlichen Dünen nicht gefallen hat. Meine Eltern sind *not amused.*«

»Du lebst in einer anderen Welt«, sagte Zoe nur kopfschüttelnd.

»Und du lebst jetzt in meiner«, antwortete er, legte den Arm um sie, zog triumphierend grinsend ihren Kopf an seine Schulter und küsste sie aufs Haar.

Nach dem Lunch wählte Tom den waldgrünen Jaguar XT aus der Autosammlung in der Garage aus und zeigte Zoe Southampton. Sie spazierten Hand in Hand die Jobs Lane hinunter, vorbei an Läden wie Chanel, Versace und Saks Fifth Avenue. Selbst auf den Bürgersteigen herrschte eine Atmosphäre wie beim Fünf-Uhr-Tee im Four Seasons Hotel. Neben ihnen stöckelten sorgfältig ondulierte, aber spärlich ernährte Damen in Pelzmänteln über Designerkostümen und mit Hüten, die farblich zu ihren Handtaschen passten. In ihrem Outfit aus Jeans, Pulli und den waldgrünen Hunter-Boots kam Zoe sich plötzlich gehörig underdressed vor. Das alles hier fühlte sich irgendwie völlig falsch an für ein Städtchen am Strand.

Am Straßenrand parkten Bentleys, Bugattis und ein paar Mercedes. Ein etwa zwölfjähriger Junge in einem rosafarbenen, langärmeligen Poloshirt von Ralph Lauren und exakt gebügelten Kakihosen stand breitbeinig zwischen einem Mercedes der S-Klasse und einem der M-Klasse und betrachtete beide theatralisch angewidert, als wären es Kakerlaken. Die Arme hatte er demonstrativ vor dem Oberkörper verschränkt.

»Daddy, schau mal«, rief er lauthals und zeigte mit dem Finger auf die deutschen Fabrikate. »Lauter Hampton-Chevys! Igitt!«

Der Daddy, im exakten Partnerlook, amüsierte sich köstlich über den famosen Wortwitz seines Sprösslings, zückte lachend den Schlüssel zu einem zitronengelben Ferrari und die beiden stiegen ein.

Tom zuckte nur mit den Schultern. »Im Grunde kommt die ganze Upper East Side Manhattans im Sommer und an den Wochenenden hier heraus. Vielleicht sollten wir nach Montauk umziehen oder rüber auf die North Fork.«

»Ist es dort anders? Ich dachte, die gesamten Hamptons wären mehr oder weniger versnobt?«

»In Montauk steigen die Surfer, Maler und Schriftsteller ab, und drüben auf der anderen Gabel der Insel, auf der North Fork, hat sich eine bunte Bourgeoisie aus Weinliebhabern, Künstlerfamilien und Slow-Food-Fans zwischen Biofarmen, Gestüten und Weingütern niedergelassen.«

»Da will ich hin!«

»Kein Problem. Möchtest du fahren?«, fragte Tom und hatte ganz offensichtlich Zoes Wunsch erraten. »Hast du überhaupt einen Führerschein?«

Sie nickte. Zwei Mal. Zoe Schuhmacher hatte einen Führerschein und wollte fahren. Sie hatte noch nie in einem Jaguar gesessen, geschweige denn jemals einen gefahren.

Es war Zoe ein bisschen peinlich, als sie mit ihrem schnieken Gefährt in Sag Harbor auf der minikleinen, rostigen Autofähre einschifften, die im Zehn-Minuten-Takt nach Shelter Island pendelte, von wo aus eine zweite dann auf die Nordseite nach Greenport tuckerte. Dort kamen sie in einer anderen Welt an. Alles schien drei Größen kleiner zu sein: die in Pastellfarben gestrichenen viktorianischen Häuschen mit ihren weißen Gartenzäunen, die Autos – und vor allem die Egos der Menschen. Die Menschen selbst hingegen schienen ein bis zwei Kleidergrößen hinzugewonnen zu haben und einen normalen Body-Maß-Index zu besitzen.

Die Route 25 schlängelte sich an Ständen vorbei, wo frisches Herbstgemüse und leuchtend orangefarbene Kürbisse in allen erdenklichen Größen direkt vom Farmer verkauft wurden. An Pferdekoppeln und endlosen Reihen von Rebstöcken, an denen vor Kurzem noch satte Trauben gehangen haben mussten. Sie machten eine Weinprobe in der Paumanok Vineyard in Jamesport. Später führte Tom sie ins North Fork Table & Inn in Southold, wo nur lokale, biologisch angebaute Zutaten verwendet wurden, zum Dinner aus.

»Macht es dir Spaß?« Tom prostete ihr mit einem Glas Paumanok Festival Chardonnay zu.

»Sehr«, antwortete sie und lächelte.

Tom und Zoe. Zoe und Tom. Wir beide kommen zwar aus völlig verschiedenen Welten, dachte Zoe, aber dennoch scheinen wir das Gleiche zu schätzen: Authentizität. Und irgendwie fühlte Zoe Schuhmacher sich bei Tom Fiorino einfach grundsätzlich wohl und sicher. Nicht, weil er Geld hatte oder einen wichtigen Job, das war ihr eigentlich egal. Sondern weil sie tief in sich drinnen spürte, dass er ein guter Mensch war.

Ein guter Mensch. Wie altmodisch das klang. Oder wie neumodisch. Wie ein Bestseller von Richard David Precht. Aber auf den guten Menschen kam es letztendlich an, nicht wahr?

Nur vor einem graute es Zoe ein bisschen. »Kommen deine Eltern wirklich heute Abend? Ist es nicht etwas zu früh für die ganze Familien-Kennenlernerei?«

»Im Gegenteil. Es ist viel zu spät. Ich hätte dich sofort nach deiner Brandstiftung mit nach Hause schleppen sollen. Meinen

Vater wirst du sekundenschnell um den Finger wickeln und meine Mutter ist mit ihren Gedanken sowieso immer ganz weit weg.«

★ ★ ★

So nah am Atlantik kam der frühe Morgen oft von einem sanften Nebelschleier begleitet, den die aufgehende Sonne in silbrig-warmem Licht glitzern ließ.

»Ich liebe diesen Übergang von der Nacht zum Morgen«, sagte Tom leise. »Wenn noch keiner wach ist. Man hat dann diese wunderbare Illusion, nicht nur einen kompletten Tag vor sich zu haben, sondern so etwas wie Extra-Zeit. Als hätte man eine Stunde, die eigentlich gar nicht existiert, geschenkt bekommen.«

»Das Morgengrauen hat seinen Namen durchaus verdient, finde ich.«

»Wieso das denn?«

»Wer morgens um fünf Uhr noch wach ist, hat in der Nacht zuvor meist etwas getan, das er den restlichen Tag lang schwer bereuen wird.«

»Zum Beispiel?«

»Das eine Glas Chardonnay zu viel getrunken, das einen völlig willenlos gemacht hat.«

»Schlimm, so etwas.«

»Ohne sich abzuschminken ins Bett gegangen.«

»Tragisch.«

»Mit einem Mann geschlafen – mehrfach! –, dessen Eltern spätabends noch angekommen sind und in irgendeinem der achtundzwanzig Nebenzimmer ruhen.«

»Geradezu fahrlässig«, murmelte Tom und strich Zoe, die auf dem Bauch lag, voll konzentriert mit seiner rechten Hand den nackten Rücken entlang über den Oberschenkel bis zur Kniekehle hinunter, als wolle er die soeben erkundete Gegend kartografieren.

Zoe hatte tatsächlich vergangene Nacht kein Auge zugetan, woran dieser äußerst talentierte Mann in ihrem Gästezimmerbett schuld war. »Bist du sicher, dass deine Mutter nicht zum Gute-Nacht-Sagen noch im Zimmerchen ihres Upper-East-Side-Boys vorbeigeschaut hat?«, fragte sie.

»Nein.« Er grinste und setzte sich auf. »So etwas bringt sie durchaus fertig.«

Dann zog er Zoe zu sich hoch und küsste sie.

»O Gott!« Sie malte sich aus, wie Mrs Fiorino das angestammte Zimmer ihres Erstgeborenen leer vorfand, weil der sich gerade mit dem noch nicht einmal ordentlich vorgestellten, schamlosen Hausgast-Luder vergnügte – und ließ sich theatralisch zurück in die Kissen fallen. »Ich kann's gar nicht abwarten, zum Frühstück zu gehen.«

»Bis dahin, meine Liebe, sind noch mindestens vier Stunden Zeit.«

»Die sollten wir gebührend nutzen, wenn wir später ohnehin wegen unmoralischen Verhaltens am Pranger des Hauses stehen werden. Damit es sich wenigstens so richtig gelohnt hat.«

»Sag bloß, du willst mich schon wieder in aller Herrgottsfrühe zum Sex zwingen wie damals, als du nur mit Unterwäsche bekleidet im Hausflur herumgelungert hast?«

Sagte er und glitt langsam auf sie herab.

★★★

Als Tom und Zoe gegen neun ins Sonnenzimmer kamen, saß Mr Charles »Chuck« Delano Fiorino bereits am Frühstückstisch und las die *New York Times*. Mit seinen ergrauten Schläfen und dem milden Blick erinnerte er Zoe an Richard Gere.

»Es freut mich, Sie kennenzulernen, Zoe!«, rief er, sprang auf und schüttelte ihr mit offenbar echter Begeisterung die Hand. Aber wer wusste das bei Amis schon genau?

»Sie kommen aus Deutschland? Aus Berlin? Ich habe wunderbare Kollegen an der Charité. Überhaupt ist Berlin eine großartige Stadt – der Potsdamer Platz, die Spree. Setzen Sie sich doch neben mich, dann können wir uns unterhalten!«

Gerade als Zoe Platz nehmen wollte, kam Mrs Katherine »Kitty« Whitney Fiorino zur Tür hereingeschwebt. Sie war klein, zerbrechlich dünn und trug ihr sorgfältig blondiertes Haar zu einem Chignon am Hinterkopf betoniert. Um ihren nicht mehr ganz faltenfreien, sonnengebräunten Hals waren mehrere zehntausend Dollar an dezentem Perlenschmuck drapiert, der sicherlich lediglich die Freizeitausstattung darstellte. Gnädig reichte sie Zoe die knochige Hand: »Willkommen, meine Liebe!«

Sie setzten sich. Tom machte sich völlig unbekümmert über sein Omelett mit Tomaten, Spinat und Ziegenkäse her, während sein Vater in einen Sesam-Bagel mit Cream Cheese und Lachs biss. Mrs Fiorino nippte an grünem Tee. Zoe war viel zu aufgeregt, um zu essen.

»Und wo sind Sie aufs College gegangen, meine Liebe?«, fragte Mrs Fiorino plötzlich und studierte Zoe mit der unterkühlten Subjektivität einer Mutter, die es sich zur Aufgabe gemacht hat, potenzielle Schwiegertochteranwärterinnen abzuwehren.

Tom verdrehte die Augen. Das Verhör hatte begonnen.

»In München. Auf die Ludwig-Maximilians-Universität«, antwortete Zoe und saß völlig steif am Tisch, wie ein Entführungsopfer, dessen Befreiungsbitten jetzt gleich auf Video aufgezeichnet wurden.

»Ist das eine private Institution mit ähnlichem Stellenwert wie Oxford oder Cambridge?« Mrs Fiorinos Wahrnehmung von Europa beschränkte sich offenbar auf das britische Königreich.

»Äh …«, begann Zoe. Was sollte man darauf schon antworten? Unter dem Tisch drückte Tom ihr aufmunternd die Hand. »Nein, es ist eine staatliche Uni.«

Mrs Fiorino schaute sie konsterniert an, als hätte Zoe sich ihren Masterabschluss über eine Zeitungsannonce erschlichen.

»Aber sie hat einen sehr guten Ruf.«

»Das deutsche Universitätssystem ist völlig anders angelegt als das britische oder das amerikanische, Kitty«, versuchte Tom zu erklären. »Dort gibt es keine klassischen Ivy-League-Universitäten.«

Doch Mrs Fiorino war gedanklich längst an die Côte d'Azur geflogen. »Und wo verbringt Ihre Familie den Sommer?«

★★★

Tom entschuldigte sich am Sonntagabend auf der Rückfahrt in die Stadt noch einmal für den Auftritt seiner werten Frau Mutter. »Wohlsituierte Familien sind nicht weniger dysfunktional als andere. Auch meine ist keine Ausnahme. Ich fühle mich immer wie ein Vermittler zwischen zwei Welten. Wie ein Diplomat bei den Vereinten Nationen.«

»Du meinst, du willst auf meiner Seite sein, willst aber auch deiner Mutter gerecht werden?«

»Genau. Ich komme mir immer vor wie ein Dolmetscher. Ich scheine der Einzige auf diesem Planeten zu sein, der beide Sprachen sprechen und übersetzen kann.«

»Wobei du gleichzeitig auch noch zwischen den beiden Lagern vermitteln musst …«

»… um kulturelle Missverständnisse von vornherein zu vermeiden, weil sie sich später niemals mehr ausbügeln lassen würden.«

»Auch zwischen deinem Vater und deiner Mutter?«

Tom legte ihr den Arm um die Schultern und zog sie im Fond der schwarzen Limousine unanständig nah an sich. Zoe hoffte, der Chauffeur würde nicht in den Rückspiegel blicken, was er auch wohlerzogen nicht tat. Tom roch göttlich nach McNachbar und salziger Ozeanluft. Sie steckten im Sonntagabendstau auf dem Long Island Expressway fest, zwischen Hunderten von anderen Luxuslimousinen, deren Insassen vermutlich nichts lieber wollten, als schnellstmöglich wieder in ihre Townhäuser an der Upper East Side Manhattans zu gelangen. Wäre es nach Zoe gegangen, dann hätte der Stau ruhig eine kleine Ewigkeit dauern können. Sie kuschelte sich an Tom.

»Meine Mutter kommt aus einer anderen Welt. Die Whitneys sind eine der mächtigsten Familien Amerikas. Man hat es ihr nie verziehen, einen Katholiken italienischer Abstammung geheiratet zu haben. Auch wenn seine Familie ebenso vermögend ist und er ein angesehener Mediziner. Sie haben Charles zwar willkommen geheißen, aber nie ganz akzeptiert.«

»Heißt du deshalb mit Mittelnamen Prescott und nicht Charles?«

»Gut kombiniert!«, antwortete Tom und hauchte ihr einen Kuss nach dem anderen auf den Nacken. »Ich bin nach meinem Urgroßvater mütterlicherseits benannt, nach Prescott Schuyler Whitney III.«

»Es war also eine Liebesheirat zwischen deinen Eltern. Gegen alle Standesgepflogenheiten?«

»Mein Vater verehrt Kitty. Er hat sie auf Händen getragen und tut es immer noch. Sie muss die lebenslustigste Debütantin ihrer Generation gewesen sein. Der Familienstreit wegen der Heirat hat sie hart gemacht, auch wenn er längst vorüber ist.«

Toms Mund arbeitete sich langsam in Richtung ihres Schlüsselbeins vor. »Willst du nächsten Samstag mit mir auf den Snowflake Ball gehen? Als mein offizielles Date?«

In diesem Moment hätte Zoe Schuhmacher jede Frage mit vollster Begeisterung bejaht. Zum Beispiel auch, ob er ihr mal zum Spaß einen Weisheitszahn ohne Betäubung ziehen dürfe. Oder ob sie nicht freiwillig seine Einkommensteuer fürs vergangene Jahr zahlen wolle.

Bürokratie oder: Wie funktioniert dieses Land eigentlich noch?

Amerika erinnert ja doch hier (die Schlaglöcher in den Highways) und da (die geduldige Bereitschaft, überall Schlange zu stehen) an die frühere DDR. Wer bisher gedacht hat, die Deutschen hätten die Bürokratie erfunden, wird bei seinem ersten Besuch einer US-Behörde feststellen, dass die Amerikaner sie geradezu kafkaesk verfeinert haben.

(New York für Anfängerinnen, S. 11)

17

»Hast du eigentlich einen amerikanischen Führerschein?«, fragte Zoe gleich am Montagmorgen ihren Lieblingskollegen Eros. »Muss man den wirklich haben?«

»Wie kommst du denn jetzt darauf?«, wollte er wissen.

»Na ja«, zögerte Zoe, »weil ich am Wochenende womöglich illegal Auto gefahren bin.«

Sie wollte Eros eigentlich nicht verraten, wie und vor allem mit wem sie ihr Wochenende verbracht hatte. Nicht, weil sie »Musica è« nicht vertraute, sondern weil sie irgendwie abergläubisch war. So wie wenn man keinem von dem tollen neuen Job erzählen will, bevor man den Arbeitsvertrag nicht auch tatsächlich unterschrieben hat.

»Warst du etwa auf Dienstreise?«

Jetzt musste Zoe lachen. »Nicht wirklich. Aber der Chef war dabei.« Sie konnte dieses fabelhaft-famose Wochenende doch nicht für sich behalten. »Ich war mit Tom in den Hamptons.«

»TOM?«, rief Eros entrüstet. »McNachbar-Tom. Chef-Tom. ›Wir wollen Freunde sein‹-Tom?«

»Genau der.« Zoe grinste vergnügt. »Er entwickelt sich entgegen ersten Erwartungen zu McDreamy-Tom.«

»Oje, meine Süße. Sag bloß, es ist was Ernstes.«

»Ich glaub schon. Er nimmt mich als sein Date mit zum Snowflake Ball.«

»Wow«, staunte Eros. »Und da willst du selber mit dem Auto hinfahren? Oder warum fragst du mich nach so schnöden weltlichen Dingen wie dem Führerschein?«

»Will ich natürlich nicht. Ich wollte nur wissen, ob ich so eine amerikanische Pappe wirklich brauche. Falls ich wieder mit ihm in die Hamptons fahre.«

»Theoretisch muss man seinen deutschen Führerschein umschreiben lassen, wenn man länger als drei Monate im Land ist, glaube ich«, erwiderte Eros.

Und deshalb gingen Zoe und Eros gleich am nächsten Morgen noch vor der Arbeit auf das Kraftfahrzeugamt der Stadt New York, DMV – Department of Motor Vehicles –, Außenstelle Brooklyn. Sie hatten sich das folgendermaßen vorgestellt: Sie würden ihre deutschen Führerscheine einfach vorzeigen und dafür eine amerikanische Pappe bekommen.

»*Easy peasy*«, rief Eros noch gut gelaunt.

Die DMV-Stelle in Brooklyn war in einem Einkaufszentrum an der Atlantic Avenue untergebracht und versprühte den fatalistischen Charme einer Behörde. Es roch nach Bohnerwachs, altem Schweiß – und totalem Ausgeliefertsein. Von dreiundzwanzig Schaltern waren gerade mal vier besetzt. Als Zoe und Eros nach fast zwei Stunden endlich an der Reihe waren, wurden sie von einem uniformierten Wesen namens Rau'shee bedient. Bedient war allerdings das falsche Wort.

»Ausweis«, befahl das Wesen mit dem überaus kreativen Vornamen.

»Hier, bitte schön, Miss«, sagte Zoe betont höflich.

Rau'shee hielt Zoes deutschen Reisepass prüfend gegen das Licht, als sei er Falschgeld.

»Land?«

»Deutschland«, antwortete Zoe etwas irritiert. Stand ja schließlich groß und breit in dem Dokument.

»Falsch! Sie sind aus Europa!«

»Europa ist kein Land, sondern ein Kontinent«, versuchte Zoe ihr vorsichtig zu erklären. »Der Pass ist ein EU-Pass, aber das Land, aus dem ich …«

Weiter kam sie nicht, da knuffte ihr Eros warnend in die Seite, und Rau'shee schaute sie vorwurfsvoll an. »Ich bin für das L-a-n-d Europa nicht zuständig«, rüffelte sie Zoe an, als hätte diese weder in Erd- noch Staatsbürgerkunde aufgepasst.

»Wir sind doch aber aus Deutsch-l-a-n-d!«

»Auch für Deutschland nicht.«

»Wer ist denn dann zuständig für Deutschland?«

Doch Rau'shee war nicht gewillt, sich weiter mit den Feinheiten globaler Geografie zu befassen. Sie schaute Zoe schweigend ein, zwei Sekunden lang direkt in die Augen, was man durchaus als Warnung hätte interpretieren können – und rief dann einfach: »Der Nächste.«

Zoe und Eros ließen sich entmutigt auf eine der Holzbänke fallen.

»Was ist das überhaupt für ein Name«, maulte Eros. »Rau'shee! So heißen doch nur Bekloppte!«

»Na ja, ganz normal war sie jedenfalls nicht«, meinte Zoe.

»Ich hab mal eine Umfrage unter deutschen Grundschullehrern gelesen. Die glaubten, am Namen eines Kindes ableiten zu können, ob es etwas im Kopf hatte oder nicht. Bei den nicht allzu Hellen lagen übrigens Kevin und Jaqueline ganz vorne.« Dabei sprach Eros die beiden Vornamen bewusst grotesk aus, sodass sie sich wie Keff-inn und Schak-ke-line anhörten.

Zoe musste lachen. »Das ist echt fies.«

»Hier in den USA darf man seine Kinder ohnehin nennen, wie man will. Da kommt dir kein Standesamt dazwischen wie in Deutschland.«

»Heißt Gwyneth Paltrows Tochter nicht Apple?«

»Genau. Das arme Ding ist nach Fallobst benannt.«

»Und schau dir unsere Madison im Büro an. Ein Name wie eine Luxuseinkaufsmeile.«

»Stimmt! Die hat auch ihren Schaden weg.«

»Als Nächstes nennt einer seinen Nachwuchs noch Hermes oder Versace.«

»Bloß nicht!«

»Wir fassen also zusammen: Traue keinem mit superkreativem Vornamen. Er könnte eine schwere Kindheit gehabt haben.«

»Vor allem nicht, wenn er Uniform trägt.«

»Vor allem nicht, wenn er Uniform trägt!«

Dann packten sie ihre Sachen und machten sich auf zur DMV-Hauptstelle an der 34th Street in Manhattan, wo sie erneut ihr Glück versuchen wollten.

Auf der DMV-Stelle von Midtown angekommen, zogen sie eine Nummer im dreistelligen Bereich, während laut Anzeige gerade die Siebenundfünfzig bearbeitet wurde. Als ihre Nummer endlich dran war, wurden sie zu einem Schalter dirigiert, an dem eine unifomierte Frau saß. Auf ihrem Namensschild stand Chanelle.

»Das fass ich jetzt nicht«, war alles, was Eros rausbrachte. Zoe hatte es völlig die Sprache verschlagen.

Chanelle sah ein bisschen aus wie die deutsche Schauspielerin Katy Karrenbauer, die es aus der TV-Serie *Hinter Gittern* immerhin direkt in den Dschungelknast geschafft hatte, fand Zoe. Nur in Schwarz eben. Mit der möchte man nicht Roller-Derby fahren müssen. Oder schlammcatchen.

Wie gehabt, sollten Zoe und Eros sich zuerst ausweisen. Ein Pass oder ein Personalausweis reichte in den USA, die kein Melderegister kannten, dazu natürlich nicht aus, das wussten die beiden aber schon von einem Infoblatt im Internet. Da hätte ja jeder mit einem von der Bundesrepublik Deutschland offiziell ausgestellten amtlichen Dokument daherkommen können. Nein, in den USA musste man Punkte sammeln. Erst ab sechs Punkten existierte man legitim. Ein ausländischer Reisepass zum Beispiel war lediglich zwei Punkte wert. Eine Stromrechnung immerhin einen Punkt. Eine Gehaltsabrechnung einen Punkt. Die Krankenversicherungskarte einen Punkt. Und so weiter. Ein New Yorker Waffenschein machte übrigens zwei Punkte her. Aber den besaßen weder Eros noch Zoe.

»Sind Sie eine Nonne?«, bellte Chanelle, als sie prüfend Zoes gesammelte Unterlagen zwecks Addition der Punkte durchblätterte.

»Wie kommen Sie denn darauf?«, antwortete Zoe, während Eros einen Lachanfall bekam und so etwas wie »Wohl kaum, schließlich hat sie schon vor dem ersten Arbeitstag mit ihrem Chef geschlafen« murmelte.

Chanelles Froschaugen musterten ihn strafend. In ihrer Behörde wurden ganz offensichtlich keine Witze gemacht. Hier gab es nichts zu lachen.

»Sie haben ein I-Visum im Pass«, blaffte Chanelle, von der man ruhig in Anlehnung an Kevin behaupten konnte, dass ihr Vorname kein Name, sondern eine Diagnose war.

»Das ist ein Journalistenvisum. Ich bin Redakteurin eines großen deutschen Modeportals.«

»Das ist ein religiöses Visum für Missionare«, belehrte Chanelle sie und schob ihr die Anmeldeformulare für den Theorietest zu.

»Wozu müssen wir denn einen Theorietest machen? Weil wir Missionare sind?«, wunderte sich Eros. »Wir haben doch schon einen Führerschein.«

»Den erkennen wir hier aber nicht an«, hieß es in schnippischer Überheblichkeit, als würden Zoes und Eros' Papiere aus irgendeiner Bananenrepublik stammen und nicht aus dem Land des Erfinders des Otto-Motors und der Autobahnen ohne Geschwindigkeitsbegrenzung.

»Jetzt hören Sie mal«, echauffierte sich Eros erbost. »Ich fahre seit zehn Jahren unfallfrei Auto. Einen Führerschein in Deutschland zu machen kostet Tausende von Euro. Ich fahre besser als jeder Taxifahrer hier in der Stadt.«

Eine Chanelle beeindruckte so etwas jedoch überhaupt nicht. »Der Nächste.«

★★★

Das Prozedere, an einen amerikanischen Führerschein zu kommen, war für Zoes Geschmack gelinde gesagt doch etwas ungewöhnlich. Bevor man in die Fahrschule ging, musste man erst einmal die Theorieprüfung ablegen. In der Fahrschule lernte man dann zwar eine ganze Menge Theorie, aber nicht das Fahren. Das wiederum kam erst, nachdem man die Fahrprüfung erfolgreich bestanden hatte. Aber dann ohne Fahrlehrer.

Eros und Zoe schafften die Theorieprüfung auf dem DMV gleich beim ersten Mal und ohne vorher jemals die Unterlagen studiert zu haben. Von Kollegen hatten sie gehört, dass Einwanderer, die des Lesens und Schreibens nicht mächtig waren, die Prüfung so oft wiederholten und immer wieder andere Kästchen ankreuzten, bis sie weniger als dreißig Minuspunkte hatten und durchkamen. Um als Nächstes wahrscheinlich Taxifahrer zu werden.

Dann meldeten sich Zoe und Eros in der ABC Driving School in Downtown Brooklyn zu den fünf Pflichtstunden Theorie an, weil die Fahrprüfung in Brooklyn angeblich am leichtesten war. Praktische Pflichtstunden gab es keine. Die Theorie bestand aus dem Anschauen einer Art Siebter-Sinn-Filmchen. Durch das Programm führte Superman-Darsteller Christopher Reeve. Allerdings waren die Filme gedreht worden, bevor er Superman war, bevor er irgendwann vom Pferd stürzte und querschnittgelähmt war und lange, bevor er starb. Also vor etwa gefühlten dreihundert Jahren. Die Autos darin hatten noch keine Sicherheitsgurte und die Fahrer rauchten Kette, während sie über Klippen donnerten, auf Eis schlidderten oder wenn bei deutlich mehr als Schrittgeschwindigkeit plötzlich die Motorhaube aufsprang und sie nichts mehr sehen konnten. Die Filmchen wollen sagen: Autofahren ist echt supergefährlich. Möchtet ihr's euch nicht noch mal überlegen? Der Fahrlehrer mit Namen Rashid dagegen sagte den ganzen Abend lang nichts.

Am nächsten Morgen sollten Zoe und Eros dann zur Fahrprüfung in Red Hook antreten und ihr eigenes Auto mitbringen. Wie konnte man aber ein Auto mitbringen, wenn man noch gar keinen Führerschein hatte? Und eines im Bekanntenkreis zu leihen, scheiterte daran, dass sämtliche Freunde von Zoe und Eros autolos waren. Sie lebten schließlich in New York City, wo das Parken in einer Tiefgarage im Monat so viel kostete wie die Miete für eine Einzimmerwohnung.

»Also, mein Kumpel Tobias hat einfach ein Auto für die Führerscheinprüfung gemietet«, sagte Eros.

»Wir können doch nicht mit einem Mietwagen zur Prüfung fahren, um dort erst den Führerschein zu machen, der uns zum Fahren dieses Autos berechtigt«, wandte Zoe ein.

Sie konnten!

Den Prüfer, einen wortkargen Herrn asiatischer Abstammung, interessierte es tatsächlich herzlich wenig, wie ihr Auto denn nun nach Red Hook gekommen war. Vor Zoe und Eros war noch ein netter schwarzer Jüngling von der Karibik-Insel Jamaika dran, der unverblümt gestand, bereits vier Mal durchgefallen zu sein. Die ersten zwei Mal sei er auf der linken Straßenseite gefahren, wie zu Hause auch, das habe er dann eingesehen. Aber die anderen beiden Male sei der Prüfer einfach nur fies gewesen. Beim fünften Mal fuhr der Jüngling, ohne den Blinker zu setzen und ohne nach hinten zu gucken, so zügig aus der Parklücke, dass er fast einen vorbeifahrenden UPS-Laster gerammt hätte. Er würde wohl ein sechstes Mal wiederkommen müssen.

Trotzdem war Zoe ein bisschen mulmig, als sie mit dem fiesen Prüfer ins Auto stieg. Er sagte kein Wort, gestikulierte nur, dass sie am Fußballplatz links abbiegen sollte. Zoe blinkte gehorsam, wartete den Gegenverkehr ab und bog links ab. Dann wieder links und wieder links und wieder links. Bis sie einmal um den Fußballplatz herumgefahren waren. Zum Schluss musste Zoe noch rückwärts einparken. Nicht gerade ihre Spezialität. Die Parklücke konnte man aber nicht wirklich als solche bezeichnen, weil hinter ihr gar kein anderes Auto stand. Es war also keine Lücke, sondern – ja, was eigentlich? Der freie Seitenstreifen einer Straße? Zoe jedenfalls fehlte das Auto hinter ihr als Anhaltspunkt, sodass sie etwas zu weit weg vom Bordstein landete, was ein Durchfallkriterium war und was sie sofort korrigierte. Der Prüfer kritzelte ein paar

Zeilen auf einen Zettel, gab ihn Zoe wortlos und stieg aus. Fünf Minuspunkte für »zu viel Manövrieren beim Parken«. Fünf Pluspunkte für »besonders schöne Linkskurven beim Abbiegen«.

»Ich habe bestanden!«, rief Zoe und fiel Eros um den Hals.

Jetzt erschien auch auf dem Gesicht des Prüfers ein kleines Lächeln und er machte zum ersten Mal den Mund auf: »Das Fahren auf dem Highway sollten Sie noch üben. Vielleicht mit Ihrem Vater?« Er blickte in Richtung Eros. »Am besten am Sonntagmorgen. Da ist am wenigsten los.«

Eros und Zoe nickten gehorsam und taten alles Menschenmögliche, um nicht laut loszuprusten.

»Das erklärt so einiges«, sagte Eros leise und auf Deutsch, nachdem er die Runde um den Fußballplatz ebenfalls erfolgreich hinter sich gebracht hatte.

»Was denn?«

»Warum amerikanische Autofahrer Dinge tun, wie eben mal auf der rechten Spur des Highways zu halten, den Rückwärtsgang einzulegen und zur verpassten Ausfahrt zurückzusetzen – ohne, dass sich irgendjemand darüber aufregt und hupt.«

★ ★ ★

»Und was machen wir jetzt mit unserem Mietwagen?«, fragte Eros.

»Na, den geben wir auf dem Weg in die Stadt gleich wieder ab. Du fährst.«

»Mach ich doch glatt. Schließlich habe ich jetzt einen Führerschein«, sagte Eros und grinste. »Pass gut auf, wie ich's vormache.«

Während er das Gefährt Richtung Mietwagenzentrale steuerte, checkte Zoe ihr iPhone. Wenig motiviert klickte sie sich durch die siebenundfünfzig E-Mails, die sich an diesem Morgen bereits in ihrer In-Box angesammelt hatten, und sortierte in Gedanken, welche sie sofort beantworten musste, weil sie anderenfalls rausgeschmissen werden würde, und welche sie einfach ignorieren konnte. Sie musste an Tom denken, an das Wochenende in den Hamptons und an den Snowflake Ball. Sie war bester Laune – als hätte sie ganz allein für Weltfrieden gesorgt oder so. Verliebt sein ähnele rein physiologisch gesehen einer Geisteskrankheit, hatte Zoe einmal bei Recherchen für eine Geschichte gelernt. Verliebte haben quasi null Appetit. Das hatte sich die Natur echt frauenfreundlich ausgedacht. Verliebte brauchten auch wenig Schlaf – obwohl sie sich die meiste Zeit im Bett aufhielten. Stresshormone wie Dopamin und Adrenalin sorgten für dauerhafte Flitzebogenspannung. Und das Gehirn von Verliebten zeige deutlich weniger Aktivität.

Zoe seufzte zufrieden.

Ihre Arbeitsmoral litt allerdings umgekehrt proportional zu ihrem Ausnahmezustand. Zoe Schuhmacher schob lustlos eine E-Mail nach der anderen in den Papierkorb. An einer Betreffzeile blieb sie dann aber doch hängen: Deutscher Frauenjournalistenpreis. Absender war der Deutsche Frauenjournalistenverband, kurz DFJV, dem Zoe, soweit sie sich erinnern konnte, gar nicht angehörte.

> *Wir freuen uns, Ihnen mitteilen zu dürfen, dass wir Ihre Wettbewerbseinsendung zum Deutschen Frauenjournalistenpreis mit dem Titel »Die Geliebte« erhalten haben und sie für die Endrunde in der Kategorie »Online« nominiert wurde. Die Preisverleihung wird am 19. Januar in Hamburg stattfinden. Die Gewinner werden live vor Ort bekannt gegeben.*

Journalistenpreis? Einsendung? Endrunde? Zoe Schuhmacher hatte noch nie einen Journalistenpreis gewonnen, weil es ja schließlich auch nicht ganz einfach war, mit Sachen wie »Die Sommerresidenzen der Victoria's-Secret-Models« für den Kisch-Preis oder gar den Pulitzer nominiert zu werden. Und sie gehörte auch nicht unbedingt zu den Kollegen, die die Liste aller verfügbaren Auszeichnungen abarbeiteten und dann gezielt Themen wie »So sexy kann ein Sparbuch sein« für den mit zweihundert Euro dotierten Preis des ostwestfälischen Sparkassenverbundes zusammenhackten. Das Ganze musste ein Versehen sein.

Easy Living oder: Warum es sich in den USA leichter leben lässt

Die deutsche Schauspielerin Nastassja Kinski, die in Kalifornien lebt, wurde einmal in einem Interview gefragt, warum sie die Vereinigten Staaten ihrem Heimatland Deutschland vorziehe.

Sie antwortete: »Wenn ein Amerikaner einen schlechten Tag hat, sagt er: ›Heute ist ein schlechter Tag, aber morgen wird es sicher besser.‹ Wenn ein Deutscher einen schlechten Tag hat, sagt er: ›Heute ist ein schlechter Tag, und morgen wird es bestimmt noch schlimmer.‹«

Dieser fast schon kindlich-naive amerikanische Optimismus wirkt sich tatsächlich dauerhaft positiv auf die Gemütslage aus. Ihr neu zugereisten deutschen Besserwisser mögt das oberflächlich finden, es erleichtert das Leben aber ungemein.

(New York für Anfängerinnen, S. 107)

18

»Was, um Himmels willen, zieht frau bitte zum Snowflake Ball an?«

»Fragste was, kriegste was«, antwortete Eros grinsend, als er sich bei Zoe unterhakte und sie sich auf den Weg zum Lunch ins Má Pêche machten. »Ich habe Kontakte zu sämtlichen Showrooms aller erdenklichen Labels, da kannst du dir wie ein Hollywoodstar für die Oscar-Nacht ein Kleidchen borgen.«

»Ich? Meinst du wirklich?« Zoe sah sich schon in einem Hauch von champagnerfarbenem Chiffon über einen roten Teppich schreiten.

»Na klar. Als Date von Fiorino landest du garantiert mit Foto in der Klatschspalte der *New York Post*. Das ist tolle PR für den Designer deines Kleides.«

Sie bestellten koreanisches Hühnchen mit Mu-Shu-Pfannkuchen, Miesmuscheln mit Kimchi und geröstete Reiskuchen mit Chili-Pfeffer für Mimi, die wie immer zu spät kam.

»Sorry, Darlings«, hauchte sie beim Küsschen auf die Wangen. »Die Gunns dekorieren gerade ihr Anwesen in Connecticut neu und wollen ein paar *Square Paintings* von Astarot Frist loswerden.«

Dann griff sie in ihre Birkin Bag und legte Zoe einen Terminplan für den großen Tag vor.

Samstag, 7 Uhr: Karma Yoga mit anschließender Vipassana-Meditation.

»Mit meinem persönlichen Trainer, damit dein Yin und Yang für den restlichen Tag im Einklang sind.«

9 Uhr: J-Sisters. Brazilian Wax.

»Autsch.« Eros zog eine mitfühlende Grimasse.

»Ist das nicht ein bisschen übertrieben, radikale Ganzkörperenthaarung an intimsten Stellen?«, wandte Zoe hilflos ein.

Mimi grinste. »Nicht, wenn man unter seinem hautengen Ballkleid keine Unterwäsche tragen kann.«

»Bist du verrückt geworden?«

»Hast du jemals einen Hollywood-Star auf dem roten Teppich gesehen, der sichtbare Unterhöschenstreifen an den Hüften hatte?«

»Auch keinen BH?«

»Bei tiefem Rückenausschnitt völlig unmöglich«, erklärte Mimi mit vollster Ballexpertinnen-Autorität. »Keine Angst, wir fixieren das Kleid schon bombenfest rund ums Dekolleté. Mit doppelseitigem Teppichbodenklebeband.«

»Dann gibt's garantiert keine skandalöse Garderoben-Fehlfunktion wie beim Nipplegate von Janet Jackson damals live im Fernsehen«, versprach auch Eros und nickte eifrig.

12 Uhr: Leichter Lunch bei Soba Noodle.

14 Uhr: Pediküre, Maniküre und Frisieren bei Sally Hershberger.

Das war, wenn sich Zoe recht erinnerte, die Frau, die den berühmten Meg-Ryan-Wuschelschopf erschnippelt hatte und sechshundert Dollar pro Haarschnitt verlangte.

Mimi schien ihre Gedanken lesen zu können. »Keine Angst. Sally macht einen Spezialpreis. Ich habe ihr versprochen, dass wir sie in der Pressemitteilung erwähnen werden.«

»Pressemitteilung?«

»Na klar, irgendwoher müssen die ganzen Klatschreporter doch wissen, wessen Klamotten, Schuhe, Frisur und Schmuck du trägst.«

Umgangssprachlich wurde der Snowflake Ball in New York schlicht Kitty's Ball genannt, hatte Zoe während des Lunches noch erfahren. Er fand stets am zweiten Samstag im November im Metropolitan Museum of Art statt, das dann einem Winter-Wonderland glich. Es würde einen roten Teppich vor dem Eingang geben, mit künstlichem Schnee dekoriert, falls noch kein echter lag. Und es konnte durchaus sein, dass lebendige Rentiere mit Glöckchen am Geschirr Spalier stehen würden, wie in den vergangenen Jahren. Der österreichische Glasklunkerhersteller Swarovski hatte bereits zugesagt, die komplette Front des Museums mit Tausenden von glitzernden Kristallsternen in die eines Eispalasts zu verwandeln. Die Eintrittskarten kosteten laut Mimi 6.500 Dollar aufwärts. Firmen wie Cartier oder Daimler kauften gemeinhin ganze Tische für 65.000 bis 150.000 Dollar – je nach Lage in der Great Hall des Museums – und luden dann ehrenwerte Kunden ein. Da es sich bei dieser Ausgabe praktischerweise um eine Spende an Kittys gemeinnützige Kinderherzstiftung handelte, waren neunzig Prozent des Betrages steuerlich absetzbar, war sich Mimi sicher.

★★★

Tom hielt fest Zoes Hand, als sie unter dem Blitzlichtgewitter der Paparazzi, die höchstwahrscheinlich eher auf Brad Pitt und Angelina Jolie warteten, die Stufen zum Eingang emporschritten. Er trug einen Tuxedo von Tom Ford, um den ihn sogar James Bond beneiden würde, Zoe ein tatsächlich champagnerfarbenes, bodenlanges Kleid von Ralph Lauren, das einen Wasserfallausschnitt, rechts einen Schlitz bis zum Oberschenkel hatte und um die Hüften gerafft war. In der Great Hall verkündete ein *announcer* ihre Ankunft, und Zoe kam sich ein bisschen vor wie bei einem Debütantinnenball, den sie nie gehabt hatte.

Tom begrüßte die Gastgeberin, die zufälligerweise auch seine Mutter war, mit einem gehauchten Küsschen auf die Wange und einem »Kitty«. Zoe brachte ein makelloses »Es freut mich sehr, Sie wiederzusehen, Mrs Fiorino« heraus. Und schickte noch ein wohlerzogenes »Es sieht nach einem wunderbaren Abend aus« hinterher.

Mrs Fiorino nickte gnädig, als würde sie eine völlig Fremde vor sich haben, und wandte sich dem Paar hinter Tom und Zoe zu: Mimi Buckley Mellon und Peugeot-Erbe Jacques Montpellier. Tom und Zoe saßen mit ihnen sowie mit Tinsley Mortimer und ihrem Hedgefonds-Manager-Noch-Ehemann Topper am Tisch. Später kamen noch Amanda Hearst und ihre Begleitung, der kolumbianische Finanzmogul Alejandro Santo Domingo, dazu. Der Rest des Tisches war, zumindest nach Mimis Aussage, gesellschaftspolitisch völlig uninteressant, sodass Zoe sich die Namen gar nicht erst merken sollte.

»Sie sind also die neue Freundin von Tom«, fragte Tinsley Mortimer und unterzog Zoe schamlos einem Ganzkörperscan. Dabei betonte sie ›neue‹, als wäre die alte noch nicht ganz mit ihren gepackten Sachen zur Tür hinaus.

Tom beugte sich gelassen zur gehässigen Tinsley hinüber und flüsterte, sodass Zoe es gerade noch hören konnte, Topper aber nicht: »Und ich sehe, dass du, meine Liebe, deinen alten Ehemann mitgebracht hast und nicht Prinz Casimir zu Sayn-Wittgenstein-Sayn, mit dem du in letzter Zeit vermehrt gesichtet wurdest.«

Touché!

Unter dem Tisch drückte Tom triumphierend Zoes Hand. Tinsley schnaubte verächtlich und wandte sich demonstrativ Jacques Montpellier auf ihrer anderen Seite zu. »Ich höre, du hast eine Sonnenbrillen-Kollektion designt. Wie aufregend.«

Um kurz vor elf begab sich ein kleines Häufchen Eingeweihter – samt ein paar Flaschen Champagner – in Richtung ägyptische Ausstellung in den Ostflügel. In einer Art gläsernem Flugzeug-Hangar stand ein echter ägyptischer Tempel, der Stück für Stück über den Atlantik nach New York transportiert worden war, weil er sonst Opfer eines gerade im Bau befindlichen Staudammes geworden wäre: The Temple of Dendur. Auf der mindestens dreißig Meter breiten Terrasse des Tempels, die ursprünglich wohl an den Nil grenzte und hier an einem modernen Wasserbecken endete, stand ein Steinway-Flügel; Alicia Keys gab ein Privatkonzert. Die Frau hatte eine solch sexy-rauchige Stimme, dass Zoe weiche Knie bekommen hätte – wenn sie keine Frau gewesen wäre. Für ein paar Zehntelsekunden schwebte Zoe Schuhmacher. Sie liebte diese Stadt. Sie war verliebt in diesen Mann. Und sie genoss diesen Moment, in dem ihr Leben ganz, ganz rund lief. Zumindest für kurze Zeit.

★★★

Im Metropolitan Museum bestand der *powder room,* wie man in Amerika schamhaft die Damentoilette bezeichnet, nicht etwa aus ein paar klinisch desinfizierten Nasszellen mit Neonbeleuchtung, sondern aus einem Foyer mit dunkelroten Brokattapeten, Ganzkörperspiegel im Goldrahmen sowie diversen gepolsterten Sitzgelegenheiten zum Plauschen, bevor es, einen Raum weiter, zu den wirklichen Toiletten ging. Im offenen Kamin züngelte ein behagliches Feuer.

»Hallo, Kitty. Es ist angenehm warm hier«, versuchte Zoe mit Madame Fiorino, die neben ihr vor dem Feuer stand, Small Talk zu machen.

»Wie auf den Bermudas im Januar«, erwiderte diese. Und ihr Ton war dabei keineswegs arrogant (im Sinne von: »Was du dir natürlich nicht im Geringsten vorstellen kannst, weil du noch nie auf den Bermudas warst«), sondern völlig sachlich.

Zoe wusste gar nicht, was sie darauf antworten sollte, so surreal erschien ihr diese Unterhaltung. Und erst jetzt dämmerte es auch Madam. »Sie sprechen hervorragendes Englisch, meine Liebe.«

»Danke«, sagte Zoe völlig überrascht von dem plötzlichen Kompliment.

»Doch Sie werden nie die Sprache meines Sohnes sprechen«, fügte Kitty an, drehte sich um und entschwand aus dem *powder room.*

Zoe blieb noch eine Minute vor dem Spiegel stehen und wusste nicht, ob sie lachen oder heulen sollte. »Diese Unterhaltung kann unmöglich gerade stattgefunden haben«, murmelte sie. Dann schüttelte sie sich, als wollte sie eine ekelige Spinne auf dem Arm loswerden. Draußen in der Halle wartete Tom schon auf sie. Zoe war versucht, ihm von dem charmanten Frontalzusammenstoß mit seiner Frau Mama zu erzählen, wollte aber weder ihm noch sich selbst den Abend verderben.

»Komm mit«, rief Tom und zog sie an der Hand gen Ausgang. Vor den Stufen des Metropolitan Museums wartete bereits der Chauffeur mit geöffneter Tür. »6th Avenue und 50th Street«, sagte Tom.

»Wo fahren wir hin?«, fragte Zoe.

»Das wirst du gleich sehen.«

Sie stiegen am Rockefeller Center aus, gingen durch den Seiteneingang von NBC hinein und nahmen den Aufzug zum Top of the Rock hinauf. Die Aussichtsterrasse gewährte einen 360-Grad-Blick über die Stadt. Im Süden strahlte das Empire State Building, im Osten das silber-beschuppte Chrysler Building und weiter hinten die geschwungene Brooklyn Bridge. Im Norden sah man das große nächtlich-dunkle Nichts des Central Parks und im Westen den Hudson River bis nach New Jersey hinüber. Zoe bekam Gänsehaut, weil es kalt war, vor allem aber, weil der Moment so überwältigend perfekt war. Selbst Kitty »Bermudas-im-Januar« Whitney Fiorino konnte daran nichts ändern.

»Du machst mich happy, Zoe Schuhmacher.« Tom legte ihr die Arme um die Schultern und deponierte sein Kinn auf ihrem Kopf. »Du bist die erste Frau in meinem Leben, die mich wirklich glücklich macht.«

Miete oder: Soll ich vielleicht unter der Brooklyn Bridge schlafen?

Die durchschnittliche Monatsmiete einer Einzimmerwohnung im begehrten Manhattan beträgt derzeit rund 2.400 Dollar. Eine Zweizimmerwohnung ist ab 3.200 und eine Dreizimmerwohnung ab 4.300 Dollar zu haben. Tribeca bleibt weiterhin der teuerste Stadtteil Manhattans, wo eine Zweizimmerwohnung durchschnittlich 4.200 Dollar Miete kostet, eine Dreizimmerwohnung ab 7.800 zu haben ist.

(New York für Anfängerinnen, S. 208)

19

DEZEMBER

Am nächsten Morgen wachte Zoe im Apartment 47A auf. Draußen war es schon hell, und sie musste gar nicht erst die Hand ausstrecken, um zu wissen, dass Tom neben ihr lag. Sie konnte ihn förmlich fühlen. Ohne die Augen zu öffnen, dachte sie an den gestrigen Abend zurück, der zweifellos der schönste war, den sie bisher in New York erlebt hatte.

Tom und Zoe waren wieder in den Aufzug von Top of the Rock gestiegen, nach unten gefahren – und hätten fast den Ausstieg verpasst, wenn der Aufzugführer sich nicht dezent geräuspert hätte. Es konnte durchaus sein, dass er sich bereits mehrfach dezent geräuspert hatte. Alle anderen Mitfahrenden hatten den Fahrstuhl jedenfalls längst verlassen und waren auch draußen im Gang nicht mehr zu sehen gewesen. Nur Tom und Zoe standen noch eng umschlungen in der hintersten Ecke des gläsernen Gefährts und hatten sich in eine Art Paralleluniversum geküsst.

»Ähjahmmm«, räusperte sich jetzt auch Tom, fischte umständlich einen Zehndollarschein aus der Hosentasche, steckte ihn dem verdutzten Fahrstuhlführer zu und bedankte sich überschwänglich. »Gut gemacht. Tolle Fahrt. Ganz ohne zu ruckeln. Weiter so.« Bis

Zoe anfing, wild zu kichern, Tom ihre Hand nahm und beide lachend nach draußen stürmten.

Zoe schlüpfte leise unter dem weißen Bettlaken hervor, um den schlafenden Tom nicht zu wecken, tapste an ihrem geliehenen Abendkleid vorbei, das in einem unordentlichen Haufen vor dem Bett auf dem Boden lag, und folgte der Entkleidungsspur – diverse Schuhe, eine Smokinghose, Handtäschchen, verzierte Haarklammern – Richtung Küche. Ein CSI-Ermittler würde den Tatort folgendermaßen analysieren: heftiges Geknutsche im Gang (Beweis: Stöckelschuhabsatz-Delle in und Straßendreck an der Wand), gefolgt von Handgreiflichkeiten auf der Küchentheke (Beweis: umgestoßene Wasserflasche, heruntergefallene *New York Times* sowie ein Männerhemd samt Lippenstiftspuren an der Knopfleiste in der Spüle), Vollendung der Tat auf dem Bett (Beweis: nackter Mann).

Sie fischte das Hemd vom Wasserhahn, zog es über wie eine offene Jacke und machte den Kühlschrank auf. Erst Kaffee, dann Bad, verlangte ihr noch etwas zäh arbeitendes Gehirn. Doch der Kühlschrank war so leer, als hätte der Hersteller ihn gerade erst angeliefert. Und genauso roch er auch. Nach Plastik und nach Ich-bin-noch-nie-benutzt-worden. Keine Milch, kein Kaffee, dachte Zoe missmutig und schlappte weiter ins Bad.

Im Spiegel traf sie eine Frau an, die zugegebenermaßen etwas zerzaust aussah. Aber eher kunstvoll, als hätte ein Hollywood-Stylist Hand angelegt, damit die Zerzauste jetzt gleich Werbeaufnahmen für Rasiercreme machen konnte oder so. Außerdem hatte Zoes Alter Ego dieses zutiefst zufriedene Lächeln im Gesicht, das nur Vollverliebte in den ersten Wochen zur Schau trugen – und das Normalmenschen fürchterlich auf die Nerven ging. Ein Lächeln, das dauerjubelte, weil das Leben plötzlich nur noch ein einziges, langes Wochenende zu sein schien.

Zoe stellte die Dusche – ohne umrechnen zu müssen! – auf fünfundsiebzig Grad Fahrenheit und ließ das warme Wasser über sich laufen. Der Mann, der ein Zimmer weiter im Bett lag, ist einfach überirdisch, dachte sie. Und er gehörte ihr! Als sie wenig später aus der Dusche stieg und sich abtrocknete, hörte sie ihn in der Küche telefonieren. »Das wär's dann. Danke«, sagte Tom und legte auf. Sie schlich sich leise an ihn heran.

»Guten Morgen, Stranger«, flüsterte sie und umarmte ihn von hinten. Er roch nach Sandelholz und Meerwasser, aber vor allem roch er nach einer sehr, sehr verruchten Nacht. Zoe trug in Ermangelung anderer Anziehsachen wieder Toms Smokinghemd, hatte aber Knöpfe Nummer drei, vier und fünf von oben sittsam geschlossen. »Teilt der Master of the Universe etwa schon wieder Befehle aus?«

»Ich habe uns Frühstück bestellt, meine Liebe«, erklärte Tom, drehte sich zu Zoe um, schob ihr eine Hand unters Hemd und küsste sie hungrig.

»Halt! Stopp! Ich bin nicht dein Frühstück«, wehrte sie sich. »Und was heißt hier überhaupt bestellt. Wir sind doch nicht im Hotel.«

»Na und? Ich habe beim Concierge des Peninsula Hotels *room service* geordert.«

Zoe war etwas verwirrt. »Darf ich dich darauf hinweisen, dass wir NICHT im Peninsula Hotel weilen.«

»Ja, und?«

Ja, und – fünfzehn Minuten später wurde auf einem Hotelwägelchen des Peninsula Hotels ein wahres Frühstücksbüfett ins Apartment 47A geliefert. Samt weißem Tischdeckchen und livriertem Zimmerservice-Kellner, der den Wagen ein paar Straßen quer durch Manhattan gerollt haben musste. Als wäre es das Normalste der Welt. Zoe hob einen Aluminiumdeckel nach dem anderen von den großen weißen Porzellantellern hoch, indem sie kess ihren Zeigefinger in das Lüftungsloch in der Mitte oben steckte, und zum Vorschein kamen Blaubeer-Pancakes, French Toast mit frischen Erdbeeren, Huevos Rancheros mit Bratkartoffeln und Bagels mit Räucherlachs. Sie stellte sich eine kleine Auswahl von allem zusammen, goss einen großzügigen Schuss Ahornsirup über die Pfannkuchen und den in Ei ausgebratenen Toast und setzte sich wieder aufs Bett.

»Wir essen im Bett?«, fragte McDreamy und hob verschmitzt die Augenbraue.

»Wenn es nach mir ginge, könnten wir den ganzen Sonntag im Bett verbringen.«

»Na, dann sind wir ja zur Abwechslung mal einer Meinung. Außerdem hast du überhaupt keine Klamotten, in denen du diesem Bett hier entfliehen könntest. Dir bleibt gar nichts anderes übrig, als zu bleiben.«

»Pah. Ich könnte einfach mein Kleid von gestern anziehen.«

»Und in einem bodenlangen Couture-Fummel Sonntagmittag den *walk of shame* nach Hause antreten?«

Zoe sah ihn überrascht an. »Ist mir doch wurscht, was sich der Portier oder der Taxifahrer denkt, wenn er mich dabei erwischt, wie ich in der Klamotte des Vorabends nach Hause komme, und daraus folgert, dass ich eine heiße Auswärtsnacht hatte.«

»Wirklich?«

»Wirklich! Sag mal Tom, in welchem Jahrhundert leben wir denn?«

»Den meisten Amerikanerinnen wäre das ganz und gar nicht egal.«

»Ich bin aber nicht die meisten Amerikanerinnen.«

Tom zog sie ganz nah an sich, küsste sie aufs Schlüsselbein und arbeitete sich langsam, aber gezielt in südliche Richtung vor. »Genau deshalb finde ich dich so unwiderstehlich.«

★★★

Jede Beziehung hat zwar ihren ganz eigenen Rhythmus, folgt aber dennoch einem sich immer wiederholenden Muster. Nach der Phase der schrecklichen Sehnsucht, des grenzenlosen Verlangens, der überwältigenden Leidenschaft und der seelischen Qualen ist entweder Schluss oder es stellt sich ein angenehmer Waffenstillstand zwischen beiden Parteien ein.

So hatte Zoe es zumindest vor ein paar Jahren einmal in einer Titelgeschichte mit der schönen Überschrift »Die verflixte siebte Woche. Tricks für eine dauerhafte Beziehung« für *VISION* fabuliert.

Irgendwie fand sie es jetzt unheimlich befriedigend, dass sie damals keinen Quatsch geschrieben hatte, denn genau so war es wirklich.

Zwei Wochenenden nach dem Ball hatte Zoe die linke Seite von Toms Bett annektiert, was man an einem großen, quadratischen deutschen Kopfkissen erkennen konnte, das Tom extra für sie hatte besorgen lassen. Das kleine, rechteckige amerikanische, »auf dem kein vernünftiger Europäer schlafen kann« (O-Ton Zoe), war dezent entsorgt worden. Außerdem gab es neuerdings immer fettfreie Milch im sonst weiterhin leeren Kühlschrank für einen morgendlichen Café latte, den Tom ans Bett zu servieren pflegte, wenn Zoe über Nacht blieb.

An diesem Sonntagmorgen saß sie im Schneidersitz auf Toms Bett, nippte an ihrem Latte und blätterte durch die Style Section der *New York Times*, die mit der neu entdeckten Begeisterung amerikanischer Models, Hipster und Schauspieler für Grünkohl aufmachte.

»Frisch gepresster Grünkohlsaft mit Apfel und Petersilie«, rief Zoe. »Da gruselt es mich schon beim Lesen.«

»Eine Saftbar-Kette mit Lieferservice wäre jetzt eine richtig gute Geschäftsidee«, entgegnete Tom, der sich an einer Reportage im Auslandsteil festgelesen hatte.

»Grünkohl ist Nachkriegsessen, würde meine Oma dazu nur sagen.«

»Grüne Saftkuren sind das neue Yoga, würde ich dazu nur sagen.«

Zoe lehnte den Kopf an Toms Schulter. Wir zwei sind tatsächlich am Punkt dieses angenehmen Waffenstillstandes angekommen, musste sie wieder an ihren »Die verflixte siebte Woche«-Artikel aus *VISION* denken. Worüber sie sich keineswegs beklagen wollte. Im Gegenteil, dachte Zoe. Ich bin fast fünfunddreißig, Freunde der Nacht. *Been there, done that.*

Zoe Schuhmacher war bereit für gesittete Zweisamkeit.

★★★

Lande um 14.20 Uhr am JFK und habe nach Dienstschluss eine Überraschung für dich. T

Was für eine???? Happy landing! xoxo Zoe

Eine große Überraschung! 3.600 square feet!

Fakten, Fakten, Fakten bitte!

Wir schauen uns heute Abend ein Loft in SoHo an. Wooster Street. Möchtest du nicht eventuell aus deinem IKEA-Showroom in Brooklyn wieder ausziehen?

Und etwa bei dir einziehen?

Exactly! Schau dir mal das Loft Nr. 1524830 bei Corcoran an.

Zoe war etwas benommen, als sie die Listennummer auf der Webseite des Immobilienmaklers eintippte. Was für eine wirklich gelungene Überraschung sprach. Ich ziehe mit Tom zusammen, dachte sie. Ziehe ich mit Tom zusammen? Will ich mit Tom zusammenziehen? Ist es eine gute Idee, mit Tom zusammenzuziehen? Ihr letzter Versuch der Wohnungsteilung mit einem Exemplar des anderen Geschlechts hatte immerhin darin geendet, dass sie ein Pfund Kressesamen auf einem sündhaft teuren Teppich ausgesät und gut gewässert hatte – bevor sie auf einen anderen Kontinent umgesiedelt war.

Auf dem Bildschirm materialisierte sich ein Loft mit drei Schlafzimmern, zwei Badezimmern, sechs fast schon obszön großen Bogenfenstern sowie vier Meter hohen Decken mit original Zinkfliesen daran. Die Bude war das Ästhetischste, was Zoe je gesehen hatte. Sie kostete allerdings auch 15.000 Dollar Miete im Monat.

Atemberaubend! Aber nicht ganz meine Geldbeutelgröße!

Wer sagt denn, dass du Miete zahlen musst? Ich hol dich später ab!

★★★

Am selben Abend, drei Wochen vor Weihnachten, verließen Tom und Zoe gemeinsam das Chrysler Building. Es war außergewöhnlich warm für Dezember in New York, vielleicht zwölf oder dreizehn Grad, und es fing gerade an zu regnen. Nicht nieselnd-konstant wie in Deutschland, sondern mit dicken aggressiven Tropfen. Jeder, der in New York schon mal ein Gewitter erlebt hatte, wusste, dass es jetzt noch maximal fünf Minuten bis zum Weltuntergang waren. Bis kein Schirm mehr Schutz bot vor den Sturmböen, die durch die Fluchten der Wolkenkratzer fegen würden. Bis die städtische Kanalisation kapitulierte, sodass die überlaufenden Gullys die Avenues und Querstraßen in kleine Seen mit ungeahnten Tiefen verwandeln würden.

Zoe blickte besorgt gen Himmel. Die sich dort auftürmenden Wolken leuchteten rot, garstig-grau und lila, wie ein Bluterguss, den man sich bei einem Frontalzusammenstoß mit einer Tischkante eingehandelt hatte. Doch Tom schien den anstehenden Weltuntergang gar nicht wahrzunehmen. Er war ganz hibbelig vor Freude, hatte ihr den Arm um die Schultern gelegt und sie fest an sich gezogen.

»Und vor dem offenen Kamin will ich ein Eisbärfell haben«, verkündigte er übermütig.

»Du spinnst ja. Dann campieren die Tierschützer von PETA vor unserer Tür.«

»Dann eben ein Lammf …«

Tom schaffte es nicht, den Satz zu vollenden. Als hätte man bei einer DVD auf Pause gedrückt, blieb er abrupt unter dem Vordach des Gebäudes – und vor einer fremden Frau – stehen.

»Vicky, was machst du denn hier in New York?«, presste er fassungslos heraus.

»Ich dachte, Daaahling, es wäre an der Zeit, dich mal zu besuchen und zu schauen, was du so treibst«, erwiderte die hochgeschossene Frau mit fast schon unanständig karottenfarbener Lockenmähne und strahlte.

Mit ihrem unüberhörbaren britischen Akzent hätte sie die schöne, schlanke und in Couture gekleidete Schwester von Sarah Ferguson sein können. Die Frage war nur, ob sie auch zurechnungsfähiger war als Fergie? Dicke, feindselige Regentropfen, die nach dem Aufprall auf dem Boden wieder ein paar Zentimeter in die Höhe hüpften und dann in alle Richtungen zerbarsten, prasselten jetzt immer heftiger auf die Lexington Avenue. Mit der Zielsicherheit einer vollautomatischen Cruise Missile wandte sich die Rothaarige Zoe zu und streckte ihr eine lederbehandschuhte Hand zur Begrüßung entgegen.

»Guten Abend, meine Liebe. Ich bin Victoria Lancaster Fiorino«, sagte sie und neigte wie ein Kanarienvogel den Kopf betont interessiert zur Seite. »Und Sie müssen Zoe Schuhmacher sein, die Frau, die mit meinem Mann schläft.«

20

Im Freistaat Bayern, Regierungsbezirk Mittelfranken, zwischen schier unendlichen Feldern und Kuhweiden, liegt ein kleiner Ort namens Herpersdorf. Mit gerade mal 247 Einwohnern. Dorthin war Zoe Schuhmacher geflüchtet. Sie hatte wieder ihr ehemaliges Kinderzimmer unter dem Dach des elterlichen Fachwerkhauses bezogen. Nichts hatte sich in Herpersdorf verändert. Am gelben Ortsschild hing immer noch der Aufkleber »Atomkraft – Nein, danke!«, den Zoe und ihre Freundin Steffi dort hingepappt hatten, als die Eltern es ihnen strikt verboten hatten, auf eine Demo nach Wackersdorf zu fahren, wo eine Wiederaufbereitungsanlage für atomare Brennstäbe gebaut werden sollte. Im Bücherregal ihres Kinderzimmers stand die *Hanni-und-Nanni*-Sammlung, und auf ihrem Bett saß der überdimensionale blaue Schlumpf, den Onkel Peter einmal beim Kirchweihfest für sie geschossen hatte. Normalerweise wäre es beängstigend gewesen, wenn sich zehn, fünfzehn Jahre lang an einem Ort nichts Nennenswertes getan hatte. Aber in diesem Fall war es tröstlich. Als wäre nichts geschehen.

Zoe hatte auf dem Weg nach Herpersdorf ihr Handy in einen Papierkorb geworfen und ihr amerikanisches Leben gleich mit. Ihr Laptop lag unausgepackt in der Tasche unten im Flur, und ihren Eltern hatte sie gesagt, dass sie keine Anrufe entgegennehmen würde, nicht einmal wissen wolle, wer dran sei. Sie war wieder da, wo sie begonnen hatte. Der Kreis hatte sich sozusagen geschlossen. Es war ein Fehler gewesen, wegzugehen, davon war Zoe im Nachhinein überzeugt. Ein hochmütiger Fehler vielleicht sogar. Nach München zum Studieren, nach Berlin zu *VISION* und dann nach New York. Und zu denken, dass die Welt da draußen die ihre wäre. Bunter als hier, lebendiger und voller Möglichkeiten. War sie aber nicht.

★★★

»Willst du nicht wenigstens darüber reden?«, fragte ihr Vater am Frühstückstisch zum vierzehnten Mal in zwei Wochen, während Zoe lustlos in ihrem Knuspermüsli rührte.

»Nein.«

»Wirklich nicht?«

»Nein.«

»Nicht wenigstens die Kurzfassung?«

»Also gut«, erwiderte sie unwirsch. »Damit wir es hinter uns haben: Mein neuer Chef war ein klassischer Irrer, der die Menschen in seinem Team behandelt hat wie Leibeigene. Und der Mann, den ich glaubte zu lieben, hatte leider vergessen, mir mitzuteilen, dass er verheiratet ist. Die Journalistin Zoe Schuhmacher, die mit ihrem Online-Feature über das Phänomen der trostlosen Geliebten für den Deutschen Frauenjournalistenpreis nominiert wurde, war selbst eine trostlose Geliebte.«

Zoes Vater schwieg. Das war ein alter Trick aus Patienten- und Vorstellungsgesprächen, der die andere Seite dazu bringen sollte, sich um Kopf und Kragen zu reden. Er funktionierte fast immer.

»Das in New York, das war nicht ich. Ich bin keine Debütantin, die auf einem Ball in die vornehme Gesellschaft eingeführt wird, und ich lasse mich auch nicht in einem Millionen-Loft als Geliebte aushalten.«

Zoes Vater schwieg immer noch, doch dann schaltete sich ihre Mutter ein und zerstörte seine Taktik.

»Ich bin jedenfalls froh, dass du wieder da bist. Ich habe nie verstanden, was du an Amerika so toll gefunden hast.«

Zoes Vater guckte sie warnend an und sie schwieg beleidigt.

»Das ist die Kurzfassung«, schob Zoe noch nach. »Es gibt nichts daran zu analysieren und nichts zu interpretieren. Und das war das erste und das letzte Mal, dass ich darüber gesprochen habe.«

Carrie Bradshaw aus *Sex and the City* hatte einmal gesagt: »Nachdem eine Beziehung in die Brüche gegangen ist, sind bestimmte Straßen, Orte, manchmal sogar Tageszeiten schwer zu ertragen. Die Stadt, in der man wohnt, wird dann zum Schlachtfeld, gespickt mit emotionalen Tretminen. Man muss sehr aufpassen, worauf man steigt, um nicht in die Luft gejagt und in kleine Einzelteilchen zersprengt zu werden.« Wie recht sie wieder einmal hatte.

Zoe konnte sich nicht mehr genau erinnern, ob sie Vicky Fiorino unter dem Vordach des Chrysler Buildings noch geantwortet hatte oder nicht. Sie wusste aber, dass sie das nächste gelbe Taxi angehalten hatte, eingestiegen war und dem Taxifahrer befohlen hatte: »Zum Flughafen. JFK, nicht LaGuardia.«. Dann hatte sie Eros angerufen und ihn gebeten, ihren Pass aus ihrer Wohnung zu holen und ihn per Boten zum Terminal 1 an den Lufthansa-Schalter bringen zu lassen. Ein Notfall in der Familie, hatte sie ihn angeschwindelt, damit er keine Fragen stellte. Anschließend hatte sie telefonisch ein One-Way-Ticket über München nach Nürnberg gebucht. Sie hatte kurz überlegt, ob sie zurück nach Berlin fliegen sollte. Aber da gab es zu viele Leute, die sie kannten. Unter anderem Benni.

In dem Moment unter dem Vordach, als Toms Ehefrau, von deren Existenz er ihr nie erzählt hatte, vor ihr gestanden hatte, war Zoes Welt zusammengebrochen. Sie hatte diesem New York vertraut, eine faire Chance zu bekommen, dort nach Benni ein neues Leben beginnen zu können. Sie hatte Tom vertraut. Hatte sie ihn nicht sogar irgendwann als »guten Menschen« bezeichnet? Wie naiv von ihr. Wie töricht. Warum sollte jemand, der offenbar eine Karriere als Herzensbrecher gemacht hatte, sich plötzlich ändern? Auch wenn er ein paar Wochen lang so tat. *Bei mir enden alle Bezie-*

hungen nur im Chaos, Zoe. Das hast du nicht verdient. Hatte er das nicht genau so formuliert? Was für eine perfekt-perfide Masche!

Im Grunde hatte Thomas Prescott Fiorino sie benutzt. Das war Zoe schon im Taxi zum Flughafen klar geworden. Wie alle diese Männer in ihrem Geliebten-Feature, diese Wettermoderatoren und Weltbankchefs, die ihre Zweit-, Dritt- und Viertfrauen über die Welt verteilt parkten – und nach Belieben benutzten. Hatte er ernsthaft geglaubt, sie würde ihm nicht auf die Schliche kommen, wenn sie erst mal zusammenwohnten? Wie schafften diese Männer es, mehrere Parallellieben zu führen? Rein organisatorisch, aber vor allem emotional? Zoe hatte das alles einfach nur widerlich gefunden.

Dann später im Flugzeug hatte sie weder geheult noch gezittert und sie war auch nicht ohnmächtig geworden. Sie hatte einfach nur unter undefinierbaren körperlichen Schmerzen gelitten. Liebe war eben doch mehr eine Droge als ein Gefühl, hatte sie in diesem Moment gedacht. Und sie war ganz offensichtlich auf Entzug.

Zoe Schuhmacher hatte in diesen Stunden auf Vollautomatik umgestellt; ihr Gehirn hatte systematisch seine To-do-Liste abgearbeitet, um sie so schnell wie möglich vom Tatort wegzubringen. Sie hatte die Anrufe und SMS von Tom auf ihrem iPhone weggedrückt, genauso wie ihre Tränen, und das Telefon vor dem Boarding in den Abfalleimer an Gate 7 geworfen. Zoe hätte erwartet, dass sie sich mit jedem Kilometer, den sich der Airbus weiter von den USA entfernte hatte, ein klein bisschen weniger schlecht fühlen würde. Aber in den sechs Stunden über dem Atlantik waren ihre Schmerzen gerade mal von 100 auf vielleicht 99,8 zurückgegangen.

★★★

Zu Hause in Herpersdorf wartete Zoes Kindheitsfreundin Steffi schon in der Haustür auf sie. Steffi hielt ihr Baby Lukas auf dem Arm, das jetzt ungefähr drei Monate alt sein musste. Die Große, Leonie, war offenbar noch in der Schule. Sie musste in der zweiten oder dritten Klasse sein. Steffi und Zoe waren einmal beste Freundinnen gewesen. Früher hatten sie zwei Hausnummern auseinandergewohnt, waren in den gleichen Kindergarten und in dieselbe Grundschulklasse gegangen. Steffi hatte den Barbie-Swimmingpool, Zoe den Barbie-Campingwagen besessen, und beide hatten natürlich die exakt gleichen Dreigangfahrräder in Weiß gefahren, mit pinkfarbenem Körbchen auf dem Gepäckträger – so wie sich das für allerbeste Freundinnen eben gehörte.

»Ich freue mich so, dass du da bist, Zoe«, rief Steffi, als Zoe noch am Gartentor des Jägerzaunes stand. »Gut siehst du aus.«

»Lass es gut sein«, antwortete Zoe, schließlich wusste sie genau, dass ihre Mutter Steffi schon über die Tochter mit dem gebrochenen Herzen gebrieft hatte. Wahrscheinlich spekulierte auch jeder hier im Dorf darüber. So waren Dörfler nun mal. Wenn die verlorene Tochter plötzlich heimkehrte und tagelang nicht das Haus verließ, wurde geflüstert: »Da stimmt doch was nicht.«

Steffi führte Zoe in ihre Essküche und legte den fast eingeschlafenen Lukas in ein Babykörbchen. Sie hatte bereits Wasser aufgesetzt. Eine Packung Wellnesstee mit einer so superentspannten Frau im Lotussitz darauf, dass Zoe ihr am liebsten eine gescheuert hätte, stand neben zwei Porzellantassen bereit.

»Wie geht's dir?«, fragte Steffi vorsichtig.

Tja, wie ging es ihr? Hätte Zoe das gewusst, dann wäre sie schon ein Stück weiter. »Ich bin irgendwie leer.« Etwas Besseres fiel ihr nicht ein.

Sie schwiegen. Es war kein unangenehmes Schweigen, aber auch kein angenehmes. Früher, mit fünfzehn, hätte Steffi so etwas gesagt wie: »Ich weiß genau, wie du dich fühlst«. Und Zoe hätte sich sofort besser gefühlt, in dem sicheren Wissen, dass jemand sie hunderttausendprozentig verstand. Heute mit vierunddreißigeinhalb war das anders. Nicht nur, weil sie älter waren und das Leben sich als facettenreicher – aber auch fallenreicher – entpuppt hatte. Sondern auch, weil Steffi exakt das Leben führte, das auch Zoe führen würde, wenn sie zu Hause in Herpersdorf geblieben und nicht nach München zum Studieren, nach Berlin zum Arbeiten und nach New York zum Karrieremachen gegangen wäre. Alternative Geschichte, quasi. Steffi war Zoes Gegenentwurf und Spiegelbild in einem. Sie hätte sich über die Jahre hinweg nicht weiter von Zoe entfernen können und war ihr doch so nah.

Steffi hatte nach der Schule eine Banklehre im nahen Ansbach gemacht und mit fünfundzwanzig ihren Jugendfreund Andreas geheiratet. Zur Hochzeit bekamen sie von ihren Eltern das Nachbargrundstück geschenkt. Steffi und Andreas hatten gebaut und zwei Kinder bekommen. Auch wenn Zoe das damals völlig geradlinig, langweilig und vor allem unglaublich unexotisch erschienen war, beneidete sie Steffi heute um dieses Leben. Es war ein ehrliches Leben, ein schönes Leben, eins, das vielleicht weniger Höhen und Tiefen, aber dafür sehr viel mehr Sicherheit bot. Steffi war eine dieser neuen Mütter, die mit ihren Säuglingen in PEKiP-Kurse gingen. Sie kochte und pürierte die Babynahrung selbst, statt Gläschen zu kaufen, und verbrachte den Urlaub mit Mann und Nachwuchs in zertifizierten Familienhotels, die statt mit Sternen mit lustigen Smileys ausgezeichnet waren. Steffi hatte mit voller Überzeugung ihren Job bei der Ansbacher Sparkasse aufgegeben und war Vollzeitmutter geworden, weil sie fand, das sei sie ihren Kindern schuldig. Schließlich war sie selbst als Schlüsselkind aufgewachsen und musste immer nach der Schule allein daheim zurechtkommen. Klar hatte Steffi ab und an Zoff mit Andreas, dem der Stammtisch mit seinen Fußballkumpeln heiliger war als Weihnachten und Ostern zusammen. Klar stritten sie darüber, ob sie sich noch ein drittes Kind leisten konnten. Oder wollten, wie Steffi es interpretierte.

Ein ganz normales Leben also. Eines, das Zoe hätte auch haben können.

Steffi goss den Tee auf, räumte die nervige Lotussitzfrau zurück in den Küchenschrank und stellte ein Schälchen mit zweifellos fair angebautem Kandiszucker auf den Tisch.

»Die Gedanken in meinem Kopf fahren einfach nur Dauerkarussell«, versuchte Zoe zu erklären. »Ich will den Zeitpunkt finden, wo ich die Bremse hätte ziehen müssen. Wo ich hätte merken müssen, dass ich in einem schlechten Film mitgespielt habe.«

»Das kannst du nicht von dir verlangen«, wandte Steffi ein. »Im Nachhinein ist man immer schlauer.«

»Wenn's denn nur so wäre. Wenn ich doch jetzt bloß schlauer wäre. Bin ich aber nicht. Kein bisschen. Ich bin nur total verwirrt.«

»Und was willst du jetzt machen?«, fragte Steffi besorgt.

»Ich will auf keinen Fall nach Berlin zurück. Dort ist Benni. Dort ist *VISION*. Ich will mit all dem nichts mehr zu tun haben. Ich habe die große weite Welt satt. Das ist alles nur falscher Glitzer. Ende der Woche habe ich einen Vorstellungstermin bei der *Ansbacher Zeitung*. Der Chefredakteur ist ein Kegelbruder meiner Eltern, erinnerst du dich?«

Steffi nickte.

★★★

Die Zeit bis zum Vorstellungsgespräch vertrieb sich Zoe mit ziellosem Spazierengehen. Seit sie wieder in Deutschland war, hatte kein einziges Mal die Sonne geschienen. Zoe hatte kein einziges Mal blauen Himmel gesehen – in New York dagegen fast jeden Tag. Rund um Herpersdorf lag der Nebel milchig, dicht und schwer über den Wiesen. Sie lief den Feldweg entlang der Pferdekoppeln ab, die im Winter natürlich einsam und verlassen waren, und versuchte den Platz im Wald zu finden, wo sie als Kinder ein Baumhaus gebaut hatten, und den Bunker aus dem Zweiten Weltkrieg, den sie damals entdeckt, sich aber nie hineingetraut hatten. Wenn sie ganz ehrlich war, versuchte sie jedoch, sich selbst zu finden.

Dabei half es nicht gerade, dass zu Hause ihre Mutter wartete, die – Zoe wusste es genau – insgeheim froh war, dass die blöden Amis ihre Tochter wieder nach Hause getrieben hatten. Karin Schuhmacher hatte ein echtes Problem mit Amerikanern. Mit einem Volk, »das einen drittklassigen Schauspieler zum Präsidenten gewählt«, »seinen Status als Weltmacht durch Wettrüsten betoniert« und »die Fettleibigkeitsepidemie durch Fast Food über uns gebracht« hat. Alles O-Töne Karin Schuhmacher. Dabei war sich Zoe gar nicht sicher, ob ihre Mutter überhaupt jemals einen Film mit Ronald Reagan gesehen hatte.

Wäre Zoe in Amerika geblieben, dann hätte ihre Mutter sie niemals dort besucht. Sie reise prinzipiell nicht nach Amerika, hatte sie Zoe vor deren Umzug in die Vereinigten Staaten des Bösen und Hässlichen explizit erklärt. Vorurteile lebten sich aus der Ferne eben leichter.

★★★

»Setzen Sie sich, Zoe. Ich darf doch Zoe zu Ihnen sagen, nicht wahr?«, fragte der Chefredakteur der *Ansbacher Zeitung*. Er kannte sie praktisch seit ihrer Geburt. Schon gefühlte hundert Jahre lang gingen ihre Eltern mit ihm und seiner Frau immer freitags zum Kegeln. Zoes Mutter hatte den Termin bei Herrn Gottfried ausgemacht. Sie war der Meinung, dass Zoes Leben wieder in geordnete Bahnen gebracht – und vor allem zurück in die Heimat verlegt – werden musste. Und was konnte geordneter – und näher – sein als eine Führungsposition bei der Lokalzeitung?

»Die Ressortleitung für die Wochenendbeilage *Ansbach und seine Region* ist bei uns gerade frei geworden«, sagte Gottfried. »Würde Sie das interessieren?«

»Das könnte ich mir gut vorstellen«, antwortete Zoe. Sie würde sich fortan also mit Themen aus der Ferienregion rund um den Brombachsee befassen. Über die Rock- und Popbands des Taubertal-Festivals berichten. Über das Altstadtfest und verkaufsoffene Sonntage schreiben. Handfeste Inhalte, ehrlich, bodenständig. Die Steffi-Version der Zoe sozusagen. Wie sie es sich gestern Morgen noch gewünscht hatte. Am 1. Februar sollte sie anfangen, in sechs Wochen. Als wäre nichts geschehen.

★★★

So tauchte Zoe Schuhmacher pünktlich zu Weihnachten tief in ihre Vergangenheit ab, in die Zeit vor Berlin und vor New York, und verdrängte den Krater in ihrem Herzen, als gehöre er zu einer anderen Person. Psychologen würden jetzt sagen, jedes Beziehungsende sei ein bisschen wie der Tod, eine Phase der Trauer gehöre dazu, und dass man die zulassen musste, wusste Zoe. Ihrer Erfahrung nach meisterten Frauen dieses Zulassen gemeinhin, indem sie wochenlang heulten und literweise Eiscreme in sich hineinschaufelten. Männer, indem sie einen oder auch mehrere trinken gingen, als gäbe es kein Morgen; danach war dann alles wieder gut. Zoe entschied sich für die kalorienärmere männliche Variante. Wobei die Tatsache, dass es wirklich schwer war, in Ansbach ihr geliebtes Häagen-Dazs-Eis zu finden, durchaus eine Rolle bei der Entscheidungsfindung gespielt hatte.

Das Café-Bar-Restaurant Unrat am Drechselgarten war eine Ansbacher Institution. Es war in Zoes Jugendzeit DIE In-Kneipe gewesen und hatte, was in der Gastronomie sehr selten vorkam, den Übergang zum Klassiker geschafft. Wie ein Burberry-Trenchcoat, den man nie aussortieren und in die Altkleidersammlung geben durfte, weil er einfach zeitlos schön war und blieb. Benannt war das Unrat übrigens nach Heinrich Manns gleichnamigem Professor, den Marlene Dietrich im *Blauen Engel* verführte.

Weihnachten wurde die mittelfränkische Gastro-Legende dann immer zum Facebook der realen Welt. Wie alle Mitglieder der Generationen X und Y fanden sich auch die nach Nürnberg, München, Berlin oder Hamburg entflohenen jungen Ansbacher wieder zu Hause bei ihren Eltern unter dem Tannenbaum ein, aßen Gans mit Blaukraut und tauschten Geschenke aus. Spätabends trafen sie sich dann, ganz ohne Absprache, aber mit der Zielsicherheit von Zugvögeln, im Unrat.

»Zoe, Sweetheart, schön dich zu sehen.« Der Wirt, der eine alberne rote Weihnachtsmannmütze trug, nahm Zoe fest in die Arme. Im Hintergrund lief *Santa Baby*.

Heute war beinahe Zoes kompletter Abschlussjahrgang des Theresien-Gymnasiums präsent. Zoe war bisher immer ein großer Fan von Klassentreffen gewesen, weil sie insgeheim doch ein kleines bisschen stolz darauf war, es aus diesem Kaff in die weite Welt hinaus geschafft zu haben. Banale Befriedigung ihres Angeber-Gens. Die Betonung lag aber neuerdings auf »war«. Denn Klassentreffen waren immer auch eine Begegnung mit der eigenen Biografie, eine Konfrontation mit sich selbst. Und Zoe Schuhmacher mochte sich selbst derzeit nicht treffen müssen. Klassentreffen waren nämlich nur dann wunderbar, wenn es rund lief im Leben. Wenn man Hochzeitsfotos mit einem Herrn Doktor Soundso, seine hochbegabten Drillinge oder zumindest Mein-Haus-mein-Auto-mein-Boot präsentieren konnte. Was aber, wenn frau gerade fies verlassen worden und wieder bei ihren Eltern ins ehemalige Kinderzimmer gezogen war? Dann versteckte sie sich im hintersten Winkel der Bar, dort, wo es zu den Toiletten ging.

Warum Zoe dann überhaupt ins Unrat gekommen war? Sie fand, dass Verlassene ein Anrecht auf ein gewisses Maß an selbstzerstörerischem Masochismus hatten. Und das ließ sie sich von niemandem nehmen.

»Entschuldigung, darf ich da mal durch? Ich suche Zoe Schuhmacher«, hörte sie plötzlich eine Stimme und konnte nicht fassen, wer vor ihr stand.

»Wie kommst du denn hierher?«, fragte sie ein wenig dämlich.

»Per GPS. Global Positioning System, um genau zu sein. Sonst würde man diesen entzückenden Ort nämlich nie finden.«

Allegra wirkte hier in Ansbach wie jemand von einem anderen Stern. Sie trug ein senfgelbes Kaschmirkleidchen unter einem schwarzen Herrenjackett und hatte die Haare zu einem dieser kunstvollen Pferdeschwänze frisiert, die nicht nach »Ich komm gerade vom Joggen«, sondern eher nach »Ich gehe gleich auf die Oscar-Verleihung« aussahen.

»Allegra! Jetzt mal ehrlich!«

»Genau genommen bin ich mit Alitalia, Lufthansa und Europcar hergekommen. Neapel – Rom – Frankfurt – Nürnberg – Autobahn A7 – Staatsstraße 2223. Ich wollte schon immer mal Herpersdorf bei Ansbach, Regierungshauptstadt von Mittelfranken in

Bayern, Süddeutschland, entdecken, mien Deern«, erwiderte die gebürtige Hamburgerin.

Zoe war sich sicher, dass Allegra, mal von München abgesehen, in ihrem ganzen Leben noch keinen Fuß in das Bundesland Bayern gesetzt hatte.

Sie verlor langsam die Geduld. Irgendwo zwischen München und New York hatte sie aufgehört zu zählen, wie viele platte Witze man über ihre Heimat machen konnte. Herpes-Dorf, zum Beispiel. Haha! Sehr komisch!

»Woher weißt du eigentlich, dass ich hier bin?«

»Eros hat mir erzählt, dass du in einer Nacht-und-Nebel-Aktion nach Deutschland geflogen und völlig von der Bildfläche verschwunden bist. Die Redaktion hat natürlich irgendwann deine Eltern kontaktiert. Was denkst du denn?«

»Und was willst du jetzt hier, Al, wenn du ohnehin schon weißt, dass ich noch lebe?«

»Zoe Schuhmacher, das ist eine Intervention!«, antwortete Al mit der ernsten Miene eines TV-Arztes aus der Realityshow *Promi-Entzugsklinik*, der seinem abgewrackten Kandidaten live im Fernsehen erklärte, dass es jetzt aber wirklich Zeit wäre, mit dem Koksen aufzuhören, weil sonst auch die allerletzte Gehirnzelle flöten gehen würde.

»Eine was?«

»Eine *intervention*. Was weiß ich, wie das auf Deutsch heißt. Ein Eingriff, eine Rettung. Jetzt ist jedenfalls Schluss mit Selbstmitleid und Heimkehren zu den Wurzeln und so. Du gehörst hier nicht mehr her. Zurück in die Zukunft nach Herpersdorf ist nicht.«

»Und was schlägst du stattdessen vor, Frau Therapeutin?«

Wieso mischen sich eigentlich alle in mein Leben ein?, fragte sich Zoe ärgerlich. Sie wollte leiden. Punkt. Maßen Frauen nicht an der Länge ihres Leidens die Tiefe der gerade kaputtgegangenen Beziehung? Wenn sie in Mathe jemals etwas übers Bruchrechnen hinaus wirklich kapiert hätte, würde sie jetzt eine binomische Formel aufstellen. Etwa so: $\text{Leiden}^2 \times \text{Länge}^2 = \text{Tiefe}$. Lösen Sie die Formel nach dem Mann auf – oder so.

»Ich habe den Italien-Teil meiner *Eat-Pray-Love*-Reise beendet. Im Januar geht's nach Indien weiter. Willst du mit?«, fragte Al.

Will ich?, fragte sich Zoe. Was hatte sie schon zu verlieren? Und Zeit bis zum 1. Februar hatte sie auch. Momentan fühlte sie sich genau so, wie sich diese seltsamen Tage zwischen Weihnachten und Neujahr anfühlten, die morgen begannen. Sie waren weder altes Jahr noch neues, sondern einfach nur ödes Niemandsland zwischendrin. Zoe beschloss also spontan, dass Indien der perfekte Ort sei, um das neue Jahr zu beginnen.

21

JANUAR

Zoe hatte bisher vor Indien immer etwas Respekt gehabt und wäre, hätte Allegra ihr die Wahl gelassen, viel lieber nach Italien gefahren. Nicht nur wegen der Pasta, sondern vor allem wegen der Italiener, die schmerzfrei jede noch so hässliche Touristin anbaggerten und ihr – »*CARA MIA*!« – für ein paar Minuten das Gefühl gaben, die schönste Frau auf dem Planeten zu sein. Ganz abgesehen davon, konnte Zoe nicht so gut mit Elend, mit seltsamen Gerüchen und verstümmelten Gliedmaßen. Und Kühe gehörten ihrer Meinung nach auf eine Weide und nicht auf die Straße. Vielleicht war sie samt ihrer mitteleuropäischen Ignoranz ja deshalb letztendlich doch bei einem Frauenmagazin gelandet und nicht als Kriegsreporterin bei CNN.

Als Zoe und Allegra nach einem viertelstündigen Kurzflugs von Mumbai endlich in Pune landeten und aus dem Flugzeug stiegen, waren es zwanzig Grad, die Luftfeuchtigkeit erstaunlich niedrig und es wehte ein leichter Wind. Ein Fahrer wartete bereits auf sie. Der Name der Stadt Pune komme von Punya Nagari, erklärte er ihnen. Was so viel hieße wie »Stadt der Tugend«.

»Na dann«, murmelte Zoe.

Allegra hatte sie nicht in Elizabeth Gilberts Ashram in Ganeshpuri einquartiert, wo man zum Beweis seiner Selbstlosigkeit mit Zahnbürsten die Fußböden schrubben musste. Das war ihr dann doch zu viel des Guten gewesen. Außerdem ruinierte es die Fingernägel. Stattdessen waren sie in einer Art Club Med für Sinnsuchende, dem Osho International Meditation Resort, eingebucht. In den Siebzigern waren die Hippies dieser Welt hierhergepilgert, um Bhagwan Shree Rajneesh anzubeten, der dann später den Namen Osho annahm, hatte Al Zoe während des Fluges gebrieft. Die konnte sich noch an seine singenden Jünger in ihren orangeroten Roben und mit den kahl geschorenen Köpfen erinnern, die sie als Teenager oft in der Nürnberger Fußgängerzone gesehen hatte. Die trugen immer einen so seligen Blick zur Schau, dass ihre Mutter sie sofort weitergezerrt hatte. Was Zoe damals nicht wusste: Ihre innere Mitte hatten die Jünger vor allem auf die horizontale Art und Weise gefunden. Als Osho 1990 ins Nirvana aufstieg, ging es mit seiner Beliebtheit bergab und seine Jünger wandten sich anderen Trends zu. Aerobic etwa oder Tarotkartenlesen. Alles hatte eben seine Zeit. Aber Trends kamen ja bekanntlich wellenförmig immer wieder, sodass zwanzig Jahre nach dem Tod des ollen Osho seine Kommune wieder blühte wie nie zuvor und Oshos sehr irdische und einst von den Spenden seiner Jünger finanzierte Rolls-Royce-Sammlung natürlich längst vergeben und vergessen war.

Das Osho International Meditation Resort, rund hundertfünfzig Kilometer östlich von Mumbai, war neu auferstanden – als eine Art spiritueller Dienstleistungsbetrieb für Besserbetuchte, die ihren Seelenmüll in Indien lassen wollten. Der fünfzehn Hektar große Campus am Stadtrand von Pune mutete japanisch an, mit Fußgängerpfaden, die sich über kleine Brücklein über Seerosenteiche hinweg durch hohe Bambuswälder schlängelten. Ein Mönch, Jünger oder Animateur – oder wie auch immer man das hier im Club Meditation nennen mochte – begrüßte Zoe und Allegra.

»Willkommen in Indien«, sagte er in diesem charmanten indischen Sing-Sang-Englisch. »Mein Name ist Vatsayana. Indien ist ein einzigartiges Land, das nach dem höchsten Ziel strebt: die Wahrheit zu finden und die Wahrheit zu sein.«

Na dann, dachte Zoe, während Allegra eifrig zustimmend nickte. Al war längst aus ihrer Rolle als Chefredakteurin heraus – und in die einer sinnsuchenden Julia-Roberts-Kopie hineingeschlüpft. Als hätte sie es ihr ganzes Leben lang nicht anders vorgehabt. Wie Zoe Allegra kannte, würde sie aus dem Trip auch noch irgendwie Geld schlagen. Vielleicht mit einer eigenen TV-Show für Sinnsuchende oder so.

Das Welcome-Center des Resorts war dezent in edlem grauem Stein und Naturhölzern gehalten, sicherlich erdacht von irgendeinem Innenarchitektengenie, das achthundert Dollar die Stunde verlangte. Nach der Registrierung mussten alle Schäfchen einen Instant-Aids-Test ablegen. Während Zoe diese strikte Anordnung mit Verwunderung aufnahm, grinste Allegra nur erwartungsfroh.

»Eine Sorge weniger. Jeder Mann, der hier reinkommt, ist clean.«

Die beiden Freundinnen waren im Osho Guesthouse untergebracht, das mit seinen kamelfarbenen Eames Chairs locker einem Design-Hotel Konkurrenz machen konnte. Am folgenden Morgen, zur sehr christlichen Zeit von neun Uhr, trafen alle Neulinge zum *Welcome Morning* im Auditorium zusammen. Vatsayana, der Typ von gestern, nordete die Heilsuchenden ein. Er war groß und sehnig-dünn wie ein Marathonläufer. Kein Gramm Speck. Wenn Zoes Oma ihn hätte sehen können, wäre sie sofort von ihrem Fütterreflex überfallen worden und hätte ihm Berge von Kaiserschmarrn und Wiener Schnitzel aufgetischt, um ihn aufzupäppeln. Er mochte vielleicht vierzig sein, und Zoe fiel auf, dass er trotz seines indischen Sing-Sang-Englisch vom Hauttyp her ein Nordeuropäer sein musste.

»In dieser wunderbaren Welt leben wir alle in unseren ganz persönlichen kleinen Teichen des Elends«, zitierte er Osho. »Darum praktizieren wir hier jeden Tag die Stille-Meditation. Für Besucher ist es gemeinhin sehr schwer, aus ihrer gewohnten Lebensgeschwindigkeit auszutreten, ruhig zu sitzen und den Geist von all seinem Seelenmüll zu säubern. Wir helfen euch dabei.«

Zoe schaute ein bisschen genervt zu Allegra hinüber, die entspannt lächelnd im Schneidersitz hockte und offenbar schon mit dem Ausmisten begonnen hatte. Zoe aber wusste gar nicht, ob sie sich wirklich von all diesem Schrott da oben trennen wollte. Gehörte der nicht auch zu ihr? Sie beschloss, einen Spaziergang zu machen. Beten, meditieren – oder wie man das auch immer nennen mochte – war ein sehr vages Konzept für Zoe Schuhmacher, die U-Boot-Christin. Der olle Osho wird mein zerschundenes Herz kaum transzendental kitten können, dachte sie.

Hier war sie also, in der Stadt der Tugend, und fühlte sich weiter von sich selbst entfernt denn je.

★ ★ ★

Zur Morgenmeditation zog Zoe ein dunkelrotes bodenlanges Hängerkleidchen an. Abends schrieb die Kleiderordnung Weiß vor. Ein Dresscode wie im echten Club Med. In der achtundzwanzig Meter hohen Glaspyramide, die laut Prospekt das Auditorium mit einer Kapazität von fünftausend Menschen und einem Disco-würdigen Sound- und Lichtsystem beherbergte, fand die einstündige Sitzung statt. Erst tanzten sie ein bisschen, wie Zoe es nannte, Ringelreihen. »Um unsere überflüssige Energie loszuwerden.« Allegra lachte happy und warf ihre Lockenmähne in den Nacken. Zoe machte – mitgefangen, mitgehangen – gutmütig mit. Fremde Menschen an den Händen zu fassen, und das auch noch in Indien, war nicht so ihr Ding. Dann setzten sie sich im Schneidersitz auf große Kissen auf den Boden. »Um die Stille über uns kommen zu lassen.«

Zoe versuchte, ihr Gehirn zu entleeren. Wie aber dachte man an nichts? Und: Wenn man an nichts dachte, dachte man dann nicht doch an etwas? Immer wieder geisterten Benni Nigmann vor ihren verbissen zugekniffenen Augen herum, der dämliche Papst und natürlich Tom. Und immer wieder Tom. Wie er dastand, als sie ihn zum letzten Mal gesehen hatte. Völlig verblüfft, hasserfüllt, als hätte ihm seine überraschend aufgetauchte Gattin einen Strich durch die so schön ausgeklügelte transatlantische Geliebtenrechnung gemacht. Eigentlich sollte ich mich glücklich schätzen, dass Tom nicht noch eine in Deutschland sitzen hatte und in der Schweiz und in Kanada, überlegte Zoe. Aber wer wusste das schon so genau?

Und schon waren ihre Gedanken mit ihr durchgebrannt.

Stille.

Leere.

Alles Mist.

Zoe sprang auf, lief nach draußen und setzte sich wütend auf eine Granitbank an einem Seerosenteich. Irgendwie hatte sie sich das einfacher vorgestellt.

»Du musst es schon zulassen«, sagte leise eine Stimme hinter ihr.

Sie drehte sich um. Es war Vatsayana. Er stand, sie saß, und so bekam sie den Eindruck, dass er für ihren Geschmack ein bisschen zu gütig auf sie herunterlächelte.

»Was weißt du schon?«

»Mehr als du denkst«, sagte er und schwebte leichten Schrittes davon.

»Ist es nicht großartig hier?«, schwärmte Allegra, als sie ihre weißen Roben fürs Abendessen anlegten. »Ich habe einen Banker aus London kennengelernt, gebürtiger Spanier. Echt sexy!«

Na dann, dachte Zoe und musste an Allegras angeborenes Talent, sich immer den falschen Mann auszusuchen, denken. Sie selber zählte derweilen schon einmal die Tage bis zu ihrem Rückflug: Neunzehn waren es noch.

★★★

Frühstück, Mittagessen und Abendessen fanden hier im Resort »in Indiens hygienischster Cafeteria« statt, was Zoe ungemein beruhigte. Die auf der hoteleigenen Bio-Farm angebaute Kost wurde auf der Gartenterrasse unter kleinen weißen Sonnenschirmen serviert. Weniger Indien ging nicht. Allegra hatte sich ganz begeistert für das Dreitageseminar »Leben Sie im Hier und Jetzt – indem Sie Ihre Vergangenheit noch einmal durchleben!« eingeschrieben. Natürlich zusammen mit ihrem heißen Spanier. Zoe wollte sie unbedingt den Workshop »Wachsen, aufblühen, mit dem Leben verschmelzen: So bewältigen Sie Ihre Einsamkeit« aufschwatzen. Aber die hatte sich standhaft geweigert. Stattdessen setzte sie sich wie jeden Tag allein an ihren Seerosenteich und grübelte. Seit ihrer Teenagerzeit hatte sie zwei Dinge ohne Unterlass getan: erstens, neben der Schule gearbeitet, Praktika gemacht, als Freie Artikel geschrieben, also an ihrer Karriere gebastelt. Und zweitens, sich in Typen verliebt und wieder entliebt. Sie hatte immer darauf gewartet, dass sie irgendwann sie selbst sein würde. Sie hatte gedacht, dass das automatisch kommen würde. Von ganz allein. So ähnlich wie volljährig werden.

Benni Nigmann, der Traummann in Warteschleife, war ihre erste wirklich große Liebe gewesen. Doch dann kam Tom und stellte ihre komplette Welt auf den Kopf. Zoe seufzte laut und fragte sich, wie man dieses ungewollte Kopfkino in Endlosschleife nur abstellen konnte. Der Film gefiel ihr auf Dauer nämlich überhaupt nicht. Und zehn Tage Ashram hatten kein bisschen geholfen.

»Ein Neuanfang kann nur stattfinden, wenn etwas Altes zu Ende geht«, sagte eine Stimme. Wieder war es Vatsayana, der offenbar dafür zuständig war, abtrünnige Schäfchen zu trösten. Doch dieses Mal setzte er sich neben Zoe.

»So ein Ende ist aber manchmal ganz schön schmerzhaft.«

»Nicht, wenn du es als Anfang betrachtest.«

Und dann sprudelte es aus ihr heraus. Die ganze Geschichte mit Benni, dem Papst und Tom. Vor allem Tom. Mit New York und ihrem gefühlten Aschenbrödel-Dasein dort. In Dauerpanik leben, vom heiligen Aaron Papst rausgeschmissen zu werden. Nicht gut genug sein für den werten Sohnemann von Katherine »Kitty« Whitney Fiorino. Im Grunde nicht gut genug sein für die große weite Welt. Vatsayana hörte geduldig zu und reichte ihr ein Kleenex nach dem anderen. Fast eine ganze Box in einer Sitzung zu verbrauchen musste ihr neuer Rekord sein. Vielleicht haben die

Psychologen mit ihrer dämlichen Trauerphase ja doch recht, überlegte Zoe.

»Lass es los«, riet Vatsayana. »Du musst es loslassen. Du kannst nicht unglücklich bleiben, nur weil du Angst vor Veränderung hast.«

Es war schon irritierend, wenn ein Fremder einen klarer sehen konnte als man sich selbst. Beide saßen nun da und schwiegen. Zum ersten Mal spürte Zoe, wie sich das Nichts wie eine wohlige Nebelwolke über sie legte.

»Und du? Was machst du eigentlich hier? Du bist doch kein gebürtiger Inder?«, fragte Zoe, als sie nach einer kleinen Ewigkeit wieder aus ihrer Wolke in die Realität zurückkehrte. »Wo kommst du her? Wo willst du hin?«

»Ich komme nirgendwoher, und ich will nirgendwo hin. Ich lebe im Hier und Jetzt.«

Die alte Zoe hätte jetzt wieder »Na dann« gesagt. Dieses Mal verkniff sie es sich aber.

»Es ist, wie es ist, Zoe. Statt über vergangene Dinge nachzugrübeln, die du nicht mehr ändern kannst, solltest du sie annehmen«, erklärte Vatsayana.

Er ließ sie allein an ihrem Seerosenteich zurück, und Zoe versuchte, allen Beteiligten an ihrer Misere Licht und Liebe zu schicken, genau wie es Vatsayana vorgeschlagen hatte. Benjamin Nigmann. Aaron Papst. Und zu guter Letzt sogar Tom. Obwohl sie immer noch nicht davon überzeugt war, dass die drei es verdient hatten. Aber das konnte sich in den restlichen neun Tagen ja noch ändern.

★★★

»Und was willst du machen, wenn du aus Indien zurückkommst?«, fragte Allegra und trank einen Schluck Tee. »Du willst doch nicht ernsthaft bei der *Ansbacher Zeitung* anfangen?«

»Warum nicht?« Zoe zwirbelte ein bisschen geistesabwesend eine Haarsträhne um ihren Zeigefinger. »Scheint doch ein solider Plan zu sein.«

»Zoelein, solide ist nicht alles im Leben. Manchmal muss man auch etwas wagen.«

»Aber das habe ich doch getan«, wandte Zoe resigniert ein. »Und was hat es gebracht? Bruchlandung. Flugzeug explodiert. Alle Passagiere samt Pilot tot.«

»Willst du nicht wieder ins Magazinbusiness zurück? Oder mit Social Media weitermachen? Vielleicht etwas ganz Eigenes entwickeln?«

»Was denn?«

»Na, schau dir doch die ganzen sinnsuchenden Konsummenschen hier an, die Tausende von Euro ausgeben, um sich selbst zu finden. Nach unseren drei Wochen hier bin ich fest davon überzeugt, dass authentisches Leben ein riesiges Thema ist. Zurück zur Natur, ehrliches Essen, Reflexion, Simplizität, Spiritualität.«

»Du meinst die Sehnsucht nach einem Leben wie früher?«

»Genau. Ein Lifestylemagazin, nur ohne den ganzen Lifestyle.«

»Al, das ist genial!«

»Ich weiß! Wäre ich nicht gerade auf Weltreise, dann würde ich genau diese Zeitschrift jetzt entwickeln.«

»Ich glaube nicht, dass es eine Zeitschrift sein sollte. Es muss viel interaktiver sein. Die User sollten sich gegenseitig beraten, auf Ideen bringen, anfeuern, Dinge, die sie selbst produziert haben, verkaufen. Handgeimkerter Honig aus Prenzlberg in limitierter Stückzahl etwa. Oder Videoseminare zur Loving-Kindness-Meditation. So etwas geht nur mit einer Online-Plattform. Ein Magazin kann man anschließend immer noch daraus machen.«

In Zoes Kopf schäumten nur so die Ideen. Sie hatte das Design schon vor Augen. Ganz clean und simpel. Sie sah die verschiedenen Channels: Leben, Essen & Trinken, Home & Garden und natürlich The Good Life, mit Berichten über Menschen, die das Leben zumindest ein kleines bisschen lebenswerter machten. Die Welt zumindest ein kleines bisschen verbesserten.

»Wir könnten es so ähnlich wie ›Landliebe‹ nennen«, sagte Allegra.

»Klingt zu sehr nach Joghurt.«

»Stimmt. Wie wäre es dann mit … ›Sehnsucht‹?«

»›Sehnsucht‹ ist super!«, rief Zoe und sprang auf.

»Fang an, die Plattform zu entwickeln, wenn du zurück in Deutschland bist«, schlug Allegra vor. »Ich steige als fünfzigprozentiger Partner ein und mache einen Teil meiner Abfindung für die Finanzierung locker. Du kannst in meiner alten Wohnung in Hamburg wohnen, bis ich wieder da bin. Und dann sehen wir weiter. Entweder ziehen wir es alleine durch oder wir suchen uns ein Medienunternehmen als Partner. Deal?«

»Deal!«

22

Bei ihrem zweiten Besuch innerhalb von einem Monat an dem Ort, wo sie aufgewachsen war, fand Zoe die Tatsache, dass sich in den vergangenen zehn, fünfzehn Jahren nichts verändert hatte, weit abschreckender als beim ersten Besuch. Wie in einem billigen Horrorstreifen, wo die Heldin nichts ahnend durch die menschenleere, staubige Dorfstraße schlappt, ohne zu wissen, dass sich hinter den Vorhängen der verbarrikadierten Häuser blutgierige Zombies verstecken. Zoe war noch einmal nach Herpersdorf gekommen, um ihren Eltern in leibhaftiger Gestalt zu beweisen, dass es ihr gut ging. Dass sie Pläne hatte. Große Pläne. Die allerdings nicht mit der Ressortleitung bei der *Ansbacher Zeitung* zu vereinbaren waren. Sie konnte nicht unglücklich sein, nur aus Angst vor Veränderung.

Der Chefredakteur der Zeitung nahm ihre Kündigung an, bevor sie die Stelle überhaupt angetreten hatte. Wenn auch mit besorgtem Blick. Zoe erzählte ihm von New York, von Indien und dass sie ihre innere Mitte gefunden hätte. Sie fühlte sich so ruhig wie schon lange nicht mehr. Immerhin hatte sie jetzt einen Plan. Er hingegen kam sich, hatte Zoe den leisen Verdacht, ein bisschen vor wie in einem Film, gedreht mit versteckter Kamera.

★★★

Als Zoe von dem Gespräch bei der *Ansbacher Zeitung* nach Hause kam, parkte eine schwarze Mercedes-Limousine mit getönten Scheiben und laufendem Motor vor ihrem Elternhaus. An der Kühlerhaube lehnte eine unendlich lange Blondine in einem mit Kristallen bestickten, bodenlangen Abendkleid samt Nerzstola und trommelte mit den Fingern ungeduldig auf die Karosserie. Jetzt war Zoe an der Reihe zu denken, sie sei auf einem Filmset gelandet.

»Mimi?«

»Wird ja Zeit, dass du endlich auftauchst, Schätzchen. Ab ins Auto!«

»Schönen guten Tag auch. Was machst du hier? Wie geht's dir?«

»Mir ginge es wesentlich besser, wenn du deinen kleinen Hintern jetzt in dieses Auto schwingen würdest. Wir haben ein Flugzeug zu erwischen.«

Sagte es, schob Zoe gen Mercedes, drückte ihren Kopf hinunter wie bei *CSI New York* im Fernsehen, wenn jemand verhaftet wurde, damit er sich denselben nicht anhauen und die Cops anschließend wegen Körperverletzung verklagen konnte, und verfrachtete Zoe ins Auto. Der Chauffeur ließ den Motor aufheulen, Mimi sprang auf den Beifahrersitz, und schon fuhren sie auf der Staatsstraße 2223 Richtung Autobahn.

»Ist das eine Entführung, oder was? Und was trägst du da überhaupt für einen Fummel, Mimi? Ist das nicht etwas übertrieben für deine Rolle in geheimer Mission?«

»Komplexe Aufgaben bedürfen eben exquisiter Kleidung.«

»Jetzt mal ehrlich, Mimi. Was machst du hier?«

»Ich wollte nur sichergehen, dass es dir gut geht, mein Schatz.«

Erst jetzt realisierte Zoe, dass jemand neben ihr auf der Rückbank des Mercedes saß. »Und wer um Himmels willen sind Sie?«

»Ich bin die Visagistin und werde Sie schminken, während wir zum Nürnberger Flughafen fahren. Kleid und Schuhe sind im Kofferraum.«

»Kann mir mal bitte jemand erklären, was hier abgeht?«

»Da offenbar niemand anderer auf dieser Welt dazu fähig ist, die sture, stolze Zoe von ihrem Glück zu überzeugen, muss ich es eben machen«, erklärte Mimi theatralisch. »Wir fliegen nach Hamburg. Zur Verleihung des Frauenjournalistenpreises. Gratulation. Du hast übrigens gewonnen.«

19. Januar. Die idiotische Preisverleihung hatte Zoe total verdrängt. Schublade Voldemort/New York. Gaaanz weit hinten in ihr Gehirn. Sie hatte nicht im Traum daran gedacht, ernsthaft dort hinzugehen.

»Sollten die Sieger nicht erst auf der Gala verkündet werden?«

»Die Liste liegt bereits seit Wochen beim DFJV im Computer rum. Behauptet zumindest mein Hacker, aber der versteht kein Deutsch und hat sie per Google ziemlich kauderwelschig übersetzt.«

»Dein Hacker?«

»Außergewöhnliche Umstände verlangen außergewöhnliche Methoden, *my dear*!«

★★★

Die Preisverleihung fand in den Deichtorhallen in der Hamburger Altstadt statt. Das Foyer hatte sich schon Richtung Saal geleert, als Mimi und Zoe eintrafen. Zoe trug ein cremefarbenes, langes Prada-Kleid, dessen Träger am Rücken über Kreuz liefen, was dem Fummel etwas Geometrisch-Modernes verlieh. Dazu ein London Face mit blutrotem Lippenstift. Auf der Bühne im Saal machte Sabine Christiansen bereits die Anmoderation. Mimi zog Zoe an der Hand hinter sich her, im Slalom um weiß betischtuchte Dinnertische herum, bis sie an der Nummer 9 in der zweiten Reihe mittig angekommen waren. Zwei Plätze waren noch frei. Ihre Plätze. Die restlichen Gäste an Nummer 9 sahen aus, als wären sie erleichtert, dass die beiden es noch rechtzeitig geschafft hatten.

Aaron Papst tätschelte Zoe lächelnd die Hand und sagte: »Freut mich, dass Sie kommen konnten.«

Wenn Zoe Lord Voldemort nicht so gut gekannt hätte, hätte sie es ihm fast geglaubt. Andererseits passte es zu dem irren Papst, dass es das Normalste der Welt für ihn war, die in New York verschollene

Zoe Schuhmacher plötzlich quietschlebendig in Hamburg neben sich sitzen zu haben. Er stellte ihr keine einzige Frage, was Zoe nicht nur darauf zurückführte, dass das Programm bereits begonnen hatte. Sie fragte sich, ob Tom womöglich mit ihm gesprochen hatte? Ihn gebrieft hatte, was vorgefallen war? Ob sie Voldemort darauf ansprechen sollte? Nein, die Blöße wollte sie sich nicht geben.

Die nächste Stunde lief ab wie in einem Traum. Zoe gewann den Preis in der Kategorie Online. Sandra Maischberger hielt die Laudatio. Küsschen, Foto und ein Glas Champagner hinter der Bühne. Im Publikum folgten dann weitere Küsschen, weitere Fotos und noch mehr Champagner. Mimi raunte plötzlich, sie müsse ganz schnell gehen. Zoe sah sie noch nach draußen eilen, heftig flirtend am Arm eines jungen, attraktiven – und verheirateten – Boulevard-Chefredakteurs. Mimi hatte eine eiserne Regel: Sie schlief grundsätzlich nur mit verheirateten Männern – weil die nachts noch nach Hause zu Mutti mussten und Mimi dann morgens ihre Ruhe hatte.

Und so ergab es sich, dass Aaron Papst und Zoe Schuhmacher allein an der Bar im Atlantic Kempinski direkt an der Außenalster endeten. Zoe war zwar längst auf Mineralwasser umgestiegen, doch Nenn-mich-Aaron-mein-Liebes süffelte ungerührt weiter Veuve Cliquot.

»Ich bin übrigens sehr gerne ein Geliebter«, sagte Voldemort plötzlich. »Falls du dich gewundert hast.«

»Irgendwie schon. Ich dachte eigentlich, du feuerst mich wegen meines Artikels.«

»Nein. Du hast die Gefühlsachterbahn perfekt getroffen. Aber ich bin nun mal ein Adrenalin-Junkie. Für mich gibt es nichts Schlimmeres, als sich gegenseitig bis zur silbernen Hochzeit anzuöden. Klar bin ich Weihnachten alleine. Dafür mache ich dann mit meiner Geliebten über Silvester eine Kreuzfahrt nach Südamerika. Mit Feuerwerk am Zuckerhut.«

Verzückt wegen seines Wortwitzes unterstrich Aaron Papst diesen mit einer kurzen Pause, nahm dann aber einen großzügigen

Schluck Schampus, als müsste er sich Mut antrinken. »Zoe, ich möchte, dass du wieder nach New York zurückgehst und für mich arbeitest.«

»Ich aber nicht«, platzte es aus ihr heraus. »Ganz ehrlich, Aaron. Wir beide sind arbeitstechnisch nicht kompatibel. Ich stehe nicht auf die Domina-Nummer und das ganze Drama.«

»Das ganze Drama verkauft Hefte, meine Liebe. Mode ist ein Zirkus, die ganz große Show der Illusionen, und ich bin der Dompteur. Glaubst du, mir macht es Spaß, den ganzen Tag Leute niederzubügeln?«

»Den Eindruck hatte ich durchaus.«

Voldemort seufzte. »Zoe, du bist gut, du bist talentiert, du wirst einmal richtig Karriere machen. Ein, zwei Jahre vielleicht noch, dann übernimmst du eine Chefredaktion in einem großen deutschen Verlag.«

Zoe war immer wieder überrascht über ihre Außenwirkung, die nicht so ganz mit ihrer eigenen Innenwahrnehmung zusammenpasste. Auf andere schien sie viel selbstbewusster zu wirken, als sie es sich selbst zugestand. Wieso stellte sie dann ihre Leistungen – und sich selbst – fast täglich infrage? Vielleicht, dachte Zoe, sollte ich mich doch einmal dazu durchringen, meine Unsicherheiten zu überwinden. Sogar fürchterlich erfolgreiche Menschen würden angeblich regelmäßig davon träumen, durchs Abitur zu fallen. Hieß es zumindest immer wieder mal. Vielleicht wäre es jetzt an der Zeit, ihr inneres Abitur zu bestehen.

»Mag sein«, antwortete sie dem Papst. »Aber ich habe mit New York abgeschlossen. Es ist nicht meine Welt. Ich gehöre da nicht hin.«

»Das ist doch Bullshit!«, rief Nenn-mich-Aaron-mein-Liebes und schlug mit der flachen Hand auf den Tisch, dass die Gläser klirrten. Selbst der diskrete Kellner der Atlantic Bar drehte sich zu ihnen um. »Du hast in New York in der Redaktion einen guten Job gemacht und auf dem Snowflake Ball eine gute Figur. Soweit ich das jedenfalls in der *New York Post* nachlesen konnte. Niemand passt besser nach New York als du. Du findest den ganzen

Schickeria-Shit zwar interessant, aber du verbiegst dich deshalb nicht. Du bleibst du!«

»Aaron, du verdienst bei *VISION* dein Geld, indem du den Traum des – wie du ihn nennst – Schickeria-Shits in die Wohnzimmer nach Hamburg-Blankenese und München-Bogenhausen transportierst. Und das ist auch völlig okay so. Hollywood verkauft erfolgreich Träume, warum sollte es der Schönhoff-Verlag nicht tun?«

Aaron Papst schwieg, seufzte und brachte es schließlich über sich zu sagen: »Tom bittet dich, zurückzukommen.«

Zoe verschluckte sich fast an ihrem stillen Wasser. »Sollst du mir das etwa ausrichten?«

»Ja. Tom liebt dich. Weil du eben du bist. Und keine völlig spaßfreie amerikanische 5th-Avenue-Prinzessin, die ihren Verlobungsring bei erster Gelegenheit vom Familienjuwelier schätzen lässt, um sicherzugehen, dass der Zukünftige auch mindestens die gesellschaftlich geforderten drei Monatsgehälter investiert hat. Genau so hat er mir das erzählt.«

»Tatsächlich?«, fragte Zoe.

»Tatsächlich! Er ist gleich nach deinem überstürzten Aufbruch nach Deutschland geflogen, um dich zu suchen.«

»In Herpersdorf?«

»Nein, in Berlin. Konnte am Anfang ja keiner ahnen, dass du dich in die Provinz verkriechst. Als du dir dann allerdings mit deinem Selbstfindungstrip ein bisschen zu viel Zeit für unser aller Geschmack gelassen hast, haben wir Mimi geschickt. Eine wahre Wunderwaffe, diese Frau. Es war übrigens Toms Idee, sie auf dich anzusetzen.«

Zoe war ganz verwirrt. Irgendwie schien jeder hinter ihrem Rücken mit jedem gesprochen zu haben. Und sich Sorgen um sie gemacht zu haben. Was ihr insgeheim zugegebenermaßen etwas schmeichelte, sie andererseits aber auch rasend machte. Insbesondere was Tom betraf. Was bildete sich dieser Fiorino eigentlich ein? Jemanden anzusetzen. Hatte er nicht genug in ihrem Leben herumgepfuscht?

»Das ändert aber nichts an der Tatsache, dass Tom nicht ehrlich zu mir war, Aaron. Verdammt, erst verschweigt er mir, dass er mein Chef ist. Und dann vergisst er, mich darüber zu unterrichten, dass er verheiratet ist.« Zoe sprang so schnell auf, dass ihr Barhocker umkippte und mit einem hölzernen Krachen auf den Boden donnerte. »Thomas Prescott Fiorino existiert nicht mehr in meiner Welt. Das kannst du ihm gerne ausrichten, Aaron. Mit den besten Grüßen!«

Dann rannte sie wütend aus der Bar.

★★★

Als Zoe am nächsten Morgen aufwachte, fuhren ihre Gedanken wieder Achterbahn. Was wollte McSchleimi noch von ihr? War ihr Abgang aus New York nicht aussagekräftig genug gewesen? Er sollte sie in Ruhe lassen, verdammt noch mal. Sie wollte in Hamburg durchstarten.

Wie in Zeitlupe zog sie sich an. Mimi hatte ihr einen kleinen Rollkoffer mit Klamotten dagelassen. Ganz oben auf dem Stapel lag ein T-Shirt mit der ikonischen Aufschrift *I Heart NY*.

»Sehr witzig«, murmelte Zoe, beförderte es in den Hotelzimmerpapierkorb und wählte eine dunkelblaue Seidenbluse, die ein Vermögen gekostet haben musste. Sie öffnete die Hotelzimmertür – und musste gleich zwei Mal auf den Boden schauen, um sicherzugehen, dass sie keine Halluzinationen hatte. Vor Zimmer 707 lag ein weißer Badezimmervorleger, auf dem fröhlich grüne Kresse spross. Inmitten des satten Grüns steckte ein Zettel. Zoe hob ihn auf, faltete ihn auf und las:

Morgen 10 Uhr Frühstück im Speisesaal? Ich würde mich sehr freuen! Dein Ben

Zoe musste einen Moment nachdenken. *Dein Ben.* Wer, bitte, war noch mal *ihr Ben*?

»Benni, du kommst zu einem ganz schlechten Zeitpunkt«, versuchte Zoe zu erklären, als sie Benjamin Nikolaus Nigmann im Frühstücksraum traf.

»Ben, bitte.«

»Wie Ben? Welcher Ben?«

»Nenn mich bitte Ben, Zoe. Ich habe Benni abgelegt. Wörtlich wie im übertragenen Sinne.«

»Was soll das denn heißen?«

»Ich habe viel über mich nachgedacht, nachdem du mich verlassen hast, Zoe. Und viel geändert in meinem Leben ...«

»Wer hat denn hier wen verlassen?«, unterbrach ihn Zoe erbost. »Bist du nicht mittlerweile ...«, Zoe holte tief Luft und stimmte einen affektierten Ton an, »... glücklich verheiratet mit deiner großen Jugendliebe?«

»Nicht wirklich.«

Jetzt wurde Zoe Schuhmacher neugierig. »Nun rück schon raus, Benni!«

»Ben!«

Zoe atmete einmal tief durch. »Also gut, BEN!«

»Das Ganze war mehr so ein Wunschgedanke.« Ben senkte den Blick und starrte intensiv die Tischdecke an. »Der nach ein paar Wochen komplett verpufft war. Unser Wiedersehen im Internet hatte anfangs so etwas Schicksalhaftes. Als seien wir füreinander bestimmt. Aber im Internet ist vieles nun mal einfacher als im richtigen Leben.«

Zoe musste lachen. »Hat sich etwa herausgestellt, dass sie blau war?«

»Nein, eine Alkoholikerin war sie nicht«, antwortete Ben entrüstet. »Wie kommst du denn darauf?«

»Nur so«, feixte Zoe insgeheim und musste an das kobaltblaue Avatar-Weibchen denken, das sie sich gehässigerweise immer vorgestellt hatte. »Was denn dann?«

»Na ja, sagen wir einmal, sie war kompliziert.«

»Sind das in euren Männeraugen nicht alle Frauen?«

»Sie ist von Beruf Buchhalterin und muss immer alles perfekt unter Kontrolle haben. Herrje, sie hat einen auf Excel ausgedruckten Wochenplan, was sie täglich ins Büro anziehen wird. Ausgearbeitet bis auf die Unterwäsche!«

»Du hast die Schnepfe also nicht geheiratet, BEN?«

»Nein.«

»Du hast mit ihr Schluss gemacht?«

»Ja. Wenn du meine SMS und E-Mails gelesen hättest, wüsstest du das längst.«

»Was willst du dann hier?«, fragte sie vorsichtig, und ihr graute schon vor einem tränenreichen Liebesgeständnis – »Zoe, du bist die Frau meines Lebens …« oder ähnliches Gesülze –, das sie in ihrer jetzigen Situation nun wirklich nicht gebrauchen konnte. Schon gar nicht von einem MANN! Männliche Reue, gepaart mit Dackelblick und diesem verzweifelten Hoffnungsschimmer auf Versöhnungssex in den Augen – Zoe schüttelte sich angewidert. Bitte, lieber Gott, lass es so kurz und schmerzlos werden wie möglich, betete sie im Stillen. In manchen Situationen, fand Zoe Schuhmacher, war es dann doch geboten, den Oberboss höchstpersönlich anzurufen und nicht nur das eher auf freie Parkplätze spezialisierte Universum.

»Deine Mutter hat mir erzählt, dass deine Freundin Mimi dich zur Preisverleihung nach Hamburg entführen wird. Ich wollte einfach nur sehen, dass es dir einigermaßen gut geht«, antwortete Ben nüchtern.

»Du hast noch Kontakt zu meiner Mutter?«

Ben lachte verschmitzt. »Wieder.«

Zoe fiel jetzt erst auf, dass sie vor Anspannung die Luft angehalten hatte. Sie atmete erleichtert aus. Keine männliche Reue, keine Geständnisse und vor allem kein Hoffnungsschimmer in den Augen.

»Gut ist eine Sache der Definition«, sagte sie dann.

Beide rührten schweigend in ihren Kaffeetassen. Eine gespiegelte Geste, die nur bei Paaren zu beobachten ist, die einander sehr vertraut sind – oder waren.

»Das mit der Todesanzeige war echt pubertär, Zoe«, meinte Ben schließlich und fing an zu lachen.

Auch Zoe prustete los. »Im Nachhinein ist es mir auch ein bisschen peinlich. Dabei war ich damals richtig stolz auf diesen Mordseinfall!«

»Ich habe sie übrigens ausgeschnitten und aufgehoben.«

»Du hast was?«

»Die Todesanzeige hängt jetzt eingerahmt bei mir auf dem Klo.«

So viel Humor hatte sie dem guten Ben gar nicht zugetraut. Wenn er lachte, rahmten kleine, sympathische Fältchen seine Augen. Doch dann wurde er plötzlich ernst. »Du hast ihn sehr geliebt, stimmt's?«

Zoe schaute Ben nachdenklich an. Was um Himmels willen hatte ihre Mutter dem guten Ben alles erzählt? Es war ja kein Geheimnis, dass Frau Schuhmacher Senior die einzige Tochter gern wieder unter ihren mittelfränkischen Fittichen hätte. Aber als Kupplerin den Exfreund dafür zu benutzen, das ging in Zoes Augen doch etwas zu weit. Sie betrachtete Ben nachdenklich. Sollte sie die Diskussion über ihren Ex wirklich mit ihrem Ex-Ex haben? Warum eigentlich nicht? Schließlich kannte sie keiner so gut wie Benni, der jetzt ganz erwachsen Ben hieß und über den Dingen zu stehen schien.

»Ja, Hals-über-Kopf-auf-den-ersten-Blick-sehr«, antwortete sie ehrlich.

Ben guckte etwas betrübt, nahm die Tatsache dann aber offenbar sportlich und wechselte das Thema. »Und was willst du jetzt machen?«

»Mit Allegra zusammen eine Online-Plattform aufbauen.« Zoe erklärte das Konzept von *Sehnsucht*, und Ben hörte aufmerksam zu. Er stellte ein paar intelligente Zwischenfragen zu Finanzierung und Monetarisierung und feilte mit Zoe an der Ausrichtung der einzelnen Channels.

»Soll ich euch *Sehnsucht* programmieren?«, fragte er nach ihrem gemeinsamen Brainstorming und der dritten Tasse Kaffee. »Mein letztes Start-up ist gerade an der zweiten Finanzierungsrunde gescheitert. Ich hätte also Zeit. Und ein bisschen Geld ist auch noch übrig. Ich könnte sogar bei *Sehnsucht* mit einsteigen.«

Das kann kein Zufall sein, dachte Zoe. Das muss eine Fügung des Schicksals sein. Sie hatte schon überlegt, woher sie einen fähigen Programmierer kriegen sollte, der sich einer solch ungewissen Sache wie *Sehnsucht* annahm – und vor allem, wie sie ihn überhaupt bezahlen sollte. Benni, nein, Ben war die ideale Lösung! Sie würde das Konzept einbringen und er, im Gegensatz zu seinen vorherigen Unterfangen, lediglich für die Umsetzung zuständig sein. Was sicherstellen würde, dass ihr gemeinsames Unternehmen realistische Aussichten auf Erfolg hatte. Zoe sprang begeistert auf, lief um den Frühstückstisch herum und umarmte den überraschten Ben freundschaftlich.

»So machen wir's! Das ist ein Deal!«

23

FEBRUAR

Zoe Schuhmacher fand es seltsam erfrischend, einmal wieder Pizza direkt aus dem Pappkarton zu essen und Bier aus der Flasche zu trinken. Wie zu Studentenzeiten. Es herrschte Aufbruchstimmung in der Zweizimmerwohnung in der Hegestraße in Eppendorf, die Allegra, egal ob sie in München oder Berlin arbeitete, immer als Zufluchtsort behalten hatte. Überall standen Kisten mit Technikkram herum, und das Wohnzimmer war in eine Programmierhölle verwandelt worden – mit Kabelgewirr, in dem sich nur ein Profi wie Ben halbwegs zurechtfinden konnte. Während Zoe Texte schrieb, schrieb Ben Codes. Sie diskutierten stundenlang über Benutzerführung, Site-Management und Serverkapazitäten. Die Tage und Nächte, die Ben und Zoe – und manchmal auch die über Skype aus Indien zugeschaltete Allegra und ein auf Stundenbasis angeheuerter Grafik-Designer – tüftelten, verbesserten oder wieder völlig von vorn anfingen, verschwammen ineinander.

»Ich hab Hunger. Was gibt's zum Frühstück?«, rief Ben.

»Es ist kurz nach Mitternacht, du Nase«, antwortete Zoe und guckte von ihrem Laptop hoch. »Aber wie wär's mit einem Stück Streuselkuchen vom Le Petit Café nebenan?«

»Hat das noch auf?«

»Nö, aber wir haben noch ein Riesenstück von vorgestern übrig. Ist nur ein bisschen angetrocknet am Rand.«

»Das ist gut fürs Erste. Aber später koche ich uns was richtig Leckeres.«

»Was denn?«, wollte Zoe wissen.

»Geheimnis.«

Gegen ein Uhr morgens verschwand Ben in der Küche. Zoe nutzte die Gelegenheit, um zu duschen, was sie gefühlt seit mehr als achtundvierzig Stunden nicht getan hatte. Als sie anschließend vor dem angelaufenen Badezimmerspiegel stand, hörte sie Ben in der Küche mit Töpfen hantieren.

»Na, da bin ich mal gespannt«, murmelte Zoe. »Wenn ich mich recht erinnere, ist der Kühlschrank so leer wie bei jemandem, der morgen nach Australien auswandern will.«

Dann klopfte es an der Badezimmertür. »Es ist angerichtet.«

Als Zoe die Küche betrat, zündete Ben gerade zwei farblich nicht zusammenpassende Kerzen an, die er in leere Weinflaschen gesteckt hatte, eine rote und eine in Schweinchenrosa, die eine eher ein Stumpf, die andere noch brandneu. Auf dem hölzernen Küchentisch war eine pastellfarbene Tischdecke mit niedlichen Ostermotiven ausgebreitet, die Ben in den Untiefen von Allegras Schubladen gefunden haben musste. Zur Abwechslung war mit richtigem Besteck gedeckt (das einer von ihnen dann abspülen musste) und nicht mit Plastikgabeln und -messern.

»Setzten Sie sich, Mylady.« Ben zog für sie galant den Stuhl unter dem Tisch hervor und schob Zoe samt Stuhl wie ein gelernter Oberkellner wieder ein Stückchen an den Tisch ran. Dann servierte er das Festmahl: Spaghetti mit Tomatenketchup. Dazu wurde Leitungswasser mit Multivitaminbrausetablette der Geschmacksrichtung Mango gereicht. Es war eine der köstlichsten Mahlzeiten, die Zoe seit Langem zu sich genommen hatte.

Ben hatte sich in eine Einzimmerbude auf der Schanze eingemietet, wo er, einmal abgesehen von den durchgearbeiteten Nächten, auch tatsächlich schlief. Er behandelte Zoe beschützerisch wie ein großer Bruder. Er achtete darauf, dass sie regelmäßig aß. Er schickte sie ins Bett, wenn ihr gegen zwei Uhr morgens die Augen zufielen, während er die Nacht durcharbeitete. Und er wimmelte sogar ihre neugierige Mutter am Telefon ab, die ständig wissen wollte, ob das in ihren Augen doch sehr diffuse Projekt voranginge. Dabei flirtete er mit Frau Schuhmacher so heftig, dass Zoe die Ohren klingelten.

»Ich kann mich noch sehr gut an Ihren lauwarmen fränkischen Apfelkuchen erinnern. Zum Sterben lecker!«, trällerte er in diesem leicht sacharinen Ton, den Männer anschlagen, die gut mit mittelalterlichen Sekretärinnen können und deshalb immer die besten Termine beim Chef bekommen.

Erstaunlicherweise hatte sich zu keiner Zeit irgendein prickelndes – oder peinliches – Gefühl zwischen Ben und ihr breitgemacht, wie Zoe das von früheren Exfreunden kannte. Kurz: Die Welt mit Ben war ihr vertraut wie ein gut eingelaufenes Paar Schuhe. Nichts drückte, nichts klemmte. Zoe wusste immer genau, woran sie war.

★★★

Ende Februar, genauer gesagt am 29., rollte Ben die erste Beta-Version von *Sehnsucht* zum internen Test aus. Er drehte den großen Bildschirm zu Zoe und rief feierlich die Startseite von www.sehnsucht.de auf. Das *Sehnsucht*-Logo in einer verspielten Schreibschrift war in zartem Orange mit Graustich gehalten. Auf der restlichen Seite dominierten Weiß- und Grauschattierungen, die Ben anfangs allzu understatementmäßig und kalt gefunden hatte. Als Zoe ihm dann aber die vom Atlantik glatt geschliffenen Kieselsteine und Muscheln zeigte, die sie in den Hamptons gesammelt hatte, war ihm plötzlich klar, welche Stimmung sie erzeugen wollte.

Zoe klickte auf den Channel Haus & Garten. Als Aufmacher wählte sie eine Geschichte über Lavendel: einundzwanzig Mal kochen, backen und designen mit Lavendel. Zoe fuhr mit der Maus weiter zum Channel Menschen und klickte diesen an. Bei »Menschen, die die Welt verändern« war der Aufmacher ein Porträt der Aktivistin Somaly Mam, die als Kind als Sexsklavin ausgebeutet wurde und sich heute erfolgreich gegen Kinderprostitution und Menschenhandel einsetzte. Auf jeder Seite lief rechts dezent eine Spalte mit Werbung für nachhaltige Möbel und Wohnaccessoires von Organic Design, einer Firma, die Zoe als Hauptsponsor für die ersten dreißig Tage des Internetauftritts von *Sehnsucht* hatte gewinnen können.

»Großartig, einfach großartig!«, rief sie und tanzte einmal quer durch das, was früher mal Allegras Wohnzimmer gewesen war. »Das müssen wir feiern. Und zwar mit einem feinen Essen bei einem feinen Italiener. Lass uns zu Da Claudio um die Ecke gehen!«

Sie machten eine letzte Sicherheitskopie und zogen los. Unten auf der Hegestraße hakte Zoe sich bei Ben unter und stellte fest: »Wir haben es geschafft! Mit der getesteten Beta-Version kann ich tatsächlich im April auf die ›Bright Young Things‹-Konferenz fahren und *Sehnsucht* dort der digitalen Szene vorstellen. Ich bin so stolz auf uns!«

»Ich auch, meine Süße.« Ben zog sie an sich und küsste sie aufs Haar.

Zoe zuckte erst kurz zusammen, ließ sich dann aber von Bens kleiner emotionaler Grenzüberschreitung nicht die Laune verderben. Er hatte sie sicher nur aus Gewohnheit geküsst und nicht etwa aus Hoffnung oder gar aus Verlangen. Sie warf übermütig den Kopf in den Nacken und rief: »Kannst du dich noch an ›Ein Hut, ein Stock, ein Regenschirm‹ erinnern?« Und schon hüpften die beiden los.

Ein silbergrauer Audi mit leicht getönten Scheiben fuhr langsam an ihnen vorbei. Zoe lächelte dem Fahrer ein wenig entschuldigend zu. Was der wohl über die beiden Verrückten denken mochte? Dann hielt sie für einen Moment wie erstarrt inne. War das Thomas Fiorino am Steuer? Der Audi gab Gas und verschwand um die Ecke.

»Was ist?«, fragte Ben, weil Zoe ihn kurz aus dem Takt gebracht hatte.

Sie fasste sich wieder. Es konnte unmöglich Tom gewesen sein. Schließlich hatte sie Aaron Papst deutlich gesagt, was er ihm ausrichten sollte. Und überhaupt. Wäre es Tom gewesen, würde er dann nicht offiziell an ihrer Tür klingeln, wenn er mit ihr reden wollte, anstatt sie zu stalken?

Zoe versuchte, wieder in den Rhythmus zu kommen. »Ach, nichts. Ich wäre nur fast gestolpert.«

Claudio höchstpersönlich begrüßte seine Gäste an diesem Abend schon an der Eingangstür und führte Zoe und Ben an einen etwas abseits gelegenen Ecktisch, der mehr vom Licht der Tischkerze als von der regulären Restaurantbeleuchtung erhellt war. Letztere dimmte Claudio dann noch demonstrativ. Er drückte ihnen mit einem wissenden Lächeln die Speise- und Weinkarte in die Hände, als schien er fest damit zu rechnen, dass sie nach einer Vorspeise mit irgendwelchen aphrodisierenden Schalentieren von Lust übermannt in seinem Lagerraum verschwinden würden. Was hatte es auf sich mit italienischen Gastwirten und ihren Kuppeleien?, fragte sich Zoe belustigt. Fast war sie versucht, Claudio über ihre rein platonische Beziehung zu Ben aufzuklären, ließ es dann aber sein. Der olle Italiener musste ja nicht alles wissen.

»Was essen wir heute denn Schönes?«, fragte Zoe und schlug die Speisekarte auf.

»Ich weiß noch nicht«, antwortete Ben zögerlich und starrte so intensiv auf die Karte, als wollte er sie wie eine geheime Botschaft, die nach dem Lesen umgehend verbrannt werden musste, auswendig lernen.

»Kannst dich wohl nicht entscheiden, BENNI?«, stichelte Zoe übermütig.

»Natürlich kann ich das«, erwiderte Ben leicht angesäuert. »Was isst du denn?«

»Erst das Rindfleisch-Carpaccio und als Hauptspeise die Spaghetti Vongole.«

»Das nehme ich auch«, sagte Ben sichtlich erleichtert, klappte geräuschvoll die Speisekarte zu und schob sie auf dem Tisch so weit weg von sich wie irgend möglich. Als hätte er Angst, ansonsten seine Meinung noch sieben bis zehn Mal zu ändern.

»Übrigens, ich hätte da noch eine Idee, wie wir die Chatfunktion besser integrieren könnten …«

Zoe musterte ihn, während er sprach. Er war immer noch sehnig und dünn und fast ein bisschen weiblich schön. Was sein leicht verwegener Zweitagebart aber wieder ausglich. Die Grübelfalte auf der Stirn verlieh ihm zudem etwas Intellektuelles. Er trug das richtige Holzfällerhemd zu den richtigen Jeans, dazu die richtige Baseballkappe, aber auf diese ironische Art und Weise, wie es nur echte Hipster taten. Eigentlich sieht er verdammt gut aus, dachte Zoe. Er hatte sich äußerlich kein bisschen verändert. Sie bestellte zur Feier des Tages eine Flasche Brunello di Montalcino und entspannte sich. Vielleicht sollte sie sich heute Abend einfach mal wieder die Kante geben? Schließlich gab es Anlass zum Feiern: den Launch der Beta-Version von *Sehnsucht*.

Zwei identische Vor- und Hauptspeisen sowie eine zweite Flasche Brunello später bestand kein Zweifel: Zoe Schuhmacher hatte ihr Ziel erreicht. Sie war sturzbetrunken. Während Ben mit der Rechnung beschäftigt war, musste sie plötzlich an den fatalen Sonntagmorgen mit Tom denken. Sie lachte leise in sich hinein bei der Erinnerung daran, wie sie in nicht zusammenpassender Unterwäsche auf den Flur der Four Seasons Residences gerannt war, weil sie ihre Küche angezündet hatte. Konnte das wirklich wahr sein? Sie hatte tatsächlich ihre Küche in Brand gesetzt? Sie sah Tom vor sich, in seinen Pyjamahosen, die ihm tief auf den Hüften hingen. Dann spürte sie förmlich, wie er sie zum ersten Mal küsste. Wie sie auf seinem Schoß saß und die Beine hinter seinem Rücken verschränkte. Sie schauderte. Verdammter Rotwein! Er machte sie sentimental.

»Ein Königreich für deine Gedanken«, unterbrach Ben sie.

»Ach, nichts.« Zoe fühlte sich ertappt und betrachtete intensiv das Blumengesteck in der Mitte des Tisches.

»Du denkst an ihn, stimmt's?«, bohrte Ben nach und schaute sie eindringlich an.

»Nein, natürlich nicht.«

»Du denkst hinter deiner perfekten Maske jeden Tag an ihn«, sagte Ben resigniert. »Ich kann es förmlich spüren, wenn du es tust.«

»Das bildest du dir nur ein«, widersprach Zoe mit fester Stimme und versuchte, ihm überzeugend in die Augen zu schauen.

»Bist du dir ganz sicher?«

»Völlig sicher.«

Zoe Schuhmacher dachte nicht jeden Tag an Thomas Prescott Fiorino. Das wäre untertrieben gewesen. Sie dachte fast jede wache Stunde an ihn und nachts träumte sie von ihm. Es waren wirre Träume, nach deren Bedeutung sie am nächsten Morgen heimlich googelte, wenn Ben glaubte, dass sie Texte schrieb. Sie hatte zum Beispiel von zarten grünen Kressesamen geträumt, die auf McDreamys behaarter Männerbrust sprossen, was nach Zoes eigener Einschätzung im besten Fall Stoff für einen grottenschlechten Schundroman war, im schlechtesten Fall eine sofortige Zwangseinlieferung in die Psychiatrie rechtfertigte. Das Onlinelexikon der Traumdeutung warnte außerdem vor »Kresse in einer Liebesbeziehung, insbesondere, wenn sie aus dem Wasser gepflückt wird«. Die Kresse wohlgemerkt, nicht die Beziehung. Andererseits stand eine geträumte behaarte Männerbrust für einen Lottogewinn. Und dann wies diese behaarte Männerbrust auch noch auf »regressive Wünsche hin, die sich oberflächlich sexuell geben«. Diese Recherche machte Zoe Schumacher also nicht viel schlauer.

»Bist du dir absolut sicher?«, fragte Ben erneut.

»Ich bin mir absolut völlig ganz sicher!«, antwortete Zoe standhaft. Auf einmal wollte sie Ben – und sich selbst – dringend beweisen, dass sie Tom erfolgreich aus ihrem Herzen verbannt hatte. Und nicht nur hermetisch abgeriegelt, wie man einen Ebola-Patienten, der bei der kleinsten Berührung immer noch hochansteckend war, auf der Isolierstation wegsperrte.

Sie holte tief Luft. »Ben?«

»Zoe?«

»Ich will heute Nacht nicht alleine sein. Bleibst du da?«

24

MÄRZ

Zoe war sich ganz sicher, dass sie in den nächstbesten Mülleimer brechen würde, wenn sie noch ein Mal kalte Pizza aus einem Pappkarton essen musste. Sie war schließlich vierunddreißigdreiviertel Jahre alt und keine Studentin mehr. Missmutig betrachtete sie den Stapel Pizzakartons im Flur, der nach unten zum Altpapier getragen werden wollte.

»Jetzt mach schon, Ben. Beeil dich. Wir verpassen noch den verdammten Zug.« Zoe wartete mitsamt Gepäck schon seit mindestens zehn Minuten. Sie hasste es, wenn andere Leute nicht genauso pünktlich waren wie sie.

»Mach nicht so eine Hektik. Ich probiere da gerade noch was aus«, rief Ben aus dem Wohnzimmer, und sie hörte ihn auf die Computertastatur einhacken.

»Wären wir geflogen, dann hättest du jetzt drei Stunden mehr Zeit zum Ausprobieren«, konterte sie motzig.

»Tun wir aber nicht.«

»Aber nur, weil du dich wieder nicht entscheiden konntest und plötzlich das Economy-Ticket fast so teuer war wie Businessclass. Was probierst du überhaupt aus?«

»Ich dachte, wir stellen die Channels einfach noch mal um.«

»Spinnst du? Die Channels umstellen? Das haben wir doch vor Wochen schon abgesegnet. Und es sieht im Großen und Ganzen super aus, wie es ist.«

»Das Wahre ist das Ganze«, versuchte Ben ganz philosophisch den sich anbahnenden Krach zu umschiffen.

»Ach, lass mich doch mit deinem blöden Kant in Ruhe!«, rief Zoe, die wütend war über seinen völlig unnötigen, zeitverschwenderischen Alleingang.

»Hegel, meine Liebe. Hegel!«

»Dann eben Hegel, du verdammter Schlauschwätzer«, sagte sie leise, weil sie es sich einfach nicht verkneifen konnte, und trat mit dem Fuß gegen die Pizzakartons. Zoe ertappte sich, dass sie schon wieder drauf und dran war, einen Streit mit Ben anzuzetteln. Weil er sich wieder einmal auf der Metaebene seines Arbeitslebens verhedderte, anstatt, verdammt noch mal, fertig zu werden. Ich klinge wie meine eigene Mutter, befand sie und schüttelte sich leicht vor Grauen. Die musste auch immer das letzte Wort haben.

Genau zu ihr waren sie auf dem Weg, je nach Ansichtssache zur »Köstlicher Apfelkuchen«-Frau-Schuhmacher oder der »Ich hab's ja gleich gewusst«-Mama. Es war Ende März, die Osterfeiertage standen an, und Ben hatte sich von Mutter Schuhmacher am Telefon überreden lassen, Ostern in Ansbach bei Zoes Eltern zu verbringen. Zoe war, gelinde gesagt, stinksauer.

Während sie sinnlos im Flur herumstand und auf Ben wartete, dachte sie in einem Moment der Gefühllosigkeit über die vergangenen vier Wochen nach. Sie hatte Ben tatsächlich wieder lieben wollen. Mit all ihrer Willenskraft. Das Leben mit ihm wäre der Gegenentwurf zu einem Leben mit Tom gewesen. Aber Zoe war gnadenlos an sich selbst gescheitert. Es ging einfach nicht. Sie brachte es nicht fertig, sich dazu zu zwingen, Ben zu lieben. Natürlich hatte sie ihn lieb, wie man einen Bruder lieb hat. »Oder einen Hund«, murmelte sie und trat noch einmal kräftig gegen die Pizzakartons, die mittlerweile auf einem unordentlichen Haufen im Flur lagen. Aber verliebt in ihn war sie nicht.

Eine aufgewärmte Beziehung ist wie aufgewärmter Kaffee, dachte Zoe. Bitter. Einfach bloß bitter. Das hätte Zoe Schuhmacher aus Frauenromanen und romantischen Hollywoodkomödien eigentlich wissen sollen. Jetzt wusste sie es aus erster Hand. Das lange Wochenende in Ansbach würde die Hölle werden.

Als Zoe und Ben schließlich abgehetzt und keuchend am Bahnsteig 7 des Hamburger Hauptbahnhofes ankamen, sahen sie gerade noch die roten Rücklichter des ICE Bitterfeld-Wolfen, der über Hannover und Kassel-Wilhelmshöhe nach Nürnberg fuhr und langsam aus ihrem Blickfeld verschwand. Er war mit sieben Minuten Verspätung abgefahren, stand auf der elektronischen Anzeigentafel.

»Verdammt noch mal«, schrie Zoe. »Das ist alles nur deine Schuld.« Ihr entging nicht, wie schrill ihre Stimme war.

»Jetzt hab dich nicht so«, versuchte Ben zu beschwichtigen. »In einer Stunde fährt der nächste. Ich lade dich zu Gosch auf eine Runde Krabben in Knoblauchsoße ein.«

Krabben in Knoblauchsoße? Der Mann hat echt die emotionale Intelligenz eines Tintenfisches, wütete Zoe innerlich. »Ich will aber nicht in einer Stunde fahren. Und Krabben in Knoblauchsoße will ich auch nicht. Ich will überhaupt nicht fahren.«

»Wie, du willst überhaupt nicht fahren?«

»Ich will nicht nach Ansbach fahren. Und schon gar nicht mit dir. Ich will das alles hier nicht.«

»Was soll das denn jetzt heißen? Tut mir leid, dass wir den Zug verpasst haben. Mea culpa.«

»Ben, es geht nicht um den Scheißzug. Es geht um uns. Merkst du das nicht? Wir haben uns verpasst. Nicht erst hier auf dem Bahnhof, sondern vor Jahren schon.«

Ben Nigmann hatte sich keinen Deut verändert, das war Zoe jetzt klar. Er war immer noch der alte Benni Nigmann. Und irgendwie konnte er gar nichts dafür. Es lag an ihr. Sie wollte keine eingelaufenen Schuhe, die, wenn sie ehrlich war, längst ausgelatscht waren. Sie wollte das alte Leben mit dem alten Benni nicht einfach weiterleben.

»Ich verstehe nur Bahnhof, Zoe. Willst du etwa mit mir Schluss machen?«

Zoe sah sich um. Sie veranstaltete hier auf dem Bahnsteig gerade eine Szene wie eine bemitleidenswerte Schauspielerin in einem drittklassigen Fernsehfilm (*Lodernde Herzen am Abgrund* oder so), die eigentlich Schmerzensgeld für die klischeehafte Rolle verlangen sollte. Zoe erkannte sich selbst nicht wieder.

»Es hat keinen Sinn, Ben. Unsere Beziehung ist wie … wie eine verwelkte Topfpflanze. Wir haben versucht, sie wieder aufzupäppeln, aber es hat nichts genutzt. Wenn wir ehrlich sind, gießen wir sie schon lange nicht mehr.«

»Das stimmt doch gar nicht. Ich gieße sie noch! Wir kriegen das schon wieder hin.«

»Wenn nur einer gießt, ist es nicht genug, Ben.« Sie ließ ihn stehen und schob sich durch den Menschenstrom des Bahnhofs gen Ausgang. Aus dem Augenwinkel nahm sie noch wahr, wie ein großer Mann, dessen Haare geordnet ungeordnet in alle Richtungen abstanden, abrupt die Laufrichtung wechselte und hinter einem Zeitungskiosk verschwand. Aber Zoe Schuhmacher war viel zu sehr mit ihrem Streit mit Benni beschäftigt, um weiter über den Mann nachzudenken.

★★★

Zoe verbrachte also das Osterwochenende allein in der Hegestraße und war zufällig zu Hause, als sie am Karfreitag einen Anruf aus dem Büro der Verlegerin von Schönhoff Publishing erhielt.

»Frau Schuhmacher«, sagte die Stimme einer jungen Frau. »Mein Name ist Sophia Laubach. Ich bin die neue Assistentin von Justus von Schönhoff und habe Ihre Telefonnummer von Ihren Eltern bekommen. Herr von Schönhoff hat auf der Teilnehmerliste der ›Bright Young Things‹-Konferenz kommende Woche in San Diego gesehen, dass Sie mit Ihrem neuen Projekt dort teilnehmen werden. Er würde sich gerne mit Ihnen vor Ort zum Lunch treffen. Passt Ihnen Freitagmittag oder sind Sie da schon anderweitig verplant?«

»Moment, Moment bitte«, stotterte Zoe. »Ist Justus von Schönhoff etwa wieder zurück im Verlag?«

»Seit Anfang Februar. Wussten Sie das nicht?«

Nein, das hatte sie allerdings nicht gewusst. »Und worum geht es?«

»Herr von Schönhoff würde gerne mehr über Ihr Projekt erfahren.«

Große Lust, irgendwelche Verlagsfuzzis aus ihrer Vergangenheit zu treffen, hatte Zoe eigentlich nicht, aber die Neugier siegte. Den verloren gegangenen Sohn konnte sie sich schließlich nicht entgehen lassen.

»Okay, kein Problem. Freitagmittag. Mailen Sie mir doch einfach noch die genauen Daten, wann und wo.«

»Wunderbar. Wir freuen uns. Und guten Flug!«

Zoe hatte sich gleich im Januar für die Konferenz »Bright Young Things« angemeldet, wo sich einmal im Jahr Start-up-Gründer, Angel Investoren und anderweitige *digital minds* trafen und schon manch großer Deal eingefädelt worden war. Sie würde dort bei einer Podiumsdiskussion zum Thema »Dinge, die die Welt verändern« ihr Konzept von *Sehnsucht* vorstellen und für die zweite Finanzierungsrunde des Start-ups werben, während Benni in Hamburg weiter an der Beta feilte und Allegra in Bali nach dem Mann ihres Lebens fahndete.

Mit Ben kommunizierte Zoe dieser Tage nur noch per E-Mail. In Ein-Wort-Sätzen.

Fertig?

Was?

Themenwolke!

Nö.

Wann?

Übermorgen.

Direkt am Tag nach ihrem Bahnhofsstreit hatte Zoe das komplette Computerlabor in der Hegestraße abgebaut und in die immer noch herumstehenden Kartons gepackt. Als Benni dann am Montagmorgen mit einer kolossalen Fahne und nach Kneipe stinkenden Klamotten, die jedem Stadtstreicher Ehre gemacht hätten, eintrudelte, erklärte sie ihm, dass er zukünftig in seiner eigenen Wohnung weiterprogrammieren müsse. Zoe hatte sich gedanklich schon auf einen Riesenstreit eingestellt und die möglichen Varianten eines solchen das ganze Wochenende lang im Kopf durchgespielt.

Doch Benni sank einfach nur theatralisch auf den Holzboden im Flur, blieb stoisch sitzen und schniefte. »Er ist daran schuld, stimmt's?«

»Wer ist daran schuld, Ben?«

»Na, dein Ami.«

»Er hat nichts damit zu tun.«

»Es liegt nicht an mir, sondern an ihm!«, rief Ben dennoch triumphierend, als wäre ihm gerade das Prinzip der Relativitätstheorie klar geworden.

Zoe holte tief Luft und erklärte geduldig: »Erstens ist es egal, an wem es liegt. Unterm Strich funktioniert es mit uns beiden einfach nicht mehr. Und zweitens …«

»Es ist nicht egal«, unterbrach Benni sie schmollend.

Wenn er jetzt stehen würde, dachte Zoe, würde er mit dem Fuß aufstampfen. Seine sonst sorgfältig à la Beckham gestylten Haare waren fettig und verklebt, der normalerweise exakt rasierte Zweitagebart war zu einem stoppeligen Sechstagegestrüpp mutiert. Benni Nigmann sah so abgrundtief unglücklich und gleichzeitig beleidigt aus wie eine Katze, die man gerade gebadet und shampooniert hatte. Nur, dass er bei Weitem nicht so sauber war.

»Warum kannst du nicht in mich verliebt sein, Zoe? So wie am Anfang?«

»Aber das habe ich doch versucht.«

»Dann versuch es eben mehr.«

»Benni, es tut mir leid, aber ich kann es nicht.«

»Ben, ich heiße Ben, verdammt noch mal.«

»Ben. Entschuldige, Ben. Es tut mir unendlich leid.«

Seine »Ich bin zutiefst verletzt«-Nummer hatte Zoe fast dazu gebracht, ihn zu trösten und zu sagen, dass sie noch einmal darüber nachdenken würde. Doch diese Lektion hatte Zoe Schuhmacher erfolgreich gelernt: Aus Mitleid konnte man niemanden lieben.

25

APRIL

Der Flug von Hamburg über Frankfurt und Los Angeles nach San Diego schien mindestens doppelt so lange zu dauern wie die auf ihrem Ticket angegebene Flugzeit von einundzwanzig Stunden und zwölf Minuten. Was wohl daran lag, dass Zoe Holzklasse reiste. Als ihre Maschine endlich auf dem San Diego International Airport landete, hing die Spätnachmittagssonne bereits tief über dem Pazifik und tauchte das Wasser und den Strand, die von ihrem Fensterplatz aus zum Greifen nah schienen, in ein milchig-orangefarbenes Abendrot.

Zoe schnappte sich ihr Handgepäck, verließ die Maschine, durchquerte das Flughafengebäude und blieb benommen am Ausgang stehen. Es war Anfang April, aber es mussten geschätzte fünfundzwanzig Grad in San Diego sein. Die Menschen trugen Sonnenbrillen, Flipflops und ein entspanntes Dauerlächeln im Gesicht. Die Palmen auf der gegenüberliegenden Straßenseite wogten im sanften Wind. Schon die Fahrt vom internationalen Flughafen zum Hotel kam Zoe paradiesisch vor. Getoppt wurde sie dann aber noch von ihrem Zimmer. Als Panelteilnehmer war sie nicht im regulären Haupthaus des Del Coronado untergebracht, das auf einer der Stadt vorgelagerten Insel direkt am Strand lag, sondern in einem der über das großzügige Hotelgelände verstreuten Bungalows. Sie schlief bei Wellenrauschen ein und wachte am nächsten Morgen vom Streit zweier Pelikane wieder auf, den diese auf dem Rasen genau vor Zoes Bungalow austrugen. Es war 11.30 Uhr früh kalifornischer Zeit.

Zoe Schuhmacher, die es nicht so sehr mit öffentlichen Auftritten hatte, war an diesem Freitagmorgen mächtig aufgeregt. Ihre Panelsession würde gleich nach der Begrüßung durch die Veranstalter um 14.30 Uhr beginnen. Sie machte sich mit der bungaloweigenen Ein-Tassen-Kaffeemaschine einen Kaffee, der metallisch schmeckte, egal wie viel verklebtes Instant-Milchpulver aus den bereitgestellten Tütchen sie hineinrührte. Aber besser als gar nichts, dachte sie sich. Für Frühstück war es jetzt ohnehin zu spät; in einer Stunde hatte sie ihre Verabredung zum Lunch. Gerade genug Zeit, um noch einmal das Konzept für *Sehnsucht* auf Englisch durchzugehen, damit sie auf der Bühne nicht nach Worten suchen musste. Danach duschte sie und zog ihre Glückshose an. Zoe hielt es wie mancher Fußballtrainer. Wenn wichtige Auftritte vor Publikum anstanden, trug sie immer ihre weiße Kaschmir-Seidenhose von Ralph Lauren und dazu eine schlichte schwarze Crêpe-Bluse. Als sie den von Palmen gesäumten Weg zum Haupthaus entlanglief, fühlte sie sich perfekt vorbereitet für den Tag. Nichts, aber auch gar nichts würde sie heute aus der Bahn werfen können. Da war sich Zoe Schuhmacher ganz sicher.

»Hi! Ich bin zum Lunch mit Justus Schönhoff verabredet«, sagte sie der Hostess des Hotelrestaurants.

»Der Herr ist bereits da. Ich bringe Sie zu Ihrem Tisch«, antwortete die dauerlächelnde Dame, nahm eine Speisekarte mit und steuerte auf einen fast schon dürren, jungen Mann zu, dessen Haare raspelkurz waren, als hätte er sich kürzlich erst den Kopf geschoren. Er trug Jeans und ein weißes Hemd und sah Zoe erwartungsvoll an. Die blieb mitten im Gang wie gelähmt stehen.

»Zoe, es freut mich sehr, dich wiederzusehen«, sagte der Mann und stand auf.

»Vatsayana«, brachte Zoe schließlich mit Mühe heraus. »Du bist, bist du …?«

»Genau.« Er lächelte etwas verlegen. »Ich bin Justus von Schönhoff.«

Dann lief Zoe auf ihn zu und umarmte ihn. »Ich fasse es nicht, dass du mir die ganze Zeit in Indien nichts davon gesagt hast, als ich dir mein Herz ausgeschüttet habe.« Zoe boxte ihn in die Schulter. »Du Mistkerl!«

»Es ging ja schließlich nicht um mich, sondern um dich. Du solltest herausfinden, wie es für dich weitergeht.«

Die beiden musterten sich wie alte Freunde, die sich jahrelang nicht mehr gesehen hatten.

»Gut siehst du aus«, meinte Justus, als sie sich setzten. »Ich bin wirklich froh, dass du nicht sauer auf mich bist.«

»Ein bisschen schon. Aber wieso bist du jetzt plötzlich hier?«

»Ich habe im Januar in Indien viel von dir gelernt, Zoe.«

»Du? Von mir?«

»Wer glaubt, ausschließlich im Hier und Jetzt zu leben, macht es sich zu einfach.«

»Hört, hört. Jetzt bin ich aber gespannt.« Der Satz entschlüpfte Zoe etwas süffisanter, als sie es gewollt hatte.

Justus lächelte gutmütig. »Jeder hat eine Vergangenheit und eine Zukunft. Über Letztere kann er allerdings frei entscheiden, und das habe ich getan. Ich habe durch dich begriffen, dass es Leute da draußen in der Welt gibt, die mich lieben, mich vielleicht sogar brauchen. Nicht nur meine Mutter, sondern auch Tom. Deshalb bin ich zu ihnen in die Realität zurückgekehrt.«

Als Justus Toms Namen nannte, zuckte Zoe merklich zusammen. »Wie geht es ihm?«, fragte sie leise.

»Nicht gut. Gar nicht gut«, erwiderte Justus Vatsayana Schönhoff.

»Er hat es nicht anders verdient.«

»Doch, das hat er.«

»Misch dich da bitte nicht ein, Vatsayana, Quatsch, Justus. Du weißt ohnehin schon viel zu viel über Tom und mich. Oder hat er dich etwa vorgeschickt?«

»Nein, hat er nicht. Ich bin tatsächlich hier, weil ich mich für dein Projekt interessiere.«

Zoe wusste nicht recht, ob sie ihm glauben sollte. Sie stocherte nachdenklich in ihren Blaubeer-Pancakes. Die Neugier siegte aber wie immer. »Und warum hat Tom es dann deiner Meinung nach nicht verdient?«

»Seine Ehe mit Vicky war schon lange vorbei, Zoe. Tom hat einen deutlichen Schlussstrich gezogen, als er bei Plachette gekündigt hat, aus London und von Vicky weggezogen ist und in New York bei Schönhoff anfing.«

»Und warum hat er Vicky dann nie mit einem einzigen Wort mir gegenüber erwähnt? Justus, so eine Information unterschlägt man doch nicht einfach. Ich stand da wie eine Vollidiotin, als diese Frau plötzlich in New York auftauchte und mich bezichtigte, mit ihrem Mann zu schlafen.«

»Er hatte die Scheidung bereits eingereicht, bevor er England verließ.«

»Die Scheidung?«, presste Zoe heraus. »Bist du sicher?«

»Ganz sicher.«

★★★

Zoe verschob das Gespräch mit Justus über *Sehnsucht* auf einen späteren Zeitpunkt, weil ihr Kopf plötzlich ganz leer und gleichzeitig ganz voll war. Tom hatte die Scheidung eingereicht. Noch bevor er nach New York gezogen und mit Zoe gefrühstückt hatte. Warum, um Himmels willen, hatte er ihr dann nie etwas davon gesagt? Warum hatte er nicht versucht, es ihr nachher zu sagen, irgendwann in Deutschland? Das alles ergab überhaupt keinen Sinn. Egal wie oft sie darüber nachdachte, es drehte und wendete.

Nach dem Lunch lief Zoe wie in Trance in den Konferenzraum Aspen, meldete sich bei einer jungen Dame mit dem schicken Titel *Speaker Liaison* und bekam ein kleines schwarzes Mikrofon an den Blusenkragen geheftet sowie ein handygroßes Funkelement hinten an die Hose. Normalerweise wäre sie jetzt noch einmal hektisch ihre Notizen durchgegangen und hätte verzweifelt versucht, tief ein- und auszuatmen, um nicht vor Aufregung doch noch fluchtartig den Konferenzraum zu verlassen, aber heute war sie ganz ruhig. Wie auf Autopilot. Sie führte *Sehnsucht* mit einem kurzen Filmclip ein, rasselte dann in der anschließenden Fragerunde ihre gut eingeprägten Antworten herunter und präsentierte das Ganze offenbar so passabel, dass sie nicht nur Applaus bekam, sondern sie unmittelbar nach ihrem Auftritt gleich zwei interessierte Investoren abfingen. Doch Zoe wollte nur eins: so schnell wie möglich in ihren Bungalow zurück und allein sein. Sie fühlte sich auf einmal unendlich erschöpft.

»Lassen Sie uns doch morgen zusammen frühstücken«, wiegelte sie Nummer eins ab.

»Ich habe schon drei Frühstücksverabredungen«, antwortete der trocken. »Ich mache aber um 6.30 Uhr Yoga in La Jolla. Kommen Sie doch einfach mit, dann können wir auf dem Weg ins Studio im Auto reden.«

»Wunderbar.« Zoe tat, als freue sie sich, und berechnete kurz, dass 6.30 Uhr kalifornischer Zeit 21.30 Uhr deutscher Zeit sein musste. »Bis morgen.«

Nummer zwei drückte sie eine ihrer schönen neuen Visitenkarten in die Hand und wartete, dass der endlich eine von seinen rausrückte.

»Visitenkarten sind so *last year*«, sagte Nummer zwei leicht belustigt, als hätte Zoe ihn gefragt, ob er vielleicht Kleingeld für den öffentlichen Münzfernsprecher hätte. »Schieß mir einfach auf Facebook eine Message rüber und wir machen was aus.«

Zurück im Bungalow, zog sie ihre Glückshose aus und feuerte sie auf einen Korbstuhl. Hatte die Hose sich etwa nur für die Paneldiskussion zuständig gefühlt, nicht aber für ihr Privatleben? Zoe wühlte in ihrem Handgepäckkoffer, fischte ein T-Shirt heraus und zog es als Schlafshirt an, obwohl die Sonne noch nicht mal untergegangen war. Das Dinner heute Abend würde sie sich schenken, obwohl sie dort sicherlich noch mehr gute Kontakte hätte knüpfen können, aber sie wollte sich einfach nur die Decke über den Kopf ziehen und aus dieser Welt verschwinden. Sie fiel in einen traumlosen Schlaf.

Als die Sonne untergegangen war und die um die Palmen vor dem Bungalow herumgewickelten Lichterketten in der Dunkelheit glitzerten, wurde Zoe plötzlich vom ohrenbetäubenden Lärm einer Sirene geweckt.

»Feueralarm! Bitte verlassen Sie sofort Ihr Zimmer! Benutzen Sie nicht die Aufzüge, sondern ausschließlich die Treppenhäuser«, befahl eine eindringliche Stimme vom Band.

Zoe schlüpfte schlaftrunken aus dem Bett und tappte zur Tür, die auf ihre Terrasse führte. Es roch nicht nach Feuer, nirgendwo war Hektik, und überhaupt schien alles friedlich zu sein. Sogar der Hotelgast im Nachbarbungalow saß ganz entspannt auf seiner Terrasse und hatte die nackten Füße auf das Geländer gelegt. Zoe überlegte gerade, ob sie geträumt hatte, da strich sich der Bungalownachbar verlegen mit der rechten Hand durch die Haare und sagte: »Hi, Stranger.«

Zoe war, als würde ihr der Boden unter den Füßen weggezogen. Sie ließ sich rückwärts in einen Terrassenstuhl fallen. Ihr Herz vollführte einen doppelten Rittberger. »Selber Stranger«, war alles, was sie herausbrachte.

Tom grinste nur.

Zoe zog die Beine auf den Sitz hoch, umarmte sie und deponierte ihr Kinn auf den Knien. Dabei ließ sie ihn keine Sekunde aus den Augen. »Was machst du hier?«, fragte sie leise.

»Hoffen«, antwortete er und lächelte dieses charmant-schiefe Lächeln, das indiziert gehörte.

»Das mit dem Feueralarm warst du, stimmt's?«

Er nickte.

Sie nickte ebenfalls. »Geht doch nichts über gnadenlose Einfallslosigkeit.«

»Ich fand es eigentlich ziemlich genial«, sagte McNachbar, aber sein Gesichtsausdruck verriet, dass der Master of the Universe plötzlich unsicher war.

»Du hast Justus vorgeschickt, nicht wahr?«

»Nur ein bisschen. Er ist tatsächlich auch an *Sehnsucht* interessiert.«

»Und an was bist du interessiert?«

»An dir.«

Zoe schüttelte matt den Kopf. »Dafür ist es leider zu spät, mein Lieber. Das hättest du dir früher überlegen müssen.«

Tom sprang auf, machte einen Schritt auf Zoe zu, hielt dann aber inne. Zoe hatte warnend die Hand gehoben. Stopp! Keinen Schritt weiter! Sie fühlte sich wohler – und auch ein bisschen sicherer – mit der Distanz und dem Gartenzaun zwischen ihnen beiden. Tom ließ sich geschlagen wieder in seinen Gartenstuhl fallen.

»Es tut mir so unendlich leid, Zoe«, gestand er dann und sah ihr in die Augen. »Ich hätte es dir sagen sollen.«

Zoe Schuhmacher hatte sich diese Szene in den vergangenen Wochen immer wieder ausgemalt. Wie er zu ihr zurückkommen und sich entschuldigen würde. In ihrer Vorstellung war sie dann wütend aufgesprungen, hatte ihn angeschrien und ihm irgendeinen Gegenstand treffsicher an den Kopf geworfen. Eine Vase oder so etwas. Aber das passierte anscheinend nur in Filmen. Jetzt wiederholte sie einfach nur resigniert: »Es ist zu spät, Tom.«

Er sah sie nachdenklich an und murmelte: *»It's only over when it's over.«* Dann bat er sie eindringlich: »Hör mich wenigstens an.«

Zoe nickte nur.

»Unser kleines Geplänkel an dem ersten Morgen war eigentlich nur eine weitere Jagdtrophäe für mich«, gab er zu. »Eine Kerbe in meinem imaginären Bettpfosten. Da stand eine attraktive Unbekannte vor meiner Tür …«

»… nur in Unterwäsche bekleidet«, unterbrach ihn Zoe.

»Genau. Und es hat sich halt so ergeben«, fuhr Tom fort. »Als ich dann während des Frühstücks erfahren habe, dass du zukünftig für mich arbeiten wirst, war mir das in der Euphorie des Moments egal. Ich dachte, wir kriegen das später schon irgendwie wieder hin.«

»Aber?«

»Aber je länger ich an diesem Sonntag über dich nachgedacht habe, desto besser hast du mir gefallen. Du warst so anders als die Frauen, die ich normalerweise gedated habe. Selbstbewusst, witzig, und du warst nicht so wahnsinnig bemüht, mir zu gefallen.«

»Ja, ist schon gut, Romeo«, sagte Zoe, die auf nachgereichte Liebeshymnen auf sich selbst nun wirklich keine Lust hatte. »Komm zur Sache.«

»Und deshalb bin ich dir fortan aus dem Weg gegangen.«

Zoe kam sich vor, als hätte sie die entscheidenden zwei Handlungsminuten eines komplizierten Thrillers verpasst, weil sie eben mal in der Küche ein Glas Wasser holen gegangen war, oder aufs Klo. »Wie? Ich dachte, du fandest mich attraktiv?«

»Nicht nur das, Zoe. Ich fand dich einfach zu gut für mich. Ich hatte gerade eine böse Trennung hinter mir und die Scheidung eingereicht. Und ich wollte nicht, dass du in diese ganze emotionale Mühle gerätst, nur weil ich mich nicht zurückhalten kann.«

»Aber warum hast du mir dann nicht genau das gesagt?«

»Hab ich doch.«

»Quatsch!« Jetzt wurde Zoe Schuhmacher langsam sauer. »Du hast immer nur kryptisches Zeug wie ›Halt dich fern von mir. Ich bin nicht gut für dich.‹ gefaselt, Tom. Du hast mir aber nie die Wahrheit gesagt. Dass du verheiratet bist. Ver-hei-ra-tet!«

»Aber das war ich doch nur noch auf dem Papier.«

»Das sieht deine werte Gattin aber völlig anders. Sonst wäre sie doch nicht nach New York gekommen, um mir auf offener Straße an den Kopf zu werfen, dass ich mit ihrem Mann schlafe?«

»Vicky hat nicht wirklich das Recht, hier irgendetwas anders zu sehen.«

»Was soll denn das jetzt wieder heißen?«, fragte Zoe entnervt.

»Sie hat mich mit meinem Bruder Nate betrogen.«

★ ★ ★

Victoria »Vicky« Lancaster Fiorino hatte, wie Zoe nun erfuhr, hinter Toms Rücken ein Verhältnis mit seinem Bruder Nate begonnen, dem Herzchirurgen. Nate war erst kurz zuvor vom New York Presbyterian Hospital ans Kings College Hospital nach London gewechselt, um endlich aus dem Schatten seines Vaters zu treten. Sein Verhältnis zu Tom, dem Erstgeborenen, der gerade wegen seiner eher ungewöhnlichen Berufswahl mehr respektiert wurde in der Familie, war schon immer angespannt gewesen. Nate hatte Tom nie verziehen, dass dieser mit vierzehn nicht wie standesgemäß auf ein Elite-Internat nach Connecticut gewechselt, sondern seinem Vater in die Schweiz gefolgt war, wo dieser am Kinderspital Zürich lehrte und forschte. Tom und Chuck, das war schon immer das engere Team gewesen. Nate und Kitty, na ja. An der American School in Lugano hatte Tom dann auch noch Justus von Schönhoff kennengelernt, der ihm den Bruder ersetzte. Kurz und gut: Nate hatte – zumindest in seinem Holzkopf – offenbar eine Rechnung offen gehabt.

Und Tom Prescott Fiorino? Der war zum ersten Mal in seinem Herzensbrecherleben von einer Frau betrogen worden. Aber er hatte niemandem – nicht mal seinen Eltern – von Nates tragender Rolle in der ganzen Misere erzählt. Zoe dachte zuerst, dass es ihm peinlich gewesen sein musste, die ungewohnte Rolle des gehörnten Ehemannes zu spielen. Doch Tom meinte nur, es sei Ehrensache, dass Vicky, Nate und er die Problematik ganz allein unter sich klären müssten. Für Zoe hörte sich das zwar alles ein bisschen sehr nach Cosa Nostra an, doch sie musste zugeben, beeindruckt war sie schon von Toms Standhaftigkeit.

»Als ich dich näher kennenlernte, dich auf der Fashion Week sah und in Miami und bei IKEA, wurde mir klar, dass du der Sauerstoff warst, der mich vor dem Ertrinken bewahrt hat«, versuchte Tom zu erklären, warum er sich dann doch noch hatte hinreißen lassen, seine selbstauferlegte Abstandsregel aufzugeben.

Okay, die Sache mit dem Sauerstoff für Ertrinkende hörte sich auf Deutsch wirklich ziemlich Panne an, fand selbst Zoe. Englisch dagegen konnte manchmal einfach viel poetischer sein, ohne total platt zu wirken.

You were a breath of fresh air for me, Zoe, as I was about to drown.

Warum Vicky sich auf diese Affäre mit Nate eingelassen hatte, ließ sich vielleicht auf die eine oder andere Paarungsgepflogenheit der Oberen Zehntausend zurückführen, vermutete Zoe. Wo Liebe in einer Verbindung erst einmal ein zu vernachlässigender Faktor zu sein schien. Die Ehe war dort offenbar – auch heute noch – ein strategischer Schachzug. Nach dem Clan der Fiorinos, die stammbaumtechnisch dem Whitney-Zweig angehörten, der wiederum mit den Rockefellers und den Tafts verbandelt war, waren in New York Museen, Parks und Brücken benannt. Bei der Hochzeit eines Clan-Mitglieds schien es in erster Linie immer um den Erhalt des Familienerbes und/oder um einen Pakt mit einer anderen Familie des gleichen Status zu gehen.

Nicht, dass Tom und Vicky sich anfangs nicht leidenschaftlich geliebt hätten. Im Gegenteil! Aus Leidenschaft war aber nie Liebe geworden, hatte Tom erzählt. Und manchmal ertappte man sich eben erst viel später dabei, in einem von anderen inszenierten Schauspiel die Hauptrolle zu spielen. Einem Schauspiel, das auf den ersten Blick so perfekt war, dass es einfach Realität sein musste, mutmaßte Zoe.

Tom hatte keine Ahnung gehabt, dass zwischen Vicky und Nate mehr war als nur schwägerliche Zuneigung, bis Nates New Yorker Freundin eines Abends heulend bei ihm anrief und fragte, ob Nate ein Verhältnis mit einer anderen habe. Sie sei sicher, dass die Geliebte in dieser Minute in Nates Apartment sei. Da war Tom neugierig geworden und hatte einen spontanen Besuch gemacht, bei dem er nicht nur die vermutete neue Liebhaberin vorfand, sondern zu seiner Verblüffung entdeckte, dass es sich bei selbiger auch noch um seine spärlich bekleidete Gattin handelte, die eigentlich auf einer Schönheitsfarm in der Schweiz hätte weilen sollen. Er kündigte bei Plachette in London und nahm den CEO-Job in New York an, den Verlegerin Schönhoff ihm schon mehrfach angeboten hatte. Noch bevor er ins Flugzeug stieg, reichte er die Scheidung ein.

★★★

So saßen Tom und Zoe über eine Stunde jeweils in ihrem Gartenstuhl und unterhielten sich über den Gartenzaun hinweg säuberlich voneinander getrennt, bis Tom schließlich aufstand und ganz pragmatisch fragte: »Zu dir oder zu mir?«

Zoe kletterte über den Zaun und Tom hängte das »Bitte nicht stören«-Schild an seine Bungalowtür.

»Warum hast du mir das nie erzählt?«, wollte Zoe wissen, als sie auf Toms Bett lag, während er ihr gegenüber im Korbsessel Platz genommen hatte.

»Irgendwie schien der Zeitpunkt nie richtig und irgendwann war es dann ganz klar zu spät. Außerdem hatte ich fest vor, ein Mal in meinem Leben etwas richtig zu machen mit einer Frau. Deshalb war ich wirklich entschlossen, die Freundschaftsnummer mit dir durchzuziehen.«

»Woran du kolossal gescheitert bist.«

Tom grinste. »Woran du ja nicht gerade wenig Mitschuld hast.«

Zoe musste lachen, aber sie verstand Toms Logik immer noch nicht ganz. »Und warum bist du dann nicht nach Deutschland geflogen, um die Sache mit mir zu klären?«

»Glaub mir, ich war die letzten Monate so oft in Deutschland, dass Lufthansa mir mittlerweile eine Senatorkarte angeboten hat.«

Zoe traute ihren Ohren nicht. »Und was hast du da bitte gemacht?«

»Ich habe mich vergewissert, dass es dir gut geht.«

»Wie bitte?«

»Ich habe gesehen, wie du im Media Markt voller Vorfreude die Computerausrüstung für dein neues Projekt gekauft hast. Ich habe gesehen, wie du mit deinem Exfreund beim Italiener essen warst. Und ich habe gesehen, wie du dem armen Kerl am Bahnhof vor allen Leuten eine Riesenszene gemacht hast.«

Zoe hatte Mühe, diese ganzen Informationen zu verarbeiten. Sie wusste nicht, ob sie sich geschmeichelt fühlen oder bei der nächsten Polizeistation Anzeige erstatten sollte. »Tom, so was nennt man Stalking. Das ist strafbar. Du hattest kein Recht …«

»Ich würde hier nicht sitzen«, unterbrach er sie mit ernster Miene, »wenn ich nicht wüsste, dass du unglücklich warst in Deutschland. Ich sitze hier nur, weil ich mit eigenen Augen gesehen habe, dass deine Flucht in die Vergangenheit nicht funktioniert hat.«

»Und was wäre gewesen, wenn du mich glücklich vorgefunden hättest?«

»Dann hätte ich dich für immer in Ruhe gelassen.«

Tom stand auf und setzte sich neben sie auf die Bettkante. »Zoe, ich bin sehr froh, dass du nicht glücklich warst. Komm wieder nach New York zu Schönhoff zurück. Und zu mir. Bitte!«

Zoe sah ihn lange an und schüttelte dann langsam den Kopf. »Ich kann nicht, Tom.« Dann verließ sie sein Zimmer.

26

Zoe war klar, dass sie nicht zu *VISION* nach New York zurückgehen konnte. Dieses Kapitel ihres Lebens war abgeschlossen, da war sie sich ganz sicher. Was Tom anbetraf, war sie nicht so sicher. Konnte, oder besser gesagt, wollte sie ihm jemals wieder vertrauen? Im Grunde hatte er sie ja nicht angelogen. Er hatte nur nicht die ganze Wahrheit erzählt.

»Jetzt red dir die Sache nicht auch noch schön, blöde Kuh«, rügte Zoe sich selbst.

Im Grunde war es ihr ein kleines bisschen peinlich, dass sie damals so Hals über Kopf aus New York abgereist war, ohne ihm die Chance zu geben, sich zu erklären. Aber sie war in diesem Moment, unter dem Vordach des Chrysler Buildings, tatsächlich felsenfest davon überzeugt gewesen, einem dieser Serientäter aufgesessen zu sein, die sich Geliebte in diversen Städten oder gar Ländern hielten und in perfiden Parallelwelten lebten. So wie sie es für ihr Geliebten-Feature recherchiert hatte.

Die alles entscheidende Frage blieb dennoch die gleiche: Konnte sie Tom jemals wieder vertrauen? Und wenn ja: Würde sie ihr restliches Leben dann immer in Angst verbringen, dass er sie noch einmal hintergehen würde?

Ein Klopfen an der Hotelzimmertür unterbrach ihre Grübelei.

»Ja, bitte?«, rief Zoe durch die Tür. Sie hatte jetzt eigentlich keinen Bedarf nach Besuch.

»Ich bin's, Justus. Darf ich reinkommen?«

»Wenn's denn sein muss«, murmelte Zoe und öffnete die Tür.

Justus sah sie prüfend an. »Wir wollten heute noch mal über *Sehnsucht* sprechen.«

»Also ich persönlich hätte Sehnsucht nach meiner Ruhe.«

»Hast du dich mit Tom ausgesprochen?«

»Eher er mit mir.«

»Und?«

»Und ich weiß auch nicht. Mein Leben ist weitergegangen, Justus. Ich kann nicht zurück nach New York. Ich war zwar nie richtig über Tom hinweg, aber ich habe zumindest beruflich das gefunden, was ich wirklich machen will.«

»Das ist doch schon mal ein guter Anfang. Ich möchte *Sehnsucht* nämlich mit dir zusammen machen. Deine Präsentation war echt überzeugend.«

Justus hielt ihr einen fertig ausgearbeiteten Vertrag hin. Zoe nahm ihn, setzte sich aufs Bett und begann zu lesen. Partnerschaftsvereinbarung, stand da als Überschrift in großen schwarzen Lettern über allerlei Klauseln. Unterschrieben war sie von Justus von Schönhoff. Der Vertrag beinhaltete eine neunundvierzigprozentige Teilhaberschaft an *Sehnsucht* durch Schönhoff Publishing sowie eine zweite Finanzierungsrunde über zwei Millionen Dollar. Zoe, Allegra und Ben würden die restlichen einundfünfzig Prozent unter sich aufteilen. Einzige Bedingung: Justus bestand darauf, *Sehnsucht* nicht nur in Deutschland, Österreich und der Schweiz einzuführen, sondern gleichzeitig auf Englisch in den USA. Der Standort für ihr gemeinsames Start-up sollte das Silicon Alley in New York sein.

An der Sache mit der Zusage war dieses Mal kein Mann schuld, sondern ganz allein Zoe selbst. Sie hatte mit *Sehnsucht* etwas gefunden, an das sie wirklich glaubte. Wofür sie brannte. *Sehnsucht* war Zoes ganz persönliche Bioeisdielen Yogaschule im tiergeschützten kenianischen Dschungel. Sie musste nicht lange darüber nachdenken und unterzeichnete die Partnerschaftsvereinbarung noch auf dem Bett sitzend.

Mit der Unterschrift wurde ihr aber noch etwas anderes klar: Das konnte noch nicht alles sein. Auf die Frage »Was würdest du tun, wenn du keine Angst hättest?« gab es für Zoe nämlich nur eine Antwort. Und die bestand aus zwei Teilen: »Ich würde nach New York gehen, um *Sehnsucht* aufzuziehen. Und ich würde Tom eine zweite Chance geben.«

Sie sprang auf, ließ Justus einfach im Zimmer stehen, kletterte ein zweites Mal zielstrebig über das Gartenzäunchen zum Nachbarbungalow und klopfte.

»Zoe«, brachte Tom gerade noch heraus, als er sie vor seiner Tür stehen sah.

»Ich kann doch.«

★★★

Die Aufzugtüren zum Loft an der Wooster Street öffneten sich geräuschlos. Eine Maklerin in einem Ann-Taylor-Kostüm trippelte vor Zoe und Tom her und versuchte, ihnen unnötigerweise ein Apartment schmackhaft zu machen, das so wunderschön war, dass man beim Betreten einfach sprachlos sein musste. Zoe klopfte beim Rundgang mit den Fingerknöcheln heimlich mehrfach gegen die Wände, nur um sicherzugehen, dass sie nicht in der Kulisse eines Hollywood-Films über junge Wall-Street-Mogule gelandet war. Das Wohnzimmer samt Bulthaup-Edelstahlküchenzeile schien die Größe und Raumhöhe eines Basketballplatzes zu haben. Die Bäder waren »mit deutschen Armaturen« ausgestattet, wie die Maklerin mehrfach betonte. Hans Grohe hier, Duravit da. Und im offenen Kamin flackerte ein wohliges Feuer.

»Es ist perfekt«, flüsterte Zoe Tom zu. »Wie im Januar auf den Bermudas.«

Tom verzog das Gesicht. Er fand ihren Scherz offenbar nicht so knallig.

»Aber ich bestehe auf Untermieterstatus«, fügte Zoe schnell an. »Ich biete 2.500 Dollar pro Monat. Dafür gehört mir dann eins der drei Schlafzimmer ganz alleine.«

»Es ist unsere Wohnung, Darling. Da musst du keine Untermiete zahlen.«

»Will ich aber!«

»Jetzt sei nicht albern und so unglaublich europäisch-emanzipiert.«

»Bin ich aber.«

Tom lachte. Dann küsste er sie. »Du wirst die wunderbarste Untermieterin südlich des Nordpols sein.«

»Und du musst dringend an der Originalität deiner Metaphern arbeiten.«

Tom zog sein Scheckbuch heraus, schrieb einen Scheck für die erste und letzte Monatsmiete als Kaution und überreichte ihn der Maklerin. »Wir nehmen das Loft.«

Die Maklerin war solche Aktionen offenbar durchaus gewohnt, verstaute den Scheck in ihrer Brieftasche und holte den Mietvertrag hervor. »Bitte unterschreiben Sie hier.« Bevor sie im Aufzug verschwand, hatte sie noch die Schlüssel auf die Küchentheke gelegt, eine Mini-Flasche Champagner aus der Tasche gezogen und sie auf die Anrichte gestellt. »*Congratulations*!«

Tom wartete, bis die Aufzugtüren sich schlossen, dann umarmte er Zoe und hob sie auf die Küchentheke. »*Welcome home, Darling.*« Er küsste sie. Erst auf den Mund, dann arbeitete er sich seitlich an ihrem Hals hinunter.

»Das erinnert mich an die Hamptons«, hauchte Zoe. »Als Lucia in die Küche kam.«

»Jetzt bringe ich zu Ende, was ich damals angefangen habe. Das verspreche ich dir«, murmelte Tom. »Und weil wir hier noch kein Personal haben, wird uns auch niemand dabei stören.«

★★★

»Du bist für die Einrichtung zuständig, meine Liebe«, hatte ihr Tom am Morgen nach dem intensiven Testen der Einbauküche erklärt. »Aber ich sage dir eins – alles, nur nichts zum Selber-Zusammenbauen.«

Und so hatte Zoe, die noch nie eine Wohnung oder ein ganzes Haus von Grund auf eingerichtet hatte, dankbar die Unterstützung von Mimis Interior Designer angenommen. Lara Mulligan war eine kleine, drahtige Frau Anfang fünfzig, die Mimi als *no nonsense* beschrieben hatte.

»Wenn sie für dich arbeitet, ist sie eine Wadenbeißerin. Sie lässt erst los, wenn das Projekt hundertprozentig perfekt ist. Arbeitest du allerdings für sie, dann ist sie ein Albtraum. Die Handwerker nennen sie einfach nur *the mega bitch*.«

Die wadenbeißende *mega bitch* stand also ein paar Tage später in Zoes und Toms neuem Apartment und begutachtete zufrieden die Räumlichkeiten. Ihrem Gesichtsausdruck nach zu urteilen, war die Hütte nicht ganz hoffnungslos. Dann rollte sie Pläne mit dem Grundriss des Lofts auf einem Klapptisch aus, den ein schweigender Assistent ihr hinterhergetragen hatte.

»Wo ist Ihr Moodboard, meine Liebe?«, fragte sie Zoe etwas ungeduldig.

»Mein Moodboard?«

»Das ist normalerweise der Moment, wo meine Klienten kartonweise Magazinausrisse, mögliche Farbpaletten und Materialien vorlegen, damit ich weiß, in welche Richtung es gehen soll«, erklärte sie etwas vorwurfsvoll.

»Oh«, antwortete Zoe peinlich berührt wie ein Zweitklässler, der vergessen hatte, seine Hausaufgaben für die heiß geliebte Lehrerin zu machen. Sie hatte erst einmal ihre neue Nachbarschaft erkundet und sich um die Einrichtung keine Gedanken gemacht. Dazu hatte sie ja schließlich eine Innenarchitektin angeheuert, oder nicht? Gleich am ersten Morgen nach Unterzeichnung des Mietvertrages war sie den Weg vom Loft zum Café Gitane abgegangen. Sieben Minuten und zweiundvierzig Sekunden. Nicht schlecht! Dann hatte sie sich nach einem Supermarkt umgeschaut, aber – abgesehen vom Feinkostimperium Dean & Deluca – keinen gefunden. Wer in SoHo wohnte, konnte es sich vermutlich leisten, 6,50 Dollar für ein kleines Schälchen Erdbeeren, die vermutlich mit Evian-Wasser gegossen und von peruanischen Jungfrauen gepflückt worden waren, auszugeben. Anschließend war sie mit Mimi und Eros zu einem Welcome-back-Lunch ins Balthazar gegangen.

»Also gut«, rief Lara resigniert. »Wir fahren zu ABC Carpet & Home, dem personifizierten Moodboard New York Citys.«

»Ich bin völlig durcheinander«, war alles, was Zoe gerade noch herausbrachte. Sie hatte den gesamten Vormittag über bei ABC so viele Stil-, Farb- und Materialoptionen geprüft und miteinander kombiniert, dass sie überhaupt nicht mehr wusste, was sie eigentlich wollte. Ihr schien, als hätte sie mit Lara jedes einzelne Ausstellungsstück im Conran-Shop im Untergeschoss analysiert, ehe sie durch die Ethno-Pop-up-Shops im Erdgeschoss mit ihren von tibetischen Mönchen handgetöpferten Essservices gewandelt waren. Sie hatten handgeknüpfte Teppiche aus garantiert kinderarbeitfreien Familienbetrieben in Augenschein genommen, handgemalte Seidentapeten, Sofas aus zertifiziertem, ökologisch angebautem Holz, Betten, Bettzeug, Lampen und Kandelaber, Vorhänge, Töpfe, Vasen und was ein gut situierter, umweltbewusster New Yorker mit exquisitem Geschmack und vor allem einer Amex-Centurion-Karte ohne Oberlimit sich sonst noch alles in die Wohnung stellen würde.

»Lassen Sie uns erst mal mittagessen«, beruhigte Lara sie im Ton einer gütigen Großmutter und bestellte, ohne Zoe zu fragen, einfach zwei Mal das Prix-Fix-Lunchmenü.

Sie saßen im Restaurant ABC Kitchen, das dem Möbelhaus angeschlossen war und dem Star-Koch Jean-Georges Vongerichten gehörte, dessen Küche *haute organic* war, also edel-bio. Das Restaurant war ganz in Weiß und Holz gehalten, wobei die schweren Deckenbalken, die ein Farmhaus simulieren sollten, früher einmal als Planken auf einem Fischkutter in Maine gedient hatten. Die groben, klar lackierten Tische waren aus den hölzernen Querstreben einer ehemaligen Eisenbahntrasse gezimmert, das bunt zusammengewürfelte Silberbesteck stammte aus mehreren Gutshausauflösungen. So stand es jedenfalls in der Speisekarte, die selbstverständlich auf hundertprozentigem Recyclingpapier gedruckt war.

Zoe und Lara aßen gegrillte Calamari im Bretzelmantel, gefolgt von einer Mini-Pizza mit Minze, Miesmuscheln und feuerscharfen Chilischoten und als Nachtisch ein Ice Cream Sundae mit gesalzenem Karamellpopcorn. Alles bio, alles CO2-neutral und alles fantastisch.

Als Zoe endlich wieder klar denken konnte, schaute sie sich noch einmal um und sagte zu Lara: »Genau das will ich auch. Nachhaltig, natürlich, schlicht und sexy.«

Den restlichen Nachmittag stellten die beiden dann ein Moodboard mit Katalogausrissen, Stoff- und Holzproben sowie diversen Handyfotos von Ausstellungsstücken bei ABC und Elementen aus ABC Kitchen, die Zoe gefielen, zusammen. Der immer noch schweigende Assistent schaffte es, auf wundersame Weise die Handyfotos irgendwo im Möbelhaus auch noch auszudrucken. Man kannte sich offenbar. Und zwei Wochen später war Zoes und Toms Apartment komplett eingerichtet in einem Stil, den Zoe *Urban Zen* taufte.

★★★

»Wir sollten heute Abend eine spontane Einweihungsparty machen«, schlug Zoe vor, löste sich aus Toms morgendlicher Umarmung und drehte sich im Bett um, sodass sie ihn anschauen konnte. Die erste Nacht im neuen Loft war etwas schlaflos verlaufen, woran das Ligne-Roset-Bett – und nicht nur das – schuld war. Es ist schon erstaunlich, dachte Zoe amüsiert und gähnte herzhaft, welche Anziehungskraft Aufzüge, naturbelassene Esstische und vor allem Duschen mit Wasserfallduschköpfen haben können.

»Das ist doch viel zu kurzfristig.« Tom streckte sich faul. »Erstens kriegst du niemals heute noch einen Caterer, und zweitens lasse ich dich nicht aus dem Bett.«

»Wozu brauchen wir denn einen Caterer? Wir kochen selbst, du Snob.«

»Och, nein, nicht schon wieder die Prekariatsnummer«, maulte Tom, bis Zoe ihm die Bettdecke über den Kopf zog.

»Wir gehen zu Dean & Deluca zum Einkaufen, du verzogenes Privatschulgör. Die nehmen dort garantiert keine Essensmarken, sondern nur schwarze Amex-Karten.«

Als sich abends die Aufzugtüren zum ersten Mal öffneten, kam ein schwer bepackter Eros herausmarschiert. Er sah Zoe in der offenen Küche stehen, legte einen Zahn zu und schmiss sich ihr, nachdem er die Tüten abgeworfen hatte, um den Hals.

»Ich vermisse dich, du Süße!«, rief er und knutschte sie lautstark auf die Wange. »Ich kann es gar nicht abwarten, kommende Woche in dein Team zu wechseln. Der Stuhl vom Papst ist übrigens angesägt. Er hat ganz schlechte Auflagenzahlen mit seinen ersten beiden Heften eingefahren und die Klicks auf *StyleChicks* sind ohne dich dramatisch gesunken.«

Zoe lachte, drückte ihn fest und drehte Eros dann mit beiden Händen um zu Tom, der hinter ihm am Bartresen lehnte und mit einer gehobenen Augenbraue interessiert zuhörte.

»Ihr zwei kennt euch ja schon. Eros, das ist Tom. Tom – Eros.«

»Hmhm«, murmelte Eros etwas verlegen und ließ die Tüten sinken. »Das mit dem angesägten Stuhl ist natürlich nur ein böses, böses Gerücht, dem jede Substanz fehlt.«

»Ist es das?«, fragte Tom amüsiert.

»Aber natürlich. Ganz sicher. Auf jeden Fall«, antwortete Eros hastig.

»Jetzt mach hier nicht auf Chef, Tom, und meinen armen Eros total nervös«, ging Zoe dazwischen. »Alles, was heute Abend hier gesprochen wird, bleibt unter uns dreien.«

Eros schien die Verschwiegenheitsregel sehr zu erleichtern. Er kramte in seinen Tüten und zog feierlich eine veilchenfarbene Schachtel nach der anderen heraus. »Schaut mal, was ich euch mitgebracht habe. Macarons von Ladurée in Fleur d'Oranger, Framboise und Cassis-Violette.«

»Französische Macarons?«, fragte Zoe erstaunt.

»Macarons sind die neuen Cupcakes«, belehrte Eros sie. »Unter welchem Felsbrocken hast du denn bisher gelebt? Cupcakes sind soooo letztes Jahrzehnt.«

Dann ging die Aufzugtür erneut auf, und Justus und Mimi traten ein. Justus trug vier Flaschen Champagner in den Händen und Mimi hielt ein in Hanf eingeschlagenes Etwas von der Größe eines Fußballs im Arm.

»*Hi everyone*«, rief Justus und umarmte einen nach dem anderen. »Mimi und ich haben uns rein zufällig unten auf der Straße getroffen. Nur, um irgendwelchen Gerüchten zuvorzukommen.«

»Keine Angst, Justus, Mimi interessiert sich nur für verheiratete Männer«, winkte Zoe lachend ab.

Justus schaute sie fragend an.

»Erklär ich dir später.«

Währenddessen begrüßte Mimi Tom. »Gut siehst du aus, Fiorino. Die traute Zweisamkeit bekommt dir. Wer hätte das gedacht.« Dann umarmte sie den mindestens zwei Köpfe kleineren Eros. »Ich habe dich vermisst, Loverboy. Wann hatten wir das letzte Mal …«, sie machte eine bedeutungsschwangere Pause, »… Lunch?« Schließlich drehte sie sich langsam um die eigene Achse und schaute sich um. »Es ist wunderwunderschön geworden, Zoe. Das Apartment, das bist ganz du.« Dann drückte sie ihr das Hanfpaket in die Arme. »Mein Einweihungsgeschenk.«

Zoe öffnete die Verpackung und es kam eine asiatische Götterstatue aus weißem Marmor in Form eines übergewichtigen Elefanten mit sechs Armen zum Vorschein. »Mimi, den habe ich schon bei ABC gesehen. Er ist großartig – und kostet ein Vermögen«, rief Zoe und umarmte Mimi.

»Papperlapapp. Nicht mehr als meine letzten Louboutins. Es ist ein Ganesh. Er ist dazu da, alle Hindernisse im Leben aus dem Weg zu räumen.«

»Ist er auch für Schwiegermütter zuständig?«, flüsterte Zoe ihr ins Ohr.

»Du meinst Hexen? Wie Kitty?«, fragte Mimi belustigt.

»Hmhm«, murmelte Zoe.

»Ich denke schon. Wenn du ihn nett bittest. Wieso?«

»Ich bin ganz hochoffiziell auf ihr Sommerfest in die Hamptons geladen. Und irgendwie graut mir davor, die bornierte Schachtel wiederzusehen, nach all dem, was in den letzten Monaten vorgefallen ist.«

»Ach, was. Wir werden eine Menge Spaß haben.«

»Wir?«

»Ich komme auch.«

Beim Dinner drehte sich dann alles um die Einführung von *Sehnsucht*.

»Ich habe zudem noch ein bisschen mit den Themen experimentiert«, berichtete Zoe. »Ich glaube zwar fest an das Zurück-zum-Wesentlichen-Konzept, bin aber mittlerweile der Meinung, dass wir mit einer weniger hausfraulichen Geschichte als Lavendel aufmachen sollten.«

»Was denn?«, fragte Mimi provozierend. »Zitronenmelisse?«

Zoe ignorierte sie einfach. »In unserer Gesellschaft besteht ein dringender Bedarf nach Entschleunigung. Wir haben jetzt einen sehr guten Beitrag zum Thema bewusste Rückkehr zur Langsamkeit. Überschrift: »Stress als Statussymbol«. Unterzeile: »Warum man öfter mal abschalten sollte – und wo man den Schalter findet.«

Amerikanische Gastfreundlichkeit oder: Wie benehme ich mich richtig?

Amerikaner sind extrem freundliche Menschen, die ihre Mitmenschen ständig auf einen Drink zu sich nach Hause, zum Dinner oder übers Wochenende in ihr Sommerhaus einladen. Wenn sie es denn auch so meinen, also schätzungsweise nach der fünften bis siebten Einladung, sollte der deutsche Gast Folgendes beachten:

Der US-Gastgeber führt kein Restaurant. Während deutsche Gäste das königliche Küchenreich der Dame des Hauses kaum zu betreten wagen, bieten amerikanische Gäste ständig an, den Tisch zu decken, das Gemüse zu schnippeln, die Spülmaschine einzuräumen – und tun dies auch. Dinner ist immer eher ein Gemeinschaftsprodukt. Ausnahme: Irgendwelche WASP-Veranstaltungen mit Bediensteten.

Der US-Gastgeber führt auch kein Hotel. Wer irgendwo übers Wochenende eingeladen ist, bietet zumindest an, die benutzte Bettwäsche abzuziehen und die Handtücher in die Wäschekammer zu bringen, oder tut es ganz automatisch.

Der US-Gastgeber freut sich über Mitbringsel. Am besten vorher absprechen, was gebraucht wird. Wein? Bier? Einen selbst gemachten Nachtisch? Nicht knausern: Am besten alles drei!

Nach dem überschwänglichen mündlichen Dank für Dinner oder Wochenende ist eine handschriftliche Dankeskarte üblich. E-Mail geht nur, wenn man den Gastgeber sehr gut kennt.

(New York für Anfängerinnen, S. 49)

27

MAI

»Meinst du nicht, deine Mutter sollte auf eurem Landsitz in den Hamptons einen Bio-Gemüsegarten anlegen?«, fragte Zoe Tom, als sie am Freitagabend vor Memorial Day im Fond seines schwarzen Towncar saßen und mit Tausenden von anderen Wochenendlern auf dem Long Island Expressway im Stau standen. »Ich meine, anlegen lassen. Von irgendeinem fürchterlich berühmten Gartenbauarchitekten?«

Tom lachte. »Du machst mir mittlerweile echt Angst, Zoe, mit deiner absoluten Hingabe für dein neues Projekt.«

»Ich habe übrigens ein Gastgeschenk für deine Frau Mama besorgt«, wechselte Zoe schnell das Thema.

»Super. Das ist sehr aufmerksam von dir.« Tom starrte gedankenverloren auf den Stau hinaus und murmelte etwas von »Hätten doch den Helikopter-Shuttle nehmen sollen.«

In Sachen Gastgeschenk hatte Zoe sich natürlich größtmögliche Gedanken gemacht und den besten Floristen der Stadt recherchiert. Sie war sicher, dass Kitty in solchen Dingen superzickig war. Eros hatte ihr dann VSF Flowers empfohlen, der sämtliche Blumenarrangements für Ralph Lauren machte. Was für Ralph gut war, war für Kitty genau richtig, befand Zoe. Und VSF hatte tatsächlich das wunderschönste – und teuerste – Blumengesteck zusammengebastelt, das Zoe jemals gesehen – und selbst bezahlt – hatte. Ein einfarbiger Traum in Weiß und Creme. Understatement pur. Es stand in einem riesigen Karton auf dem Beifahrersitz. Angeschnallt. Sicher war sicher.

Memorial Day Weekend war der inoffizielle Sommeranfang in den USA, an dem jeder, der es sich leisten konnte, nach einem langen Winter endlich wieder seine Sommerresidenz an den Atlantikstränden saisonklar machte. Und von nun an durfte endlich wieder offiziell die Farbe Weiß getragen werden, ohne dass man sich sofort als Modevolltrottel zu erkennen gab.

Traditionell gab Toms Mutter Kitty an diesem Feiertagswochenende immer die wichtigste Party des Frühsommers. Bürgermeister Michael Bloomberg stand ebenso auf der Gästeliste wie Modedesignerin Donna Karan, der Schauspieler Alec Baldwin hatte zugesagt sowie die Multimedia-Queen Tina Brown. Tom hatte Zoe die Gästeliste – eine illustre Ansammlung des *Who's Who* der Ostküstengesellschaft – freundlicherweise vorab als E-Mail zukommen lassen, sodass sie sich gehörig vor dem Wochenende fürchten konnte. Zoe wusste gar nicht, wer ihr mehr Schrecken einjagte: Kitty oder ihre Gäste?

An der Auffahrt zu Old Trees dirigierte ein eigens angestellter Parkplatzwächter den Chauffeur zum designierten Abstellort. Morgen würden noch ein paar mehr seiner Art vorhanden sein, die dann für den Valet-Service zuständig waren, die Fahrzeugschlüssel entgegennahmen und die Autos der Gäste parkten. Die Besucher an einem solchen Wochenende teilten sich immer in zwei Lager. Die Hausgäste, die über das ganze Wochenende in einem der vielen Schlafzimmer von Old Trees einquartiert waren, gehörten gewissermaßen zur A-Besetzung; wer nur zur Party eingeladen war, war B-Klasse.

»Ich freue mich ja so sehr, euch zu sehen. Ich konnte es kaum erwarten«, flötete Kitty bei ihrer Ankunft überschwänglich, als wären Tom und Zoe zwei Schiffbrüchige, die nach zehnjährigem Aufenthalt auf einer einsamen Insel gerettet worden waren. Zoe hauchte sie theatralisch ein Küsschen auf die Wange. Tom hielt sie die Stirn hin für einen zarten Kuss.

»Ich habe euch im gelben Zimmer untergebracht«, sagte sie leicht vorwurfsvoll. Wahrscheinlich entsprach es WASP-Gepflogenheiten, Nicht-Verlobte und Nicht-Verheiratete in getrennten Quartieren nächtigen zu lassen, vermutete Zoe. Kitty hatte dieses Wochenende aber Full House und offenbar eine gnädige Ausnahme für sie gemacht.

Schnell winkte Zoe den Chauffeur mit dem Gastgeschenk heran. Der arme Kerl war hinter dem wirklich unfassbar schönen Gesteck aus Hortensien, Callas, Lilien und Rosen kaum zu erkennen. Kitty – und Tom – gefror das Begrüßungslächeln im Gesicht.

»Schnittblumen«, presste Kitty heraus.

»Schnittblumen«, flüsterte Tom.

»Ja, die wunderschönsten Blumen, die es in der Stadt zu bekommen gab«, erklärte Zoe, obwohl sie bereits ahnte, dass etwas nicht stimmte.

»Wie aufmerksam, meine Liebe.« Kitty hatte sich blitzschnell wieder gefasst und dirigierte das Gesteck sofort in die Arme eines livrierten Hausmädchens. »Wunderschön. Wirklich wunderschön. Auf den Flügel ins Wohnzimmer, bitte.«

Dann wandte sie sich an Zoe. »Tausend Dank, meine Liebe. Tausend Dank.« Und entschwand.

Zoe sah ihr mit gekräuselter Stirn nach. Was sollte das jetzt schon wieder?

Im Haupthaus trafen sie auf Toms Vater, der gerade mit den beiden Hunden Windsor, einem britischen Cockerspaniel, und Washington, einem tiefschwarzen Labrador, am Strand spazieren war. Sein Richard-Gere-Haar war zerzaust, und die Hunde, die ganz offensichtlich im Wasser gewesen waren, sahen nicht viel besser aus.

»Zoe, ich freue mich, Sie endlich wiederzusehen«, rief er und umarmte sie herzlich zur Begrüßung. Seinem Sohn schlug er von Mann zu Mann auf die Schulter. »Lasst uns einen Drink am Kamin nehmen.«

Sie setzten sich in die schweren schokoladenbraunen Ledersessel und tranken Pimm's mit frischen Erd- und Blaubeeren, den die Livrierte von vorhin servierte. Wie in Wimbledon.

Toms Vater wollte »alles über Deutschland« wissen. Ein Land, das er offenbar regelmäßig besucht hatte, als er in Zürich gewesen war. Er sprach ebenso begeistert von Goethe wie von Gulasch, von deutscher Effizienz und den Wagner-Festspielen in Bayreuth.

»Ihr Vater ist also auch Mediziner?«

»Ja. Aber nur Landarzt auf dem Dorf.«

»Was heißt denn hier ›nur‹? Manchmal glaube ich, dass das die befriedigendere Tätigkeit sein muss. Man ist viel näher dran an den Menschen, begleitet so manche fast ein Leben lang.«

Eins war Zoe ziemlich schnell klar geworden: Zumindest Toms Vater Charles und sie waren auf Anhieb dicke Freunde.

★★★

»Wieso habe ich das Gefühl, dass Kitty die Blumen lieber auf den Komposthaufen katapultiert hätte, wenn sie denn einen besitzen würde?«, fragte Zoe, als sie und Tom endlich allein im gelben Zimmer waren.

Er wich verlegen ihrem Blick aus.

»Nun rück schon raus. Was hab ich diesmal wieder falsch gemacht?«

»Nichts«, erwiderte er milde und strich ihr eine Haarsträhne aus dem Gesicht. »Die Geste zählt.«

»Ich will nicht, dass die verdammte Geste zählt. Ich will, dass sie gefällt.«

Tom holte tief Luft. Es dauerte eine scheinbare Ewigkeit, bis er antwortete. »Schnittblumen sind etwas sehr Europäisches, Zoe. Die würde hier niemand zu einer Dinnerparty mitbringen. Die schenken Männer gemeinhin ihren Geliebten. Außerdem hat Kitty das Dekorationsmotto des Festes genau mit dem Caterer, dem Dekorateur und dem Floristen besprochen. Und da kannst du mit deinen Blumen farblich und/oder stilistisch nur danebenliegen.«

»Was hätte ich denn bitte schön dann mitbringen sollen?«

»Duftseifen zum Beispiel. Mit eingestanztem Monogramm. Das entzückt Kitty immer. Und anschließend eine handgeschriebene Dankeskarte schicken.«

Duftseifen. Na, bravo. Warum nicht gleich gravierte Klosteine?, dachte Zoe wütend. »Und wieso stellt sie die verdammten Dinger dann mitten ins Wohnzimmer auf den Flügel, wo sie jeder sehen kann, wenn sie nicht mal zu ihrem Inventar passen?«

»Weil sie dir als Gast gegenüber höflich sein will.«

»Amerikanisch höflich.«

»*Exactly*. Sie würde das Grünzeug eher fressen, als es nicht prominent aufzustellen. Das wäre der viel schlimmere Fauxpas.«

Zoe standen Tränen in den Augen. Nicht so sehr wegen ihrer fulminanten Fehleinschätzung, sondern weil sie den Beweis dafür – ein riesiges, nicht zu übersehendes Blumengesteck, das nicht zum Motto der Party passte, obwohl es weiß war, WEISS, verdammt noch mal! – das ganze Wochenende lang sehen musste.

★★★

Am nächsten Morgen herrschte angespannte Aktivität auf Old Trees. So musste es früher einmal bei Kriegsvorbereitungen zugegangen sein, und Kitty war der General. Gekonnt kommandierte Frau General ihr Personal über das Schlachtfeld. Hier ein bellendes »*Move*!«, da ein gütiges »*Well done*«. Die weißen Partyzelte waren bereits aufgestellt und flatterten leicht im Wind. Eine Armee aus Kellnern wurde in Uniformen gesteckt – schwarze Hosen, gestärkte weiße Hemden – und eingewiesen. Der Caterer des nahen Jachtclubs ließ das Menü absegnen. Hummer aus Maine, Blue-Point-Austern und Ente von der North Fork, dazu heimische Weine von Wölffer Estate. Der Florist hatte passend zum maritimen Motto ein Blütenmeer in Blauschattierungen geliefert. Alles zur Zufriedenheit von Frau General. Dabei war Kitty wahrhaftig nicht leicht zufriedenzustellen, aber eine geborene Whitney gab vermutlich so detaillierte Anweisungen, dass Fehler quasi unmöglich waren.

Tom spielte derweilen völlig entspannt mit seinem Vater eine Runde Tennis im Bath & Tennis Club von Southampton. Der hatte es gut. Für XY-Chromosomenträger war ein solches Event wie Kittys Sommerparty ja nicht weiter nervenaufreibend. Sie hüpften unter die Dusche, rasierten sich vielleicht gerade noch, zogen Kakihosen, ein weißes Hemd und einen dunkelblauen Blazer an und – schwupps – waren sie präsentabel. Frauen hingegen kriegten schon bei der Kleiderauswahl einen ersten Nervenzusammenbruch. So auch Zoe. Drei Kleider hatte sie mit dabei, dazu jeweils passende Schuhe und eine ebensolche Handtasche. Das kurze Calvin-Klein-Teil war bei genauer Betrachtung der Festivitäten – nun ja, einfach zu kurz. Ihr Lieblingskleid, ein bodenlanges papageienfarbenes Calypso-St.-Barth-Exemplar, passte farblich leider überhaupt nicht zu Kittys Motto. Und das Drama hatten sie ja schon. Blieb nur ihr schlichtes, ebenfalls bodenlanges, rückenfreies J.-Crew-Kleid. Ironischerweise war es marineblau, aber eben nur von der Stange und nicht Couture. Vielleicht sollte sie rein prophylaktisch das Label herausschneiden, damit sie behaupten konnte, es sei von Donna Karan oder so?

Nach dem Duschen waren noch Zoes Haare zu bewältigen. Kitty hatte ihr den eigenen Friseur und Visagisten quasi aufgezwungen. Das androgyne Wesen, das sich selbst für so wichtig zu halten schien, dass es sich namentlich nicht vorstellen musste, zauberte Zoe zugegebenermaßen die schönsten hochgesteckten Haare hin, die sie je gehabt hatte. Ein bisschen Seventies, mit Strähnchen, die aus einem lockeren Knoten am Nacken heraushingen. Perfekt passend zum tiefen Ausschnitt ihres hinten am Hals geknoteten Kleides.

Als sie zu Tom auf die Terrasse heraustrat, wo der gerade die ersten B-Klasse-Ankömmlinge begrüßte, legte er ihr besitzergreifend den Arm um die Schultern und flüsterte ihr ins Ohr: »Du bist wunderschön«. Dann grinste er verschwörerisch. »Ich habe Mamas Tischordnung gerade noch etwas korrigiert. Mimi sitzt jetzt bei uns, dafür habe ich die Tochter von Bürgermeister Bloomberg, so nett sie auch ist, verbannt.«

»Danke«, sagte Zoe erleichtert.

Der Abend begann ungemein launig mit vielen kleinen Trauben von Menschen – und noch mehr Cocktails – auf dem Rasen vor den Zelten. Eine Band spielte sich gekonnt durch die Achtziger; so viel Lockerheit hätte Zoe Kitty gar nicht zugetraut. Sie war sicher, dass Kitty jeden einzelnen Song des Abends persönlich abgesegnet hatte.

Das Praktische an endlosen Sit-down-Dinnern war, dass die Esserei ständig von einem Toast, also noch mehr Trinkerei, unterbrochen wurde und die Toasts folglich, je später die Stunde, immer amüsanter wurden. Nachdem Bloomberg, Karan und Baldwin jeweils Gastgeberin Kitty – »*one of my dearest friends*« – mit Dank und Komplimenten und noch mehr Dank überschüttet hatten, wollte Mimi aufstehen und einen Toast aussprechen.

»Ich finde, wir sollten Kitty als Nachfolgerin von Mutter Teresa vorschlagen, was meint ihr? Sie könnte diese indische Slum-Nummer dann ja von ihrem Apartment in der Park Avenue aus dirigieren. Da bräuchte sie sich nicht die Finger schmutzig zu machen.«

Tom verdrehte nur die Augen und hielt Mimi kräftig am Arm fest, sodass diese nicht aufstehen konnte. Mimi und Kitty, das war so eine Sache, seit Kitty die damals fünfzehnjährige Mimi beim Knutschen mit dem damals dreizehnjährigen Tom auf dem elterlichen Ehebett erwischt hatte. Was an sich peinlich genug für alle Beteiligten gewesen war, Kitty reichte das aber nicht. Sie unterrichtete nicht nur detailliert Mimis Eltern von dem Vorfall, sondern auch den Direktor der Privatschule, die Mimi und Tom zu dieser Zeit besuchten.

Zoe zählte in Gedanken nach, wie viele Mojitos Mimi intus hatte. Es mussten zwischen fünf und sieben gewesen sein.

Nach dem vorzüglichen Maine-Lobster schlug Toms Vater mit dem Löffel an sein Wasserglas und kündigte einen Toast an. Charles »Chuck« Fiorino bedankte sich zuerst gebührend beim Wettergott und dann bei »der wunderbarsten Ehefrau von allen«. Kitty schlug lächelnd die Wimpern nieder und errötete ein wenig, wie ein kleines Mädchen. Wow!, dachte Zoe. Madam hätte Schauspielerin werden sollen. Zoe kannte niemanden, der auf Kommando rot werden konnte.

Dann fügte Chuck zur Überraschung aller Anwesenden noch einen zweiten Toast an. »Ich möchte heute Abend einen ganz besonderen Gast willkommen heißen: Miss Zoe Schuhmacher. Ein wahrlich bezaubernder Import aus Deutschland, der mit seinem Witz und seinem europäischen Charme nicht nur meinen Sohn Thomas hellauf begeistert.«

Während Tom mit einer Art Besitzerstolz breit grinste und Mimi »*You rock, girl!*« brüllte, lief Zoe himbeerrot an. Dennoch brachte sie es auf die Reihe, gefasst ihr Glas zu heben, Charles dankend zuzunicken und ihm zuzuprosten. Kitty, der das Gesicht für eine Nanosekunde eingefroren war, überwand blitzschnell ihren Schock und hob ebenfalls lächelnd das Glas. Es ging doch nichts über Fassade. Ob sich Lady Di damals wohl auch so gefühlt hat?, fragte sich Zoe.

★★★

Die Party wurde ein voller Erfolg. Kurz vor Mitternacht tanzten die Gäste draußen vor den Zelten ausgelassen zu den Songs der Beach Boys. Wie aus dem Nichts materialisierte sich Kitty neben Zoe und berührte mit ihrer knochigen Hand leicht ihren Arm. Zoe zuckte zusammen.

»Wollen wir einen Spaziergang machen, meine Liebe?«, fragte sie, doch eigentlich war es ein Befehl.

Sie überquerten schweigend den exakt manikürten Rasen hinunter zum Strand. Kitty immer einen halben Schritt voraus. Die Musik der Band wurde immer mehr vom Rauschen der Wellen übertönt. Kitty muss einmal eine sehr schöne Frau gewesen sein, dachte Zoe. Mit ihren hohen Wangenknochen, den tiefblauen Augen und der stolzen Haltung einer Ballerina.

»Ich weiß, dass Sie meinen Sohn glücklich machen«, begann Kitty, als sie den Holzsteg erreicht hatten.

Zoe war sicher, dass Kitty noch nie in ihrem Leben auch nur einen Fuß in den Sand des Strandes gesetzt hatte.

»Aber ich will nicht, dass er den gleichen Fehler macht, den ich begangen habe.«

Zoe war gleichzeitig erstaunt und erschüttert über Kittys völlig unamerikanische Offenheit. Ihr Mann, der smarte, fleißige, blendend aussehende und noch dazu reiche Charles Fiorino – ein Fehler? Nur weil seine Vorvorvorfahren sozusagen ursprünglich von der falschen Seite der Bahngleise kamen, die einst propere Bürger und das Proletariat trennten? Mit an Sicherheit grenzender Wahrscheinlichkeit würde Kitty, falls irgendwann einmal gefragt, vehement abstreiten, dass dieses Gespräch jemals stattgefunden hatte. Das war Zoe vollkommen klar.

»Eine Beziehung zwischen zwei Menschen sollte ein strategischer Pakt sein, meine Liebe«, fuhr Kitty fort.

Zoe schwieg schockiert und sie lief vor Scham rot an. Zum Glück war es hier am Strand dunkel, nur eine schmale Neumondsichel erhellte die Nacht. Verdammt noch mal, wofür schäme ich mich eigentlich?, ärgerte sie sich im Stillen. »Sie wollen also damit sagen, dass ich ein Fehler bin?«, presste sie heraus.

Kitty schwieg einen Moment. »Fehler sind etwas Fürchterliches, meine Liebe. Es gilt, sie um jeden Preis zu vermeiden«, erwiderte sie schließlich eisig und verschwand völlig lautlos wieder in die Nacht. Wie eine Erscheinung. Nur ihr Parfum hing noch für ein paar Sekunden in der Luft, bis eine Brise vom Meer es vertrieb. Chanel No.5.

SMALL TALK oder: Über was unterhalte ich mich auf einer Dinnerparty?

Der soziale Status einer Person richtet sich nicht nur danach, zu welchen Charity Events, Fashion Shows, Dinnerpartys und sonstigen sozialen Gelagen sie eingeladen wird, sondern auch, mit wem sie dort wie lange über was spricht.

Folgende Ausspracheƒehler gilt es zu vermeiden wie einen Leprakranken:

Diane von Furstenberg: richtig = DEE-On, falsch = DYE-Ann;

Charles Koch: richtig = Coke (wie die Limonade), falsch = Koch;

Proenza Schouler: richtig = Pro-EN-Za SKOOl-er, falsch = SCHOO-ler.

Folgende Menschen sollte man besser nicht gekannt haben und niemals nie in Gesprächen erwähnen: Imelda Marcos, Bernie Madoff, Jeffrey Epstein.

Folgende Namen sollte man unbedingt ins Gespräch einfließen lassen:
»Als ich mit den Clintons …«,
»Andy Warhol hätte seine Freude gehabt …«,
»Barack und ich …« oder wahlweise »Michelle und ich …«.

Kleine Anmerkung zur Sitzordnung: Bei weniger als zehn Gästen erfolgt die Zuweisung spontan durch die Gastgeberin. Bei 10+ gilt: Paare immer getrennt setzen, Mann/Frau/Mann/Frau sowie hässlich/hübsch/hässlich/hübsch oder Quatscher/Schweiger/Quatscher/Schweiger.

(New York für Anfängerinnen, S. 187)

28

JUNI

Der Sommer in New York war vor allem eins, lernte Zoe schnell. Lang. Heiß. Und schwül. Regelmäßig brach das städtische Stromnetz zusammen, weil in jedem Apartment, in jedem Restaurant, in jedem Flagship-Store und in jedem Büroturm die Klimaanlagen auf Hochtouren liefen. Wie jeden Sommer kam es auch in diesem Jahr zu den üblichen Hitzewellen, bei denen TV-Reporter des Frühstücksfernsehens zur Belustigung ihres Publikums die üblichen Spiegeleier auf dem fast schon schmelzenden Asphalt der 5th Avenue brieten. Und die Mordrate stieg wie immer zu dieser Jahreszeit auf Höchstniveau, wie die *New York Post* lautstark verkündete. Da konnte Zoe schon mal ins Grübeln kommen!

Wenn man jemanden liebt, dachte Zoe, bekommt man nicht nur eine neue Person in sein Leben, sondern gleichzeitig auch das, was die Amerikaner *baggage* nannten. Gepäck. Und zwar in Form von Schwiegermüttern, Schwiegervätern, Brüdern, Schwestern, möglicherweise sogar Kindern, Hunden und – durchaus nicht unüblich – Exfrauen. Mit wie vielen solcher Gepäckstücke aber konnte frau leben, ohne irgendwann kräftig wegen emotionalen

Übergepäcks draufzahlen zu müssen? Das war die Millionen-Dollar-Frage, über die Zoe dieser Tage endlos nachgrübelte.

Immerhin hatten sie und Tom die Wissenschaft auf ihrer Seite. Amerikanische Forscher hatten herausgefunden, dass eine unkonventionelle Liebe, sofern sie genug Zeit bekam, durch den Druck von außen nur noch stärker wurde. So hatte es Zoe einmal irgendwo gelesen. Partnerschaften jenseits der Normen seien sehr stabil, sagten die Forscher. Sie gingen entweder sofort kaputt oder hielten deutlich länger als die Durchschnittsehe zwischen Steuerberater Manfred Mustermann und Sachbearbeiterin Margot Musterfrau.

Zoe griff zu ihrem Handy und simste Allegra, die ihrer Berechnung nach noch auf Bali weilen musste:

Kann eine Beziehung mit Tom wirklich funktionieren?

Garantien gibt es keine, meine Süße!, schrieb Al sofort zurück.

Was machst du gerade?

Ich suche diesen zahnlosen Weisen namens Ketut, der Elizabeth »Julia Roberts« Gilbert auf Bali die Zukunft vorausgesagt hat

Was willst du denn wissen?

Na, ob ich den Mann meines Lebens finden werde?!

Ist schon komisch, Al. Wenn Männer sich auf die Suche nach dem Sinn des Lebens machen und dann mal weg sind, landen sie mit Blutblasen an den Füßen und spirituellen Eingebungen im Kopf auf dem Jakobsweg. Wir Frauen hingegen hoffen immer auf die punktgenaue Landung in den Armen unseres Traummannes. So hab ich das zumindest mal in einer Rezension von Eat, Pray, Love *gelesen*

Ja, mein Schatz, Betty Friedman und Alice Schwarzer würden sich wahlweise im Grab rumdrehen oder grüne Pickel bekommen. Aber so sind wir Weiber halt

Glaubst du, dass Tom mein Traummann ist?

Woher soll ich das denn wissen, Süße? Was glaubst du denn?

Ich bin fest davon überzeugt!

Wo ist dann das Problem?

Tom und ich sind wie Nordpol und Südpol, und dazwischen steht Kitty

Kitty – die globale Erderwärmung???? Haha!

Sehr witzig, Al! Manchmal habe ich das Gefühl, dass Tom nicht ganz auf meiner Seite ist. Wenn ich nur an diese verdammten Schnittblumen denke

Welche Schnittblumen?

Ach, vergiss es!

Astrologie-Allegra wettet, dass Tom von Sternzeichen Waage ist

Stimmt. Woher weißt DU das denn?

Na, weil er der geborene Diplomat ist. Er wird immer zwischen zwei Parteien vermitteln, Zoe, und dabei nie hundertprozentig auf einer Seite stehen, sondern immer ein Argument der Gegenseite als berechtigt anerkennen. Was du als mangelnde Loyalität dir gegenüber empfindest, meint er nicht böse. Er kann nicht anders. So ist er. Das wirst du nicht ändern können

Kitty ist aber wie die fiese Schwiegermutter aus Grimms Märchen, die mich in brauner Soße kochen will, sobald der König aus dem Haus ist

Jetzt spinn nicht rum

Sie hat mir gedroht, Allegra. Ehrlich! Wie kannst du das nur so locker sehen?

Kitty ist doch nur eine verhärmte alte Schachtel

Das glaubst du. Ich jedenfalls habe ein Riesenproblem mit ihr. Wer weiß, wozu sie alles fähig ist?

Papperlapapp. Riesenproblem. Während du, mein Schatz, mit dem heißesten Typen auf dem nordamerikanischen Kontinent, der noch dazu intelligent, erfolgreich und stinkreich ist, noch heißeren Sex hast, suche ich einen zahnlosen Wahrsager. So, meine Liebe, sieht es aus, wenn eine Frau ein Riesenproblem hat!

★★★

»Woran erkennt man eigentlich, dass man eine Midlife-Crisis hat?«, fragte Zoe und starrte intensiv auf ihren Bildschirm.

Sie saß mit Justus im neuen *Sehnsucht*-Büro im Start-up-Inkubator General Assembly an der 21st Street und beide gingen noch einmal die hoffnungslosen Pitches der Werbeagenturen durch.

Justus stand auf, lief um den Schreibtisch herum und stellte sich hinter sie.

»Wenn man beim Statistischen Bundesamt die durchschnittliche Lebenszeit der deutschen Frau googelt?«, fragte er belustigt und deutete auf Zoes Monitor.

»Am Wochenende werde ich fünfunddreißig, Justus. Da kommt frau schon mal ins Grübeln. Fünfunddreißig ist die Hälfte von siebzig. Eine Durchschnittsfrau, die im gleichen Jahr wie ich geboren wurde, macht es gerade einmal bis 74,67 Jahre.«

»Du bist doch keine Durchschnittsfrau«, meinte Justus lachend.

»Und du bist ein Schleimer. Das ändert aber nichts. Die Hälfte ist rum.«

»*Thirty-five is the new twenty-five, my dear.*«

»Quatsch. Ab fünfunddreißig geht's bloß noch bergab.«

»Jetzt erzählst du Quatsch.«

»Überhaupt nicht. Wenn ich jetzt schwanger werden würde, wäre ich eine Spätgebärende mit Risikoschwangerschaft. Da ist dann die Einlieferung ins Müttergenesungswerk quasi inbegriffen. Außerdem überlege ich ernsthaft, in Zukunft nur noch Röcke zu tragen, die übers Knie gehen, weil meine Knie über Nacht knubbelig und fett zugleich geworden sind. Wie geht eigentlich so was? Und wenn ich länger als bis Mitternacht aufbleibe und mehr als zwei Glas Wein trinke, bin ich am nächsten Tag derart erschossen, als hätte ich ein ganzes Wochenende durchgesoffen. Weißt du, wie man diesen Zustand nennt, Justus?« Sie gab ihm gar keine Gelegenheit zum Antworten. Ohnehin wäre in der jetzigen Situation jede Antwort falsch gewesen. »Alt! Alt nennt man ihn.«

Justus musste lachen. »Ich würde ihn überarbeitet nennen, meine Liebe.« Er legte ihr die Hände auf die Schultern und massierte ihren Nacken.

»Justus, was passiert, wenn wir mit *Sehnsucht* scheitern?«, fragte Zoe plötzlich.

»Aha! Daher weht der Wind. Dass ihr Frauen eure Sorgen immer so umständlich ausdrücken müsst. Vor was hast du eigentlich Angst?«

»Vor dem Scheitern!«

»Dem Scheitern von *Sehnsucht* oder dem Scheitern mit Tom?«

»Du Hobbypsychologe tust gerade so, als hätte das etwas miteinander zu tun.«

»Hat es das nicht?«, fragte Justus und sah Zoe erwartungsvoll an.

»Nein! Na ja, vielleicht ein klitzekleines bisschen.«

»Und inwiefern?«

»Ach, weiß ich auch nicht.« Zoe schaute bockig zum Fenster hinaus.

Justus drehte ihren Bürostuhl um, sodass sie ihm ins Gesicht sehen musste. »Raus damit! Nun mach schon!«

»Wenn *Sehnsucht* scheitert, habe ich nichts.«

»Du hast Tom. Er hat sich doch nicht in *Sehnsucht* verliebt, Zoe, sondern in dich.«

»Aber alle werden dann denken, dass ich es nur wegen seines Geldes auf ihn abgesehen habe. Insbesondere seine Mutter. Weil ich ohne *Sehnsucht* völlig abhängig bin von ihm.«

»Das ist doch Quatsch. Außerdem kannst du dir nicht Gedanken über Dinge machen, die noch gar nicht eingetroffen sind.«

Doch genau das konnte Zoe Schuhmacher. Sie war geradezu Weltmeisterin darin. Schon als Kind hatte sie nächtelang wach gelegen und gebrütet, ob der Zahnarzt bohren und wie sehr es wehtun würde, sobald ihre Mutter einen Termin gemacht hatte. Als Teenager hatte sie tagelang überlegt, ob sie dem Jungen aus der neunten Klasse, den sie so schrecklich toll fand, wirklich den Zettel, den sie die letzten drei Wochen lang sorgfältigst formuliert hatte – er enthielt den einen Satz: »Willst du mit mir Eis essen gehen?« – geben sollte. Oder ob er ihn dann mit einer Reißzwecke für alle sichtbar ans Schwarze Brett der Schule heften und sie zum Gespött ihrer Klassenkameraden machen würde? Zoe war so eine Art Worst-Case-Szenario-Typ, der sich immer den schlimmsten anzunehmenden Ernstfall einer Sache vorstellte. Was ihr erstaunlicherweise im Leben weiterhalf, weil diese Katastrophen bekanntlich so gut wie nie eintrafen. Es ging nur eine Menge Zeit – und

Magenschmerz – mit Grübeln bei dieser (Über-)Lebensmethode drauf.

★★★

»Hast du morgen zum Lunch eigentlich schon etwas vor?«, fragte Tom, als sie sich abends in der Orchard Street bei Mission Chinese zum Dinner trafen. Eine wahre Spelunke, die der neue Gastrokritiker der *New York Times* gerade zu einem der zehn besten Restaurants der Stadt erklärt hatte. Das Foyer im Souterrain erinnerte Zoe an eine schmierige Take-out-Bude, wo die chinesischen Gerichte keine Namen hatten, sondern Nummern und für alle, die zu blöd waren, bis zehn zu zählen, sicherheitshalber auch noch per Foto an den Wänden hingen. Aber das war sicher alles ironisch gemeint, schlussfolgerte Zoe. So wie Hipster sich ironisch Hässlichkeiten wie Hirschgeweihe an die Wände hängten. Oder Truckerbärte im Gesicht stehen ließen, die jeden noch so attraktiven Mann aussehen ließen wie einen Pornodarsteller der späten Siebziger.

»Nein«, antwortete Zoe und probierte die *smashed cucumbers*, die gerade serviert worden waren. Sie lösten ein wahres Geschmacksfeuerwerk aus scharf und kalt auf ihrer Zunge aus. »Hast du etwa Zeit?«

»Kitty möchte dich zum Lunch ins Four Seasons einladen.«

Da verschlug es Zoe schlagartig den Appetit. Nach ihrer Konversation mit Allegra hatte sie sich nicht mehr getraut, Tom von dem seltsamen Vorfall mit seiner Mutter am Strand zu erzählen. Sie war sich jetzt selbst nicht mehr sicher, wie ernst sie die »verhärmte, alte Schachtel«, wie Al sie so charmant nannte, nehmen sollte. Aber lunchen wollte sie nun wirklich nicht mit ihr. Schon gar nicht allein, ohne Tom.

»Vielleicht habe ich dann doch schon etwas vor.«

»Ach, komm schon«, versuchte Tom sie zu überreden. »Kitty würde sich sicher sehr freuen. Du solltest ihr nach dem etwas holprigen Start damals in den Hamptons noch eine Chance geben.«

Zoe fand das irgendwie nicht fair. Der holprige Start war ja schließlich nicht von ihr verursacht worden, sondern von Kitty. Wieso sollte sie jetzt also auf vernünftig machen? Sie sah Tom an, der den männlichen, bettelnden Hundeblick absolut perfektioniert hatte.

»Also gut. Aber nur dir zuliebe.«

★★★

Zoe hatte das konservativste Outfit gewählt, das in ihrem Schrank zu finden war. Einen schwarzen Theory-Hosenanzug. Dazu trug sie eine cremefarbene Seidenbluse mit einer Oma-Schleife am Kragen, wie es zurzeit in war. Sie war so aufgeregt wegen dieses Lunches, als hätte sie ihr erstes Vorstellungsgespräch.

Zoe betrat das Restaurant im Four Seasons Hotel in der 52nd Street.

»Ich habe eine Verabredung zum Lunch«, sagte sie der Hostess am Eingang.

»Im Grill Room oder im Pool Room, gnädige Frau?«, antwortete diese wohlerzogen.

Zoe zögerte. Es war ihr unangenehm. »Das weiß ich leider nicht. Ich wusste nicht, dass es hier …«

»Mit wem sind Sie denn verabredet?«, unterbrach die Hostess sie ungeduldig, was Zoe wiederum alles andere als wohlerzogen fand.

»Mit Katherine Whitney Fiorino.«

Die Platzanweiserin schälte sich hinter ihrem kleinen Stehtisch hervor und ging wortlos voran. Zoe sah sich um. Sie wurde zweifellos in den Pool Room geführt, wo wenig überraschend ein weißer Marmorpool in der Mitte stand, an dessen vier Ecken je eine riesige Palme thronte. Sie kam sich ein bisschen vor wie bei *Mad Men*. Zoe konnte sich sehr lebhaft vorstellen, welche Alkoholgelage Don Draper hier in den Sechzigern gefeiert hätte.

»Madame Fiorino sitzt immer an Tisch vier«, erklärte die Hostess, als sie an einer Sitznische angekommen waren, wo man zwar von allen im Restaurant gesehen wurde, die aber so viel Privatsphäre bot, dass man nicht von allen gehört wurde.

Zoe nahm Platz. Sie war die Erste, was ihr unangenehm war. Kitty Fiorino ließ sie also warten, dachte Zoe. Wobei es sich vermutlich um ein gern genutztes und wahrscheinlich nie unwirksames Demütigungsritual handelte. Zoe zog ihr iPhone aus der Tasche und daddelte darauf herum. Irgendetwas musste sie ja tun.

»Die Deutschen sind immer so vorzüglich pünktlich«, materialisierte sich plötzlich eine Frau vor ihr wie aus dem Nichts. Katherine Whitney Fiorino, unnahbar in *nude*-farbenem Sommer-Kaschmir. Ihre Begrüßung klang wie ein Vorwurf.

Zoe sprang wie eine Feder von ihrem Stuhl auf und realisierte in derselben Sekunde, wie unsouverän das ausgesehen haben musste. Kitty streckte ihr großmütig die Hand entgegen und musterte sie.

»Guten Tag, meine Liebe. Gehen Sie heute noch auf eine Beerdigung?«

Kitty setzte sich. Ganz offensichtlich war das eine rhetorische Frage, die keiner Antwort bedurfte. Madam Fiorino schien förmlich riechen zu können, wie viel Sorgfalt Zoe in die Auswahl ihrer Kleidung gesteckt hatte. So viel, dass sie als verkleidet rüberkam. Zoe fühlte sich von der ersten Minute des Lunches an vollkommen durchschaut.

Bevor sie sich wieder vollständig fassen konnte, traten zwei weitere *Ladies who lunch* an den Tisch. Eine Dame in Kittys Alter, die bis zum Kaschmir-Twinset ein Klon von Toms Mutter hätte sein können. Und eine jüngere Version davon, die vermutlich fünfundzwanzig war, riet Zoe. Beide hatten die Gesichtszüge von Wachsmuseumsfiguren, die man sich nur mit viel Geld und viel Gift erspritzen konnte. In welchem Labor waren die denn gezüchtet worden?

Kitty begrüßte die Neuankömmlinge gönnerhaft mit jeweils einem Luftküsschen auf die Wange. Man kannte sich halt.

»Darf ich vorstellen? Binky Astor und ihre Tochter Weezie aus Newport, Rhode Island. Und das ist Zoe Schuhmacher. Eine Freundin der Familie aus Deutschland.«

Die beiden Astor-Damen mit den eigenwilligen Namen musterten Zoe misstrauisch, als würde sie vom Mars kommen und womöglich gleich unappetitlich explodieren. Und Zoe wunderte sich, seit wann sie eine Freundin der Familie war und nicht Toms Freundin. Was wollten diese beiden Laborzüchtungen überhaupt hier? Kitty allein war schon Albtraum genug.

»Sommern Sie in den Vereinigten Staaten, meine Liebe?«, rang sich die Ältere dann durch, mit Zoe Konversation zu machen. Zoe war bisher nicht bekannt gewesen, dass es passend zum Substantiv ›der Sommer‹ auch ein Verb ›sommern‹ gab.

»Nein«, antwortete Zoe schlicht. »Ich arbeite hier.«

»Ach, Sie Ärmste.« Die ältere Wachsfigur schien Arbeit ziemlich gewöhnlich zu finden.

»Die Astors sind beruflich nicht engagiert«, erklärte Kitty augenzwinkernd und wandte sich Binky zu. »Schließlich war deine Mutter Caroline der Meinung, dass Vermögen abkühlen müsse, nicht wahr?

»Am besten über drei Generationen hinweg und unbefleckt von Arbeit«, bestätigte Binky allen Ernstes. »Erst dann ist es gesellschaftsfähig.«

»Ich will doch nur arbeiten, bis ich heirate«, schaltete sich Weezie mit einer zaghaften Verteidigung ein.

Da leuchteten Kittys Augen auf. »Weezie-Darling, weißt du eigentlich, dass mein älterer Sohn Thomas wieder aus London nach Hause zurückgekehrt ist? Ihr habt euch doch schon seit Jahren nicht mehr gesehen. Zuletzt in einem Sommer in Beechwood, nicht wahr?«

Dann soufflierte sie Zoe, die sich reichlich bekloppt vorkam, weil die ganze Konversation am Tisch für sie simultan übersetzt wurde. »Das ist das Cottage der Astors in Newport.« Und Zoe konnte sich lebhaft vorstellen, dass dieses »Häuschen« vermutlich neununddreißig Zimmer hatte, einen Ballsaal und weiß der Kuckuck was noch für anderen Schnickschnack.

Langsam begann sie Kittys Taktik zu durchschauen. Katherine Whitney Fiorino hatte sie hierher ins Four Seasons bestellt, um sie vorzuführen. Um ihr bei Tageslicht und in bester Gesellschaft zu beweisen, dass Zoe das war, was Kitty ihr bei Nacht am Strand bereits klargemacht hatte: nicht gesellschaftsfähig. Ein Fehler.

Zoe holte tief Luft, wandte sich Kitty zu und konzentrierte sich darauf, die alte Schachtel zutiefst zu verabscheuen. »Es tut mir leid, meine Liebe. Ich muss jetzt gehen. Ich werde auf einer Beerdigung erwartet«, entschuldigte sie sich zuckersüß. Und verließ den Pool Room.

★★★

Als Zoe bei Mimi in der Galerie ankam, war sie noch ziemlich verstört. Sie hatte es doch gewusst, dass Kitty alles in ihrer Macht Stehende tun würde, um sie und Tom auseinanderzubringen. Doch Allegra hatte es ihr ausgeredet. Und Zoe war sich ihres Bauchgefühls auf einmal nicht mehr sicher gewesen. Mimi ging mit ihr sofort nach hinten in das Büro der Galerie, und Zoe berichtete Mimi minutiös vom Ablauf des Lunches. Die holte daraufhin erst mal eine Flasche Whiskey und schenkte zwei Gläser ein.

»Lass dich von ihr nicht einschüchtern, Zoe«, riet Mimi, die nicht im Geringsten erstaunt über Kittys Intrigen zu sein schien. »Tom ist ein erwachsener Mann. Er wird sich zwischen seiner Mutter und dir entscheiden müssen. Und wenn er sich für Kitty entscheidet, dann kannst du froh sein, dass du noch einmal die Kurve gekratzt hast.«

»Ist das nicht ein bisschen sehr pragmatisch gedacht?«, schniefte Zoe, die sich irgendwie mehr Zuspruch erhofft hatte. »Sollte ich ihm nicht erzählen, was seine werte Frau Mama so treibt?

»Er wird sich für dich entscheiden, Schätzchen. Von ganz alleine. Setz ihn nicht unter Druck.«

29

Der Privatjet, eine Gulfstream G650 mit Bullaugenfenstern und weißem Lederinterieur, verringerte seine Geschwindigkeit und irgendwelche Klappen wurden geräuschvoll an den Flügeln ausgefahren.

»Wir verlassen nun unsere Reiseflughöhe. Bitte legen Sie nach Möglichkeit die Sicherheitsgurte wieder an«, sagte der Pilot über die Sprechanlage. »In zehn Minuten werden wir auf Columbus Island landen.«

»Columbus Island?«, fragte Zoe, die am Tag nach ihrem Katastrophenlunch regelrecht entführt worden war. Tom hatte sie von der Arbeit abgeholt, in sein Towncar manövriert und war mit ihr zum Teterboro Airport nach New Jersey gefahren, wo die weltweit vermutlich exklusivste Flotte privater Flugzeuge jenseits von Aspen geparkt war. Sogar einen Koffer hatte er für sie gepackt.

»Columbus Island liegt auf den Bahamas.« Tom grinste dieses einzigartige schief-charmante Lächeln und freute sich sichtlich über seine gelungene Überraschung. »Mein Patenonkel hat dort ein Haus, das wir dieses Wochenende ganz für uns alleine haben. Er selbst weilt im Sommer lieber auf Martha's Vineyard. Genau genommen, gehört ihm die ganze Insel.«

Zoe hatte bisher kein Wort außer »ganz nett« in Sachen Lunch mit Kitty verloren, worauf Tom mit »Siehst du« geantwortet hatte.

Vom *International Airport,* wie ein grobes Holzschild an einem sonnengelb gestrichenen Häuschen neben der Landebahn stolz verkündete, bis zur Villa waren es fünf Minuten Fußmarsch auf einem Sandweg. Statt ins Haupthaus mit seinem Atrium-Wohnzimmer und der Terrasse, die zum Infinity-Pool hinausführte, ließ Tom das Gepäck nach nebenan ins Gästehaus bringen.

»Dort ist es gemütlicher. Und wir sind weiter weg vom Personal, das im Haupthaus wohnt.«

Der Weg zum Cottage führte durch einen Palmenhain und an himbeerfarben blühenden Hibiskusbüschen vorbei. Es ging drei breite Holzstufen zu einer Terrasse mit zwei Schaukelstühlen hinauf. Zwischen einem der Terrassenpfosten und einer ziemlich windschiefen Palme war eine Hängematte gespannt. Die »Hütte« hatte »nur« zwei Schlaf- und ein Wohnzimmer. Das Bad war seitlich angebaut und bestand aus einer Freiluftdusche und einer wunderschönen alten Badewanne auf Klauenfüßen, alles umgeben von Bambuswänden und ohne Dach. Die einzigen Geräusche in diesem Paradies waren das Zirpen der Grillen und das Rauschen des Meeres.

Zoe sprang Tom in einem Anfall von Übermut an, fiel ihm um den Hals und verhakte ihre Füße auf seinem Rücken. Er drehte sie einmal im Kreis.

»Es ist wunderschön hier! Das muss das Paradies sein! Ich kann gar nicht fassen, dass der olle Kolumbus noch weitergefahren ist, weil er glaubte, etwas Besseres entdecken zu können.«

Dann küsste sie ihn, und sie bewegten sich, motorisch etwas gefordert – küssen, einen guten Zentner Zoe tragen, geradeaus laufen, alles nicht so einfach –, gen Schlafzimmer.

Der Samstagmorgen im Paradies fing gebührend mit einem Frühstück unter Palmen an.

»New Yorker Bagels? Auf einer einsamen Insel auf den Bahamas? Ist das nicht ein bisschen übertrieben?«, fragte Zoe erstaunt, nachdem ein Hausangestellter ein völlig überladenes Frühstückstablett auf dem Verandatisch abgestellt und kurz höflich geklopft hatte, bevor er wieder verschwand.

»Mein Onkel ist etwas eigen mit der Bestückung seiner Kühlschränke. Egal ob in der Stadt, hier, auf Martha's Vineyard oder in Aspen – es gibt eine genaue Liste von Nahrungsmitteln, die das Hauspersonal immer bereitzuhalten hat, falls er überraschend anreist.«

»Und was steht da noch so drauf?«

»McVitie's Digestive Biscuits und Salt and Vinegar Chips aus Großbritannien, französische Cornichons von Fallot. Solche Sachen eben.«

»Ich hätte nicht gedacht, dass dein Onkel ein Food-Snob ist. Die Küche gestern Abend hat ausgesehen, als sei darin noch nie gekocht worden.« Wäre die Küche im Haupthaus eine Kantine gewesen, hätte sie mit ihren extrabreiten Doppel-Gasbacköfen und den zwölf Gaskochstellen sowie einem Kühlschrank mit zwei Flügeltüren locker die Angestellten eines mittelständigen Betriebes versorgen können.

»Ist es vermutlich auch nicht. Das, was du gesehen hast, ist nur die Showküche. Im Personaltrakt gibt es eine richtige, wo tatsächlich Essen zubereitet wird.«

Eine solche kleine Nebeninformation warf Zoe mittlerweile nur noch ein wenig aus der Bahn. Sie hatte sich daran gewöhnt, dass ihr Freund *anders* war. Nicht nur, weil er ein paar Nullen mehr auf dem Bankkonto hatte. Er schien einer längst vergangenen Welt entsprungen zu sein, die ihr so fern war wie Matthew Crawley die Marotten des Downton-Abbey-Clans. Zoe wandelte in dieser WASP-Welt stets ein bisschen verblüfft umher, aber mit der Neugierde eines Anthropologen, der die seltsamen Sitten eines bisher unentdeckten Menschenvolkes ergründete. Das wirklich Verblüffende war aber, dass Tom sich sowohl in dieser wie auch in der realen Welt exzellent zurechtfand. Er ging zurückhaltend und fast schon selbstironisch mit seiner Herkunft um. Er war sich als eines der prominenten Mitglieder des *lucky sperm club*, wie Finanzmogul Warren Buffet die Kinder reicher Eltern nannte, seines unverdienten Glückes bewusst. So als hätte der Lottogewinn seines Lebens ihm eben diesen Platz zugeteilt. Und deshalb – nur deshalb – liebte ihn Zoe.

Nach dem Frühstück gingen Zoe und Tom schnorcheln. Toms Quicksilver-Shorts hingen ihm verlockend tief auf den Hüften, als er einen Hechtsprung ins türkisfarbene Wasser machte und Richtung Riff kraulte. Zoe fühlte sich ein bisschen wie in *Blaue Lagune* für Volljährige. Unter Wasser sah es aus wie in einem Aquarium. Inmitten eines Schwarms Clownfische segelte eine Wasserschildkröte scheinbar federleicht über Korallen hinweg. Unter einem Felsbrocken streckte ein fetter Hummer seine Fühler hervor.

»Im Laufe des Wochenendes werden wir auf jeden Fall noch Delfine sehen«, versprach Tom.

Zurück am Strand, sammelten sie in paar Kokosnüsse auf, um sie später zu knacken. Zoe duschte sich unter der Freiluftdusche ab und machte es sich in der Hängematte auf der Veranda bequem. Ein Traum. So schön. So friedlich.

Eindringliches, leises Argumentieren weckte sie aus selbigem. »Ich finde, ›Fehler‹ ist eine sehr harte Wortwahl.«

Pause.

Ein paar ungeduldige Schritte im Wohnzimmer, bei denen die Fußbodendielen knarrten. Zoe musste sich wirklich anstrengen, um zu hören, was Tom am Telefon sagte.

»Natürlich respektiere ich deine Ratschläge, Kitty.«

Zoes Name war zwar nicht erwähnt worden, aber sie spürte ganz genau, dass sich diese angespannte Diskussion nur um sie drehen konnte.

»Sie ist nun einmal anders.«

Anders? Was heißt hier anders?, fragte sich Zoe wütend. Anders wie in: Sie ist eben ein Dschungelmädchen, das noch zivilisiert werden muss?

»Dafür gibt es Eheverträge.«

Wofür gab es Eheverträge? Für geldgierige *gold diggers*, die sich reiche Männer angelten?

Zoe fand, es war langsam an der Zeit, dass ein bestimmter Herr endlich einmal Partei ergriff. Und zwar die richtige!

»Kitty, ich denke nicht, dass das eine Angelegenheit ist, in die du dich einmischen solltest.«

Okay.

»Das ist das Ende der Diskussion.«

Schon besser.

»Ich liebe sie.«

Na, geht doch.

Dann donnerte der Hörer auf eine altmodische Telefongabel, gefolgt von einem Fluch. Zoe hätte schwören können, dass Tom gerade so etwas wie *crazy old cow* gesagt hatte, aber das hätte ein Mann mit seiner Erziehung natürlich niemals getan. Sie hörte Schritte, die Richtung Terrasse kamen, drehte sich schnell auf die Seite und stellte sich schlafend.

Tom legte sich zu ihr in die Hängematte. »Bist du wach, Darling?«

»Jetzt schon. Was gibt's? Werden nun die französischen Cornichons gereicht?«

»Wollte nur wissen, ob ich dich geweckt habe.«

»Hast du«, flunkerte Zoe, aber Tom merkte es nicht, weil sie ihm den Rücken zugekehrt hatte.

Langsam drehte sie sich zu ihm um und schaute ihm fest in die Augen. »Wenn du auch dieses Mal nur mit mir spielst …«

Tom sah sie verblüfft an. »Das tue ich nicht. Und das weißt du ganz genau!«

»… dann bringe ich dich um, Fiorino.«

»Ehrlich. Noch nie war mir etwas so ernst.«

»Und mache Hackfleisch aus dir …«

»EH-REN-WORT.«

»… das ich an einen britischen Hundefutterverarbeiter verscherbeln werde …«

»Ich liebe dich, Zoe Schuhmacher.«

»… der das Zeug dann an die Viecher der Queen von England verfüttern wird.«

»Jetzt halt endlich die Klappe und küss mich!«

★ ★ ★

Am Sonntagmorgen wurde Zoe vom Klirren eines Stapels Geschirr geweckt.

»*Happy birthday, Darling.*« Tom küsste sie und stellte das Tablett mit dem Frühstück aufs Bett. Dann brachte er einen großen Karton mit einer noch größeren roten Schleife und deponierte ihn am Fußende des Bettes.

Zoe war ganz aufgeregt vor Freude. Obwohl sie immer noch fest davon überzeugt war, dass jetzt mit fünfunddreißig das Ende ihres Lebens beginnen würde. Sie schlängelte sich um das Frühstückstablett herum aus dem Bett, ging die wenigen Schritte zu ihrem Geschenk und begann die Verpackung aufzureißen, ungeduldig wie eine Vierjährige, die ein Weihnachtsgeschenk aufriss, in dem sie eine Barbie-Prinzessin vermutete. Doch dann hielt sie wie gelähmt inne. Tom hatte ihr einen Kitchenaid-Küchenmixer zum Geburtstag geschenkt. In Retro-Silber. Mit Glasschüssel.

»Für deine neue Küche«, rief er und strahlte sie an.

Zoe wusste gar nicht, was sie sagen sollte. Ein Küchenmixer! EIN KÜ-CHEN-MI-XER! War dieser Mann von allem guten Geschmack verlassen? Sie hatte nun wirklich nicht mit einem Diamantcollier gerechnet oder einem Vintage-Dior-Abendkleid, oder vielleicht nur klammheimlich. Aber ein Küchenmixer, das war wie eine Krawatte UND ein Paar Socken zu Weihnachten. Warum nicht gleich ein Bügelbrett? Ein solches Geburtstagsgeschenk würde ein Herr Beimer in der *Lindenstraße* seiner Frau machen. Nach der Aluminiumhochzeit. Und bevor die Beimers dann gemeinsam beschließen würden, dass sie sich in Zukunft gegenseitig nichts mehr schenken würden, weil sie ja sowieso schon alles hatten. Zoe war fast so weit, sich umzuschauen, ob irgendwo versteckte Kameras angebracht waren. Sie war hier im falschen Film! Im völlig falschen Film!

Tom schien ihre Enttäuschung zu ahnen. »Gefällt der Mixer dir etwa nicht?«, fragte er überschwänglich besorgt, was Zoe noch mehr verdächtig vorkam. Hatte Tom diesen kleinen Stunt etwa geplant?

»Hat er die falsche Farbe?«, legte Tom im selben Tonfall nach. »Wir können ihn umtauschen! Ich habe die Rechnung noch.«

Zoe schüttelte nur den Kopf. Was war hier los?

Tom lachte. Dann wurde er ernst. »Eine andere Kleinigkeit habe ich auch noch für dich«, sagte er und schob ihr ein türkisfarbenes Schächtelchen zu. Anschließend sank er vor ihr auf die Knie. »Zoe Schuhmacher, du machst mich zum glücklichsten Mann der Welt. *Marry me*!«

Und bevor Zoe Schuhmacher mit einem Ja antwortete, warf sie ihm noch ein Kissen ins Gesicht.

Heiraten oder: Wie geht Ehe auf Amerikanisch?

Mehr als vierzig Prozent aller amerikanischen Männer und Frauen zwischen fünfzehn und vierundvierzig sind derzeit verheiratet. Nur neun Prozent leben in wilder Ehe miteinander. Jede zweite weiße Frau dieser Altersgruppe ist verheiratet, im Vergleich zu jeder vierten schwarzen. Dreiundsechzig Prozent aller US-Frauen mit Hochschulabschluss sind verheiratet, während nur vierzig Prozent ohne Schulabschluss sich für eine Ehe entscheiden.
Will heißen: Statistisch gesehen, ist Ehe in den USA mehrheitlich ein Konstrukt der weißen Upperclass.

Der Ring: Wie auch bei Santa Claus hat die Legende, wie teuer ein Ehering mindestens sein muss, ihren Ursprung in der freien Marktwirtschaft. Schon in den Dreißigerjahren hieß es im Katalog des Juweliers de Beers, dass der Göttergatte zumindest ein Monatsgehalt für einen ordentlichen Verlobungsring investieren sollte. Später hob de Beers den »Ratschlag« einfach mal auf zwei Monatsgehälter an. Aktuell hat er sich bei mindestens drei Monatsgehältern eingependelt.

(Für alle, die sich jetzt fragen, was Santa Claus damit zu tun hat? Coca-Cola hat ihn zwar nicht erfunden, aber durch seine Werbespots in den Dreißigern in den USA erst richtig populär gemacht.)

(*New York für Anfängerinnen, S. 77*)

30

JULI

»Hier kommt *Bridezilla*«, rief Mimi quer durch den Gastraum des Standard Grill und wedelte Zoe mit der Speisekarte ganz nach hinten zu dem Tisch, an dem sie mit Eros schon Platz genommen hatte. Das Thermometer hatte diesen Juli noch kein einziges Mal die sechsundzwanzig Grad unterschritten. Nachts wohlgemerkt. Und die vierunddreißig Grad tagsüber mehrfach überschritten. Dazu war es luftfeucht wie in den Tropen.

The dog days of summer.

Zoes Calypso-Kleid klebte unangenehm an ihren Oberschenkeln fest, als sie sich aus dem gelben Taxi schälte, und die morgens glatt geföhnten Haare kräuselten sich auf den wenigen Metern bis zum Eingang des heruntergekühlten Standard Grill zu unattraktiv asymmetrischen Wellen. Nur Touristen saßen draußen auf der Terrasse und freuten sich über den Sommer.

»Wo sind die Brautkleidmagazine?«, fragte Eros eifrig, nachdem sich alle drei heftig umarmt hatten.

Mimi begutachtete mit weiblich-amerikanischer Genauigkeit eingehend Zoes Ring. »Ein Fünf-Karat-Ashoka-Diamant? Wie Reese Witherspoon?«

Zoe nickte nur. Sie wusste, dass der von Reese nur vier Karat hatte, wollte das der neugierigen Mimi aber nicht auch noch erzählen.

»Na, wo sind denn jetzt die Brautkleidmagazine?«, quengelte Eros erwartungsvoll. »Wir wollen dir doch einen Traum in Weiß aussuchen – und Mimi ein Brautjungfernkostüm in irgendeiner wunderbaren Bonbonfarbe mit einer fetten Schleife auf der Brust.«

»Ich glaube, ich bin einfach zu alt für die ganz romantische Mädchenvorstellung eines Traums in Weiß«, meinte Zoe, die mit leeren Händen gekommen war.

»Wie? Wollt ihr einen Quickie in der Little Old Chapel in Vegas machen?«, fragte Mimi überrascht. »Wie Britney?«

»Nein, aber traditionell heiraten hat so was Antiquiertes. Ich habe jedenfalls nicht vor, Tom Gehorsam zu versprechen, bis dass der Tod uns scheidet. Und eine Armada von mindestens ebenso mittelalterlichen Brautjungfern brauche ich auch nicht.«

Mimi guckte erleichtert, Eros zutiefst enttäuscht.

Tom und Zoe hatten auf dem Rückflug von Columbus Island eine lange – und vielleicht auch etwas deutsche – Unterhaltung in Sachen Hochzeit gehabt. Eine amerikanische Braut hätte vermutlich an dieser Stelle die Hochzeitsfeier generalstabsmäßig durchgeplant. Intim (hundert Gäste) oder groß (fünfhundert Gäste), in New York oder an einem fernen Ort (Hamptons, Cape Cod, Bahamas), Büfett oder serviertes Menü? Zoe hingegen machte sich erst einmal über die Metaebene einer solchen Hochzeit Gedanken. Schließlich hatte sie vom Leben nach dem Ja eine ganz genaue Vorstellung.

»Ich möchte auf jeden Fall mein eigenes Bankkonto behalten«, erklärte sie Tom. »Und du das deine. Und wenn es aus praktischen Gründen sein muss, können wir uns ja noch ein gemeinsames zulegen.«

»Was?«, fragte Tom und runzelte die Stirn.

»Das ist mir wichtig! Damit ich wenigstens ein bisschen das Gefühl der Unabhängigkeit habe.«

»O-kay«, sagte Tom gedehnt.

Und dann hatte Zoe noch ein paar weitere Vorstellungen, wie eine moderne Ehe ihrer Meinung nach auszusehen hatte. Oder besser gesagt, nicht auszusehen hatte.

»Ich will keine Blumen zum Hochzeitstag, Valentinstag und allem anderen, was auf -tag endet. Das ist mir zu staubig.«

»Weiter.«

»Ich will keine Spieleabende mit befreundeten Pärchen.«

»Weiter.«

»Und ich will samstags auch nicht mit der Ehegattinnen-Hälfte eines befreundeten Pärchens zum Shoppen gehen.«

»Damit kann ich leben.«

»Und eins musst du mir ganz hoch und heilig versprechen!«

»Was denn?«, fragte Tom amüsiert.

»Dass wir sofort die Scheidung einreichen, wenn wir uns gegenseitig mit Mama und Papa ansprechen und es zulassen, dass der eine von uns am Waschbecken Zähne putzt, während der andere auf dem Klo sitzt.«

Tom lachte. Zoe vermutete, dass er eine solche Unterhaltung damals mit der werten Vicky nicht geführt hatte.

»Kein Problem, meine Liebe. Wir haben ohnehin getrennte Badezimmer«, erklärte Tom. Dann murmelte er: »Das hat man davon, wenn man eine emanzipierte, perfekt durchorganisierte Deutsche ehelicht.«

»Besteht die alte Hexe eigentlich auf einem Ehevertrag?«, fragte Mimi unverblümt, als sie ihre Lunchbestellung aufgegeben hatten.

»Natürlich, was dachtest du denn?«, antwortete Zoe.

»Und was willst du?«

»Ich will auf keinen Fall den Eindruck erwecken, ich hätte es auf Toms Geld abgesehen.«

»Du bist so verdammt deutsch, Zoe, da wird mir gleich schlecht.«

»Das höre ich jetzt schon zum zweiten Mal. Was ist denn daran deutsch, Mimi?«

»Ihr Deutschen macht euch immer Gedanken darüber, was andere über euch denken.«

»Stimmt«, schaltete sich Eros ein. »Meine Mutter hat sich gerade ein fabrikneues Auto gekauft statt eines Gebrauchtwagens. Ihre größte Sorge war, was die Nachbarn wohl dazu sagen würden.«

»Lass Kitty doch denken, was sie will«, meinte Mimi. »Das tut sie ohnehin. Was steht denn drin im Vertrag?«

Zoe verdrehte die Augen. Sie hatte nicht gewusst, ob sie beleidigt sein sollte, als ein Bote ihr unmittelbar nach der Rückkehr von Columbus Island einen fetten Briefumschlag ins Büro gebracht hatte, für dessen Entgegennahme sie unterzeichnen musste wie für ein Einschreiben. »Er bietet mir eine Million Dollar für jedes mit Tom verbrachte Ehejahr, plus das im Trennungsfall alleinige Anrecht auf ein noch zu erwerbendes Apartment oder Townhaus.«

Eros, der gerade einen Schluck Wasser genommen hatte, spuckte diesen quer über den Tisch. »Was, bitte?«, rief er fassungslos.

Mimi dagegen sagte nur ganz cool: »Das ist weder großzügig noch kniepig. Und was hast du geantwortet?«

»Ich habe ihr geschrieben, dass ich keinerlei Interesse an Toms Geld, seinen aktuellen und/oder zukünftigen Immobilien habe und dass Kitty sich ihren Ehevertrag sonst wo hinschieben soll. Ich verzichte auf alles.«

Eros nickte stolz. »*You go, girl.* Jetzt hast du es der alten Hexe aber gezeigt.«

Nun war es Mimi, die entsetzt rief: »Bist du wahnsinnig geworden, Zoe?«

★★★

»Bist du wahnsinnig geworden, Zoe?«, fragte Tom sichtlich verärgert, als sie im Towncar über die Brooklyn Bridge Richtung Carroll Gardens fuhren.

Als Chef war Tom kein Schreier, sondern einer der Sorte Vorgesetzte, die rote Flecken am Hals bekamen, wenn sie richtig sauer waren, und immer leiser und deutlicher sprachen, bis jedes Wort so schneidend war wie ein frisch geschliffenes japanisches Kasumi-Messer.

»Ich habe den Ehevertrag aus Prinzip abgelehnt, Tom«, versuchte Zoe sich zu verteidigen, aber irgendwie kam ihre Entschuldigung kleinlaut heraus.

»Du gehst mir mit deinen Prinzipien manchmal ganz schön auf die Nerven. Bei dir gibt es immer nur Schwarz oder Weiß«, zischte er.

»Und du gehst ständig Kompromisse ein, anstatt deinen Mann zu stehen.«

Zoe und Tom waren auf dem Weg zu einem *supper club* im Gowanus-Viertel von Brooklyn, der Industriebrache zwischen Carroll Gardens und Park Slope. Organisiert wurde das offiziell illegale Piratenrestaurant von einem Chefkoch mit dem Pseudonym Shiny Knife. Die Anmeldung erfolgte per Internet. Nur wer einen der dreißig Plätze ergatterte, bekam eine Antwort-Mail mit der Location zugeschickt.

> *Shiny Knife lädt zu einem Fünf-Gänge-Probiermenü auf der Dachterrasse einer New Yorker Lagerhalle. Das Dinner beginnt um 20 Uhr mit Cocktails des hauseigenen Mixologen, Dessert wird um 22.30 Uhr serviert. Unser Sommelier berät bei der Weinauswahl (nicht im Preis inbegriffen). Tickets: $120 pro Person.*

Supper clubs seien die neuen It-Restaurants, sagte Mimi – und hatte Zoe und Tom zwei Tickets für den exklusivsten der ganzen Stadt organisiert. Das Towncar fuhr die Court Street hinunter, wo für Passanten die Chance höher schien, von einem Designerkinderwagen überrollt zu werden als von einem Fahrradfahrer oder Lastwagen. Während man in Manhattan kaum Kinder mit Müttern sah, sondern immer nur mit Nannys, wurde in Brooklyn das Muttersein wie auf einem Laufsteg zelebriert.

»421 Carroll Street. Hier muss es sein, Sir«, sagte Victor, der Fahrer, aber es klang mehr wie eine Frage.

An der angegebenen Adresse stand ein vierstöckiges Gebäude, dessen Erdgeschoss, zumindest wenn man nach dem Schild an der dunkelgrün-grauen Metalltür ging, einen Sanitätstechniker beherbergte, der »Spezialist für verstopfte Abflüsse und Toiletten« war. Zoe und Tom stiegen zögernd aus, bis Zoe ein dunkelbraunes Heftpflaster erspähte, das über den Namen des einzigen Klingelschildes geklebt war, auf dem ineinander verlaufende Filzstift-Buchstaben die Worte *shiny knife* bildeten. Im Treppenhaus duftete es verlockend nach geröstetem Lamm. Ganz oben angekommen, entdeckten sie eine Tür, die ein Barhocker offen hielt, und stiegen über eine hohe Schwelle hinaus auf das Dach des Lagerhauses. Unter unzähligen Strängen mit kleinen, funkelnden Partylichtern war eine lange Tafel mit weißer Tischdecke für dreißig Gäste gedeckt. Die 360-Grad-Aussicht war unverbaut. Im Westen ragte die Skyline Manhattans in die Höhe, im Süden konnte man die höchste – und hässlichste – U-Bahn-Station New Yorks, Smith-9th Sts, auf Stelzen sehen, im Osten kam das hügelige Park Slope, und im Norden lag Downtown Brooklyn, das mit seiner bescheideneren Variante von Wolkenkratzern wie eine Art armer Bruder Manhattans wirkte.

Ein junger Mann, der einen Fedora-Hut zu seinem Seersucker-Anzug trug, kam auf Tom und Zoe zu und begrüßte sie. »Hi, ich bin Josh, euer Gastgeber heute Abend.«

Ein Mixologe reichte Cocktails, die er als *manly* bezeichnete, also weit entfernt von Mädchenzeugs wie Cosmos oder Appletinis. Er hatte einen Rusty Nail im Repertoire oder den klassischen Sidecar.

»Sind wir wieder gut, Stranger?«, fragte Zoe fast etwas schüchtern.

»Natürlich«, antwortete Tom und stieß mit ihr auf einen schönen Abend an. »Aber über den Vertrag reden wir noch. Du sollst schließlich abgesichert sein. Für den Fall der Fälle.«

Zoe, der das ganze Gerede über Gütertrennung und mögliche Scheidung – vor der Hochzeit! – überhaupt nicht gefiel, erwiderte pikiert: »Falls Vicky noch mal aus dem Gebüsch springt und dich zurückerobert, oder was? Wie wahrscheinlich ist das?«

Tom seufzte und sah sie enttäuscht an, wie man einen Hund in der Hundeschule anschaut, vom dem man nach einer Stunde »Platz!«-Üben eigentlich hätte erwarten können, dass er es nun endlich kapiert hat. »Ein andermal, okay?«

Als endlich alle Gäste eingetrudelt waren, wurden Kanapees gereicht: gebackene Wachteleier, Zucchiniblüten im Teigmantel und Maryland Mini Crab Cakes. Zoe sah sich um. Sie war sich sicher, dass alle Gäste hier irgendetwas schrecklich Kreatives oder Gutmenschiges machten. Lampendesign vielleicht oder Fundraising für Frauenarbeitsprojekte in Afghanistan. Die Brooklyn-Boheme eben.

Sie setzten sich an die lange Tafel. Als Vorspeise gab es Zuckermaispüree mit Popcorngarnelen.

»Hi, ich bin Tyler«, stellte sich der Mann zu Zoes Rechten vor, der mit der passenden Prise Ironie das geknöpfte Oberhemd eines Tankstellenwarts aus den Fünfzigern trug, inklusive eines gestickten Namensschildchens auf der Brust. »Bist du zum ersten Mal hier?«

»Hi, ich heiße Zoe und bin *Supper-Club*-Novizin sozusagen. Kommst du öfter?«

»Meine Frau und ich gehen quasi nur noch in *supper clubs* essen. Wir haben kommerzielle Restaurants einfach satt. Ich möchte wissen, wer mein Essen kocht, woher die Zutaten kommen und welche Idee hinter dem Menü steckt. Das ist viel individueller. Viel persönlicher. Und das Publikum ist auch viel spannender.«

»Wer sich als Teenager und in seinen Zwanzigern über Musik definierte …«, begann Zoe.

»… The Cure oder Depeche Mode zum Beispiel …«, fiel ihr Tyler ins Wort.

»… definiert sich in seinen *thirties* oder *forties* über das Essen«, spekulierte Zoe.

»Absolut richtig«, stimmte ihr Tyler zu. »Kaltgepresstes natives Olivenöl, Tomatensorten aus traditioneller Züchtung, human geschlachtetes Bio-Fleisch.«

Tyler schien der Prototyp ihres *Sehnsucht*-Users zu sein, kam es Zoe in den Sinn.

»Was machst du?«, fragte er sie prompt.

»Ich habe gerade ein Start-up gegründet, das *Sehnsucht* heißt und übermorgen live gehen wird«, antwortete Zoe und erklärte anschließend in knappen Sätzen ihr Projekt.

Tyler war begeistert. »Das wird das nächste Etsy!«

»Na, warten wir's mal ab«, sagte Zoe verhalten und befahl ihrem *monkey mind*, wie Justus die Grübelmaschine Gehirn gern nannte, Ruhe zu bewahren.

Während des Zwischengangs, der aus Spargel-Eiscreme mit Speck und Vichyssoise bestand, unterhielten sie sich über Immobilienpreise in Manhattan im Vergleich zu Cobble Hill (in etwa gleich), Bushwick als das neue Williamsburg (nicht ganz) und *juice cleanses*, Saftkuren, die Gwyneth Paltrow mit ihrem Blog *Goop* hip gemacht hatte.

Danach wandte Zoe sich Tom zu. »Ich vermisse Brooklyn. Auch wenn ich hier nur ein paar Wochen gewohnt habe«, sagte sie. »Vielleicht sollten wir irgendwann nach Brooklyn ziehen?«

»Aber nur, wenn wir vorher die Sache mit dem Ehevertrag geklärt haben, meine Liebe«, entgegnete Tom.

Zoe verdrehte genervt die Augen. »Also gut. Was willst du von mir?«

»Dass du den Vertrag unterzeichnest.«

»Ich will mich aber nicht kaufen lassen.«

»Hier will dich keiner kaufen, Zoe. Es ist zu deiner eigenen Absicherung«, erklärte Tom zum wiederholten Mal geduldig.

Da hatte Zoe Schuhmacher plötzlich einen brillanten Einfall. »Also gut!«, rief sie.

Tom sah sie überrascht an. »Du unterschreibst?«

»Ja«, antwortete Zoe triumphierend. »Ich unterschreibe. Und im Fall der Fälle, wie du es so schön nennst, werde ich das gesamte Geld der Bowery Mission für Obdachlose spenden.«

»Du spinnst«, brachte Tom nur heraus.

»Und genau deshalb liebst du mich«, konterte Zoe und hob ihr Glas zum Anstoßen.

Nach dem Dessert standen die Gäste auf und liefen neugierig an den südlichen Rand des Daches, weil man aus dieser Richtung schon länger seltsames Platschen, gefolgt von Quietschen und Jauchzen gehört hatte. Sie guckten über die Balustrade und sahen, wie unten im Innenhof eine Gruppe Collegekids in Unterwäsche von einem aus aufeinandergestapelten Holzkisten gebauten Sprungturm in einen mit Wasser gefüllten industriellen Müllcontainer hüpften. Sie hatten sich ihren ganz privaten Swimmingpool eingerichtet.

»Da bekommt *dumpster diving* eine ganz neue Bedeutung!«, rief Tom amüsiert und legte den Arm um Zoe. Seit die Sache mit dem Vertrag geklärt war – wenn auch auf Zoes ganz spezielle Art und Weise –, war er sichtlich entspannter.

Zoe lachte. »Wie schreibt Cindy Adams in der *New York Post* immer? *Only in New York, kids. Only in New York.*«

31

AUGUST

4. August. Der Tag aller Tage. Zoe lief jetzt jeden Morgen immer zu Fuß von der Wooster Street in SoHo bis hinauf in den Flat Iron District ins Büro. Schließlich musste sie keine High Heels mehr tragen wie noch in der Redaktion von *VISION*. Im Start-up-Inkubator General Assembly waren Flipflops angesagt, Adiletten oder Chucks. Als sie zur Kreuzung Broadway und Houston kam, fiel ihr Blick auf das riesige Billboard, das etwa hundert Meter weiter an der Lafayette Street über der seltsamen Tankstelle stand, die ausschließlich Taxifahrer zu frequentieren schienen. Normalerweise wurde dort oben immer mit irgendeiner ikonischen New-York-Szene Werbung für Calvin Klein gemacht. Doch heute stand da ein Slogan in blass-orangefarbenen Buchstaben auf einem grauweißen Kieselsteinmeer im Hintergrund: »www.sehnsucht.com Machen Sie sich glücklich.«

Zoe blieb für ein paar Sekunden ehrfürchtig unter dem riesigen Werbeschild stehen. So stolz auf sich war sie noch nie in ihrem Leben gewesen. Ihr Projekt. Auf einer der ikonischsten Reklametafeln der Welt. Beschwingt flipfloppte sie weiter den Broadway hinauf und murmelte ihr neues Mantra: »Sehnsucht. Machen Sie sich glücklich.«

Wie toll das klang!

Es war perfekt!

Als sie in der vierten Etage aus dem Aufzug stieg, wartete Justus bereits mit vor der Brust verschränkten Armen in der Bürotür auf sie, wie ein Lehrer, der seinen ungezogenen Schüler jetzt gleich in die Ecke stellen würde. »Lies lieber nicht die Besprechungen auf den Medienseiten der Zeitungen«, warnte er düster. »Sonst kriegst du schlechte Laune.«

Zoes Herz machte einen kleinen Aussetzer. Gleichzeitig bekam sie ein schrecklich flaues Gefühl im Magen. »Schlimm?«

»Viel schlimmer«, raunte Justus nur.

Auf Zoes Schreibtisch lag bereits der morgendliche Medienspiegel, den die Pressestelle von Schönhoff Publishing in Berlin jeden Tag für die Führungskräfte des Hauses mit allen wichtigen Geschichten aus Deutschland und dem Rest der Welt, die das Unternehmen betrafen, erstellte. Er begann mit einem Artikel des Deutschen Medien-Dienstes über den Launch von *Sehnsucht.*

Ein Portal, das keiner braucht, für Leute, die alles haben

Schönhoff Publishing, das mächtige Konsumkonglomerat, das sich gern als Medienunternehmen tarnt, ist für vieles bekannt. Zum Beispiel dafür, dass für den telefonbuchdicken Schönhoff-Katalog, der im Frühjahr und Herbst jeden Jahres unaufgefordert deutsche Briefkästen zumüllt, jedes Mal ganze Wälder sterben müssen.

Kurz: Für Schönhoff Publishing ist es ungefähr genauso glaubwürdig, mit einer Riesen-Werbekampagne ein Gutmensch-Portal mit dem an Dämlichkeit grenzenden Namen »Sehnsucht« zu starten, wie wenn Rupert Murdoch eine Ethik-Zeitschrift auf dem Markt bringen würde.

Zoe traute ihren Augen nicht. Sie war fast versucht, ein Kleenex zu holen, um die Häme aufzuwischen, die aus dem Artikel auf ihren Schreibtisch triefte. Sicher, der DMD war für seinen zynisch-ruppigen Ton bekannt. Deswegen wurde er von Medienmenschen aller Sparten ja jeden Morgen genüsslich gelesen. Aber ein bisschen mehr Objektivität konnte man doch schon verlangen, oder?

> *Das drollige Sehnsucht-Gespann, das aus Modemaus Zoe Schuhmacher und dem verlorenen Söhnchen Justus von Schönhoff besteht, könnte keine bessere Besetzung für ein schnödes und miserabel getarntes Konsumportal für Menschen sein, die alles haben, noch mehr wollen, dies aber nicht einmal sich selbst gegenüber zugeben möchten. Schuhmacher versteht von echter Nachhaltigkeit so viel wie ein Vegetarier vom Kobe-Rind. Und von Schönhoff, na ja, der ist halt auch wieder da und musste von der Frau Mama eine Aufgabe bekommen, bei der er nichts falsch machen kann. Außer ein paar ihrer Milliönchen in den völlig ohne CO2-Ausstoß abgebauten, tierversuchsfreien Bio-Sand zu setzen.*

Drollig? Modemaus? Milliönchen? Angeekelt und mit spitzen Fingern schmiss Zoe den Pressespiegel in den Papierkorb wie ein Stück Zeitungspapier, mit dem man sich gerade Hundescheiße von der Schuhsohle gewischt hatte. »Das ist so gemein! Und unfair!«

Justus nickte nur. Dann sagte er langsam: »Wer in der Küche steht, darf sich über die Hitze dort nicht beschweren. So heißt der Spruch doch, oder?«

»Schwachsinniger Spruch«, rief Zoe ungehalten und angelte wieder nach dem mit imaginärer Hundescheiße besudelten Pressespiegel. »Was sagen denn die anderen?«

Ein unausgegorenes Gesamtprodukt aus Bio, frohen Botschaften und ein bisschen Boheme für eine Zielgruppe, die vermutlich gar nicht existiert. (»Media Decoder«, New York Times)

Gewollt trendiger Zeitgeist, der zwischen Weltwirtschaftskrise, steigender Arbeitslosigkeit und steter Terrorangst einfach nur zynisch wirkt. (DasMedienBlog.de)

Backen, stricken, basteln – aber bitte in Bio. Hausmütterliches aus dem Hause der Modeikonen von VISION. Putzig! (Berliner Neue Nachrichten)

Zoe ließ den Pressespiegel sinken. »War's das?«, fragte sie leise über den Schreibtisch hinweg.

Justus grinste sie an. »Das war's!«, rief er hocherfreut.

Zoe verstand nicht richtig. »Was gibt es da bitte zu jubeln? Wir sind gerade von den Kritikern vernichtet worden, Justus.«

»Was interessieren uns die Kritiker, wenn uns die User lieben?«

Zoe schnellte aus ihrem Stuhl hoch und lief zu Justus, der triumphierend immer wieder auf seinen Bildschirm deutete.

»Ist das Google Analytics?«

»Genau«, rief Justus und verfolgte wie hypnotisiert eine immer steiler werdende Kurve, die die Besucherzahlen auf www.sehnsucht.com anzeigte. Die Seite war noch nicht mal vierundzwanzig Stunden online und hatte schon 20.000 Unique Visitors.

»Ich glaube, die … User mögen … uns«, stammelte Zoe.

»Nicht mögen. Lieben. Sie LIEBEN uns«, rief Justus und umarmte Zoe so fest, dass sie hoffte, er würde ihr keine Rippe brechen.

»Wieso hast du mir das nicht gleich gesagt, du Schuft?«, wollte Zoe wissen und boxte ihn in die Seite.

»Dein Gesicht beim Lesen des Pressespiegels war es wert«, sagte Justus grinsend.

Zoe lief in die Büroküche, wo sie schon vor ein paar Wochen heimlich eine Flasche Champagner kalt gestellt hatte. Als sie zu ihren Schreibtischen zurückkam, ließ sie den Korken knallen.

★★★

Als Tom und Zoe an diesem Abend in ihr Loft in der Wooster Street zurückkehrten, ging Tom sofort in die Küche, um ihre ganz persönliche Flasche Champagner zu öffnen. Forrest Gump hatte recht, dachte Zoe. Das Leben war tatsächlich wie eine Pralinenschachtel, und man wusste nie, was man bekam. Manchmal aber, wenn das Universum oder der Big Boss – oder wer auch immer da oben zuständig war – es gut mit einem meinte, oder wenn man vielleicht nur verdammt fleißig war und ein bisschen Glück dazu hatte, bekam man zwei dicke, fette Schokoladen-Krokant-Kügelchen mit Pistaziensplittern obendrauf.

Zoe stellte ihre neue schokoladenbraune Reed-Krakoff-Aktentasche im Arbeitszimmer ab und blickte auf die nächtliche New Yorker Skyline hinaus. Über den Dächern der Häuser auf der gegenüberliegenden Straßenseite konnte sie ganz hinten am Horizont das Empire State Building sehen. Es strahlte rot beleuchtet wie sonst nur am Valentinstag. Genau vor einem Jahr war Zoe Schuhmacher mit den besten Vorsätzen in New York angekommen. Sie musste an Allegras Zitat von ihrem allerersten Stadtspaziergang denken: *There is really one city for everyone, just as there is one major love.*

»Und ich habe gleich beides bekommen. Den Lottogewinn des Lebens sozusagen«, murmelte sie. »Meine Stadt und meine große Liebe.«

Dann sah sie, dass das rote Lämpchen des Anrufbeantworters auf dem Schreibtisch blinkte.

Eine Nachricht.

Sie drückte auf PLAY.

»Hallo, Tom, Daaaahling! Wie geht es dir?«, sagte eine weibliche Stimme mit britisch-nasalem Akzent. »Hier ist Vicky. Ich finde, wir sollten über die Scheidung noch einmal in Ruhe nachdenken … Außerdem bin ich umgezogen und wollte dir nur eben meine neue Telefonnummer durchgeben: 212-884-4999. Ruf mich an!«

212 war die Vorwahl von New York.

DANK

Thanks a million …

Es ist schon ein paar Jahre her, da stand ich im tiefsten Winter nahe der Bar am offenen Kamin des damals noch wahnsinnig elitären Restaurants Waverly Inn (keine Telefonnummer, keine E-Mail-Adresse, keine Reservierung für Normalsterbliche) und machte Small Talk mit einem Anzugträger, dessen Goldknöpfe im Flackern der Flammen nur so blitzten.

„Gemütlich warm hier«, sagte ich.

»Wie auf den Bermudas im Januar«, entgegnete der Goldgeknöpfte.

Ich war noch nie im Januar auf den Bermudas. Auch im Februar nicht, oder im März. Was antwortet man also auf so einen Satz? Nichts. Man parkt ihn einfach in seinem Gehirn, vermischt ihn mit vielen anderen denkwürdigen Begegnungen – und schreibt einen Roman darüber.

Die Charaktere in diesem Buch sind zwar allesamt frei erfunden, aber die Situationen, in denen sie sich wiederfinden, haben sich oftmals genauso abgespielt oder könnten sich genauso abgespielt haben. (Meine Linkskurven beim Abbiegen sind übrigens immer noch besonders schön. Das wird Ihnen jeder Beifahrer bestätigen!)

Dieses Buch wäre nie entstanden, weitergeschrieben, umgeschrieben, lektoriert, korrigiert und veröffentlicht worden, wenn folgende Menschen nicht daran geglaubt hätten: Ich danke meinem großartigen Literaturagenten Georg Simader und seinem wunderbaren Team bei der Agentur copywrite für die begeisterte Unterstützung und die Chuzpe, neue Wege zu gehen.

Ebenfalls tausend Dank an das enthusiastische Team von Amazon Publishing, ganz besonders an Verena Betz.

Wertvolles Input und der ein oder andere Motivationsschub kamen von Menschen, die ich mit dem Lesen der einzelnen Fassungen oder anderen Technikalien (Würde Zoe eher ein Wickelkleid von Diane von Furstenberg tragen oder einen Fummel von Victoria Beckham?) quälen durfte: Carolin, Matthias, Jan, Lino, Jobst, Pit, Nadine, Olga, Harry, Vanessa, Caterina – und natürlich Tanja, der ich insbesondere dafür danke, dass sie zur rechten Zeit eine Mandelentzündung hatte.

Eine Million Mal Dank geht aber an die beiden wichtigsten Menschen in meinem Leben: M & N, die immer an mich glauben. You guys are my rock!

12594465R10189

Printed in Poland
by Amazon Fulfillment
Poland Sp. z o.o., Wrocław